Winrich C.-W. Clasen, Jahrgang 1955, schreibt unter dem Pseudonym *Paul Schaffrath* seit 2011 Kriminalromane. Seit einem Studium der Romanistik, Evangelischen Theologie und Kunstgeschichte in Bonn arbeitet er als Verleger in Rheinbach. *Bonner Testament* ist sein dritter Roman.

Paul Schaffrath

Bonner Testament

Rheinland-Krimi

cmz

Bibliografische Information der Deutschen Nationalbibliothek

Die Deutsche Nationalbibliothek verzeichnet diese Publikation in der Deutschen Nationalbibliografie; detaillierte bibliografische Daten sind im Internet über http://dnb.d-nb.de abrufbar.

An der Glasfachschule 48, 53359 Rheinbach
Tel. 02226-9126-26, Fax 02226-9126-27, info@cmz.de

Satz
(Aldine 401 BT 11 auf 14,5 Punkt)
mit Adobe InDesign CS 5.5:
Winrich C.-W. Clasen, Rheinbach

Papier (Muncken Print Cream 90 g mit 1,5f. Vol.):
Grycksbo Paper AB, Grycksbo/Schweden

Umschlagfoto:
Häuser in der Bonner Südstadt

Trotz intensiver Nachforschungen konnte der Rechteinhaber dieses Fotos nicht ausfindig gemacht werden; er wird eine Vergütung im üblichen Rahmen erhalten, wenn er sich mit dem Verlag in Verbindung setzt.

Umschlaggestaltung:
Lina C. Schwerin, Hamburg

Gesamtherstellung:
Livonia Print Ltd., Riga/Lettland

ISBN 978-3-87062-251-0

20170318

www.cmz.de

www.paul-schaffrath.de

People tell me it's a sin
To know and feel too much within
I still believe she was my twin, but I lost the ring
She was born in spring, but I was born too late
Blame it on a simple twist of fate

Bob Dylan

1

Montag, 25. Oktober 2010 – Rheinbach

Punkt 8:45 Uhr ließ sich Krüger, Anwärter auf den Thron des Bornheimer Spargelkönigs, auf den gepolsterten Drehstuhl hinter seinem Schreibtisch fallen. Er wußte noch nicht, daß der vor ihm liegende Fall ein lahmes Pferd, einen vermögenden Antiquitätenhändler und ein rheinisches Provinzgymnasium einschließen würde.

Das Wochenende des Ersten Kriminalhauptkommissars war fröhlich gewesen – ein paar Einkäufe mit Carmen am Freitagnachmittag, ein etwas, nun: längerer Morgen am Samstagvormittag, ein Spaziergang im Kottenforst am Sonntagvormittag und ein Film im WOKI am Sonntagabend. Jetzt hatte ihn die rauhe Wirklichkeit wieder im Griff, und er saß am Montagmorgen in seinem Büro im Polizeipräsidium in Bonn-Ramersdorf. Während er den Posteingangsstapel betrachtete, der trotz der Tatsache, daß es zur Zeit keine Kapitaldelikte gab, die Tendenz hatte, über freie Tage eher anzuwachsen, als gleich groß zu bleiben, versuchte er, das Telefon zu hypnotisieren und sein Klingeln zu verhindern, um noch etwas den Erinnerungen an Mußestunden nachzuhängen.

Das Telefon klingelte.

Krüger seufzte und griff zum Hörer. Der gleichzeitige Blick zur Uhr über seiner Bürotür informierte ihn, daß es 10:15 Uhr war, digital; seine analoge Armbanduhr, deren Zeitanzeige er gewohnheitsmäßig verglich, zeigte ihm etwa zwanzig nach zehn. Alte preußische Angewohnheit, dachte er; pünktliches Erscheinen machte Untergebene wie Vorgesetzte nervös.

»Ja, ich bin's. – Sag das noch mal. – Und wer hat sie gefunden? – Nicht die Schülerin, die Leiche, meine ich. – Wo kann ich dich treffen? – Okay. Bis Rheinbach brauche ich etwa vierzig Minuten. Dann bis gleich.«

Krüger steckte den Hörer ins Empfangsteil zurück, leitete seine E-Mails an die Poststelle um und griff nach seinem Winterjackett. Draußen war es inzwischen leider kühler, als er es gerne hätte. Er lief nach unten, grüßte die Kollegin am Empfang und ging zu seinem Auto, das er im Parkhaus abgestellt hatte. Bis er dort angekommen war, fror er, denn vom Architekten war das Gebäude natürlich ans Ende der kleinen Reihe der zum Polizeipräsidium gehörenden Bauten platziert worden.

Um zehn nach elf fuhr er auf den Parkplatz des St. Joseph-Gymnasiums in Rheinbach. Er hatte etwas länger gebraucht, weil eine Tagesbaustelle auf der Nordbrücke den Verkehrsfluß über den Rhein verlangsamt hatte. Außerdem hatte er in dem Voreifelstädtchen etwas suchen müssen, bis er den Hauptzugang zum Schulgelände am Stadtpark gefunden hatte, der sinnvollerweise in einer Einbahnstraße lag.

Der Kommissar stellte seinen Dienstwagen, einen dunkelroten älteren VW Passat Diesel, den er nur ungern fuhr, auf einem freien Platz am Ende der Parkplatzreihe gegenüber dem Neubau ab.

Zwei Fünftkläßlerinnen, jedenfalls waren sie ziemlich klein, kamen auf ihn zu. »Sind Sie auch vom Film?«

Krüger kam nicht ganz mit. Film? Egal. Er ignorierte die Frage und erkundigte sich statt dessen nach dem Haupteingang. Da die beiden Mädchen sich nicht einig wurden und er es eilig hatte, ließ er sie nach einem kurzen Gruß stehen und steuerte auf den beeindruckenden Altbau zu.

Gerade noch rechtzeitig entdeckte er an der Seite des Neubaus die vier Stufen zu zwei unscheinbaren Glastüren, die wohl nicht ordentlich schlossen – zumindest klaffte ein Längsspalt zwischen ihnen. Das war der Haupteingang. Oder waren Eingänge an Schmalseiten eines Gebäudes immer Nebeneingänge?

Krügers Kollege, Hauptkommissar Markus Schneider, wartete schon in der Eingangshalle. Einige Schülerinnen, die entweder den Unterricht schwänzten oder eine Freistunde hatten, beobachteten die Beamten aus sicherer Entfernung.

»Bist du allein?« fragte Krüger.

»Die Spurensicherung ist unterwegs; die Kollegen mußten erst ihren Kram zusammenpacken. Du kennst doch Schiller und Buchner; manchmal kehren sie auf halbem Weg um, um vergessene Handschuhe oder so etwas einzuladen. Jaja, unsere Dichter …«

Der Spitzname lag natürlich nahe bei den Nachnamen, dachte Krüger, der die beiden durchaus schätzte. Beabsichtigte Schusseligkeit sollte wahrscheinlich die manchmal allzu gräßliche Routine überdecken. »Wo ist sie denn?«

»Wenn sie jetzt noch nicht da ist, wahrscheinlich im Stau.«

Krüger guckte ungläubig: »Du hast sie wieder laufenlassen?«

»Sie ist doch noch gar nicht hier«, sagte sein Kollege.

»Wer jetzt?«

»Ach, du meinst die Schülerin, die die Leiche … Entschuldigung, ich dachte, du redest noch von der Spurensicherung.« Schneider, der genau wußte, was Krüger wissen wollte, grinste. »Sie sitzt im Lehrerzimmer bei einem heißen Tee und der Vertrauenslehrerin. Das Mädchen ist ziemlich fertig.«

»Gut, dann lassen wir sie da noch etwas sitzen. Kannst du mir den Toten zeigen?«

»Der liegt im Altbau, wahrscheinlich schon ein paar Tage. Ich sage eben dem Hausmeister Bescheid; alleine finde ich das nie wieder.« Schneider griff zu seinem Mobiltelefon und wählte eine Nummer. »Ja, wir sind hier vorne, neben Ihrem Empfang. – Gut, wir warten.«

Wenig später kam ein jüngerer Mann mit blauer, schon ziemlich verschlissener Latzhose, dunkelrotem, kurzärmeligen Poloshirt und schütterem, blonden Haar von draußen herein. Er streckte die Hand aus: »Karsten Schröder. Ich bin hier der Hausmeister. Und Sie?«

Krüger ergriff die Hand und stellte sich vor. Dann sagte er: »Gut, gehen Sie bitte voraus?«

Schröder nickte und drehte sich um, um die Eingangstür aufzustoßen. Krüger konnte ein Schmunzeln nicht unterdrücken.

Auf dem breiten Querträger der Latzhose war eines dieser dämlichen Abimotti aufgedruckt, mit deren Erfindung die Abiturienten vor der Abschlußprüfung Wochen zubringen konnten, statt sich auf den Lernstoff zu konzentrieren: »A bissel vui – 13 Jahre Bau sind genug«. Unterhalb der Gürtellinie stand noch »Abitur 1998 Landsberg«.

Ein bayrischer Hausmeister im Rheinland? Und dann noch aus der Stadt mit dem bundesweit bekannten Gefängnis? Krüger wunderte sich. Laut sagte er: »Sie haben Abitur in Bayern gemacht?«

»Nur versehent*lisch*«, sagte Schröder. Den rheinischen Akzent mußte er anscheinend nicht imitieren. »Mein Vater ist bei der Bundeswehr; wir haben damals in Landsberg gewohnt. Aber am Rhein fühle ich mich wohler.« Er stieß die Glastür zum Altbau auf. »Wenn Sie mir bitte folgen wollen, die Herren.«

Schneider ging hinter ihm her. Krüger aber blieb draußen stehen und sah sich um. Was für ein wunderbares Biotop, dachte er. Ein Altbau, der wohl kurz nach der Jahrhundertwende, der zum zwanzigsten, errichtet worden war, mit weißen Mauern und roten Dachziegeln, Fenstern mit Quer- und Längsstreben – es fehlten nur noch Butzenscheiben –, und einer großen Freitreppe, die zu einer Art Terrasse in Höhe des ersten Stockwerks führte. Gegenüber lag eine häßliche Turnhalle, vor ihr ein sehr kleines, halbrundes Amphitheater. Ein paar Rosenbeete. Der Platz vor dem Altbau war asphaltiert, allerdings hatte man damit wohl einen Praktikanten beauftragt – es gab Schlaglöcher und diverse Unebenheiten. Richtung Autoeinfahrt auf das Gelände standen dem Neubau zahlreiche Einfamilienhäuser gegenüber, die aus einem Musterhauskatalog zu stammen schienen; Krüger konnte eine toskanische Villa, ein Fachwerkhaus und ein postmodernes Gebäude mit schrägem Dach ausmachen. Wer die Bauten wohl genehmigt hatte, fragte er sich, so dicht neben der Schule und so dicht aufeinander. Vielleicht war das aber auch nur die Siedlung für in Ruhestand gegangene Lehrer, mit Blick auf ihren alten Arbeitsplatz und mit einer Teilverwirklichung ihrer architektonischen Träume.

»Kommst du?« Markus Schneider war wieder nach draußen gekommen.

»Jaja«, sagte Krüger. »Ist ja sehr nett hier, aber das kann wohl nur sehen, wer die Schule schon hinter sich hat, nicht, wer sie gezwungenermaßen jeden Morgen unausgeschlafen aufsuchen muß.«

»Sieht jedenfalls besser aus als in Köln-Chorweiler.«

Krüger lachte und folgte seinem Kollegen ins Gebäude.

Am Ende des kleinen Flurs, von dem rechts und links alte Holztüren wahrscheinlich zu Klassenräumen führten, wartete der Hausmeister vor einer alten Steintreppe, die nach rechts in die oberen Stockwerke führte. Nach der Hälfte machte die Treppe eine Hundertachtzig-Grad-Wendung. Krüger überlegte, wie es wohl funktionierte, wenn in den Pausen eine Mädchenklasse von oben nach unten und eine andere von unten nach oben wollte. Wahrscheinlich war zu diesem Zweck auf halber Höhe eine Glocke befestigt, so daß sich nach ihrer Betätigung die Treppe in eine Einbahnstraße mit jeweils wechselnder Richtung verwandeln ließ.

»Wir müssen in den zweiten Stock«, sagte Schröder.

Schneider seufzte und trauerte augenscheinlich seinen auch in diesem Sommer wieder verpaßten Waldläufen nach. Krüger dagegen hatte sich unter Carmens wohltuendem Einfluß einiger überflüssiger Pfunde entledigt und folgte dem Hausmeister leichtfüßig.

Die steinernen Treppenstufen endeten jeweils vor leicht knarrenden Holzdielen, mit denen die langen Flure ausgestattet waren und über die Hunderte von Schülerinnengenerationen gelaufen waren. Fenster mit Rundbögen ließen das Tageslicht auf weiße Wände und leere Bilderrahmen fallen. Krüger hoffte, daß sie bald wieder gefüllt werden würden, denn eine Schule ohne Bilder konnte er sich nicht vorstellen.

Er schnupperte. Komisch, nach Bohnerwachs und abgestandenem Kohl roch es überhaupt nicht, wobei er mit diesem Geruch die Leseerlebnisse seiner Kindheit um den englischen Internatsschüler *Jeremy* verband. Auch nicht nach Weihrauch; dabei hatte hier bis 2007 ein katholischer Schwesternorden die eine Hälfte des

Gebäudes bewohnt. Aus dem »Kloster der Schwestern Unserer Lieben Frau« sei das heutige Mädchengymnasium hervorgegangen, hatte ihm Schneider am Telefon gesagt. Die Großbuchstaben hatte Krüger hören können.

»Hier längs«, sagte Schröder und marschierte zügig den Gang entlang.

Zwischen den Fenstern waren Vitrinen eingelassen, die einige undefinierbare Kunstobjekte enthielten – wahrscheinlich aus einem Leistungskurs, in dem man sein inneres Selbst in Ton formen oder auf Papier bringen konnte, dachte Krüger. Zu seiner Zeit hatte es nur in Ansätzen Kurse gegeben, ansonsten ganz normale Schulstunden, in denen einer redete (der Lehrer), die anderen schwiegen und man nur die Vorgaben für eine gute Note umsetzen mußte. Zumindest im Christianeum in Hamburg war das so gewesen, als er es besucht hatte.

Der Hausmeister hatte inzwischen das nach rechts abgehende großzügige Treppenhaus erreicht, dessen Hauptschmuck neben dem alten Holzgeländer ein großes buntes Glasfenster war, das wahrscheinlich am besten im Dunkeln von draußen zur Geltung kam, wenn es von den Treppenhauslampen erleuchtet wurde.

An beiden Gangseiten – vor und nach der Treppe – standen Stühle; zwischen ihnen war mit Bindfaden ein Schild befestigt. *Ruhe bitte – Dreharbeiten* konnte man lesen. Jemand hatte wohl mitgedacht, um nicht das gesamte Gymnasium in Aufruhr zu versetzen. Auf der anderen Seite des Treppenhauses wiederholten sich Stuhl-Ensemble und Hinweis.

Schröder hielt vor dem uniformierten Polizisten an, der etwas verloren neben der Eingangstür zu einem zur Turnhallenseite der Schule gelegenen Raum stand und tatsächlich salutierte, als er Krüger sah. »Keine besonderen Vorkommnisse, Sir!« fügte er seiner Armbewegung hinzu.

»*Lewis*?« fragte der Kommissar, der von Carmen in einem Crashkurs auf den neuesten Stand britischer Krimi-Fernsehserien gebracht worden war.

»Nein«, sagte der Polizist. »Haldenhauer. Thorsten mit th Haldenhauer.«

»Wegtreten«, sagte Schneider und verbiß sich ein Grinsen.

»Tür ist offen«, sagte der Polizist und trat zur Seite.

Krüger und Schneider betraten einen Raum, der aus einer anderen Zeit zu stammen schien. Nur Dämmerlicht erhellte ihn, das aus den kleinen Fenstern gegenüber der Eingangstür fiel. Wahrscheinlich waren die Scheiben zum letzten Mal nach dem Zweiten Weltkrieg geputzt worden. In der Mitte des kleinen Saals, den man durchaus so nennen konnte, stand ein verschlissenes rotes Sofa. Ein Polster war eingerissen; das andere wies eine tiefe Sitzkuhle auf. Auf dem niedrigen Tisch davor vergilbten Prospekte, ein Bonner *General-Anzeiger* aus dem Jahre 2008 verdeckte halb einen gut gefüllten Aschenbecher – fast ausschließlich Gauloises ohne Filter –, und neben einem umgefallenen leeren Karton vergammelten zwei einsame Butterkekse.

»Hübsch häßlich ist es hier«, sagte Krüger.

»Hast du beim letzten Tatort auch gesagt«, sagte Schneider. »Variier doch mal dein Repertoire.«

»Seit wann sprichst du Französisch?« sagte Krüger, wollte das beginnende Sprachgeplänkel aber nicht fortsetzen. Stattdessen angelte er zwei durchsichtige Plastiküberschuhe aus einer Jacketttasche und gab sie Schneider. Er selbst setzte sich auf einen hinfällig aussehenden Sessel, dessen linke Armlehne fehlte, und streifte ebenfalls zwei Überzieher über seine italienischen Slipper. Nachdem er zwei Plastikhandschuhe angezogen hatte, stand er wieder auf.

»Ich dachte, Rauchen sei auf öffentlichem Gelände verboten?« Schneider wies auf den Aschenbecher.

»Ist es auch«, sagte Krüger, »aber das hier ist ein privates Gymnasium.«

Schneider lachte. »Und da gelten dann andere Regeln, oder? Aber der Hausmeister sagte vorhin, nur die Lehrer hätten einen Schlüssel zu diesem Raum.«

»Du meinst, das ist das offizielle *Inoffizielle Raucherzimmer*?« Krüger sah seinen Kollegen herausfordernd an. »Das habe ich gerade kursiv ausgesprochen.«

»Habe ich gehört. Ja, kann schon sein. Der Minister muß ja nicht alles wissen und schon gar nicht der Erzbischof als oberster Dienstherr. Wenn der in seinem Palais qualmt, muß er das ja nur sich selber beichten.«

»Nicht ablenken. Wo ist denn jetzt der Tote?«

Schneider deutete auf das Ständerwerk an der Schmalseite des Raumes, das zum Teil schon Rigipsplatten enthielt. Davor standen und lagen mehrere Tapetenrollen, zwischen denen ein Herrenschuh hervorsah. »Das hier soll mal ein Musikraum werden, sagte der Hausmeister vorhin.«

Schröder steckte seinen Kopf zur Tür hinein. »Sie haben gerufen?«

Krüger schüttelte den Kopf. »Neugier ist eine Zier, doch weiter kommt man …«

»Ohne ihr«, sagte der Hausmeister und zog die Tür wieder zu.

»Vielleicht würde der Musikraum aber auch einen Stock tiefer entstehen, hat Schröder vorhin noch hinzugefügt«, sagte Schneider. »So genau wisse man das nie bei den Artichekten des Erzbistums.«

»Hat er echt Artichekt gesagt?« Krüger grinste, der noch sehr gut die einzige brauchbare Achtziger-Jahre-Fernsehserie – neben *Alf* – namens *Hey Dad* in Erinnerung hatte, in der die Sekretärin des Helden, eines alleinerziehenden Architekten, in jeder Folge Schwierigkeiten hatte, den Beruf ihres Arbeitgebers korrekt auszusprechen. Er trat vor die Tapetenrollen und bückte sich. »Wenig zu sehen. Außer den teuren Schuhen, die sehen maßgeschneidert aus. Und einem blau angelaufenen Gesicht.«

»Wie war das mit deiner sprachlichen Präzision?« Schneider stupste ihn freundschaftlich an. »Maßgeschneiderte Schu—«

»Können wir nicht einmal einen ganzen Tag *ohne* den Duden Nummer Neun verbringen?« Krüger seufzte. »Auch wenn es mich freut, daß du mir aufmerksam zuhörst, was meine ansonsten fast fehlerfreie Sprache ...«

»Geht klar, Chef.« Schneider, der seinem Freund selten ins Wort fiel, kannte die folgenden Ausführungen zu Genüge. Er hatte sich ebenfalls gebückt und schob vorsichtig eine Tapetenrolle hoch, die die Hose des Toten verdeckte. »Ich weiß ja nicht, Chef. Braune Schuhe, Hose in chamois ...«

»Schon wieder Ausländisch«, murmelte Krüger, beließ es aber dabei.

»Braunes Jackett, Poloshirt, crèmefarben ...«

»Und nochmal. Ich glaube, den Bericht schreibe doch lieber ich, damit ihn auch Langenargen versteht. Unser aller Chef stammt doch vom Land und außer Hochdeutsch ...«

Schneider sagte: »Zwanzig Jahre Bretagne-Ferien. Und acht Fortbildungen in England. Sagt er jedenfalls.«

Krüger wollte noch etwas hinzufügen, aber sein Freund ignorierte ihn. »Sieht fast nach einem *dressman* aus«, diktierte er in sein Mobiltelefon.

»Und jetzt noch Englisch.« Krüger seufzte theatralisch. Dann wurde er wieder ernst. »Weißt du schon, um wen es sich handelt?«

Schneider schüttelte den Kopf. »Die Schülerin, die ihn gefunden hat, war völlig hysterisch. *Erwürgt* hat sie gesagt. *Mit einem Strumpf.* Und das mehrfach hintereinander.«

»Okay. Ehe wir hier noch mehr von unseren Bazillen hinterlassen, verlassen wir den Tatort lieber wieder und hören uns mal an, was das Mädchen zu sagen hat.«

Schneider setzte zu einem weiteren Satz an, doch Krüger legte den Finger auf die Lippen. Er bereute seine Flapsigkeit – immerhin war ein Mensch gestorben; wie es aussah, gewaltsam und damit vor seiner Zeit. Respekt war eine Eigenschaft, die Krüger durchaus besaß, aber manchmal gingen ihm einfach die Pferde durch, und lose Bemerkungen waren sicher auch eine (erlaubte?) Möglichkeit, um den Erschütterungen des Todes zu begegnen. Das wollte er jedenfalls für sich gelten lassen.

Der Kommissar ging mit großen Schritten zur Tür, blieb dann aber wie angewurzelt stehen. Er zeigte auf ein über der Tür angebrachtes Plakat, das man nur sehen konnte, wenn man wußte, wo es sich befand, oder wenn man auf der Rauchercouch saß. In roten Druckbuchstaben war unmißverständlich zu lesen: *Wolfgang, du bist tod!*

»Rechte Schreibung ist einfach viel zu schwierig«, murmelte Schneider.

2

Mittwoch, 3. November 2010 – Oxford

Blackmore legte den *Guardian* beiseite und sah aus seinem Bürofenster. Kein interessanter Film, kein aufregendes Buch, keine wichtige neue CD – nichts hatte sich in der Zeitung gefunden, was ihn aus seinem grauen Alltag hätte reißen können. Und Elogen über Jonas Kaufmann, den neuen deutschen Star-Tenor in Großbritannien, hatte er schon zu Genüge gelesen. Stattdessen hatte sein Chef, Chief Constable James Thorowgood, ihn gebeten, der neuen Kollegin, DC Alison Fisher, etwas über die Schulter zu gucken und ihren allzu großen Enthusiasmus, was die sofortige Lösung aller Fälle anging, zu bremsen.

Er seufzte.

Außerdem regnete es. Und Julie war verreist – Julie Boulton, die Mutter der ermordeten Studentin Jessica, in die er schon während des Studiums verliebt war, die er dann aber aus den Augen verloren hatte. Nach ihrer Scheidung hatte sie wieder ihren Mädchennamen King angenommen. Nachdem er den Fall der ermordeten Studentin (und einiger anderer Opfer) vom Frühjahr mithilfe des deutschen Kommissars Krüger gelöst hatte, waren er und Julie einander wieder ein bißchen näher gekommen. Aber jetzt war sie nicht greifbar.

Noch ein Seufzer.

Es klopfte. Blackmore wollte unwillig »Nein!« rufen, verpaßte aber den Moment, weil die Tür schon aufgegangen war und Rosie ihren hübschen Kopf hereinsteckte.

»Sir, wir müssen sofort los. In der Turl Street gibt es einen Toten.«

Blackmore musterte seine Kollegin. Detective Sergeant Rosie Mannering war wie stets im Dienst korrekt gekleidet: graues Kostüm, weiße Bluse, flache Schuhe. Eigentlich langweilig, aber bunt ging nur selten während der Arbeitszeit – bei Verabschiedungen älterer Kollegen zum Beispiel. Oder bei Hochzeiten von Angehörigen der Hierarchie.

Er stand auf, nahm sein Jackett vom Bügel am Türhaken, zog es über und schloß den mittleren Knopf.

Rosie grinste. »Stil hat schon was, oder?« Sie drehte sich um, in der Gewißheit, daß ihr Vorgesetzter, Detective Chief Inspector John Blackmore, ihr schon folgen würde.

Unten auf dem Parkplatz ging Blackmore schnurstracks zu seinem dunkelblauen Mercedes der E-Klasse und drückte auf den automatischen Schlüssel. Zwei Piepgeräusche und ein Klacken folgten.

»Sir, wollen Sie wirklich die halbe Meile fahren, um dann in der schmalen Turl Street einen Parkplatz zu suchen?« fragte Rosie. »Außerdem müssen Sie dort wieder irgendwelchen Politessen erklären, warum Sie in der Innenstadt von Oxford mit dem Auto unterwegs sind, statt wie jeder anständige Einwohner oder Tourist entweder zu Fuß zu gehen oder Fahrrad zu fahren. Oder den Bus zu nehmen.«

Blackmore seufzte erneut. »Sie haben ja recht.« Mit einem weiteren Klacken schlossen sich die Türen des Mercedes wieder, nachdem Blackmore seinen Regenmantel von Marks & Spencer aus dem Kofferraum genommen und übergezogen hatte. Rosie hatte inzwischen einen Schirm aufgespannt, was für eine Engländerin untypisch war, aber ihr Kostüm in Form hielt.

Die beiden Kommissare folgten St Aldate's, der alten, zum Zentrum von Oxford führenden breiten Straße, die auch der Polizeiwache ihren Namen gegeben hatte. Am Christ Church College wichen sie einer Gruppe spanischer Touristen aus, die unterhalb des Tom Tower den Gehweg blockierte und trotz Nieselregens versuchte, im Gegenlicht den Turm zu fotografieren.

»Was ist denn eigentlich los?« fragte Blackmore.

Obwohl Rosie gut trainiert war und zweimal in der Woche in Old Marston Joggen ging, hatte sie Mühe, den ausladenden

Schritten ihres Vorgesetzten zu folgen. Wenn sie sich jemals mit ihm befreunden müßte – würde, korrigierte sie sich –, dann aber nur, wenn er seinen Schritt dem ihren anpaßte; sonst würde das nichts mit dem Unterhaken werden. Aber mit Fünfzig war er sowieso zu alt für sie, fand sie.

»Also, heute morgen hat der Inhaber von Morgan & Price, dem zweitältesten Antiquariat in Oxford, seinen Laden in der Turl Street aufgeschlossen.«

»Das macht man doch für gewöhnlich morgens, als Ladenbesitzer, oder?« Blackmores Laune stieg, wie immer, wenn Rosie in der Nähe war. Er genoß einfach die Nähe seiner Kollegin mit ihrem scharfen Verstand und schnellen Witz, auch wenn er oft anderer Meinung war und bisweilen den Ansichten ihrer Generation nicht mehr folgen mochte. Gute zwanzig Jahre Unterschied waren manchmal ein Menschenleben. »Und, *by the way,* welches ist der älteste Buchladen in Oxford?«

»*Antiquarische* Buchladen«, verbesserte Rosie ihn. »Das war Thornton's in der Broad Street, schräg gegenüber von der alten Kirche St Mary Magdalen. Das Haus war schmal, mehrere Etagen, selbst auf den Treppenstufen lagen Bücher, über die man vorsichtig steigen mußte. Und …«

»Waren Sie mal drin?«

Rosie wurde rot. »Nicht direkt.«

Eine typische Antwort ihrer Generation, dachte Blackmore; wie geht denn *nicht direkt*, halb drin oder halb draußen?

»Mein Freund James hat da mal in den Semesterferien gearbeitet. 2003 haben die dann ihr Ladengeschäft geschlossen und sind jetzt nur noch virtuell in Faringdon vorhanden. Schade eigentlich.« Sie sah versonnen nach oben und war mit ihren Gedanken augenscheinlich entweder beim jungen Freund oder bei alten Schinken.

Blackmore schmunzelte innerlich. Irgendwann war auch er mal jung gewesen. »Jedenfalls hat der Besitzer von Morgan & Price seinen Laden aufgeschlossen.«

»Genau. Donald Morgan sagte am Telefon, er habe sich gewundert, warum sein Angestellter, ein gewisser Gerry Adams, noch nicht da war; gewöhnlich sei er immer der erste. Er hat dann das gußeiserne Gitter vor dem Ladenfenster zur Seite geschoben, die Kaffeemaschine angeworfen und ist nach oben gegangen.«

»Oben?«

»Das Antiquariat ist praktisch Thornton's im Kleinen: alle Stockwerke voller Bücher, bis auf die Treppenstufen, das geht wegen feuerpolizeilicher Vorschriften nicht mehr, verwinkelt, unter dem Dach, wo man sich nur gebückt aufhalten kann ...«

»Waren Sie schon da?« Blackmore, der von der Gewissenhaftigkeit seiner DS überzeugt war, traute sogar das ihr zu – zeitgleich mit dem Anruf im Laden aufzutauchen und ... Weiter kam er mit seinen Gedanken nicht.

»Nein, aber James hat dort auch mal gearbeitet«, fuhr Rosie fort. Sie errötete wieder. So häufig hatte sie ihren Freund im Dienst noch nicht erwähnt. »Jedenfalls ging Morgan in den zweiten Stock, um nach einer bestellten Erstausgabe zu suchen. Und dort fand er dann Adams. Ziemlich tot. Der Angestellte lag auf dem Rücken, einen zusammengeknoteten Damenstrumpf um den Hals.«

Wie ging denn *ziemlich tot*? Blackmore beschloß, der Sergeantin die Bücher einiger stilsicherer Autoren zur Lektüre zu empfehlen, stolperte in seinen Überlegungen aber schon beim ersten Namen. Dickens? So redete heute doch kein Mensch mehr. Hemingway? Nee, keine Frauenlektüre. Ross Thomas vielleicht, aber der war Amerikaner. Egal jetzt – *back to business*.

Beim Carfax Tower bogen Blackmore und seine Kollegin nach rechts in die High Street, deren hohe Verkehrsdichte seit vielen Jahren vorbei war. Dafür gab es jetzt Taxis, Busse, Lieferwagen und Hunderte von Fahrrädern. Und natürlich die ganzjährig auftretenden Touristengruppen. Eigentlich kamen die meisten Besucher der alten Universitätsstadt aus den Vereinigten Staaten, Frankreich und Deutschland; gefühlt waren das aber immer Asiaten, dachte der DCI. Aber vielleicht auch nur deswegen, weil sie anders aussahen. Und schon wieder war er in das alte Rollenmuster hineingerutscht: Alle Nichteuropäer waren Ausländer; dabei lebten sie vielleicht schon in der dritten Generation hier, wie die Pakistaner, deren Großeltern in den vierziger und fünfziger Jahren eingewandert waren, weil es in der Textilindustrie Arbeitsplätze gab. Aber jetzt schweife ich ab, dachte Blackmore. Assoziationsketten waren schon etwas Großartiges.

Hinter »The Mitre« begann die Turl Street, in deren Verlauf drei der ältesten Oxforder Colleges lagen, Exeter, Lincoln und Jesus. Die alten Geschäfte waren längst Läden gewichen, wie man sie inzwischen leider in allen großen Touristenanziehungsorten der Welt kannte: ein preiswerter Juwelier, Sportklamottenbedarf, Kostümverleih und -verkauf, Andenken, die zumeist aus T- und Polo-Shirts mit den Wappen der Oxforder Universitätscolleges bestanden, und Schuhe. Zumindest letztere waren urenglisch und wurden von der ehrwürdigen Firma Ducker & Sons seit Ende des neunzehnten Jahrhunderts angeboten. Am Ende der Straße lag quer die Broad Street mit weiteren Colleges und natürlich mit Blackwell's, dem großen, inzwischen zu einer nationalen Buchhandelskette gewachsenen Unternehmen.

Rosie stupste ihren Chef in die Seite. »Hey, wo sind Sie denn? Sie kennen das doch alles hier, und trotzdem erstarren Sie in Ehrfurcht, sobald Sie ein College in weniger als zehn Metern Entfernung sehen.«

Blackmore lachte. »Ich überlegte gerade, ob ich als Student lieber bei Blackwell's mit modernen Büchern oder bei Thornton's mit uralten Schmökern gearbeitet hätte.«

»Und zu welchem Schluß sind Sie gekommen?«

»Keine Ahnung. Als Student habe ich jahrelang in einem Plattenladen ausgeholfen. War eine tolle Zeit.« Er hob ratlos die Schultern und schwieg.

Ein wehmütiges Lächeln huschte über sein Gesicht, das Rosie, die ihm gegenüberstand, nicht ganz einsortieren konnte. Trauer um die verlorene Jugend? Ein falsch eingeschlagener Berufsweg, der Blackmore zur Beschäftigung mit den Auswüchsen der Gesellschaft gezwungen hatte? Oder Trauer über das Verschwinden eines ganzen Kulturzweiges, nämlich der Schallplatten, zugunsten schnell konsumierbarer Musik über den Kopfhörer des Mobiltelefons? Rosie nahm sich vor, irgendwann ihren Chef bei einem Pint Ale danach zu fragen.

»So, wir sind da«, sagte die junge Frau und deutete auf ein Haus zwischen einem Juwelier und einem Studentencafé.

Die Erdgeschoßverkleidung aus Holz stammte noch aus viktorianischer Zeit. Sie schien regelmäßig gepflegt zu werden; kleinere Risse waren ausgebessert, und alles war vor nicht allzu langer Zeit poliert worden. Über dem von der Holzverkleidung dreifach unterteilten Schaufenster hing ein gleich breites, hellbraun lackiertes Holzschild, das in den bunten Farben der dreißiger Jahre und mit Schatten hinter den dadurch plastisch wirkenden Buchstaben die Namen »Morgan & Price« annoncierte, gefolgt von einem hochgesetzten »Est. 1987«. Zwei Messinglampen über dem Schild versuchten, durch ihren Schein etwas Farbe in den Nieselregen zu bringen.

Das Schaufenster allerdings müßte mal wieder geputzt werden, dessen war sich der DCI sicher. *Blind* war der falsche Ausdruck, aber Staub und leichte Schlieren verhinderten einen ungetrübten Blick auf die ausgestellten Bücher. Blackmore sah eine der tausend Dickens-Ausgaben, die in den zwanziger Jahren auf den Markt geworfen worden waren, ein aufgeschlagenes Heft des *Strand Magazine*, in dem Conan Doyle seine Sherlock-Holmes-Geschichten veröffentlicht hatte, daneben Shakespeares *Werke*, einbändig – das mußte dann schon sehr klein gedruckt sein –, und einen kleinen Stapel *Vogue*-Illustrierter. Alles in allem das übliche Sammelsurium für Touristen. Mit viel Glück konnte man aber in einem solchen Laden in einem Hinterzimmer eine Rarität entdecken.

Links gab es zwei Türen; die eine führte geradeaus ins Haus, durch die andere, leicht schräg stehende Glastür betrat man den Laden.

Auf dem Glas der Eingangstür klebte ein Zettel, auf den jemand hastig *Wegen Krankheit geschlossen* geschrieben hatte. Blackmore drückte trotzdem gegen die Ladentür. Wie erwartet, ging sie auf. Drinnen klingelte eine am Türrahmen befestigte kleine Glocke, woraufhin ein älterer Mann hinter einem querstehenden Bücherregal hervorkam.

»Wir haben geschlossen. Der Hinweis ist doch nicht zu übersehen, oder?« Er deutete auf das Papier, versuchte aber, angesichts potentieller Kunden nicht zu unhöflich zu sein.

Blackmore hielt seinen Dienstausweis in der Hand. »DCI Blackmore. Das ist meine Kollegin, Ms Mannering.«

»Entschuldigen Sie. Das ging aber schnell. Donald Morgan«, sagte Donald Morgan.

»Und wo ist Mr Price?« fragte Rosie.

Morgan sah beschämt zu Boden. »Den gibt es gar nicht. Ich fand, daß sich ein Doppelname für meine Firma einfach besser anhört. So ähnlich wie *Ducker & Son* oder *Ede & Ravenscroft*.«

Rosie lachte. »*Price & Waterhouse* war schon besetzt, oder? Dann säßen Sie allerdings mit wesentlich mehr Geld auch nicht hier, sondern in London.«

Blackmore blieb ernst. »Wo ist denn jetzt der Tote?«

»Darf ich vorangehen?« Morgan drehte sich um und verschwand zwischen zwei überladenen Bücherregalen, hinter denen ein schmale Treppe nach oben führte.

Der DCI hatte Mühe, ihm zu folgen. Nur große Schritte zu beherrschen, reichte eben nicht. Und wieder nahm er sich vor, seine Mitgliedschaft im Fitness Center zu erneuern oder wenigstens morgens an einem der zahlreichen Zuflüsse des Bayswater Brook, der später in den Cherwell mündete, entlang joggen zu gehen. Als er endlich im zweiten Stock ankam, sagte er atemlos: *»Der ich für Sportgekletter nicht gestaltet bin …«*

Rosie grinste. »Fast exakt. *Richard III.*, wenn ich mich nicht sehr irre.«

Blackmore nickte und holte tief Luft.

»Wir mußten den Anfangsmonolog in der Schule auswendig lernen.«

»Wir nicht. Bei uns waren das die entsprechenden Zeilen bei *Macbeth*.«

»Ich kann ihn, glaube ich, immer noch. Soll ich?« Die Sergeantin konnte ziemlich spitzbübisch lächeln.

»Lieber nicht. Mord und Totschlag paßt zwar vom Thema her, aber wir konzentrieren uns lieber auf unsere Aufgabe hier.«

Im zweiten Stock war etwas mehr Platz; es sah sogar ganz gemütlich aus. Zwei Fenster gingen nach vorne raus; mit etwas Mühe konnte man ins Lincoln College gegenüber hineinsehen. Um zu lüften, mußte man die untere Fensterhälfte nach oben schieben und hoffen, daß sie nicht wieder herunterkam, wenn man den Kopf hinausstreckte. In dem wunderbaren Film *A Chump in Oxford* tat Stan Laurel genau das, woraufhin natürlich die Fensterhälfte nicht einrastete, sondern beim Herunterkommen seinen Kopf traf – so daß er sich für einen englischen Grafen hielt. Blackmore beschloß, das Risiko nicht einzugehen, und ließ das Fenster trotz des Geruchs geschlossen.

Ein altes Tischchen trennte die beiden schiefen Sessel, vor denen ein Teppich, der auch schon bessere Zeiten gesehen hatte, Falten warf. Mitten darauf lag ein älterer Mann, den erwähnten Damenstrumpf um den Hals. Seine Hände waren in einer Abwehrbewegung erstarrt; augenscheinlich hatte er noch versucht, das Zusammenknoten des Strumpfes zu verhindern.

Blackmore schnupperte. Es roch nach Zigarettenrauch, leicht süßlich. Entweder waren das Kleine-Jungs-Zigaretten, womöglich Mentholzeug, oder aber … Er schnupperte erneut. Wohl doch eher eine Zigarre, deren Geruch er noch von seinem Großvater erinnerte. Wenn er als kleiner Junge morgens ins großelterliche Wohnzimmer trat, hing immer noch der Duft der Abendzigarre des alten Herrn im Raum, etwas, das sich in Blackmores Gedächtnis eingebrannt hatte und untrennbar mit seinem Lieblingsgroßvater verbunden blieb.

Er trat vorsichtig näher und musterte den Toten. Er mochte Ende Fünfzig, Anfang Sechzig sein, wenn man aufgrund der Halsfalten, der Leberflecke auf den Händen und der leicht ergrauten Schläfen die richtigen Schlüsse zog. Der graue Bart war auf den Millimeter exakt gestutzt. Was den Kommissar erstaunte, war die sorgfältige Kleidung: hellgraue Anzughose, dunkelrote Weste, silberne Uhrkette, Krawatte, dunkelgraues Anzugjackett, geputzte schwarze Schuhe. »Ist das seine übliche Kleidung?« fragte er.

Morgan nickte. »Gerry sah immer so aus.« Er selbst schien weniger Wert auf passende Kleidung zu legen. Der Antiquar trug das für seinen Berufsstand übliche braune Tweedsakko mit Lederstükken an den Ellenbogen, dazu eine grüne Cordhose, deren Streifen ziemlich abgeschabt waren, und Turnschuhe. Auf eine Krawatte hatte er verzichtet; an ihrer Stelle fand sich ein seit den siebziger Jahren aus der Mode gekommenes Halstuch mit gelb-rotem Paisleymuster. Plötzlich schluchzte er auf und ließ sich schwerfällig auf einen der beiden Sessel sinken, der unter seinem Gewicht ächzte.

»Soll ich Ihnen ein Glas Wasser holen?« fragte Rosie, stets praktisch veranlagt.

»Danke, es geht gleich wieder. Das ist doch ein ziemlicher Schock, Gerrys Tod, meine ich.« Morgan wischte sich eine Träne aus dem Auge.

»Wie lange kannten Sie sich?«

»Fast eine gefühlte Ewigkeit. Ich bin nur fünf Jahre jünger als Gerry …«

Und siehst doppelt so alt aus, dachte Rosie. Dabei müßte doch das tägliche Treppensteigen zur dauernden Körperertüchtigung ausreichen, aber vielleicht war immer Gerry nach oben gelaufen, der deutlich schlanker war.

»… aber wir sind wie zwei Brüder, *waren*, muß man ja jetzt sagen.« Eine weitere Träne folgte. Morgan schwieg.

»Wo haben Sie sich denn kennengelernt?«

»Beim letzten Konzert von Led Zeppelin in England. 1979 oder 1980 muß das gewesen sein. In Knebworth. Wir hatten uns beide ein neues Bier geholt, haben dann nach dem Konzert weitergetrunken und sind uns seitdem immer wieder solange über den Weg gelaufen, bis Gerry vor drei Jahren, weil er gerade wieder ohne Beschäftigung war, fragte, ob ich nicht etwas für ihn hätte. Hatte ich. Und da er sehr belesen ist, ist er, nein, war er ein echter Gewinn für die Firma.«

Blackmore bückte sich. Neben dem Toten lag eine offene Brieftasche, ihr Inhalt teilweise verstreut, als habe der oder die Täterin etwas gesucht. Was sofort ins Auge fiel, war ein dunkelroter deutscher Reisepaß.

3

Montag, 25. Oktober 2010 – Rheinbach

Krüger klopfte zaghaft. Auch nach Jahrzehnten hatte er das gleiche Gefühl wie damals in der Schule, wenn er zum Direktor gerufen worden war: etwas Angst, etwas Herzklopfen und ziemlich viel Ungewißheit über das, was ihn erwartete.

Keine Antwort.

Er klopfte etwas lauter.

»Herein!« hörte der Kommissar eine sonore Stimme rufen. Die Tür ging zum Gang hin im Erdgeschoß des Neubaus auf, in den der Hausmeister ihn und Schneider wieder gebracht hatte, nachdem sie das *Raucherzimmer*, wie Krüger es getauft hatte, verlassen hatten. Dem Polizisten vor der Tür war nachdrücklich verdeutlicht worden, niemanden hineinzulassen.

Krüger trat in ein großzügiges Büro, dessen hohe Fenster einen Ausblick auf die Kirschbäume vor dem Erdgeschoß des Neubaus, den Rasen und die Bäume des Stadtparks zeigten. Viel Grün war immer gut, dachte der Kommissar, Grün beruhigt, was im Schulalltag sicher von Vorteil war.

Ein hochgewachsener Mann Mitte fünfzig, mit Dreitagebart, kariertem Hemd, dunkelblauem, um die Schultern gelegtem Pullover, dessen Ärmel zusammengeknotet waren, heller Hose und flachen brauen Schuhen, stand von seinem Schreibtisch auf und musterte Krüger. »Sie sind …?«

»Erster Kriminalhauptkommissar Krüger, Polizeipräsidium Bonn.«

»Dr. Hennes, Ralf Hennes, Oberstudiendirektor i.K.«, sagte der Direktor. »Und jetzt lassen wir unsere Titel weg, oder?«

Der rheinische Akzent war nicht zu überhören. Der Vorname klang wie *Rallef*. Krüger bewunderte jedes Mal die Fähigkeit besonders der Kölner, einsilbige Worte zweisilbig auszusprechen.

Die Zweisilbigkeit galt auch für Getränke wie *Millesch* oder Geschmacksverstärker wie *Sennef*. Was immer auch i.K. bedeutete – das freundliche Angebot erleichterte vieles, dachte Krüger. Vielleicht war der Direktor jemand, mit dem man auf Zuruf zusammenarbeiten konnte. »Gerne«, sagte er.

Hennes kam auf den Kommissar zu, streckte seine Hand aus und drückte Krügers ziemlich fest, was letzteren wieder einmal zu der Überlegung veranlaßte, ob er nicht endgültig doch die asiatische Sitte der Begrüßung und Verabschiedung, die Flächen beider Hände aneinanderzulegen und sich zu verneigen, besser finden sollte. Zumindest konnte man seine rechte Hand nach einem solchen Gruß noch weiter verwenden.

»Setzen Sie sich doch«, sagte Hennes und deutete auf den runden Besprechungstisch unter dem Bild des amtierenden Kölner Kardinals. »Kaffee?«

Krüger nickte und hoffte, daß das Gebräu trinkbar sein würde. In Behörden – und dazu zählte er auch Schulen – hatte er schon alles erlebt, vom wunderbaren italienischen Espresso, hinter dem sich selbst das Café an der Annapforte des Petersdoms verstecken mußte, bis zu bräunlich gefärbtem Wasser, das versehentlich neben eine leere Instantkaffeedose geraten war.

Hennes steckte seinen Kopf ins angrenzende Sekretariat und nahm anschließend schräg gegenüber von Krüger Platz.

»Mögen Sie mir berichten, was sich heute morgen ereignet hat?« fragte der Kommissar.

Hennes setzte sich aufrecht hin. »Ich war wie immer um halb acht im Büro und besprach mit Herrn Wolter, dem dafür zuständigen Kollegen, den Vertretungsplan. Plötzlich hörte ich auf dem Flur eine schreiende Mädchenstimme. *Er ist tot, er ist tot,* hat sie gerufen. Und das ein paarmal. Ich bin dann auf den Gang gelaufen, auf dem sich schon eine kleine Traube von Schülerinnen gebildet hatte. Aus dem Lehrerzimmer gegenüber kam glücklicherweise Frau Scheidgen, die Vertrauenslehrerin. Ich habe sie dann gebeten, sich um das Mädchen zu kümmern.«

Krüger hatte sein kleines Moleskine-Notizbuch auf den Tisch gelegt, eine neue Seite aufgeschlagen und machte sich Notizen. »Wie heißt das Mädchen?«

»Wie sie alle inzwischen heißen – Anna-Lena«, sagte Hennes. »Mit Nachnamen Schuster.«

Den Sarkasmus hielt Krüger für überflüssig, zumal er sich nicht auf die Schülerin, sondern auf die Eltern bezog.

»Klasse 8«, sagte Hennes. »Da sind immer alle hysterisch.«

Das fand Krüger jetzt für den Direktor einer Mädchenschule völlig daneben. Andererseits war der gute Mann wohl wirklich sehr gestreßt. Ein Ereignis wie die Auffindung eines Toten in der eigenen Schule warf jeden schnell aus der Bahn.

Eine der Sekretärinnen brachte den bestellten Kaffee. Krüger nippte daran, stellte die Tasse aber schnell wieder ab, da sie viel zu heiß war.

»Ich habe Ihnen schon die Personalakte herauslegen lassen.« Hennes schob einen aus einer Hängeregistratur stammenden hellbrauen Ordner zu Krüger hinüber. »Der Tote ist Wolfgang Winkler. Deutsch und Musik sind, äh, waren seine Fächer.«

»Wer sagt das?«

»Ich. Das haben Sie doch gerade gehört. Nachdem ich schließlich aus dem Mädchen herausbekommen hatte, daß im zweiten Stock, in dem noch nicht renovierten Raum, ein Toter liegen sollte, bin ich dorthin gelaufen, um mich selbst zu überzeugen.«

»Dann hatten Sie die Idee mit den Filmaufnahmen?«

»Genau. Das zieht einerseits natürlich Neugierige an, aber da die Sekretärinnen gleichlautende Schilder auch im Treppenhaus eine Etage tiefer angebracht haben, dürfte jetzt der größte Teil an neugierigen Mädchen fernbleiben. Auf Hinweise im Erdgeschoß haben wir verzichtet; man muß die Leute ja nicht mit der Nase darauf stoßen.«

»Wirklich sehr gut«, sagte Krüger. »Vielen Dank. Warum haben Sie eigentlich direkt die Polizei und nicht den Rettungsdienst gerufen?«

»Erstens«, Hennes legte seinen rechten Zeigefinger an die Innenseite des linken Daumens und zählte, »mit einem Band – oder was immer das ist – um den Hals sah es nicht nach einem natürlichen Tod aus. Zweitens«, der Zeigefinger wanderte weiter zum linken Zeigefinger, »ist Wolfgang bestimmt schon zwei Tage tot. Fehlende Leichenstarre und so.«

Auf Krügers fragenden Blick setzte der Direktor hinzu: »Mein Vater war Arzt. Und drittens habe ich gedacht, wenn die erfahrenen Kräfte unserer Polizei das Ganze in die Hand nehmen, kehrt hier schneller wieder Ruhe ein.«

War das jetzt auch Sarkasmus oder eine Minderheitenmeinung? Der Bonner Kommissar war sich nicht sicher.

»Jedenfalls kam sehr schnell ein Auto von der Rheinbacher Wache, hat das Raucherzimmer im zweiten Stock besichtigt, einen Beamten dort abgestellt und dann Sie angerufen.«

»Das Auto oder die Insassen?« Krügers Bemühen um korrektes Deutsch hatte sich, seit die studierte Germanistin Carmen in sein Leben getreten war, nur noch vergrößert.

Hennes grinste und hob die Hände hoch. »Tut mir leid; ich bin bloß ein simpler Mathematik- und Sportlehrer.«

Rasch fuhr Krüger fort: »Ist das tatsächlich das Raucherzimmer oder …« Halbe Sätze halfen manchmal schneller ans Ziel, dachte er.

Hennes lachte. »Natürlich nicht. Aber was machen Sie mit drei Drogenabhängigen im Kollegium, von den Schülerinnen der Oberstufe ganz zu schweigen? Sie versuchen, wegzu-, äh, riechen. Die Kollegen sind glücklich; ich bin glücklich, und Köln ist weit.«

»Ich dachte, das Schulministerium befindet sich in Düsseldorf?«

»Tut es, aber wir sind eine der vielen erzbischöflichen Schulen im Rheinland. In Köln sitzt mit dem Herrn Kardinal unser Vorgesetzter. Ihm haben wir in allen schulischen und geistlichen Dingen zu folgen, auch wenn das Land über neunzig Prozent der Personalkosten der Schule refinanziert.«

»Aha«, sagte Krüger, dem zu geistlichen Dingen im Alltag noch nie sonderlich viel eingefallen war. Für ihn als Hamburger war das katholische Rheinland sowieso manchmal unverständlich, selten logisch und immer merkwürdig. Und warum die Kirche auch noch den Alltag ihrer Mitglieder diktieren und kontrollieren wollte, hatte er nie verstanden. Sonntags reichte doch. Religion war für ihn Privatsache.

Der Direktor sah auf seine Armbanduhr. »Tut mir leid, aber eigentlich habe ich gleich eine meiner wenigen Schulstunden. Was müssen Sie denn noch wissen?«

»Alles«, sagte Krüger. »Alles über den Toten. Familienstand, Kontostand, Hausstand, jedes Detail, das uns bei der Suche nach seinem Mörder weiterhilft.«

»Oder Mörderin«, sagte Hennes und studierte seine Fingernägel, die nach einer ziemlich teuren Maniküre aussahen.

»Seine Position im Lehrerkollegium, Freunde, Feinde – Sie wissen schon.«

Der Direktor seufzte. »Klingt nach Arbeit. Aber das ist doch eigentlich Ihre Aufgabe, oder?«

»Sie möchten doch rasch zum Alltag zurückkehren. Das geht umso schneller, je eher wir das Puzzle, das mit jedem neuen Toten beginnt, zusammengesetzt haben. Und da benötigen wir schon Ihre Mithilfe.« Krüger hatte sich hinter dem behördlichen *Wir* versteckt, das oft die Dinge beschleunigte. »Also, können Sie mir eine Liste derjenigen Namen aus der Lehrerschaft erstellen, die wir sofort befragen sollten, nachdem wir die Informationen der Schülerin haben?«

Hennes nickte. »Geht klar.«

Krüger seufzte. Fünfzigjährige, die wie Zwanzigjährige redeten. *Machen wir gerne!* Das klang viel netter, aber das hörte man immer seltener, fand er. Vielleicht sollte er aber auch seinen Alltag um mnemotechnische Übungen bereichern, um sein Grammatik- und Stilzentrum auszuschalten. Shakespeare-Monologe auswendig lernen. Oder so.

»Hören Sie mir überhaupt zu?« Hennes konnte auch wie ein richtiger Direktor gucken.

»Entschuldigung«, sagte Krüger. »Ich bin gerade im Geiste die Vorschriften für Todesfälle in öffentlichen Gebäuden—«

»Dies ist eine Privatschule«, unterbrach ihn Hennes.

»Ich weiß. Und in Privatschulen durchgegangen.« Ob diese Richtlinien allerdings existierten, entzog sich seiner Kenntnis. Aber etwas Amtsautorität war immer gut. *Ermessenssache* war das häufigste Stichwort. »Jedenfalls reicht es, wenn wir im zweiten Stock nur den Flur vom großen Haupt- bis zum kleinen Treppenhaus abgesperrt lassen, bis die Spurensicherung mit ihrer Arbeit fertig ist. Ansonsten kann der Schulbetrieb normal weiterlaufen.«

Hennes sprang auf. »Normal. Wie stellen Sie sich das denn vor? Sollen wir einfach zur Tagesordnung übergehen und sagen, wir haben zwar einen toten Kollegen, aber da kümmert sich die Polizei drum, und wir machen weiter wie bisher?« Aufgebracht gucken konnte er auch.

»Es tut mir leid«, sagte Krüger. »Das ist der erste tote Lehrer in meiner Laufbahn. Außerdem denke ich, einen Schulbetrieb mit über achthundert Kindern aufrechtzuerhalten, sollte oberste Priorität haben. Was halten Sie denn für sinnvoll?«

»Die Kollegen offiziell zu informieren, obwohl sie das schon wissen – in einer Schule verbreiten sich die Gerüchte ja immer am schnellsten. Dann die Schülerinnen nach Hause zu schicken. Und für morgen eine Gedenkveranstaltung in der Turnhalle zu organisieren.«

Auf Krügers fragenden Blick setzte er hinzu: »Unsere alte Aula von 1911 faßt nur etwa zweihundert Leute. Alle Veranstaltungen mit mehr Teilnehmern halten wir in der Turnhalle ab, die man durchaus festlich schmücken kann.«

Es klopfte, und Schneider kam ungebeten herein. »Die Spurensicherung ist da.«

»Bringst du sie nach oben? Wer ist denn gekommen? Die großen Dichter?«

Schneider nickte und verschwand.

Hennes sah den Kommissar fragend an. »Wieso? Kommen die aus Weimar?«

»Tun sie nicht«, sagte Krüger. »Die kommen wie mein Kollege und ich aus Beuel. Aber sie heißen Schiller und Buchner – da lag der Spitzname doch nahe, oder?«

Hennes grinste. »Als ob auch sie – die Polizei, meine ich – das Schulgelände nie verlassen haben. Spitznamen verkleinern die jeweilige Person in ihrer Würde, stärken jedoch gleichzeitig ihre Autorität, da nur die angesehenen Kollegen mit ihnen bedacht werden.«

»Haben Sie denn einen Spitznamen?« konnte Krüger sich nicht enthalten zu fragen.

Hennes konnte auch sauer gucken. »Brauchen Direktoren nicht. Die heißen doch immer *der Direx*. Wir sind fertig, oder?«

Krüger stand auf. »Fürs erste, denke ich.« Und dachte gleichzeitig, etwas zu sagen und dann hinzuzufügen, »denke ich«, war wirklich kompletter Schwachsinn. »Sagen Sie mir noch, wo das Lehrerzimmer ist? Dann gehe ich jetzt zu der Achtkläßlerin.«

Schneider saß im unrenovierten Raum des zweiten Stockwerks auf dem Sofa, das die Spurensicherung bereits untersucht hatte, und steckte seinen Finger in eines der zahlreichen Löcher, die die Spitze einer glimmenden Zigarette verursacht hatte. »Komisch, daß es hier nie gebrannt hat.«

Buchner blickte von seinem Koffer auf, den er neben der Leiche abgestellt hatte. »Hat es doch. Da hinten.« Er deutete auf eine schwärzliche Stelle über einem der Fenster. »Sieht nach einem alten Brandnest aus. Wahrscheinlich ein Kabelbrand, der bei einem heftigen Regen von selbst wieder ausgegangen ist.«

»Was macht ihr denn mit dem vollen Aschenbecher und den ganzen Kippen?«

Der normalerweise wortkarge Schiller bequemte sich zu einer Antwort. »Gar nichts. Geht alles nach Düsseldorf zu den Kollegen von der KTU zwecks DNA-Abgleichs. Dort wird man sich freuen über die Zusatzarbeit. Außerdem glaube ich nicht, daß der Mörder …«

»Oder die Mörderin«, warf Buchner ein.

»Oder die Mörderin«, fuhr Schiller fort, »hier in Ruhe eine geraucht hat, dem Opfer gesagt hat, *nur eine letzte Zigarette,* und ihm anschließend die Luft abgedreht hat.«

»Habt ihr überhaupt irgend etwas gefunden, das uns weiterbringt?« fragte Schneider.

Schillers Eloquenz war wieder vorbei, und er schüttelte nur den Kopf. Buchner war dabei, die Leiche vorsichtig zu entkleiden. Von irgendwo hatte er Kleider- und Hosenbügel her und hängte alles sorgfältig auf.

Buchner sagte nur: »Weiß nicht. Ist alles auf den Fotos. Schicke ich euch nachher.« Die teure Canon der Spurensicherung lag auf dem Couchtisch. Der Polizeifotograf wurde tatsächlich manchmal eingespart; nach welchem System das erfolgte, entzog sich aber Schneiders Kenntnis.

Der Kommissar stand auf. Weitere Einzelheiten brauchte er nicht. Das Abkleben der Leiche zur Sicherung von DNA-Spuren hatte er schon einmal verfolgt, und einmal reichte. Außerdem stand ohnehin alles im Bericht, den die Dichter bereits morgen vorlegen würden. Und Erkenntnisse der Kriminaltechnischen Untersuchung aus Düsseldorf würden auch zügig kommen. Er war schon an der Tür, als Schiller doch noch etwas sagte.

»Hey, das glaubst du nicht, Schneider. Guckst du hier.«

4

Mittwoch, 3. November 2010 – Oxford

Der Reisepaß wurde von einem schon leicht brüchigen Gummiband zusammengehalten, so daß Blackmore auf ein Aufblättern verzichtete. Sollte sich erstmal die Spurensicherung darum kümmern.

Wie auf Kommando ging unten die Türglocke, und Morgan beeilte sich, die Treppen hinunterzulaufen. Gleich darauf kamen die beiden Frauen von den *forensics*, die Dienst hatten, nach oben.

»Morgen, Sir«, sagte Blackfriar, eine junge Frau, die ihre dunklen Locken zu einem Pferdeschwanz zusammengebunden hatte. Sie trug bereits den weißen Overall und hatte Handschuhe an. »Das geht aber gar nicht, hier den Tatort zu zertrampeln.«

Ihre Kollegin pflichtete ihr bei, was sie durch ein knappes »Stimmt!« tat. Hethercott war schon etwas älter und hatte ihre aschblonden Haare mit einem praktischen Kurzhaarschnitt versehen lassen. Obwohl der Beruf seine Spuren in ihrem ebenmäßigen Gesicht hinterlassen hatte – es gab durchaus feine Falten, die erst beim zweiten Hinsehen auffielen –, hatte sie Lachfältchen um die Augen. Und sie war trinkfest, in Gesellschaft, was ihr die Achtung ihrer älteren Kollegen eingetragen hatte. Die jüngeren Beamten hielten sich ja heutzutage nur noch an italienischen Mixgetränken fest, Kaffee plus irgendwas, dachte Blackmore.

»Von zertrampeln würde ich nicht reden«, sagte der Detective und betrachtete seine polierten Schuhe. Hätte er Wanderstiefel getragen – die er nicht besaß –, hätte er Hethercott nicht zu widersprechen gewagt.

Sie zwinkerte ihm aber zu, was den DCI irritierte. Avancen? Oder nur Freundlichkeit? Bei den emanzipierten Frauen von heute wußte man das nicht mehr.

»Können Sie schon sagen, wie lange er tot ist?« fragte Rosie.

»Das müßten Sie doch allmählich mal selber wissen. Wann setzt denn die Leichenstarre ein, und wann hört sie wieder auf?« fragte Blackfriar ziemlich schnippisch.

Die Sergeantin verdrehte die Augen. Wie konnte man nur morgens schon so gereizt sein?

»Etwa zwei Tage«, sagte Hethercott zu Blackmore.

Inzwischen war Morgan ebenfalls wieder hochgekommen und verfolgte an der Tür das Gespräch.

Blackmore drehte sich zu ihm um: »Heute ist Mittwoch. Und Sie haben Ihren Mitarbeiter erst heute vermißt?«

»Vorgestern war ich in London. Und gestern in Reading bei einem Kollegen. Gerry wollte sich an den beiden Tagen alleine um den Laden kümmern. Gesehen habe ich ihn zuletzt vor dem Wochenende.«

Blackmore ging zur Tür. »Wir lassen die Damen jetzt mal alleine. Rosie, kommen Sie? Mr Morgan, ich würde mich unten gerne mit Ihnen noch etwas unterhalten.«

Der Ladenbesitzer wurde blaß. Er trat zur Seite und ließ dem DCI und Rosie den Vortritt.

»Ist Ihnen nicht gut, Mr Morgan?« fragte Rosie.

»Doch, wahrscheinlich nur mein Kreislauf. So viele Treppen wie heute bin ich in den letzten Tagen nicht hochgestiegen.« Er holte ein gebrauchtes Taschentuch aus der Hosentasche und wischte sich mehrfach über die Stirn.

Rosie trat auf die oberste Treppenstufe. Hinter sich hörte sie, wie Morgan anscheinend strauchelte und das Buch, das er in der Hand gehalten hatte, zu Boden fiel. Sie drehte sich um und sah noch, wie sich der Antiquar mit dem Taschenbuch in der Hand wieder aufrichtete. »Machen Sie langsam. Wir haben Zeit«, sagte sie freundlich.

Im Erdgeschoß stand Blackmore schon an der kleinen Theke und studierte den Kalender. »*Reading 11 Uhr* steht hier für gestern eingetragen. Und für vorgestern haben Sie *16 Uhr London ›Paradise Lost‹* notiert. Ihre Angaben scheinen ja zu stimmen.«

Morgan trat hinzu und versuchte, beleidigt auszusehen.

»Aber warum steht dann hier für Montagnachmittag *Gerry frei*?«

»Das war ja nicht sehr ergiebig«, sagte Rosie eine halbe Stunde später. Sie saß mit ihrem Vorgesetzten ein Haus weiter in »The Missing Bean«, das vor einem Jahr von zwei Frauen eröffnet worden war. Frischgemahlener Kaffee war etwas Wunderbares. Allein des Geruches von gerösteten Kaffeebohnen wegen konnte Rosie Tage in einer Espressobar wie dieser verbringen. Die Erdgeschoßfront des Cafés bestand fast ganz aus Glas; zwei große, fast bodentiefe Fenster ermöglichten einen ungestörten Blick ins Innere mit zahlreichen kleinen Tischen und Stühlen, die von Studenten der umliegenden Colleges besetzt waren. Hinter dem rechten Schaufenster studierte eine junge Frau den Bildschirm ihres Notebooks, das sie auf das breite Fensterbrett gestellt hatte. Der Betrieb an der Theke auf der linken Seite lief auf Hochtouren; unablässig verließ ein Kaffee nach dem anderen in seinen unterschiedlichsten Varianten die große Maschine an der Wand.

Blackmore kaute lustlos auf einem der leckeren Ciabatta-Sandwiches, die man hier erhalten konnte. Seine Gedanken waren wohl woanders. Manchmal starrte er ins Leere und murmelte etwas.

Rosie, die derlei Attitüden ihres Chefs schon kannte, beschäftigte sich mit ihren Notizen und trank in regelmäßigen Abständen von ihrem Brazil Aracacu-Kaffee.

Plötzlich sagte Blackmore: »Das paßt doch alles nicht zusammen. Angeblich kennen, besser gesagt: kannten Morgan und Adams sich seit dreißig Jahren. Und dann gibt es von Adams außer einer Kontoverbindung und einer Mobiltelefonnummer nichts in den Unterlagen des Antiquariats. Keine Adresse, nichts.«

»Aber eine E-Mail-Adresse«, sagte Rosie. »gerry1952@yahoo.com. Daß heutzutage noch jemand bei Yahoo ist …« Sie schüttelte den Kopf.

»Vielleicht war Adams heimlich Feminist und unterstützte die Internetfirma, weil sie eine weibliche Chefin hat«, sagte Blackmore geistesabwesend, fügte dann aber noch rechtzeitig hinzu: »Chef, sorry.«

Der Lapsus war erklärlich, dachte Rosie, weil die Augen des DCI mit dem Studium einer der beiden Inhaberinnen der Espressobar beschäftigt waren. Rosie fand den Ausschnitt der Frau etwas zu tief. Aber vielleicht lockte das mehr Kunden an, wobei schon erheblich mehr Gäste kommen mußten, wenn man von einer Verweildauer von etwa fünfzehn Minuten pro Espresso ausging, falls man die Einnahmen spürbar erhöhen wollte.

Blackmore wandte sich wieder Rosie zu. »Ihren Blick habe ich durchaus gesehen. Wir Herren der Schöpfung sind eben nicht gegen alles immun. Aber Sie sehen mindestens so apart aus wie die Dame dahinten. Oder ist das jetzt eine Zwei-Millionen-Dollar-Bemerkung? Zwei Millionen für Sie, zumindest auf der anderen Seite des Teiches, wegen Geschlechterdiskriminierung?«

»Och, als Diskriminierung habe ich ein Kompliment noch nie betrachtet. Aber *apart*? Ich hätte, glaube ich, ein anderes Adjektiv benutzt.« *Apart* hatte ihre Mutter immer verwendet, wenn ihr ein neues Kleidungsstück an ihrer Tochter überhaupt nicht gefiel, sie aber nicht unhöflich sein wollte. »Lassen wir das, Sir. Wie geht es denn jetzt weiter?«

»Schlagen Sie doch mal was vor.« Blackmore grinste schief. »In ein paar Jahren sind Sie DCI und müssen sagen, wo's langgeht. Und außerdem ... Wir arbeiten doch schon fast ein halbes Jahr zusammen, und ich bin mehr als zufrieden mit Ihnen. Wollen Sie mich nicht auch beim Vornamen nennen? John.« Er streckte seine Hand über den Tisch und hielt sie seiner Mitarbeiterin hin.

Rosies Wangen versuchten, den Farbton ihres Vornamens zu erreichen. Sie ergriff Blackmores Hand und drückte sie fest. »Vielen Dank, John. Rosie.«

»Ich weiß«, sagte Blackmore. Ein sehr freundliches Lächeln folgte. Dann wurde der DCI wieder ernst. »Also?«

»Wir müssen uns mit der Bank in Verbindung setzen, um die Adresse von Adams zu bekommen.«

Blackmore nickte.

»Das wird aber schwierig. Wenn ich es richtig gesehen habe, ist in Morgans Unterlage – bei dem einen Zettel mit den spärlichen Informationen kann man das Wort ja nicht im Plural verwenden – bei *Kontoverbindung* nur Adams' E-Mail-Adresse eingetragen.«

»Vielleicht hat Morgan sich nur in der Rubrik geirrt?«

»Nein, das ist durchaus korrekt.«

Rosie hatte wieder ihr Lächeln aufgesetzt, gegen das Blackmore eigentlich immun sein mußte. Zumal er viel zu alt für sie war, fand er. Und zumal Rosie einen Freund am Ashmolean Museum hatte. Aber ein Lächeln war ein Lächeln war ein Lächeln …

»Sir!«

»'tschuldigung.« Blackmore konnte wie ein ertappter Schuljunge gucken, schuldbewußt und gleichzeitig triumphierend, daß ihm etwas geglückt war oder daß der Lehrer – in diesem Fall die Lehrerin – etwas nicht mitbekommen hatte. »Aber *meine* Bankverbindung besteht nur aus Zahlen.«

»PayPal«, sagte die Sergeantin und erklärte dem verständnislos guckenden DCI *das* Bezahlungssystem der Neuzeit.

»Das heißt, wir müssen uns jetzt mit PayPal in den USA auseinandersetzen, um Adams' Kontodaten hier in Großbritannien zu bekommen?«

»Hoffentlich nicht. Vielleicht finden wir ja auf seinem Rechner seine Bankverbindung.«

»Welcher Rechner?«

Beide schwiegen. Es stimmte ja: Ohne Heimatadresse kein Rechner. Ohne Rechner keine Bankverbindung. Ohne Bankverbindung keine weiteren Informationen über den Ermordeten. Rosie und Blackmore seufzten gleichzeitig und mußten daraufhin beide lachen.

»Wir könnten natürlich«, sagte der Detective schließlich, »das Ganze deligieren. Damit versüßen wir Fred Moreland seine letzten Monate bei der *force* und bescheren Lord Sutch etwas Arbeit, bei der er seine Eigenständigkeit beweisen kann.«

Irgendein Witzbold hatte den fähigen DC Sajjid Jarwar nach einer Auseinandersetzung, bei der Jarwar die Dezibelstärke seines Tenors unter Beweis gestellt hatte, als *Screaming Lord Sutch* bezeichnet – in Reminiszenz an den Schockrocker der sechziger Jahre. Da der Detective Constable beliebt war, blieb der Name hängen und hatte inzwischen sogar die Hierarchie erreicht.

»Das wäre aber gemein, Sir, äh, John«, sagte Rosie.

Beide schwiegen wieder.

»Und Harry ist auch keine große Hilfe«, sagte Blackmore schließlich. »Ein sehr fähiger Mitarbeiter, der angeleitet aber besser funktioniert. Das behältst du bitte für dich.«

Rosie nickte und grübelte weiter. Schließlich fragte sie: »Was ist denn mit dem Wahlregister? Ein Einwohnermeldeamt wie in Deutschland gibt es bei uns ja leider nicht.«

»In beiden Fällen müssen wir zuerst eine Adresse haben.«

»HOLMES?«

»Können wir versuchen. Aber ich glaube nicht, daß Adams dort zu finden ist. Irgend etwas sagt mir, daß er Grund hatte, sich zu verstecken.«

»Nicht *ratio* als Grundlage der Überlegungen, sondern *emotio*?«

»Auf sein Bauchgefühl sich zu verlassen, hat schon manchen vor Schlimmerem bewahrt.«

»Von Yoda, oder?« Rosie legte den Kopf schief.

Der DCI lachte. »Nein, von Blackmore, glaube ich. Falls ich es nicht irgendwo aufgeschnappt habe. Und was HOLMES angeht: Ich glaube nicht, daß wir mit dem *Home Office Large Major Enquiry System* weiterkommen. Wir haben mit dem Mord an Adams zwar ein Kapitalverbrechen, aber wie es aussieht, ein sehr lokales, so daß wir nicht die verschiedenen polizeilichen Datenbanken in Gesamtgroßbritannien zwecks Aufdeckung unwahrscheinlicher Zusammenhänge durchforsten müssen.«

»Aha«, sagte Rosie. Sie fand immer, man müsse alle zur Verfügung stehenden Quellen nutzen, um rasch das bestmögliche Ergebnis zu erzielen.

»Noch nicht jedenfalls«, setzte Blackmore etwas lahm hinzu.

Erneutes Schweigen.

»Was ist mit einer Sozialversicherungsnummer?«

»Darum kann Freddie sich kümmern. Dann muß er sich nicht soviel bewegen, wenn er alles von seinem Rechner aus erledigen kann.« Der DCI starrte sein halbgegessenes Sandwich an. »Haben wir eigentlich das Geburtsdatum von Gerry Adams?«

Rosie blickte auf ihre Notizen. »Morgan hat es mir vorhin gesagt; er wußte es sofort auswendig.«

»Was wieder dafür spricht, daß die beiden einander doch länger kannten.«

»Ich weiß es auch auswendig.«

»Du mußt jetzt nicht mit deinem, dem meinen gegenüber wesentlich leereren Gedächtnis angeben; meins ist einfach zu voll. Ich behalte die Namen der an den aktuellen Fällen beteiligten Personen, die Adressen einiger alter Freunde und die Melodien meiner Lieblingssongs.«

Sarkasmus? Das war wahrscheinlich ab vierzig normal, dachte Rosie. »Neunundzwanzigster Februar neuzehnhundertzweiundfünfzig. Ich habe es überprüft; das Jahr war ein Schaltjahr.«

»Dann ist Adams ja erst vierzehneinhalb.«

»Ein schlechtes Datum«, sagte die Sergeantin. »Nur alle vier Jahre Geschenke.«

Blackmore lachte. »So, und jetzt reicht es mir hier. Ich muß an die frische Luft. Kommst du mit? Wir können die High Street bis fast zur Magdalen Bridge laufen und dann den Dead Man's Walk zurück zum Büro nehmen. Der ist bei jedem Wetter schön. Und außerdem paßt der Straßenname für unseren aktuellen Fall doch bestens!«

Jedes Wetter hieß aber auch Nieselregen, der wieder etwas heftiger geworden war. Rosie seufzte und spannte ihren Schirm auf. Blackmore grunzte etwas Unverständliches und stellte den Kragen seines Regenmantels auf. Schweigend liefen die beiden die leere High Street entlang. Selbst die Touristengruppen hatten sich verflüchtigt. Wahrscheinlich steckten sie alle im Covered Market und kauften viel zu teure Ledertaschen, dachte Rosie. Obwohl die Ledertaschen dort schon schick waren.

Vor Honey's of the High, dem alten Zeitungskiosk, blieb Blackmore plötzlich stehen. »Wir sind vielleicht blöd!«

Nett, daß er mich mit einbezieht, dachte Rosie.

»Da lag doch dieser rote Reisepaß. Hethercott und Blackfriar sind jetzt sicher mit der Spurensicherung fertig. Dann können wir sie anrufen und nachfragen, oder? Manchmal ist das Naheliegende auch das Naheliegendste, oder?« Der DCI griff nach seinem Mobiltelefon und drückte auf eine gespeicherte Kurzwahlnummer.

»Habt ihr den roten Reisepaß untersucht? – Wie, welcher Reisepaß? Der, der neben dem Toten auf dem Boden lag, natürlich. – Da war keiner? Ich bin doch nicht blind.« Ohne Gruß beendete er das Gespräch.

»Hast du gefragt, wo Morgan ist?« Rosie berichtete von dem kleinen Zwischenfall neben der Leiche. »Vielleicht hat er den Paß ohne alle Hintergedanken bloß aufgehoben, um ihn uns zu geben.«

Blackmore drückte erneut auf sein Tastentelefon. »Kannst du mir mal eben Mr Morgan geben? – Wie bitte? Sag das nochmal. – Danke.« Er schüttelte den Kopf und steckte das Gerät wieder ein. »Hethercott sagt, Morgan habe gesagt, er habe noch etwas zu erledigen. Wir hätten ja seine Telefonnummer. Und ehe sie sich's versah, habe er den Laden verlassen.«

5

Montag, 25. Oktober 2010 – Rheinbach

Schiller deutete auf den linken Oberschenkel der Leiche.

Schneider beugte sich vor, um bei dem diffusen Licht im »Raucherzimmer« etwas zu erkennen. Erst sah er nur eine Reihe verblaßter Zeichen in blauer Farbe. Beim näheren Hinsehen wurden Zahlen daraus. »Hast du mal ein Vergrößerungsglas?«

Schiller nickte und reichte dem Kommissar eine runde Lupe.

Schneider kniete sich hin, nahm seinen Block aus der Innentasche seiner Lederjacke, legte ihn vor sich auf den Boden und hielt dann das Vergrößerungsglas über die Zeichen.

»Zwei Neun Null Zwei Null Zwei Null Neun«, las er laut vor. Er gab die Lupe an den Spurentechniker zurück und sagte: »Kannst du mir die Nummer noch einmal diktieren?«

Schiller gehorchte.

»29020209«, schrieb er auf. »Hast du eine Ahnung, was das ist?«

»Eine Kreditkarte? Nein, die ist sechzehnstellig.«

»Kontonummer«, sagte Buchner dienstbeflissen.

»Telefonnummer.« Das war wieder Schiller.

»Danke, das reicht«, sagte Schneider. Plötzlich wich alle Farbe aus seinem Gesicht. »Und wenn das eine Nummer aus einem KZ ist?«

Die Männer schwiegen betreten.

Schließlich räusperte sich Buchner. »Glaube ich nicht. Wann ist denn das letzte Konzentrationslager befreit worden? Doch 1945, oder? Wenn die Zahl einem Kind eintätowiert worden wäre, dann müßte dieses Kind heute mindestens fünfundsechzig sein. Und ob man ein Baby schon mit einer Nummer versehen hat, entzieht sich meiner Kenntnis.«

»Vielleicht ist er schon fünfundsiebzig und hat sich nur gut gehalten«, sagte Schneider.

»Das funktioniert bei der deutschen Bürokratie aber nicht«, sagte Buchner. »Das Schulministerium bezahlt doch keinen länger als bis fünfundsechzig. Außerdem hat man nur die Häftlinge in Auschwitz tätowiert; die anderen hatten so aufgenähte Stoffstreifen mit den Nummern. Hab' ich mal irgendwo gelesen.«

»Egal«, sagte Schneider. »Der Direktor wird uns sicher sagen können, wie alt der Tote ist, falls es ein Lehrer ist.« Er erhob sich und steckte den Block wieder ein. »Vielen Dank jedenfalls – wie immer. Bis später.«

Draußen grüßte er den Posten vor der Tür und verscheuchte zwei Schülerinnen, die sich bis vor die Absperrung getraut hatten. »Wir bauen noch auf. Das Kamerateam trifft erst um die Mittagszeit hier ein, und Schenk und Ballauf kommen sowieso nicht vor morgen. Marsch, wieder in den Unterricht!«

Krüger überlegte, ob er an die Tür des Lehrerzimmers klopfen sollte, entschied sich aber dagegen. Immerhin war heute er der oberste Dienstherr auf dem Gelände, dem selbst der Direktor folgen mußte. Ob das Hennes im Zweifelsfall allerdings auch tun würde, wußte er nicht.

Ein verheultes Mädchen und eine zierliche Frau in buntem Rock mit Blumenmotiven und einfarbigem Pullover blickten auf, als der Kommissar in den Raum trat. Die beiden saßen am ersten Tisch vor einem hohen Regal mit kleinen Namensschildchen und vielen Fächern, aus denen, unterschiedlich hoch gestapelt, Briefe und andere Schriftstücke ragten. Der arme Postbote, dachte Krüger.

»Krüger«, sagte der Kommissar. »Kommissar Krüger.«

Die zierliche Frau stand auf, trat auf ihn zu, gab ihm die Hand und sagte: »Scheidgen. Ich bin die Vertrauenslehrerin. Das ist Anna-Lena.«

Das Mädchen blieb sitzen und rührte sich nicht. Sie tat Krüger, der schon alle Arten von Schocks nach gewaltsamen Todesfällen gesehen hatte, einfach nur leid.

»Es hilft ja nichts«, sagte er und trat an den Tisch. »Du mußt mir noch ein paar Fragen beantworten.«

Das Mädchen wischte sich eine neue Träne aus dem rechten Auge und sagte: »Ist schon okay.«

»Was hast du denn heute schon so früh in der Schule gemacht?«

»Ich? Ich bin Fahrschülerin; der Bus ist immer schon um zwanzig nach sieben an der Haltestelle. Fünf Minuten später bin ich dann in der Schule.«

»Danke. Und was hat dich in den zweiten Stock des Altbaus geführt?«

»Auf dem Weg zu meinem Klassenzimmer habe ich Kummrich auf dem Gang getroffen. Der hat mir seinen Schlüsselbund gegeben und gesagt, *hol schon mal den Ton für den Werkunterricht.*« Anna-Lena schwieg. Noch eine Träne mußte weggewischt werden.

»Michael Kummrich ist einer der Kunstlehrer hier«, erklärte Frau Scheidgen.

»Und der Ton befindet sich im Raucherzimmer?«

»Welches Raucherzimmer meinen Sie?« Frau Scheidgen sah ihn irritiert an. »Hier auf dem Gelände ist Rauchen strengstens verboten. Wir hatten deswegen schon mal ein Disziplinarverfahren.«

»Im noch nicht renovierten Raum im zweiten Stock, in dem der Tote liegt ...« Krüger mußte warten, bis das Mädchen wieder aufhörte zu schluchzen. »Jedenfalls haben wir dort einen vollen Aschenbecher gefunden; die Zigarettenkippen stammen von unterschiedlichen Marken.«

»Bestimmt die Handwerker. Die interessieren sich nicht für Vorschriften.« Frau Scheidgen preßte ihre Lippen aufeinander. Vielleicht hatte sie schlechte Erfahrungen gemacht.

»Das spielt erst dann eine Rolle, wenn wir wissen, wer alles Zugang zu dem Raum hatte«, sagte Krüger. »Bis jetzt zwei Leute, der Kunstlehrer und die junge Dame hier. Abgesehen vom Toten.«

Anna-Lena setzte sich aufrecht hin. Schock hin oder her – als *junge Dame* von offizieller Seite bezeichnet zu werden, das war doch etwas.

»Warum wird der Ton überhaupt in einem nicht renovierten Bereich der Schule aufbewahrt?«

»*Nicht renovierter Bereich der Schule* ist nicht ganz richtig; bis auf die Räume im ehemaligen Schwesterntrakt und diesen Raum ist der Umbau des Klosterbereichs unserer Schule schon abgeschlossen«, sagte Frau Scheidgen etwas spitz.

Krüger wollte das Thema nicht vertiefen. Statt dessen wartete er auf eine Antwort der Schülerin, indem er ihr einen freundlichen Blick zuwarf.

»Kummrich hatte wahrscheinlich keine Lust, ständig zum Werkraum zu laufen und den Kram selber zu holen«, sagte Anna-Lena. »So faul, wie er ist.«

»Anna-Lena!« Die Vertrauenslehrerin war empört. »Das hier ist nicht die große Pause, und du hast schon gar nicht deine Mitschülerinnen um dich herum, um so zu reden.«

»Sorry, Ma'am«, sagte das Mädchen.

Krüger versuchte, ernst zu bleiben. Wie es aussah, war Anna-Lena in britischen Krimiserien bewandert, untypisch für ihr Alter, wie er fand. Die hingen doch eigentlich alle immer nur bei Youtube herum. Vielleicht wußte Carmen, was man sich heutzutage als Vierzehnjährige ansah.

»Also, bis jetzt weiß ich nur, daß du Ton holen solltest«, sagte Krüger. »Aber nicht, daß du auch in den besagten Raum gegangen bist. Warst du übrigens allein?«

»Ja, war ich. Ich hab' dann aufgeschlossen und bin nach links gegangen, weil der Ton immer neben der Tür steht. Die letzte vorhandene Rolle habe ich hochgehoben und wollte wieder gehen, als ich den Schuh sah.« Sie schluchzte auf.

Krüger wußte, was das Mädchen meinte. Behutsam sagte er: »Kanntest du denn den Schuh?«

»Natürlich, den kannte jeder. Winkler hat oft genug betont, daß er nur maßgefertigte Schuhe trug.«

Und maßgeschneiderte Kleidung, so wie es aussah, dachte Krüger. »Hast du denn genauer hingesehen?«

»Habe ich.« Der Tränenvorrat von Achtkläßlerinnen war anscheinend unerschöpflich. »Und als ich dann sah, daß tatsächlich Winkler da lag und nicht irgendeine Schaufensterpuppe, bin ich nach draußen gerannt.«

»Was hast du denn auf dem Gang vor dem Lehrerzimmer gemacht?« wollte der Kommissar wissen.

»Weiß ich auch nicht.« Das Mädchen schwieg wieder.

»Wahrscheinlich wolltest du zum Sekretariat, um Hilfe zu holen, oder?« fragte Frau Scheidgen mitfühlend.

»Ich glaube ja. Aber dann wurde mir plötzlich schlecht, und dann kamen Sie ja schon.« Sie legte ihren Kopf gegen die Schulter der Vertrauenslehrerin.

Krüger stand auf. »Vielen Dank. Wenn wir noch etwas wissen müssen – wir bekommen im Sekretariat ja deine Adresse. Du kannst jetzt gehen.« Er ging zur Tür, drehte sich dort aber noch einmal um. »Vielleicht ist es besser, wenn du dich abholen läßt und erst morgen wiederkommst.«

Anna-Lena schüttelte den Kopf. »Meine Eltern sind beide arbeiten. Ich glaube, ich bleibe noch etwas hier.«

Frau Scheidgen nickte. »Ich bringe dich später in deine Klasse zurück.«

Dort wird sie sich dann der ungeteilten Aufmerksamkeit ihrer Mitschülerinnen sicher sein, dachte Krüger.

Schneider war im ersten Stock auf dem Weg nach unten, als ein jüngerer Mann in seinen Weg trat.

»Dreharbeiten? In unserer Schule? Sonst nehmt ihr doch immer das Schiller-Gymnasium in Köln, oder?«

»Das sind aber viele Fragen auf einmal«, sagte Schneider, ohne eine zu beantworten.

»Ist das für einen *Tatort*?« fragte der Mann weiter.

Nein, das ist *ein Tatort*, war Schneider versucht zu sagen, unterließ es aber lieber. Stattdessen schwieg er und wartete, was der Mann als nächstes fragen würde.

»Braucht ihr denn nicht ein paar authentische Statisten?« Der Mann stellte sich kerzengerade hin und sah Schneider erwartungsvoll an.

Schneider tat ihm den Gefallen und musterte sein Gegenüber von oben bis unten. Mitte dreißig, trotzdem zwei spätpubertäre Pickel auf der linken Wange, hellbraunes Haar, das sich schon von den Schläfen entfernt hatte. Bei seinem Aussehen reichte es höchstens für einen Laborassistenten oder einen Pförtner. Leute, die lispelten, konnte man nicht so wirklich auf der Bühne oder beim Film gebrauchen, fand er. Außerdem fielen Sprechrollen bei der hohen Stimme des Mannes aus. Endlich schüttelte Schneider leicht den Kopf. »Wir haben bereits alle Rollen besetzt.«

Der Mann sah ziemlich enttäuscht aus.

»Aber«, sagte Schneider und machte eine Kunstpause, indem er seinen Block aus der Tasche zog, wie er es von Krüger gelernt hatte. Innerlich zählte er bis fünf. Dann sagte er: »Ich könnte mir ja Ihren Namen und Ihre Funktion notieren, falls einer der Schauspieler ausfällt.«

»Manus«, sagte der Mann. »Marcel Manus. Englisch und Geschichte. Angenehm.«

Marcel Manus war definitiv kein Name für jemanden, der so lispelte wie Marcel Manus. »Kein Lateinlehrer?« fragte Schneider. »Das liegt bei Ihrem Nachnamen doch nahe. Markus Schneider. Sie sehen noch etwas jünger aus, wenn ich das sagen darf. Sind Sie Referendar hier?«

Das war eine wunde Stelle, denn Manus sagte sofort: »Nein. Studienrat. A13. Ich bin seit etwas über einem Jahr hier an der Schule.«

Immerhin A13, dachte Schneider, der sich seit Jahren mit A12 begnügen mußte. Mit seinem Gehalt konnte sich Manus auch gute Kleidung leisten: eine passende Kombination aus grauer Hose und blauem Jackett, weißes offenes Hemd, Slipper. Vielleicht hatte die Schule einen Liefervertrag mit einem Schuhhersteller für bequeme und trotzdem modische Herrenschuhe? Der Tote hatte ähnliche getragen. Schneider war gespannt, ob die Frauen im Kollegium auch so schick gekleidet waren.

»Auch egal«, sagte der Kommissar. »Jetzt brauche ich noch Ihre Handynummer, dann bin ich für heute glücklich.«

Manus gab sie ihm, nickte und verschwand in einem der nächsten Klassenzimmer.

Vor der Eingangstür zum Altbau wartete Krüger, der keine Lust hatte, wieder in den zweiten Stock zu laufen. Mißmutig betrachtete er die Fassaden von Alt- und Neubau. In früheren Zeiten hatte es, dem Putz nach zu urteilen, in jedem Stockwerk eine Verbindung zwischen den beiden Häusern gegeben; so mußte der *Lehrkörper*, wie es in seiner Schulzeit noch manchmal geheißen hatte, nicht bei jedem Wetter zwischen den Schulstunden über den Hof laufen, um ins jeweils andere Gebäude zu gelangen. Vom dritten Stock Altbau direkt in den dritten Stock Neubau zu gehen, war sicher entschieden besser gewesen, als jetzt den Weg *dritter Stock Altbau – Treppenhaus – Hof – Treppenhaus – dritter Stock Neubau* nehmen zu müssen. Welcher Frischluftfanatiker wohl den Verbindungsbau gekappt hatte? Wahrscheinlich beruhte das nur auf der Umsetzung einer neuen oder besser: erneut geänderten Vorschrift aus Brüssel für die Gestaltung der Fünf-Minuten-Pausen in erzbischöflichen Schulen. Und Neubau war auch gelogen. Der Glas-Beton-Bau sah aus, als ob er mehr als fünfzig Jahre auf dem Buckel hatte. Aber wahrscheinlich blieb ein Wort wie *Neubau* hängen, wenn es direkt gegenüber einen Altbau gab.

»Wer ist denn jetzt der Tote?« fragte Schneider, der etwas außer Atem ankam. Mehrfach zwischen den Stockwerken zu wechseln, war doch etwas anstrengend.

»Wolfgang Winkler«, sagte Krüger. »Oh-Ess-Tee-Err Ih Kaa Komma Dee Emm Uh Ess.«

»Aha. Was möchtest du uns damit sagen?«

»Nicht mitgekommen? Naja, in meiner Schulzeit wußte ich auch nie, welchen Dienstrang der jeweilige Pauker gerade oder immer noch hatte. Winkler war Oberstudienrat i.K. für Deutsch und Musik.«

»Nicht für Kunst? Das hätte zumindest ein bißchen sein Modebewußtsein erklärt. Wobei allerdings der Sprachenlehrer, den ich gerade getroffen habe, auch schick aussah.« Schneider blickte an sich herunter und betrachtete seine zerbeulte Jeans und die bereits etwas ältere Lederjacke.

»Der Direktor auch«, sagte Krüger und berichtete von seiner Begegnung mit Dr. Hennes.

»Vielleicht haben die Lehrer auch das Prinzip der Schuluniform mißverstanden. Die gilt doch immer nur für die Schüler, oder?«

Krüger lachte. »Vielleicht haben sie aber nur das Prinzip umgesetzt: gleiches Aussehen durch Eleganz. Dann kann man auf Namensschilder verzichten, weil man als Mitglied des Lehrerkollegiums sofort erkannt wird.«

Schiller von der Spurensicherung trat hinzu, einen größeren Aluminiumkoffer in der einen und ein Mobiltelefon in der anderen Hand. »Hier, ist für euch«, sagte er und hielt das Telefon genau zwischen die beiden Kommissare.

Krüger nahm das Gerät entgegen und betrachtete es. Es war ein älteres Nokia-Modell, noch kein Smartphone, wie sein Chef, Walther »mit th« Langenargen, schon eines besaß. »Und was sollen wir damit?«

»Gehört dem Toten«, sagte Schiller. »Bis dann mal.« Er nickte und wollte seinen Weg Richtung Parkplatz fortsetzen.

»Nicht ganz so schnell«, sagte Krüger. »Seid ihr schon fertig?«

»Sind wir«, sagte der Techniker. »Wir haben sogar das Plakat über der Tür abgenommen, um es auf Fingerabdrücke zu untersuchen.«

»Und sonst?« fragte Schneider.

»Sonst haben wir alles gelassen. Was meinst du, wieviele Abdrücke wir alleine an den Fenstern gefunden haben, von den Wänden ganz zu schweigen? Sicher zehntausend.«

»Hast du alle gezählt?« fragte Krüger.

»So ziemlich. Und ich nehme nicht von allen Schülerinnen hier die Fingerabdrücke. Da müßt ihr euch schon etwas anderes einfallen lassen, um den Mörder zu finden. Von uns aus ist der Tatort wieder freigegeben, nachdem die Leiche abtransportiert worden ist. Ich habe schon die Verbringung in die Bonner Gerichtsmedizin veranlaßt.«

Das war ein sehr langer Gesprächsbeitrag für den schweigsamen Dichter, dachte Krüger. Zum Ausgleich nickte er nur. Dann fiel ihm doch noch etwas ein. »Hast du eine Ahnung, wie lange der Tote, äh, tot ist?«

»Nur eine ungefähre«, sagte Schiller. »Ich bin ja kein Arzt. Aber ich denke, mindestens zwei Tage. Der Mord muß dann irgendwann am Freitag oder Samstag passiert sein.« Er nahm seinen abgestellten Aluminiumkoffer wieder auf und ging.

»Gib mir das Telefon«, sagte Schneider. »Mal sehen, wen – wie hieß er noch – Winkler zuletzt angerufen hat.« Mit geübten Fingern betätigte er einige Knöpfe und studierte dann die Liste. »Interessant.«

Krüger sah ihm über die Schulter. »Was denn?«

»Hier. Siehst du? Letzter Anruf von diesem Gerät am vergangenen Samstag an, warte mal, da steht kein Name.« Er zerfurchte seine Stirn. »Die Nummer kenne ich aber. Moment.« Schneider holte seinen Block hervor, nickte und sagte, wobei er beim Sprechen des »s« mit der Zunge an die Zähne stieß: »Sag' ich doch. Meine grauen Zellen funktionieren. Die Nummer ist die des Lehrers von eben, Marcel Manus.«

6

Mittwoch, 3. November 2010 – Oxford

Blackmore überlegte, ob er die von seinem Vater übernommenen alten englischen Schimpfwörter lauthals ausprobieren sollte, entschied sich aber dagegen. Ein DCI sollte alle diese Kraftausdrücke verstehen, sie im entsprechenden Milieu auch anwenden können, aber nicht selber benutzen. Vom Broad Walk vor dem Christ Church College bog er mit seiner Kollegin wieder auf St Aldate's ein. Die wenigen Meter bis zur Polizeistation nahmen sie im Laufschritt, da sich der einigermaßen akzeptable Nieselregen in einen stärkeren Guß verwandelt hatte. Drinnen schüttelte er den Mantel aus, wischte mit seinem weißen Taschentuch über die nassen Haare und grüßte den diensthabenden Sergeanten. Er wollte schon weitergehen, als der junge Beamte ihn auf eine Frau am Ende des Flures hinter der Anmeldung hinwies.

»Sir, die Dame wartet auf jemanden, der eine Vermißtenanzeige aufnehmen soll.«

»Das kann doch nun wirklich jemand anderer als ein DCI erledigen, oder?« Blackmore war mit seinen Gedanken ganz woanders und überlegte, wie man Näheres über den Toten in Erfahrung bringen konnte und gleichzeitig den Antiquar nicht aus den Augen verlor, den man ja schon aus den Augen verloren hatte.

Der Sergeant zuckte die Achseln. »Die Kollegen sind alle unterwegs, zwei auf einer Fortbildung, drei krank, fünf zu dem Auffahrunfall auf der Autobahn gerufen worden und die anderen …«

»Schon verstanden«, sagte Blackmore, stieß die alarmgesicherte Schwingtür neben der großen halbrunden Theke auf und ging entschlossen auf die große Frau zu, die auf einem der wackeligen Besucherstühle mit Plastiksitzschale und dünnen Aluminiumbeinen saß, von denen man immer fürchten mußte, daß sie sich jederzeit verbiegen konnten, wenn man darauf saß.

»Grace Kelly«, sagte sie und stand auf. »Ich heiße wirklich so. Was meine Eltern sich dabei gedacht haben – ich weiß es nicht. Mein Vater stammt aus Dublin, und meine Mutter mochte Hollywood-Filme. Tut mir leid.«

»Ich finde, Grace ist ein sehr schöner Vorname. Und für Ihren irischen Nachnamen müssen Sie sich ebenfalls nicht schämen«, sagte Rosie höflich. Sie war neben die beiden getreten. Als Engländerin war ihr alles Irische fremd – möglicherweise beruhte das auf der klischeehaften Abneigung zwischen den beiden Inselvölkchen, dachte sie. Naja, irische Musik konnte man noch gelten lassen, Mick Fitzgeralds *The Last of the Iron-Arsed Pub Balladeers* beispielsweise oder *A pub with no beer* in der Version der Dubliners. Sie kicherte, als sie an das entgeisterte Gesicht ihres Chefs denken mußte, als einmal im »Victorian Arms« die Zapfhähne kaputtgegangen waren und er auf Flaschenbier hatte ausweichen müssen. Eine Kneipe ohne Real Ale war furchtbar für ihn.

Blackmore musterte Rosie irritiert und betrachtete dann die Frau. *Walküre* wäre leicht untertrieben, *stattlich* traf es nicht, weil sie trotz ausladender Formen eine gewisse Anmut besaß, und für *Fregatte* hätte sie anders gekleidet sein müssen, irgendwie aufgetakelter. Sie hätte gut nach Bayreuth gepaßt, dachte der DCI. Wagner hatte solche Figuren gemocht, besonders, wenn sie singen konnten. Jedenfalls hatte er sich das mal von Morse berichten lassen, einem leider viel zu früh verstorbenen Kollegen, dessen Kenntnis der U-Musik und dessen Liebe zum *Ring der Nibelungen* geradezu legendär waren. Nach Blackmores Meinung hatte Wagner durchaus einen gewissen *sound*, aber eingängige Melodien gab es zu wenige, und vier oder fünf Stunden für eine Oper waren einfach zuviel. Dann lieber drei Stunden lang die Rolling Stones, obwohl die Zeit ihrer langen Konzerte auch schon ewig vorbei war. Wie alt mochten die inzwischen sein? Jagger war doch bestimmt schon Großvater, und daß es Keith Richards nach seinem exorbitanten Drogenkonsum überhaupt noch gab ... Wie hatte es ein amerikanischer Präsident formuliert? Nach einem Atomkrieg würde es nur noch zwei Spezies auf der Welt geben – Küchenschaben und Keith Richards.

»Sir!« Rosie sah ihn strafend an. »Ms Kelly hat gerade etwas gefragt.«

Der DCI schreckte hoch. »Entschuldigung. Ich war mit meinen Gedanken bei einem etwas komplizierten Fall.«

»Oh, dieser ist, glaube ich, auch kompliziert«, sagte Grace Kelly.

Blackmore notierte im Geiste ihren leichten Akzent der Oberklasse, der eigentlich keiner war, sondern nur signalisierte, daß man sich zu benehmen wußte, auch sprachlich. Außerdem trug sie ein sehr teures, sehr beiges Kostüm, das für Geschmack und Geld sprach, wie auch die breite Mattgoldkette um den Hals. Die braunen Haare sahen nach einem elaborierten Coiffeur aus; Friseur wäre eine Beleidigung für ihren Haarstilisten gewesen. Kelly war dezent geschminkt. Sie mochte Mitte fünfzig sein und hatte sich hervorragend gehalten.Wenn Blackmore das allerdings laut gesagt hätte, wäre direkt wieder ein Besuch bei der Gleichstellungsbeauftragten im Thames Valley Police Headquarter in Kidlington fällig gewesen. »Mögen Sie mit in mein Büro kommen?« fragte er; dort war es immer noch gemütlicher als hier auf dem Flur oder in einem der kahlen Verhörzimmer mit den festgeschraubten Tischen. Die Antwort wartete er jedoch nicht ab, sondern ging voraus. *Verhör* hieß das allerdings auch nicht mehr; die entsprechende Kommission hatte sich vor einiger Zeit für den unverfänglicheren Begriff *Interview* entschieden.

Rosie und Grace Kelly folgten, wobei sie sich leise unterhielten. Blackmore versuchte, den Inhalt zu verstehen, schaltete aber sofort ab, als er zweimal *Vivian Westwood* hörte. Mode mußte nun wirklich nicht sein. Allerdings fragte er sich, ob die ehemalige Punkschneiderin, wie sie ein Kollege mal abwertend genannt hatte, auch so elegante Kostüme wie das beige hier angefertigt hatte.

Blackmore stieß die Tür zu seinem Büro auf und bot den beiden Damen einen Platz in der Besucherecke an. »Kaffee? Cappuccino? Espresso? Latte macchiato?« fragte er.

Ms Kelly sah ihn überrascht an. »Eine Kaffeebar bei der Polizei? *Un espresso della polizia, per favore.*«

Blackmore grinste. Dafür reichte sein rudimentäres Italienisch. »Rosie, würdest du bitte …?«

Die Sergeantin überlegte, ob sie einen Flunsch ziehen sollte, da ihr Vorgesetzter das alte behördliche Leitbild, nach dem Frauen zum Kaffeekochen eingestellt wurden, immer noch nicht aus den Augen verloren hatte, unterließ es aber angesichts des offiziellen Charakters der Besprechung. Und eine gute Atmosphäre, um Zeugen die Angst vor der Staatsgewalt zu nehmen, war immer gut.

»Geht klar, Sir.«

Das war zumindest sprachlich ein kleiner Konter, da Blackmore sich immer um besseres Englisch bei allen Anwesenden bemühte. Rosie schaltete die Maschine namens *Dolce Gusto* ein, wartete auf das grüne Lämpchen und legte eine Espresso-Kapsel ein. Wenig später stellte sie das zur Hälfte gefüllte Täßchen auf den kleinen Tisch.

»Vielen Dank«, sagte Ms Kelly. »Aber ist das nicht vielleicht ein bißchen viel Aluminium?«

Blackmore sah sie irritiert an. »Da ist kein Schwermetall drin, nur gemahlener Kaffee.«

Rosie lachte. »Sie meint die Kapseln, Sir.«

»Interessiert mich nicht. Mir war bei der Maschine die Zeitersparnis wichtig. Auf dem Herd zuhause dauert ein Espresso immer zwanzig Minuten.«

»Die *Zubereitung* eines Espresso dauert«, murmelte Rosie leise und ärgerte sich gleichzeitig, weil sie Blackmores ständige Verbesserungen ihres Stils ungefragt beherzigte. Die Schlagzahl seiner grammatischen und stilistischen Anmerkungen hatte sich noch erhöht, als er im Mai einen Bruder im Geiste kennen- und schätzen gelernt hatte, den deutschen Kommissar Krüger in Bonn.

»So, was führt Sie denn zu uns?« fragte Blackmore und ignorierte seine Mitarbeiterin.

»Seit vorgestern abend vermisse ich meinen Freund«, begann Grace Kelly. »Wir haben uns Montagnachmittag noch zum Essen getroffen und danach ...«

»Wo denn?« fragte Rosie. Sie fing an, Stichworte mitzuschreiben.

»In dieser Tapas-Bar. Wie hieß die doch gleich? In der Little Clarendon Street.« Kelly zerfurchte ihre Stirn.

»Al-Andalus«, sagte Blackmore. »Super Essen.«

Rosie sah den DCI überrascht an. Seit wann aß er denn spanische Küche? Das Äußerste, zu dem sie ihn mal hatte überreden können, war ein indisches Restaurant gewesen. Ansonsten hielt er sich an das englische Essen in den einschlägigen Pubs in Oxford und Umgebung.

»Stimmt«, sagte die Frau. »Jedenfalls haben wir uns da zum letzten Mal gesehen. Vorgestern also. Und jetzt ist er seit zwei Tagen nicht aufzutreiben, weder über sein Mobiltelefon, noch zuhause, noch bei seiner Arbeit.«

»Hat er denn verlauten lassen, was er nach dem Essen vorhatte?« Blackmores Stimme klang ziemlich gelangweilt.

»Hat er nicht. Er tat etwas geheimnisvoll und sagte, er habe noch eine kleine Angelegenheit zu regeln, bei der es um Geld ging.«

»Konkreter ist er nicht geworden?«

Grace Kelly schüttelte den Kopf.

»Wo ist er denn tätig?« fragte Rosie.

»In einem kleinen Antiquariat in der Turl Street.«

Blackmore, der sich in seinen lederbezogenen Chefsessel geflätzt hatte, straffte seine Schultern und war plötzlich hellwach. Vielleicht hatten sie doch Glück und würden gleich wissen, wo der Tote wohnte. Denn das war offensichtlich, wenn man eins und eins zusammenzählte: bei einem seit Montag vermißten Antiquariatsmitarbeiter und einem seit etwa zwei Tagen – so vermutete er jedenfalls nach der Besichtigung des Leichenfundorts und der Leiche selbst – toten Antiquariatsmitarbeiter handelte es sich um dieselbe Person, es sei denn, der Tote hatte einen Zwillingsbruder. »Morgan & Price?« fragte er.

»Genau. Aber woher wissen Sie das?«

Rosie entgegnete rasch: »Sagen Sie uns seinen Namen und seine Adresse?« Schnell noch brauchbare Informationen bekommen, bevor der Schock kam und dessen Nachwirkungen einsetzten, dachte sie. Außerdem konnte man vielleicht die mühsame Adreßermittlung über die Banken vermeiden.

»Natürlich. Bernhard Adams. Er wohnt in Abingdon.«

Blackmore nickte beifällig. Ein nettes kleines Städtchen im Süden von Oxford, gewissermaßen ein Vorort der Universitätsstadt. Eine seiner liebsten Ale-Sorten, Old Speckled Hen, war hier bis zur Jahrtausendwende gebraut worden. Und noch zu Zeiten seines Vor-Vorgängers Morse hatte die Firma MG dort ihre schicken Autos gebaut. Allerdings war er nie dort gewesen, was sich jetzt ändern würde.

»Mögen Sie ihn uns beschreiben?« Rosie schrieb mit, während Grace Kelly sich das Aussehen ihres Freundes vergegenwärtigte und die Kleidungsstücke aufzählte.

»Und dann natürlich noch die Uhrkette. Die Uhr, eine alte *savonette* mit einem Sprungdeckel über dem Ziffernblatt, trägt er immer in der rechten Außentasche seiner Weste; die Kette selbst ist am dritten Knopfloch von unten befestigt, etwas zu hoch, wie ich finde.« Sie sah Blackmore hoffnungsvoll an. »Meinen Sie, Sie finden ihn?«

Blackmore überhörte die Frage. »Ist er Ihnen schon einmal abhanden gekommen?«

»Nein, nie.« Kelly sah ihn ernst an. »Das ist völlig untypisch. Wir haben uns vor zehn Jahren bei den Dreharbeiten zu einer Folge von *Midsomer Murders* kennengelernt. Irgendwie war es mal nett, mit Inspector Barnaby persönlich zu reden.«

Rosie grinste. »Der löst wenigstens immer alle von den Autoren ausgedachten Fälle.«

Kelly erwiderte das Lächeln. »Bernie hatte eine kleine Rolle bekommen, er war einer der Verdächtigen, nicht der Mörder. Das war, glaube ich, in der Folge tatsächlich der Gärtner.«

Furchtbar, dachte Blackmore. Man konnte immer sicher sein, daß jedes üble Klischee, das es über Detektive und ihre wichtige Arbeit gab, von den Drehbuchfritzen und den Filmleuten auch verwendet wurde. »Und was haben Sie dort gemacht?«

»Oh, ich war nur Begleitung. Bernie hatte mich an jedem Tag einfach mitgenommen und der *security* erklärt, er müsse auf mich aufpassen.« Bei der Erinnerung an das Geschilderte huschte ein leises Lächeln über ihr Gesicht.

»Bernhard Adams ist also Schauspieler?« fragte Rosie.

»Auch. Er hat unter anderem ein oder zwei Krimis veröffentlicht, in einer Jazzband gespielt, in einem Restaurant gearbeitet – ein Mann für alle Jahreszeiten.«

Blackmore hatte den Filmtitel durchaus gehört. Die Dame war also auch Cineastin; wie ihr Freund schien sie viele Eigenschaften zu besitzen. »Womit hat er denn hauptsächlich sein Geld verdient? Die Kleidung, die er Ihrer Schilderung nach getragen hat, ist ja nicht gerade preiswert.«

Rosie warf ihrem Chef einen strafenden Blick zu. Das Perfekt aber hatte Grace Kelly glücklicherweise nicht mitbekommen.

»Ich muß gestehen, ich weiß es auch nicht genau. Er scheint mit dem auszukommen, was er im Antiquariat verdient. Allerdings bewohnt er ein sehr elegant eingerichtetes Häuschen in einer nicht so eleganten Straße.« Sie verzog leicht das Gesicht. Anscheinend war sie in ihrem Leben eine bessere Wohnlage bei ihren Partnern gewohnt gewesen.

»Auto?«

Kelly sah den DCI fragend an. »Entschuldigung?«

Rosie pflichtete ihr innerlich bei. Blackmores Neigung zu Ein-Wort-Sätzen gewann manchmal die Überhand in seinen Verhören.

»Ich meine«, verbesserte er sich, »besitzt er ein Fahrzeug?«

»Ich glaube, einen uralten Vauxhall. Der ist aber abgemeldet und rostet in der Garage vor sich hin. Und hier fährt er manchmal mit dem Fahrrad umher. Das steht sonst im Hof des Antiquariats. Warum ist das wichtig?«

»Man hätte die automatische Kennzeichenüberprüfung über die Kameras auf den Autobahnen heranziehen können, um gefahrene Strecken nachzuvollziehen.«

Kelly nickte. »Verstehe. Was wollen Sie sonst noch wissen?«

»Ich glaube, das reicht«, sagte Rosie und klappte ihren Block zu. »Sir?«

Mist, sagte sich Blackmore, jetzt habe ich wieder den Schwarzen Peter. »Ms Kelly, mögen Sie noch einen Espresso? Ich denke, Sie werden ihn brauchen.«

Rose stand in vorauseilendem Gehorsam auf und ging zur Kaffeemaschine.

»Wenn Sie es sagen. Bitte gerne.« Sie sah Blackmore direkt an.

Blaue Augen waren schon etwas Besonderes, dachte er. »Wir müssen Ihnen etwas mitteilen. Etwas, von dem wir annehmen, daß es stimmt, das Sie uns aber noch bestätigen müssen.«

Rosie stellte einen neuen Espresso vor die Zeugin hin. Für sich hatte sie keine Tasse zubereitet. Der Kaffee roch zwar verführerisch, aber die Sergeantin wollte ihren Koffeinkonsum heute nicht noch weiter erhöhen.

»Wir haben«, sagte Blackmore, »im zweiten Stock des Antiquariats in der Turl Street einen Toten gefunden, auf den Ihre Beschreibung paßt. Ganz sicher sind wir jedoch erst, wenn er formal identifiziert worden ist.«

Grace Kelly sah ihn fassungslos an. »Bernie soll tot sein? Aber wer …« Übergangslos fing sie an zu weinen.

Rosie gab ihr ein Papiertaschentuch aus ihrer Handtasche, mit dem sich Adams' Freundin ziemlich undamenhaft lautstark schneuzte. Aber bei Trauer ist alles erlaubt, dachte die Sergeantin.

»Eine Sache irritiert mich allerdings noch«, sagte Blackmore. »Sie haben die ganze Zeit von *Bernie* geredet. Sein Chef, Mr Morgan, hat ihn *Gerry* genannt.«

Grace Kelly wischte sich weitere Tränen ab. »Ach das. Jerry. Jerry mit J. Der Spitzname aus dem Zweiten Weltkrieg für unsere Freunde auf dem Kontinent. Bernie stammt aus Deutschland.«

7

Montag, 25. Oktober 2010 – Rheinbach und Bonn

»Und warum lispelst du?« fragte Krüger, als er den Namen des Lehrers hörte.

Schneider erklärte es ihm.

»Okay«, sagte Krüger. »Und jetzt?«

»Lehrerzimmer?«

»Nee, wir lassen die mal ein bißchen schmoren. Ich glaube, wir suchen erst einmal die Wohnung von Herrn Winkler auf.«

»Und was ist mit dem Tatort? Spätestens um eins weiß doch die ganze Schule, was passiert ist.«

»Den geben die Kollegen nachher frei, wenn Winkler abtransportiert worden ist.«

»Willst du das nicht überwachen?«

»Nein, *ich* nicht. Du auch nicht. Der Direktor ebenfalls nicht. Aber ...«

Schneider hatte sich an Krügers Kunstpausen gewöhnt, jedenfalls ertrug er sie meistens, und sagte überhaupt nichts.

Als das Publikum nicht wie erhofft reagierte, fuhr Krüger schließlich fort: »Aber Paulsen und Farnschläger werden kommen. Dann kann Paulsen endlich mal etwas sagen, vielleicht sogar Fragen stellen, und Farnschläger seinen berühmten Charme beim weiblichen Geschlecht ausspielen.«

Schneider gluckste. Beide waren fähige Kollegen, aber Paulsen kam aus Husum und redete – wie alle da oben – eigentlich überhaupt nicht, und Farnschläger hatte ein Talent dafür, die herumstehenden Fettnäpfchen, was das weibliche Geschlecht anging, auch im Dunklen zu finden.

»Und wir müssen dann nur noch die Gesprächsprotokolle überfliegen«, sagte Krüger. »Sonst nichts.«

»Nä, wat bess du fies«, sagte Schneider akzentfrei auf Kölsch.

»Ist doch wahr«, verteidigte sich der Hauptkommissar. »Wenn die beiden in ihrem Leben vielleicht nochmal befördert werden wollen, müssen sie auch manchmal das Polizeipräsidium verlassen und im Feld ermitteln.«

Auch noch eins draufsetzen, dachte Schneider. Und hatte sein Freund tatsächlich *im Feld* gesagt? Die Arbeit bei der Polizei färbte anscheinend auch auf die Diktion der Besten ab.

Klaus-Dieter Voss (»ohne Eßzett«), sein alter Chef, hatte darauf bestanden, daß Krüger sich auch mit der Ortsgeschichte beschäftigte, als er seinerzeit seine Stelle am Rhein angetreten hatte. Er versuchte, sich die passenden Passagen ins Gedächtnis zu rufen, als er mit Schneider die Poppelsdorfer Allee Richtung Schloß hochfuhr und nach einem Parkplatz Ausschau hielt.

Bis etwa zur Mitte des neunzehnten Jahrhunderts hatte sich Bonn nur östlich der Eisenbahnstrecke zwischen Köln und Koblenz befunden. Westlich davon gab es das Poppelsdorfer Schloß und den Kreuzberg sowie das eine oder andere kleine Dorf mit alten Fachwerkhäusern. Nach 1870 waren die Grundstückpreise explodiert und ganze Stadtviertel entstanden, deren Bewohner entweder an der Universität ihr Auskommen gefunden oder vom Wirtschaftsboom der Zeit profitiert hatten. Bestes Zeugnis dafür waren die Villen entlang der Poppelsdorfer Allee, deren Status ungefähr dem der Schloßallee bei *Monopoly* entsprach. Sämtliche baulichen Ausprägungen der Gründerzeit waren zu sehen: Türmchen mit fünf Seiten, stuckverzierte Fassaden, mal verrostete, mal blitzblanke Eisengitter, Dachgauben – ein einziges Zuckerbäckerwerk in grau, weiß, blau, gelb und rosa. Kein einziges Haus, so schien es, besaß ein Parterre, da immer mehrere Stufen zur Haustür führten. Die Anhebung des Erdgeschosses hatte den Architekten erlaubt, die Dienstboten im Keller unterzubringen, der jetzt *Souterrain* hieß, so daß sich die Lage des Personals gegenüber früheren Bauten zumindest sprachlich deutlich verbessert hatte.

Krüger war das alles zu aufgesetzt. Ihm lag eine dunkelrote Backsteinvilla an der Elbchaussee in Hamburg entschieden mehr. Schließlich fand er einen anscheinend für eine Rechtsanwaltskanzlei reservierten Parkplatz, den er kurzentschlossen in Beschlag nahm, sein Schild *Polizei im Einsatz* hinter die Windschutzscheibe legte und ausstieg.

Ein paar Meter weiter erreichten sie das Haus mit der gesuchten Hausnummer, eine Adresse, die sie vom Schulsekretariat erhalten hatten. Die Kommissare sahen gleichzeitig auf die Uhr. Wo blieb denn nur der herbeigerufene Schlüsseldienst?

Wenig später hielt ein überaus roter Mercedes Sprinter mit quietschenden Reifen neben ihnen. Die Fahrzeugseite war mit *Schlüssel verlegt? Wir helfen Ihnen einbrechen* beschriftet, gefolgt von einer einprägsamen Bonner Telefonnummer. Auf das korrekte »zu« beim Infinitiv hatte die Firma verzichtet.

Krüger seufzte. Aber als der Don Quichotte des Polizeipräsidiums, der gegen grammatische Windmühlen kämpfte, in die Annalen der Geschichte einzugehen, dazu hatte er keinen Ehrgeiz mehr. Also schwieg er.

Der Fahrer schaltete das Warnblinklicht an und stieg in aller Ruhe aus. Allerdings schob er auch einen ansehnlichen Bierbauch vor sich her, der allzu hastige Bewegungen ausschloß. Den Bierbauch schmückte ein T-Shirt mit der Aufschrift *Dünne sind schon fast verhungert*.

Immerhin war der Mann zu Selbstironie fähig, dachte Krüger und ging auf den Handwerker zu. »Kommissar Krüger«, sagte er freundlich. »Können Sie bitte die Haustür von Nummer 204 aufschließen?« Er deutete auf eine Gründerzeiteingangstür, vor deren farbigem Glasfenster ein verziertes Gitter angebracht war.

»Können Sie sich ausweisen? Mich hat zwar vorhin jemand angerufen, der nach Polizei klang – im Hintergrund war eine leise Sirene zu hören …«

Ironie beherrschte sein Gegenüber auch; Krüger lachte.

»… aber man weiß ja nie.«

Ein Satz, der immer paßte und nichts aussagte – typisch für das Wesen der Rheinländer, dachte der Kommissar. Vorsicht war immer angebracht, hieß das, auf jeden Fall gegenüber norddeutsch sprechenden Polizisten. Er zeigte seine Dienstmarke vor.

»Geht klar, Chef«, sagte der Schlüsseldienstmitarbeiter. »Bitte wegtreten. Bei Zauberkunststücken muß man gebührenden Abstand halten.«

Dreizehn Sekunden später hatte der Handwerker die beiden soliden BKS-Schlösser, eines in der gewohnten Höhe, das andere etwa vierzig Zentimeter über der Strohmatte, überlistet und stieß die Tür auf. »Bitte einzutreten.«

Oha, dachte Krüger, vielleicht hat er das »zu« auf dem Auto für den Fall weggelassen, daß er mal eines brauchte – wie jetzt.

»Isch bin dann mal fott«, fügte der Schlüsseldienstzauberer hinzu. »Reschnung kütt.« Er stieg etwas mühsam in sein Fahrzeug, hinter dem sich schon eine längere Autoschlange gebildet hatte. Vereinzelt war eine Hupe zu hören, aber das waren sicher die Zugereisten, dachte der Kommissar; die Bonner nämlich machten täglich leidvolle Erfahrungen mit Staus, mit Nadelöhren aufgrund von Kanalarbeiten, mit Baumfällaktionen, bei denen die Feuerwehr die halbe Straße und den ganzen Gehweg blockierte, und mit anderen zeitintensiven Unterhaltungsaktionen, während sie eigentlich nur von A nach B wollten, so daß sie schon seit Jahren nicht mehr hupten. Nie.

Krüger stieß die Tür ganz auf. Es roch leicht muffig, wie in jedem Haus, das einige Tage nicht gelüftet worden war. Der Flur besaß noch die ursprünglichen Fliesen, die ein geometrisches Muster in gelb, grün und weiß zeigten. Ein alter Spiegel mit Mahagonirahmen hing an der Wand; auf den Garderobenhaken daneben hatte der Besitzer eine kleine Auswahl von Mänteln und Jacken für jede Jahreszeit drapiert. Eine große Holztreppe links führte in den ersten Stock. Nach rechts gingen zwei Türen ab.

Schneider öffnete die erste, die zu einem Raum führte, der als Abstellkammer genutzt wurde: das übliche Sammelsurium aus Staubsauger, Trittleiter, Eimer, Müllsäcken, Gartenjacke und -werkzeug war perfekt geordnet.

Die zweite Tür verschloß eine großzügige Wohnküche, hinter deren Fenstern der Garten mit großen alten Bäumen zu sehen war. Auch sie war fast übertrieben sauber. Krüger öffnete probeweise einen Hängeschrank, der akkurat beschriftete Dosen enthielt. *Zucker, Mehl, Kichererbsen, Gummiringe* und ähnliches war auf den ausrangierten Salzstangenbehältern zu lesen.

»Nach oben?« fragte Krüger.

Schneider nickte.

Eine Reihe alter Stiche mit Bonner Ansichten des neunzehnten Jahrhunderts säumte die Treppe; sie waren millimetergenau in exaktem Abstand zueinander platziert.

Krüger drückte die Türklinke zum Wohnzimmer hinunter, das er zum Garten hin vermutete. Er hatte recht – große Fenster ließen hier mehr von Beeten, Bäumen und Rasen sehen, als eben unten in der Küche. Ein großer schwarzer Flügel stand mitten im Raum. Volle Bücherregale boten eine riesige Auswahl an Bildbänden zu verschiedensten Sachgebieten. Ein Regal barg zahlreiche antiquarische Bücher mit farbigen Einbänden. Mehrere Gesamtausgaben deutscher Autoren reihten sich aneinander; *Conrad Ferdinand Meyer, Theodor Fontane, Gustav Freytag* las Krüger auf den Buchrücken. Eine Karl May-Ausgabe war weit nach oben Richtung Decke gewandert. Der Kommissar hatte sie nur entdeckt, weil er die charakteristische grüne Einbandfarbe mit Goldschnitt aus seiner Jugend kannte, in der er die Erzählungen des Schriftstellers aus Sachsen verschlungen hatte. Die Decke hier war sicher drei Meter fünfzig hoch, was auch einem geübten Auge das Entziffern der Buchtitel erschwerte. Vielleicht benötigte Krüger aber auch schon eine Brille, wobei er ja mit einer Lesebrille anfangen konnte. Aber die half ihm bei einer Entfernung des Lesestoffs von über drei Metern auch nicht weiter. Er verlor sich in optimetrischen Sphären und schreckte erst wieder hoch, als er Schneiders Stimme hörte.

»Das Schlafzimmer ist auch so aufgeräumt«, rief sein Kollege aus dem kleineren Zimmer, das nach vorn zur Straße lag. »Ich geh' mal oben gucken.«

»Okay«, rief Krüger zurück. »Ich bleib' hier. Möglicherweise finde ich ja etwas, das uns weiterhilft.«

Nur auf dem Flügel sah es leicht unordentlich aus. Der Deckel über der Klaviatur war hochgeklappt, und Krüger entnahm den aufgeschlagenen Noten, daß Winkler sich zuletzt mit Beethovens *Pathétique* beschäftigt hatte, einem Stück, das der Kommissar immer als zu laut empfunden hatte. Wenn schon Beethoven, dann doch lieber Richie Blackmore's Rainbow, deren Interpretation von Beethovens *Ode an die Freude* ihm doch entschieden besser gefiel als das Original.

In einer Ecke des Raums stand ein Biedermeier-Schreibtisch, auf dessen mit grünem Leder bespannter Arbeitsfläche zwei Deutschlektüren lagen, *Schwerhörige auf dem Rasen* von einem längst verstorbenen DDR-Schriftsteller und Goethes *Iphigenie auf Tauris*, das seine Klassenkameraden, wie so viele Schülergenerationen vor und nach ihnen, in *Epidemie in Tauris* umgetauft hatten.

Der Kommissar zog probeweise ein paar Schubladen auf. Eine enthielt das übliche Bürozeug, Klammern, Stifte, Lineal und Ähnliches; eine andere barg alte Lehrerkalender einer Bank, die es schon längst nicht mehr gab. In einer weiteren stapelten sich ordentlich mit Gummiband zusammengehaltene Briefe. Klarsichthüllen mit Versicherungs- und Bankunterlagen lagen schließlich in der vierten Lade.

Krüger seufzte. Was suchte er eigentlich? Er war hier, um sich ein Bild des Ermordeten zu machen, um etwas zu finden, was ihnen einen Hinweis auf den Täter oder die Täterin gab. Bisher erschien ihm Winkler farblos, wahrscheinlich ein solider Lehrer, dessen Hauptinteressen tatsächlich seine beiden Unterrichtsfächer Deutsch und Musik waren.

Wo war eigentlich die Plattensammlung? Ein Musiklehrer besaß doch sicher einen Haufen CDs. Krüger sah sich um.

Neben einem Sessel entdeckte er schließlich eine Dockingstation von GENEVA für das iPhone, die, auf einem Fuß stehend, eher an eine Etagère für einen großen Blumentopf erinnerte. So war es kein Wunder, daß er sie zuerst übersehen hatte. Besaß Winkler eventuell seinen gesamten Musikbestand nur noch digital? Es gab ja so merkwürdige Zeitgenossen, die keinen Unterschied zwischen einer Analogplatte und einer CD, geschweige denn zwischen MP3-Dateien unterschiedlicher Kilobyte-Raten, hören wollten. Naja, all' das führte auch nicht wirklich weiter.

»Hey, ich hab' was«, rief Schneider laut von oben.

Krüger nahm zwei Stufen auf einmal, so daß er in Kürze sein Tagespensum an sportlicher Betätigung für heute erledigt haben würde. »Wo bist du?« fragte er.

»Hier«, sagte Schneider, was ziemlich sinnlos war, denn genau deshalb hatte Krüger ja gefragt: weil er es eben nicht wußte. Aber das konnte auch an der Art seiner Frage liegen. *In welchem Zimmer bist du?* ließ nur eine eindeutige Antwort zu.

»In welchem Zimmer bist du?« fragte Krüger genauer.

»In keinem«, antwortete Schneider, was genauso sinnlos wie eben war. Und auf Ratespiele hatte Krüger keine Lust.

»Hier oben.« Schneider lugte aus der offenen Klappe zum Dachboden herunter.

Die Hühnerleiter hatte Krüger übersehen, weil sie, nachdem er gerade die oberste Stufe im Treppenhaus erreicht hatte, genau hinter ihm lag.

»Warte, ich komme.« Schneider kletterte behende die schmalen Tritte hinab. Unter dem Arm hielt er ein kleines Fotoalbum.

»Nicht schon wieder!« stöhnte Krüger. »Erinnerst du dich noch an den Fall des unfreundlichen Postboten? Erst in einem solchen Album haben wir damals die Lösung gefunden.«

»Ja«, sagte Schneider. »Ich weiß. Aber ich wollte dir nur 'was Merkwürdiges zeigen.« Er blätterte etwas hin und her und fand dann die Seite, die er suchte. »Hier. Siehst du?« Er deutete auf ein altes Schwarzweiß-Foto.

»Nee«, sagte Krüger. »Sehe ich nicht.«

Auf dem Foto war ein kleiner Junge in kurzen Hosen zu sehen, den ein großes Mädchen an der Hand hielt. Hinter ihr stand vor einer Art Stall ein großes Pferd.

»Und? Sollte ich das Pferd kennen?« Krüger war müde und wollte nach Hause.

»Nein. Guck mal genau hin. Den Stallburschen im Hintergrund meine ich.«

Krüger tat seinem Kollegen den Gefallen und sah genau hin. Dann stutzte er: »Der sieht genauso aus wie ein Sohn unseres toten Lehrers.«

»Er kann es aber nicht sein«, sagte Schneider. »Höchstens als Zeitreisender. Auf dem Deckblatt des Albums steht ein handschriftlicher Eintrag. Die Bilder stammen aus den fünfziger Jahren.«

Ungefähr zur gleichen Zeit saßen Paulsen und Farnschläger in der kleinen Bibliothek, die an das Lehrerzimmer im Neubau angrenzte, und sahen sich ratlos an.

»Wieviele hast du denn?« fragte der Ermittler aus Husum.

»Zwölf«, sagte seine Kollege und überflog seine Notizen. »Und keiner will Winkler näher gekannt haben. Schon merkwürdig.«

»Bei mir genauso. Ich hab' elf Lehrer geschafft, und niemand will eine engere Beziehung zu einem Kollegen zugeben, der seit fast dreißig Jahren hier an der Schule ist. Naja, manche Pauker können schon Eigenbrötler sein.« Paulsen räusperte sich. »Wieviele müssen wir noch?«

Farnschläger zählte die Namen auf der Liste, die er aus dem Sekretariat erhalten hatte. »Siebenundsechzig Lehrer, minus dreiunddreißig, die wir schon interviewt haben, macht vierunddreißig.«

»Vierundvierzig«, sagte Paulsen. »Ist ein einfacher Dreisatz, oder so. Zusammen haben wir noch keine dreißig. Es sind erst dreiundzwanzig.«

Farnschläger griff zu seinem Mobiltelefon. »Ich hole Verstärkung. Sonst sitzen wir morgen früh noch immer hier.«

Paulsen schüttelte den Kopf. »Wir machen das anders. Überleg doch mal, wer Winkler *nicht* hätte umbringen können.«

»Wie meinst du das?«

»Na, ich glaube kaum, daß die kleine Sekretärin mit den roten Haaren körperlich in der Lage ist, einen fast zwei Köpfe größeren Mann zu erwürgen.«

Farnschläger nickte begeistert. »Super. Dann sortieren wir auch noch die beiden Lehrer mit dem Armbruch und dem Bänderriß aus.«

Paulsen nickte. »Gehst du oder ich?«

Farnschläger stand auf, die Liste in der Hand. »Ich gehe zum Direktor 'rüber. Mit dem sehe ich dann die Liste durch. Du kannst ja solange die Gestalten, die noch dahinten sitzen, *en bloc* befragen.«

Paulsen erhob sich ebenfalls und öffnete die Tür, die in das für das gesamte Kollegium viel zu kleine Lehrerzimmer führte. Jemand hatte sich zwar bemüht, durch Tischgruppen etwas Atmosphäre zu schaffen, war aber schon an den Farben des Mobiliars und der Vorhänge gescheitert, wie er fand. Bilder gab es kaum an den Wänden, dafür große Bereiche mit Aushängen, Listen, Zeitungsausrissen und Veranstaltungsplakaten. Gemütlicher war es im Polizeipräsidium aber auch nicht.

Beim Eintreten des Beamten verstummten die wenigen, leise geführten Gespräche an den beiden besetzten Tischen. Bedrückte Gesichter sahen ihn an.

»Und er ist wirklich erschossen worden?« fragte ein jüngerer Mann in Jeans und Pullover. »Der Direktor hat ja vorhin nichts Konkretes gesagt.«

Eine ältere Frau neben ihm korrigierte ihn. »Nein, nein, *erstochen*. Du mußt dich verhört haben.«

Paulsen verfolgte die Entstehung von Gerüchten mit Interesse. Er hütete sich, Näheres zu sagen. Täterwissen für sich zu behalten, war immer gut. Er wandte sich an einen korpulenten Mann und zeigte auf einen abgegriffenen Spazierstock, der an der Tischkante lehnte. »Sie tun mir ja leid mit den auf zwei Gebäude und jeweils drei Etagen verteilten Klassenzimmern.«

»Ach so, Sie meinen den Stock? Der ist nur temporär. Ein Achillessehnenriß. Momentan fahre ich mit dem Aufzug in den zweiten Stock hier im Neubau, verbringe meine Stunden in unserem Chemieraum und fahre dann wieder nach unten.«

»Danke«, sagte Paulsen. »Sie können gehen.« Zwei kleinere Frauen schickte er gleichfalls nach Hause und schrieb sich nur ihre Namen mit dem Vermerk *lütt* auf. Ein schmaler Referendar, der ihn unablässig durch dicke Brillengläser betrachtet hatte, folgte.

Nachdem die noch übrigen Lehrerinnen und Lehrer glaubhaft nachgewiesen hatten, daß sie erst am Sonntag aus den Herbstferien zurückgekehrt waren und somit nicht als Täter in Frage kommen konnten, saß nur noch eine einsame Gestalt vor Paulsen. »Sie heißen?« fragte er.

»Hülsmeyer. Manfred Hülsmeyer. Mathematik und Physik.« Er rutschte unruhig auf seinem Platz hin und her. Plötzlich brach es aus ihm heraus: »Mann, bin ich froh, daß der Mistkerl tot ist.«

8

Mittwoch, 3. November 2010 – Oxford

Blackmore sah auf die Uhr. Hethercott und Blackfriar mußten eigentlich noch im Antiquariat sein, so daß er noch hineinkäme. Er hatte nämlich vergessen, den Inhaber vorhin nach einem Schlüssel zu fragen. »Rosie«, wandte er sich an die Sergeantin, »magst du dich um Ms Kelly kümmern? Ich muß noch einmal zum Antiquariat. Dieses Mal mit dem Auto.« Ein Blick folgte, der keinen Widerspruch duldete.

Rosie nickte.

Der DCI verabschiedete sich von Adams' Freundin und ging in den Hof zu seinem Mercedes. Der Regen hatte nachgelassen und beschränkte sich auf gelegentliche Tropfen, allerdings in genau der Dosierung, für die ein Scheibenwischer notwendig war. Fünf Minuten später hielt Blackmore in der Turl Street, parkte am Straßenrand und legte ein einfaches blaues Schild mit dem weißen Schriftzug *Police* hinter die Windschutzscheibe. Die Kollegen von der Spurenversicherung hatten darauf verzichtet, in einer der Haupttouristenstraßen Oxfords die *Crime Scene* weiträumig abzusperren und das auch noch durch das gelbe Plastikband, das üblicherweise zum Einsatz kam, kundzutun.

Die Eingangstür der Buchhandlung war abgeschlossen, so daß er mehrfach klopfen mußte, bis Blackfriar ihm öffnete.

Die junge Kollegin war immer noch schlecht gelaunt. »Deinetwegen mußte ich jetzt hierbleiben.«

Blackmore bedachte sie mit einem Stirnrunzeln. Irgendwie war ihm heute nicht nach Flirten zumute, wobei sich das gerade bei dieser ausgesprochen ansehnlichen Kollegin anbot. »Was wäre denn die Alternative gewesen?«

»Ein Espresso in ›The Missing Bean‹«, fauchte Blackfriar.

»Da waren wir vorhin schon.«

Blackmore beschloß, sein unfreundliches Gegenüber etwas zu ärgern. Also wartete er ein paar Sekunden, während sich die Miene der jungen Frau weiter verdüsterte, bis er sagte: »Die große Kaffeemaschine gab übrigens ihren Geist auf, als wir gingen.« Gleich darauf tat ihm die Bemerkung leid. Irgendwann würde er das bei einem Pint Ale wieder richtigstellen.

Blackfriar dreht sich grußlos um und ging wieder in den Laden. Die schwere Tür fiel langsam zu, so daß Blackmore sie erneut aufdrücken mußte. Er wollte gerade die Treppe nach oben betreten, als hinter ihm die Eingangstür quietschte. Die Glocke gab einen Mißton von sich.

»Hallo, jemand da?«

Ein Mann unbestimmbaren Alters stand vor der kleinen Theke, als der DCI zwischen den Regalen wieder hervortrat.

»Nur ich«, sagte Blackmore. »Und wer sind Sie?«

»Warum?«

»Ich habe zuerst gefragt.« Albernen Fragen begegnete man am besten auf dem gleichen Niveau, es sei denn, man war Lehrer, dachte der Detective. »Außerdem fände ich es höflich, wenn der einen Raum betretende Neuankömmling sich zuerst vorstellt.«

»Okay«, sagte der Mann. »Frederic Star, Journalist bei der *Oxford Mail*.«

Großartig, dachte Blackmore, einen Toten riechen die Schreiberlinge immer sofort; das paßt jetzt gerade besonders, wo Adams noch nicht einmal abtransportiert worden ist. »Was kann ich denn für Sie tun?« Wie gut, daß er dem Herrn von der Regenbogenpresse anscheinend unbekannt war.

»Wo steckt Donald denn?«

»Weg«, sagte Blackmore, der ebenfalls Morgan suchte. »Warum?«

»Weil der mir vielleicht sagen kann, wann Jerry wieder auftaucht.«

Blackmore musterte den Journalisten. Von seiner Kleidung her paßte er überhaupt nicht zu dem Deutschen. Seine Bluejeans hatte schon bessere Tage gesehen; die Falten über den Knien waren fast weiß geworden und die Säume über den Schuhen ausgefranst. Und er trug tatsächlich einen grünen Parka, ein Kleidungsstück, an das sich der DCI aus seiner Jugend erinnern konnte. Die Haare waren zu lang und hätten eine Wäsche gebrauchen können. Aber dieser schäbige Eindruck wurde mehr als wettgemacht durch durch und durch blaue Augen, die ihn leicht spöttisch musterten. Plötzlich fühlte Blackmore sich ertappt, als ob der Journalist etwas sehen konnte, das man allenfalls gute Freunde sehen ließ.

»Was wollen Sie denn von Jerry?« Blackmore versuchte, sich an das J statt des Gs vor seinem inneren Auge zu gewöhnen.

Star wurde unsicher. Er senkte den Blick und sagte: »Ich wollte was abholen.«

»Vielleicht kann ich Ihnen helfen. Mit den Büchern hier kenne ich mich ganz gut aus.« Auch bei Unwahrheiten konnte der DCI keine Miene verziehen.

»Nee, ist was Privates. Aber wenn Sie nicht wissen, wann er wiederkommt ...« Der Mann drehte sich um und wollte gehen. Er fügte noch hinzu: »Aber vielen Dank.«

»Moment«, sagte Blackmore. »So schnell nun auch wieder nicht. Ich habe nämlich noch ein paar Fragen.«

Zögernd trat Star wieder an die Theke.

Blackmore hatte inzwischen seinen Ausweis hervorgeholt, behielt ihn der größeren Wirkung wegen aber noch in der Hand. »Sie wollten doch meinen Namen wissen, oder? Damit Sie Ihrem Freund berichten können, mit wem Sie in seinem Laden gesprochen haben.«

»Naja, so ganz sein Laden ist es ja nicht. Aber bitte, wenn Sie mir verraten wollen, wie Sie heißen ...«

»DCI John Blackmore, Thames Valley Police.« Er hielt seine Legitimation hoch.

Star wurde blaß, was aber nichts bedeutete, dachte Blackmore, da ausnahmslos alle Zeitgenossen, gegenüber denen man sich identifizierte, plötzlich eine ungesunde Blässe bekamen. »Also, zwei

Sachen«, sagte er. »Erstens, Sie sagen mir, was Sie hier wirklich wollen, und zweitens, ich will nichts von unserer Begegnung morgen in Ihrer Zeitung lesen.«

Der Journalist nickte zögernd, machte den Mund aber nicht auf.

Blackmore wartete.

Schließlich sagte Star, während seine Augen unruhig hin- und hersahen: »Jerry hat mir ein Päckchen zur Aufbewahrung gegeben und gesagt, wenn ihm etwas zustöße …«

Rosie sah Ms Kelly mitfühlend an. »Soll ich Ihnen ein Taxi rufen? Oder besser, kann ich eine Freundin von Ihnen anrufen, die Sie hier abholt?«

Grace Kelly schüttelte den Kopf. »Nicht nötig.« Sie straffte ihren Oberkörper, schneuzte sich erneut lauter, als nötig war, und schlug plötzlich die Hand vor ihren Mund.

»Ist Ihnen noch etwas eingefallen?« Rosie hatte inzwischen gelernt, auch auf nonverbale Kommunikation zu achten. Dabei erfuhr man fast immer mehr, als das jeweilige Gegenüber preiszugeben gewillt war.

»Ja«, sagte Kelly und strich sich mit der Hand durch das Haar. »Da ist doch dieses Päckchen. Wissen Sie, zeitweise arbeite ich in einem kleinen Antiquitätengeschäft in Henley-on-Thames. Dort ist neulich der Tresor aufgebrochen worden, der glücklicherweise nur Kleinkram enthielt, so daß das die Versicherung regelt. Und der neue Tresor ist noch nicht geliefert worden. Daher habe ich ein paar alte, wertvolle Schmuckstücke am Montag mitgenommen, weil ich ihre angegebene Provenienz in Ruhe zu Hause mit einer Liste von Diebesgut vergleichen wollte, die mir der zuständige Sachbearbeiter von Scotland Yard übermittelt hat. Wir wollten die Sachen nicht über Nacht im Geschäft lassen. Und weil ich am Dienstag – gestern – ganztägig unterwegs war, wollte ich wiederum das alles nicht zuhause liegenlassen und habe es Bernie gegeben, der es in den Safe tun wollte.«

»Warum hat Mr Adams denn einen Tresor zuhause?«

»Nein, nicht zuhause. Das Päckchen sollte in den Safe im Antiquariat, wo die ganz teuren Bücher aufbewahrt werden.«

Rosie hatte sich Notizen gemacht. »Okay, wenn Mr Morgan wieder aufgetaucht ist, kümmere ich mich darum, daß Sie wieder an Ihr Paket gelangen.«

»Wie, Morgan ist weg? Wer ist denn jetzt im Laden? Und wann kommt er wieder?«

»Das sind jetzt aber ziemlich viele Fragen auf ein—«

»Nur drei«, sagte Kelly etwas spitz.

Rosie nahm den Einwurf nicht zur Kenntnis und fuhr fort: »Im Antiquariat sind zur Zeit die Leute von der Spurensicherung, außerdem Ihr ermor..., Entschuldigung, Ihr verstorbener Freund und mein Vorgesetzter, DCI Blackmore. Morgan hat vorhin die Firma verlassen und ist telefonisch gerade nicht zu erreichen. Was haben Sie denn für einen Eindruck von ihm?«

Kelly überlegte. »Er kommt einem schon etwas merkwürdig vor, aber vielleicht ist das bei Buchhändlern immer so, die müssen sich ja nicht unterhalten. Die können ja lesen. Auf seinem Fachgebiet ist er nicht zu schlagen, auch nicht von Bernie, der sich seit gefühlten zweihundert Jahren mit alten Büchern beschäftigt.« Eine Träne rollte ihre Wange herunter. » ... *beschäftigte* – Vergangenheit. Weiter im Text. Aber Mr Morgan ist irgendwie unsozial. Um seine freien Tage mußte Bernie immer kämpfen, und zusammen haben die beiden, soviel ich weiß, noch nie etwas unternommen. Ich weiß nicht, ob er überhaupt Freunde hat, Morgan, meine ich.«

»Aha«, sagte Rosie – was sollte sie auch sonst sagen. »Und könnte er ein Motiv haben, Mr Adams umzubringen?«

Grace Kelly sah sie überrascht an. »Morgan? Der doch nicht. Nie im Leben. Dafür fehlt ihm die Phantasie. Und außerdem: Ich glaube nicht, daß er Bernie körperlich gewachsen war, ich meine, bei einem Strumpf muß man schon ziemlich kräftig sein, um damit jemanden zu erwürgen.«

Rosie betrachtete die große Frau aufmerksam. Den Strumpf hatte sie nicht erwähnt, da war sie ganz sicher. Konnte es denn sein, daß Ms Kelly … Aber was sollte sie für einen Grund haben, ihren Freund unter die Erde zu bringen?

»Wenn ihm etwas zustieße«, sagte Blackmore. »Konjunktiv Präsens.«

Der Journalist nickte. »Stimmt. In meinen Texten wird das immer verbessert. Aber den Lesern ist das egal; über meine Grammatik hat sich noch nie jemand beschwert. Dafür kriege ich nach jedem Artikel immer E-Mails, die das Niveau beklagen. Früher sei das alles besser gewesen. Aber da hatten wir auch noch Edward Webster, der in seiner Freizeit für das *Oxford English Dictionary* gearbeitet hat. Seinem scharfen Auge entging nicht der kleinste Fehler.« Star schwieg.

»Was ist denn jetzt mit dem Päckchen?«

»Das habe ich nicht dabei. Es liegt zuhause auf meinem Schreibtisch.«

Eine Unterhaltung mit dem Mann war mühsam. Blackmore seufzte. Alles mußte man selber machen, auch, den Zeugen die Würmer einzeln aus der Nase zu ziehen. »Wissen Sie denn, was Mr Adams Ihnen gegeben hat?«

Star schüttelte den Kopf. »Keine Ahnung. Ich habe es nicht aufgemacht.«

»Wo wohnen Sie denn?«

»Cowley Road«, sagte Star leise.

Blackmore verzog seinen Mund. Er mußte aufpassen, daß er neutral blieb. Cowley Road war eine – wie hieß das heute? – *multiethnische* Gegend, wie er sie bei seinem einzigen Berlin-Besuch vor einigen Jahren im Stadtteil Neukölln kennengelernt hatte: Kebab-Läden, China-Imbisse, pakistanische Restaurants, Drogen-Dealer noch *ohne* Ladenlokal, Einrichtungen der Wohlfahrt dafür *mit* einem, minderjährige Mütter mit Kinderwagen, ältere Damen mit Hund und so weiter. Das Leben dort mochte er, es erinnerte ihn ein wenig an den Orient, wie er ihn sich vorstellte, mit Essensgelegenheiten zu allen Tages- und Nachtzeiten, mit interessanten Leuten und fremder Musik. Allerdings hatte das Leben in einer solchen Gegend zwei Gesichter, die man besonders in der Cowley Road studieren konnte: das eine Ende der langen Straße wurde seit einigen Jahren gentrifiziert und erlebte einen Aufschwung, während das andere Ende auch nach oben kletterte, allerdings in der Kriminalstatistik. Rauschgift-Delikte, Überfälle, Vergewaltigungen und Schlimmeres waren an der Tagesordnung.

»Über den Oriental Grocers«, fügte Star hinzu.

Blackmore sagte: »Einen Augenblick; ich muß noch die Spurensicherung nach Haus schicken.« Er schloß die Ladentür ab, was ihm einen finsteren Blick von Star eintrug, und ging nach oben.

Im zweiten Stock saß Blackfriar auf einem Stuhl und las. *Viktorianische Ausschweifungen* konnte der DCI auf dem Ledereinband lesen. Die junge Frau sah auf und wurde rot.

»Keine Panik«, sagte Blackmore. »Zum einen geht das nur Sie und mich etwas an, zum anderen habe ich neulich bei Blackwell's in *Lady Chatterley's Lover* geblättert, als zufällig meine Sergeantin in die Buchhandlung kam.«

Blackfriar lachte. »Gefiel mir auch nicht. Aber ich finde interessant, wieviel sich auf ziemlich allen Gebieten in den letzten hundertfünfzig Jahren geändert hat. Politik, Literatur und Kunst jeder Zeit kennt man noch aus der Schule, aber was haben die Leute gedacht, wie haben sie gelebt, was haben sie gegessen, wie haben sie geliebt, wie …« Ihre Begeisterung hatte sie mit sich gerissen, und sie errötete erneut.

Wie wenig man doch über die Leute wußte, mit denen man sein ganzes Berufsleben verbrachte, dachte Blackmore. Da war diese nüchterne Wissenschaftlerin, die sich dem Tod verschrieben hatte und den Spuren von Gewalttaten nachforschte, und da war diese junge Frau, die sich augenscheinlich mit den Dingen hinter den Dingen beschäftigte. Vielleicht konnte er sie mal zum Essen einladen? »Wann haben Sie heute Dienstschluß?« fragte er.

»Vor zwei Stunden«, fauchte Blackfriar und sah ihn wieder finster wie immer an.

Verdammt, das war die falsche Frage gewesen. Egal, ein anderes Mal. Blackmore nahm sich aber vor, das dann vielleicht zu führende Gespräch vorher zu proben.

»Kann ich jetzt gehen?« fragte die junge Frau.

»Klar doch«, sagte der DCI und stolperte im gleichen Moment über Rosies Ausdruck, der unbemerkt den Weg in seinen Sprachschatz gefunden hatte. Eilig fügte er hinzu: »Wann können Sie uns denn Näheres über den Mörder mitteilen?«

»Wenn der Bericht fertig ist«, sagte Blackfriar und verließ grußlos den kleinen Raum.

Der Detective warf ein Blick ins größere Nebenzimmer, wo der Tote immer noch lag. Er griff zu seinem Mobiltelefon und rief die Polizeiwache an. »Schickt bitte einen Mann in die Turl Street zum Antiquariat.« Sein Gesprächspartner sagte etwas. Blackmore nickte, was am Telefon ziemlich sinnlos war, so daß er »Ja« sagte und hinzufügte: »Bis der Tote abgeholt ist. Dann kann er meinetwegen wieder gehen. Ich warte hier und übergebe den Ladenschlüssel.« Damit beendete er das Gespräch.

Als der Detective im Erdgeschoß ankam, sah er noch, wie Blackfriar die Tür zuzog. Star war verschwunden.

9

Montag, 25. Oktober 2010 – Bonn und Rheinbach

»Weißt du, was ich mindestens ebenso merkwürdig wie dieses komische Foto finde?« Krüger sah seinen Freund herausfordernd an. »Daß wir bisher nicht wissen, wo Winkler sein Geld her hat. Denn daß er welches besaß, sieht man doch an diesem Haus – beste Lage in Bonn, sicher mehr als eine Million wert. Und die Einrichtung war auch nicht umsonst. Allein die Teppiche, die hier überall herumliegen, müssen ein Vermögen gekostet haben. Ist dir mal aufgefallen, wie leise es hier ist? Entweder schlucken die Teppiche alles, oder Winkler hat sein Haus besonders gegen Außengeräusche isoliert.«

»Wahrscheinlich war er nur empfindlich, was Klänge jeder Art anging«, sagte Schneider. »Abgesehen von musikalischen. Vielleicht. Oder so.«

»Oder er hat nachmittags immer genug gehabt vom morgendlichen Schullärm«, pflichtete Krüger ihm bei. »Also, wie geht's weiter?«

»Muß ich dir das wirklich aufzählen? Grundbucheinträge für das Haus einsehen, Bankkonten durchsehen, Familie übersehen, das tue ich bei meiner jedenfalls immer …«

Krüger lachte. »Nee, ich meinte, was machen wir jetzt?«

»Das Publikum befragen? Die Nachbarn, meine ich.« Schneider sah auf die Uhr. »Oder Mittagessen?« Ein hoffnungsvoller Blick folgte.

Sein Vorgesetzter schüttelte den Kopf. »Du weißt doch, die ersten achtundvierzig Stunden nach einem Mord sind die kritischsten bei der Fahndung nach dem Täter.«

»Die sind seit einer halben Stunde vorbei.« Schneider sah zufrieden aus ob seiner Rechenkünste. »Wenn man den Satz von Schiller, Winkler sei seit mindestens zwei Tagen tot …«

»Schon kapiert. In welchem Restaurant möchtest du speisen?«

Der jüngere Kommissar deutete vage in Richtung Innenstadt. »Da hinten. Wo immer du willst.«

»Okay«, sagte Krüger. »Dann gehen wir bis zu ›Roses‹, damit du nicht so weit laufen mußt.« Mit einem Zweitschlüssel zum Haus, der an einem Schlüsselbrett neben dem Eingang hing, schloß Krüger ab und steckte ihn ein.

»Versiegeln?« fragte Schneider.

»Bist du zu hungrig, um deine verblassenden Kräfte für ganze Sätze einzu-, äh, setzen?«

Schneider grinste. »Kann sein. Versiegeln müssen wir aber, glaube ich, nicht. Wer soll denn hier hineinwollen, wenn der alleinlebende Besitzer tot ist?«

»Besser ist besser«, sagte Krüger, entnahm seiner Brieftasche ein amtliches Siegel und brachte es zwischen Türwange und -blatt an.

Zügigen Schritts folgten die beiden Ermittler dem Fußweg unter den Kastanienbäumen, die den breiten Grünstreifen zwischen Bahnunterführung und Poppelsdorfer Schloß säumten. Als sie am Kaiserplatz ankamen, klingelte Krügers Mobiltelefon.

Hülsmeyer kam aus Westfalen, was man seiner Gestalt ansah und seiner Sprache anmerkte. Er wäre sicher als Junker auf einem großen Gutshof durchgegangen, nicht zuletzt wegen des Bauches, den er mit einer Weste zu kaschieren versuchte; es fehlte nur die Cord-, vielleicht auch eine Kniebundhose und ein Janker, so einer mit goldenen Messingknöpfen, dachte Paulsen, der ihm gegenübersaß. Gab es eigentlich goldenes Messing, oder war das eine *contradictio in adiecto*, wie sein alter Lateinlehrer immer gesagt hatte, wenn zwei Sachen einander eigentlich ausschlossen? Und was sollte das Wort *eigentlich* in diesem Zusammenhang? Mist, jetzt hatten Krügers Sprachkapriolen auch ihn erreicht. Vielleicht war sein Chef aber zu einigen Deutschstunden bereit; fragen kostete ja nichts. Und außerdem saß der ja an der Quelle, was gutes Deutsch anging, hatte er doch eine Germanistin zur Freundin.

Hülsmeyer also hatte sich wieder im Griff und betrachtete gelangweilt seine Fingernägel, die nach Maniküre aussahen. Allerdings schwitzte er, was bei seinem Gewicht auch kein Wunder war. Augenscheinlich wartete er darauf, daß Paulsen mit der Unterhaltung anfing. Daß es ein Verhör werden würde, konnte er ja nicht ahnen.

Paulsen war zufrieden, daß er so subtil vorgegangen war – alle harmlosen Lehrerinnen und Lehrer aussortiert, bis nur noch Hülsmeyer übriggeblieben war. Dem sah man aus zwanzig Metern Entfernung an, daß ihn was beschäftigte. »Aha«, sagte er.

»Wie, *aha*?« fragte Hülsmeyer. »Was wollen Sie damit sagen?«

»Nun«, sagte Paulsen und legte seinen kleinen Block, auf dem er Stichworte aufgeschrieben hatte, vor sich auf den Tisch. »Sie haben mir gerade ein Mordmotiv geliefert. Was meinen Sie mit *Mistkerl*?«

Hülsmeyer schloß sich der langen Reihe aller in Mordfällen Verdächtigten an und änderte seine Gesichtsfarbe, eine Reaktion, die Paulsen schon lange nicht mehr interessierte. Er beobachtete vielmehr, wie bei ähnlichen Gesprächen, die Augen seines Gegenübers, die unruhig hin und her zuckten. »Ja, also, ich meine …« Der Lehrer verstummte.

Paulsen wartete. Das war eine seiner Stärken, wie er fand, die aber für alle Norddeutschen galt: schweigen zu können. Wenn man nichts sagte, redeten immer die anderen, was die Leute am Rhein sowieso dauernd taten. Ein Grund mehr für ihn, im Alltag nur wenig zu sagen.

Hülsmeyer gab sich einen Ruck. »Sie werden es ohnehin erfahren. Winkler und ich hatten mal eine handgreifliche Auseinandersetzung.«

»Krüger«, sagte Krüger und lauschte. »Ach, du bist's, wie schön. Warum hast du deine Rufnummer unterdrückt? – Wie, das Diensttelefon? – Ach so, Anweisung aus dem Wissenschaftsministerium. – Bei den vielen Hackern ist Anonymität ja auch verständlich. –

Nee, Zeit ja, aber nicht viel. Wir wollten gerade eine Kleinigkeit essen gehen. – Bei ›Roses‹. – Gut, dann bis gleich.«

»Carmen?« fragte Schneider.

Krüger nickte. »Willst du nicht Sandra anrufen? Sie müßte doch auch Mittagspause haben.« Die Lebensgefährtin seines Freundes arbeitete bei Douglas in der Innenstadt.

Schneiders Mund wurde zu einem schmalen Strich. »Die gibt's nicht mehr. Das ist vorbei.« Er sah auf den Boden.

»Das tut mir jetzt aber leid. Ich fand sie immer nett.«

»Das ist sie auch, aber irgendwann neulich oder so hat sie gesagt, ich sei sowieso nie mit ihr, sondern immer ausschließlich mit dir unterwegs und könne mich nur mit Toten unterhalten. Zuhause sei ich immer müde, hätte keine Zeit für ihren Sohn, und da könne sie genauso gut woanders alleine leben. Und weg war sie. Kein Streit, nur einfach weg.«

Krüger klopfte ihm auf die Schulter. »Guck nach vorn. Laß Gras drüber wachsen, und irgendwann, wenn du nicht mehr suchst, kommt jemand. Ich spreche aus Erfahrung.« Er lächelte leise.

Auf Höhe der Kreuzkirche mußten sie einer Gruppe Japaner ausweichen. Die Touristen lauschten leicht verständnislos einem der Bonner Stadtführer, der auf den Seitenflügel der Universität deutete und wohl gerade alle seine Fremdsprachenkenntnisse zusammenklaubte, als er erklärte: »You know, education is Landessache.« Krüger schüttelte nur den Kopf. Später würde ihm doch keiner glauben, was er gerade gehört hatte.

Wenig später kamen sie beim »Roses« am Martinsplatz an, und der Kommissar ging zielstrebig auf einen Tisch im hinteren Bereich des Restaurants zu, an dem schon eine hübsche junge Frau Platz genommen hatte. Er beugte sich hinunter und gab Carmen einen Kuß auf die Wange; mehr hielt er in der Öffentlichkeit nicht für angemessen.

Schneider musterte Krügers Freundin unauffällig. Sie trug eine schwarze Nappalederhose und einen bunten Pullover mit Blumenmuster, der ihrem fröhlichen Wesen entsprach, wie er fand.

Neidisch war er nicht. Daß Krüger jemand gefunden hatte, freute Schneider sehr. Der Kommissar war schließlich jahrelang allein gewesen.

»Fertig?« fragte Carmen und grinste Schneider an.

»Dir entgeht aber auch gar nichts, oder?«

»Wenn Krüger mich schon Watson nennt, muß ich mich ja bemühen.«

»Ich dachte, ich sei Watson«, sagte Carmen. Sie kicherte. »Das wär's noch – zwei Watsons, eineiige Zwillinge.«

»Das funktioniert nicht.« Schneider sah sie vergnügt an. »Ein Männchen und ein Weibchen – das geht nicht eineiig.«

»Ich hatte nur Bio-Grundkurs«, sagte Carmen und blickte bescheiden zu Boden. Dann warf sie ihre Locken in den Nacken und sah Krüger herausfordernd an: »Was gibt's Neues? Wieder einer weniger in der Bevölkerungsstatistik?«

»Das ist aber schon sehr böse«, sagte Krüger. »Vor allem, weil wir von der Wirklichkeit reden und nicht von etwas Ausgedachtem in Funk oder Fernsehen oder auf Papier.«

»Oder in einem eBook«, sagte Schneider. »Aber du hast recht. Wir haben leider einen toten Pädagogen.«

»Das ist in der Tat bitter«, sagte Carmen. »Bei dem aktuellen Lehrermangel.«

Krüger versuchte, nicht zu auffällig zu grinsen. Manchmal legte seine Freundin leicht makabre Züge an den Tag.

Schneider berichtete kurz, was sie bisher im Rheinbacher Mädchengymnasium und in der herrschaftlichen Villa an der Poppelsdorfer Allee herausgefunden hatten. »Um es kurz zu machen: ein toter Mann und über achthundert Verdächtige.«

»Die Sextaner und Quintaner kannst du, glaube ich, von der Liste streichen«, sagte Carmen. »Aber die heißen heute anders, wobei ich *Fünftkläßlerinnen* ein furchtbares Wort finde. *Sextaner* klingt viel mehr nach Gymnasium und Bildung, oder?« Sie studierte die Speisekarte und gab dann dem Kellner einen Wink. Nachdem alle bestellt hatten, fuhr sie fort: »Die Quartaner würde ich auf der

Liste belassen; die sind oft schon eins achtzig groß. Das reicht für jede Art von Rangeleien und auch für einen Mord. Und ich würde sie auf jeden Fall als noch verdächtiger einstufen, wenn der Lehrer Latein oder Mathematik gegeben hat. Das waren zu meiner Zeit immer die Meistgehaßten.«

»Zu meiner Zeit auch«, sagten Krüger und Schneider einstimmig.

Carmen kicherte wieder. »Aber jetzt mal im Ernst. Habt ihr denn nichts in der Hand?«

Krüger schüttelte den Kopf. »Ich weiß noch nicht, ob Winkler beliebt war oder ob ihn jemand verachtet hat, ihm schaden wollte, ihm nach dem Leben trachtete, *whatever*. Er scheint ein Eigenbrötler gewesen zu sein. Aber was mich wirklich beschäftigt, sind die Herkunft seines Geldes und das alte Foto.« Er beschrieb die kleine Szene auf dem Bild und erwähnte den Mann im Hintergrund.

»Schon komisch«, sagte Carmen. »Aber wenn du überlegst, wie ähnlich Menschen einander oft sind: Heutige Schauspieler, die aussehen wie jemand aus den fünfziger Jahren, Schülerinnen, die versuchen, optisch irgendwelche Popsternchen nachzuahmen, junge Männer, die alle dem aktuellen Fußballer des Jahres aus dem Gesicht, vielmehr aus den Haaren geschnitten sind …«

Krüger lachte. Dann setzte er wieder seine Dienstmiene auf und sagte: »Wahrscheinlich hast du recht; die Ähnlichkeit des Mannes auf dem Foto zu unserem Toten ist wohl nur ein Zufall.«

Carmen überlegte. »Was das Haus angeht, so hat er das vielleicht geerbt. Und wenn ihr sagt, daß er so gut gekleidet ist – vielleicht sind die Sachen maßgeschneidert, dann könnt ihr anhand der Kleideretiketten die Provenienz bestimmen und anschließend möglicherweise den Geldfluß nachverfolgen.«

»Gute Idee«, sagte Schneider. »Das waren jetzt aber zwei Sachen, oder? Dann ruf' ich nachher die Spurensicherung an; die müssen ja was zur Kleidung sagen können.«

»Falls Schiller seinen Vorrat an Wörtern für heute noch nicht aufgebraucht hat und mal redet«, sagte Krüger.

Carmen gluckste. Sie kannte das Gespann der »Dichter«. »Um es zusammenzufassen: Ihr wißt also nur, daß ihr nichts wißt?«

Krüger nickte. Von irgendwoher kannte er Carmens Satz. Sein Telefon klingelte wieder. »Ihr entschuldigt?« fragte er und ging rasch zur Tür, ohne eine Antwort auf seine rhetorische Frage abzuwarten. Draußen sagte er: »Krüger. Was gibt's denn? – Wie, du hast einen verhaftet?«

»Für *handgreiflich* sieht Winkler, so wie ich ihn eben da oben gesehen habe, aber viel zu elegant aus«, sagte Paulsen.

»Ist er auch«, sagte Hülsmeyer. »Aber das war nicht hier; das war auf einer Klassenfahrt in Berlin.« Er schwieg und überlegte offensichtlich, wieviel er sagen sollte, ohne sich weiter zu belasten.

Paulsen wartete.

»Jedenfalls«, fuhr Hülsmeyer schließlich fort. »Wir hatten uns beide auf eine A14-Stelle beworben, die endlich unsere jahrelange Arbeit mit Chor und Orchester honorieren sollte; bislang hatten wir uns in der Freizeit umsonst darum gekümmert. Wir waren beide nervös, weil jeder von uns fand, daß nur er die Stelle haben sollte. Schließlich hat Winkler gesagt – er meinte das wahrscheinlich nur aufmunternd –, ich solle nicht enttäuscht sein, wenn ich nicht berücksichtigt werden würde; es sei ja sowieso bekannt, daß mein schulisches Engagement nicht allzu groß sei. Er hat also seine Beleidigung nur höflich ausgedrückt, wie er das immer tat, mit einem süffisanten Grinsen: mit anderen Worten, ich sei faul.« Bei der Erinnerung an das Geschilderte sah der Lehrer immer noch wütend aus. »Dem habe ich natürlich widersprochen. Und dann hat Winkler noch eins draufgesetzt und gesagt, er glaube nicht, daß ich nach der Sache mit der Sechzehnjährigen überhaupt noch eine Chance an dieser Schule hätte. Da habe ich rot gesehen und ihm einen Kinnhaken verpaßt. Er ging zu Boden, und seine teure Hose bekam einen Riß.«

Pädagogen, dachte Paulsen, waren doch eigentlich dazu angehalten, Streit verbal zu schlichten und nicht einen zu beginnen.

Aber das bezog sich wahrscheinlich nur auf die Schüler, nicht auf sie selbst. *»Was für eine Sache mit der Sechzehnjährigen?«* fragte er.

»Ach, das war auch nur wieder heiße Luft. Eine Mücke, aus der dann plötzlich ganz schnell einer dieser Schul-Elefanten wurde. Eines der Mädchen hatte sich Hoffnungen gemacht, sie könne ihre Noten durch etwas, nun, Entgegenkommen ihrerseits verbessern; außerdem hätte ich ihr sowieso schon Avancen gemacht. Sie wissen doch, wie pubertierende Gören sich gerieren. Sobald man einmal in ihren Ausschnitt guckt, denken sie, man sei verliebt. Ziemlich hübsch war sie allerdings schon.«

Fehlte nur noch, daß Hülsmeyer sich die Lippen leckte, dachte Paulsen. Der Lehrer wurde ihm immer unsympathischer. Und das an einer Mädchenschule! Wie konnten solche Menschen wie Hülsmeyer überhaupt Lehrer werden? Und warum hatte das bisher keiner seiner Vorgesetzten durchschaut? »Danke«, sagte der Kommissar. »Noch etwas anderes. Wo waren Sie am Wochenende?«

»Zuhause«, sagte Hülsmeyer. »Ich habe meinen Unterricht für die ersten Tage nach den Herbstferien vorbereitet.«

»Zeugen?« fragte Paulsen. Manchmal reichte ein Wort, um sein Gegenüber alt aussehen zu lassen.

»Nein«, sagte Hülsmeyer. »Seit meine Frau mich verlassen hat, lebe ich allein. Kein Alibi, wenn Sie das meinen.«

10

Mittwoch, 3. November 2010, und Donnerstag, 4. November 2010 – Oxford und Abingdon

»Zwei Zeugen sind mir an einem Tag abhanden gekommen«, sagte Blackmore. »Das sind zwei zuviel; ich glaube, ich werde alt.«

»Das glaube ich nicht, Sir«, sagte Rosie.

»John, hatten wir doch gesagt, oder?«

Die Sergeantin nickte. »Stimmt. Ich muß mich erst einmal an den Vornamen gewöhnen.«

Blackmore grinste und hob sein Glas. Die beiden saßen in »The Head of the River«, nur einen Steinwurf von der Thames Valley Police Station in St Aldate's entfernt. Der DCI hatte Ms Kelly nach Hause geschickt, Morgan und Star zur Fahndung ausschreiben lassen und schließlich gesagt, er brauche jetzt etwas zu trinken.

Rosie wußte, daß der Pubbesuch seinem Frust geschuldet war. Gleich zwei Verdächtige entkommen zu lassen – das durfte einem erfahrenen Ermittler wie ihm nicht passieren. Sie sah auf die Uhr. Fast sieben. Draußen war es längst stockfinster, was ihr die Arbeitstage im Winter immer länger als die im Sommer erschienen ließ. Ihr Magen knurrte, und sie war müde.

»Auch Fish and Chips?« fragte der DCI, ganz der Gentleman, der auf akustische Reize elegant reagierte.

»War nicht zu überhören«, sagte Rosie. »Sorry. Und Fisch: sehr gerne, bitte.«

Blackmore stand auf und ging zur Theke, wo er das hier sehr gut schmeckende britische Nationalgericht bestellte. Gleich darauf setzte er sich wieder zu Rosie an den Tisch. »Und du meinst nicht, daß Ms Kelly …?«

Rosie schüttelte den Kopf. »Nee, glaube ich nicht. Sie ist eine Dame, und wenn sie schon mordet, dann erledigt sie das nicht selbst, sondern beauftragt jemand anderen. Aber ich fand ihre Tränen wirklich überzeugend; warum also sollte sie uns etwas vorspielen?«

»Um von sich abzulenken?« Blackmore hatte schon so viele Täter erlebt, daß ihn nichts mehr überraschen konnte. Ein wichtiger Aspekt bei jedem Mörder war der Verdrängungseffekt nach der Tat; einmal hatte er einem jungen Mädchen gegenübergesessen, das seine beste Freundin kaltblütig ermordet hatte, weil diese ihr den Freund hatte ausspannen wollen. Erst nach mehreren Verhörtagen war das Mädchen zusammengebrochen und hatte gestanden; bis dahin hatte selbst der Polizeipsychologe ihre Aussage und die um die tote Freundin vergossenen Tränen für echt gehalten.

»Wobei mich wirklich wundert, woher Ms Kelly das mit dem Strumpf wußte. Wir haben ihr das doch nicht versehentlich gesagt, oder?«

Blackmore schüttelte den Kopf. »Nein, das ist Täterwissen.«

»Also doch. Aber ich glaube es nicht.« Rosie schüttelte ebenfalls den Kopf, was die Kellnerin, die erstaunlich schnell die bestellten Gerichte brachte, zu der Frage veranlaßte, ob sie zum falschen Tisch gekommen sei.

»Naja, wir werden das noch herausfinden. Warte mal, da fällt mir ein ... Wir müssen eigentlich das Haus in Abingdon unter Bewachung stellen. Dann können wir es morgen bei Tageslicht genauer ansehen.«

»Habe ich bereits veranlaßt, Sir – John«, sagte die Sergeantin.

»Mit *Sir John* mußt du mich wirklich nicht anreden.« Blackmore konnte auch kichern, was Rosie etwas merkwürdig fand. »Das kommt vielleicht noch, OBE oder so.«

»Gar nicht bescheiden, oder?« Wer weiß, dachte die junge Frau, vielleicht bekam ihr Chef ja wirklich eines Tages den *Order of the British Empire*. Aber an derlei Dinge glaubte sie nur, *nachdem* sie passiert waren.

»Laß uns doch mal etwas Sinnvolles machen«, sagte ihr Chef gerade.

Einen Satz hatte er schon vorher gesagt, aber den hatte Rosie nicht mitbekommen, so gedankenverloren, wie sie gerade war. »Woran denkst du denn?«

»Eine Art Bestandsaufnahme. Ich fange mal an. Wir haben einen Toten, Bernhard Adams, wahrscheinlich ein Deutscher. Wir haben zwei Leute, die ihn kannten, den Antiquar Donald Morgan und den Parkaträger Frederic Star.«

»Drei. Ms Kelly kommt noch dazu.«

»Genau. Außerdem gibt es zwei Päckchen, von denen wir wissen und die irgendwie eine Rolle zu spielen scheinen. Eines, in dem sich die Juwelen befinden, hat Ms Kelly ihrem Freund zur Aufbewahrung gegeben. Das hat wohl der gerade untergetauchte Mr Star. Das andere wollte besagter Star abholen, entweder von Adams oder von Morgan.« Blackmore hustete, weil das Fischfilet wider Erwarten eine Gräte enthalten hatte.

»Falls einer der drei der Täter ist, fehlt noch das Motiv.«

»Haß auf alle Ausländer? Deutsche, Pakistaner, Asiaten, Schotten?«

Rosie lachte. »Ein bißchen weit hergeholt, oder? Und Schotten würde ich nur zum Teil als Ausländer bezeichnen. Außerdem wissen wir nicht, ob Adams wirklich Deutscher ist.«

»Der deutsche Paß neben der Leiche«, erinnerte sie der DCI.

»Das kann genauso gut eine Notizbuchhülle gewesen sein.«

»Aber Ms Kelly hat seinen Vornamen deutsch ausgesprochen.«

»Das war vielleicht nur Effekthascherei, wie es Leute aus dem Kunstbetrieb gerne mit ihren Namen machen.«

»Bei Kunsthändlern und sonstigen Malern würde ich dir ja recht geben, aber bei einem simplen Antiquar?« Blackmore schüttelte den Kopf.

»Also bleibt uns nichts anderes übrig, als bei ihm zu Hause zu suchen.«

Ihr Chef nickte. »Wir nehmen Fred und Lord Sutch mit, damit die auch mal die Stadt verlassen können. Sechs Augen sehen mehr als zwei.«

»Acht, John. Ich besitze auch zwei.«

»Du«, sagte Blackmore, »du bleibst hier und darfst dich morgen noch einmal mit Grace Kelly beschäftigen. Falls sie nicht ebenfalls untergetaucht ist.«

»Ist schon merkwürdig«, sagte Rosie, »überall Hollywood. Lauter Unsichtbare, Verschwundene, Entwichene. Außerdem Verbrechergesindel wie im Film. Und dann noch Grace Kelly und Fred Astaire in der gleichen Geschichte. Oder wie hieß der Typ mit dem Parka?«

Der DCI war früh am nächsten Tag aufgebrochen. Er hatte allein fahren müssen, da Moreland und Sarwar unabkömmlich waren; der Chief Constable hatte sie zu einem kurzfristigen Einsatz nach Woodstock abgeordnet. Inzwischen war es sehr selten geworden, daß CC James Thorowgood selbst in einen Fall eingriff, aber vielleicht wollte er seine Bodenhaftung nicht ganz verlieren, dachte Blackmore, und pickte sich ab und zu eine interessante Ermittlung heraus. Schon um neun parkte er seinen Mercedes auf dem großen Parkplatz von Waitrose in Abingdon und ging die wenigen Meter zu den Abbey Gardens. Vielleicht gelang es ihm hier, seine Gedanken auf Bernhard Adams zu konzentrieren und herauszufinden, was für ein Mensch der Tote gewesen war.

Blackmore schlenderte durch den gepflegten Park, vorbei an den Ruinen des großen Benediktinerklosters, das wohl wie viele andere unter Cromwell erst säkularisiert und dann zerstört worden war. Er passierte die Statue von Queen Victoria und ging dann nach rechts zu den Abbey Meadows, die sich bis zur Themse erstreckten. Ein kalter Wind wehte, schließlich war November, aber die Sonne schien und tauchte die liebliche Landschaft mit der großen Rasenfläche an der sanften Flußbiegung, an der drei Hausboote vor Anker lagen, in ein unwirkliches Ferienlicht. Es war wirklich ruhig hier.

Warum Adams wohl nach Abingdon gezogen war? Ob er ein stiller Mensch gewesen war, der seine Ruhe liebte und Einsamkeit allzu häufigen Begegnungen mit anderen vorzog? Oder hatte er nur einen Rückzugsort gebraucht, um sich von der Hektik und dem Lärm in Oxford – die Turl Street lag mitten im Zentrum – nicht aus dem Gleichgewicht bringen zu lassen?

Wenige Minuten später befand sich der Detective auf der alten Bridge Street, die den Ort nach Süden hin verließ. Aus einem Impuls heraus wanderte er sie entlang, bis er mitten auf der alten Brücke über die Themse den auf der Flußinsel gebauten alten Pub erreichte. »The Nag's Head on the Thames« hatte schon geöffnet; hinter der Theke polierte ein junger Mann bereits saubere Gläser; anscheinend war er unterbeschäftigt.

Blackmore holte ein Foto von Adams hervor und zeigte es dem Polierer. »Schon mal gesehen?«

»Kann sein.«

Das Schweigen der Landsleute begann doch eigentlich erst viel weiter im Norden, dachte der Ermittler. »Können Sie das etwas genauer formulieren? Übrigens: Sie sprechen gerade mit DCI John Blackmore, Thames Valley Police.«

Der junge Mann legte das Handtuch unbeeindruckt zur Seite, nahm das Foto und ging zum Fenster. »Doch, den kenne ich. Der war immer dienstags und oft sonntags hier, immer abends. Und jedes Mal hat er schweigsam dort hinten gesessen und zwei Pints *Nag's Island Ale* getrunken.«

»Danke«, sagte Blackmore und ging wieder. Das kurze Gespräch bestätigte seine vage Vermutung, daß Adams ein stiller Mensch gewesen war, dem durchaus auch seine eigene Gesellschaft reichte.

Punkt zehn fuhr Blackmore mit Schwung in die kleine Anliegerstraße im Osten Abingdons; die Zufahrt von der Umgehungsstraße aus hätte er um ein Haar übersehen. *25 Gardiner Close* lautete die Adresse des Hauses, das Adams vor einigen Jahren für 400 000 Pfund gekauft hatte. Das mußte man sich mal auf der Zunge zergehen lassen, dachte der DCI, soviel Geld für ein ganz hübsches, aber nun beileibe nicht exorbitant großzügiges Anwesen. Wahrscheinlich waren Haus und Grundstück in wenigen Jahren über eine halbe Million wert. Und noch ein paar Jahre später würde die ganze Immobilienblase implodieren, wie sie es vor gerade einmal zwei Jahren in Amerika getan hatte. Zu Leman Brothers und dem Geschäftsgebaren dieser Bank fiel dem Detective nichts mehr ein.

Adams' Haus lag in einer Sackgasse. Wie die anderen Häuser auch, die Blackmore in diesem neuen, wahrscheinlich innerhalb weniger Jahre aus dem Boden gestampften Stadtviertel gesehen hatte, war es aus rotem Backstein erbaut – dunkelbraune Fensterläden hätte er allerdings nicht verwendet. Fast das gesamte Grundstück war asphaltiert, so daß nur ein kleines Rasenstück zu pflegen war. Die Satellitentechnologie war noch nicht bis hierhin vorgedrungen, wie eine einsame, windschiefe Fernsehantenne auf dem Dach neben dem einzigen Schornstein zeigte. Aber Adams war bestimmt mehr an alten Büchern als an neuen Filmen interessiert gewesen.

Blackmore parkte vor der breiten Doppelgarage rechts und stieg aus. Fast wäre er gestrauchelt, da der vermooste Teer etwas rutschig war. Vor der Haustür wartete schon Hairless Harry mit dem polizeiinternen Werkzeug, das auch die verschlossenste Tür öffnete. Jedes Mal, wenn Blackmore seinen Kollegen sah – und das war eigentlich täglich, da Harry die meiste Zeit vor seinem Computer verbrachte –, mußte er überlegen, ob Harry auch am Vortag schon so kahl ausgesehen hatte. Hatte er wahrscheinlich, woher sonst kam der Spitzname *Hairless* für Harry Ness?

Nach fünf Minuten hatte Harry die Eingangstür geöffnet, die mit drei Schlössern gut gesichert war.

»Du warst aber schon mal schneller«, sagte Blackmore.

»Da hatte ich auch meine Brille auf«, sagte Harry und packte sein Werkzeug wieder weg.

»Kommst du mit rein?«

»Sollte ich doch. Oder hast du deine Meinung geändert?«

Blackmore hatte nicht zugehört und stand bereits im Eingangsflur. An den Wänden hingen einige alte Stahlstiche von Oxford. Die meisten Ansichten kannte er, da sie vor einigen Jahren als Nachdruck der *Oxford Mail* beigelegen hatten. Aber diese hier schienen echt zu sein, wie er einigen Stockflecken und dem Prägerand der Stiche zu entnehmen glaubte. Plötzlich stutzte er. Das war bestimmt nicht Oxford. Er trat näher.

Unter einer Ansicht, die die Hauptfassade einer doppeltürmigen Kirche zeigte, stand *Der Dom zu Münster*, was immer das hieß. Das schien etwas Deutsches zu sein, wie er *der* und *zu* und dem *u* mit Umlaut entnahm. Zumindest klang es so. Wer konnte denn noch mal Deutsch in seiner Abteilung? Wahrscheinlich wieder nur Ms Google. Mit seinem Smartphone machte er ein Foto des Bildes und öffnete dann die Tür links vom Eingang.

Der größte Raum von Adams' Haus erstreckte sich über die gesamte Längsseite. Sein Licht erhielt er von den Fenstern an den Schmalseiten. Aus dem hinteren Doppelfenster konnte man ein Stück Rasen sehen. Auch hier gab es einige Stiche an den Wänden und zwei große Ölgemälde, die Porträts zeigten. Eines war unten mit *Reynolds* signiert. Es kam Blackmore vage bekannt vor.

Den Boden bedeckten große Teppiche mit arabischen Mustern; jedenfalls sahen die Verzierungen am Rande mit den vielen Schnörkeln denen der Alhambra in Granada ähnlich, die den Detective bei seiner bisher einzigen Spanienreise tief beeindruckt hatte. Und selbst jetzt fragte er sich wieder, wie um alles in der Welt sich die drei damals friedlich zusammenlebenden Religionen derartig zerstreiten konnten, daß sie sich heute – obwohl ihre Mitglieder alle an den gleichen Gott glaubten – zum Teil bis aufs Blut bekämpften. Schon seltsam, daß nur die monotheistischen Kirchen so blutrünstig waren.

Ein kleiner Mahagoni-Schreibtisch, auf dem nur ein Porträtfoto von Grace Kelly gegen eine kleine Skulptur gelehnt war, stand etwas verloren vor einem riesigen Bücherregal, das die lange Wand von schätzungsweise sechseinhalb Metern vom Boden bis zur Decke einnahm. War ja logisch bei einem Antiquar, daß er sich auch privat für Bücher interessierte, dachte Blackmore.

Harry Ness war neben ihn getreten. »Ob er die alle gelesen hat?«

»Das haben mich die beiden Male, als ich umgezogen bin, auch immer die Umzugsfritzen gefragt. *Die meisten* habe ich immer geantwortet. *Und bei den anderen den Klappentext.* Dann bekam ich immer einen ehrfürchtigen Blick, und damit war das Thema für die Möbelpacker erledigt.«

Harry war schon einen Schritt weiter. »Da juckt es mich ja in den Fingern«, sagte er und zeigte auf ein blitzblankes Banjo, das dem Bücherregal gegenüber auf der anderen Raumseite hing.

»Kannst du denn spielen?« Blackmore wünschte sich jedes Mal, wenn er so etwas von oder über einen seinen Kollegen erfuhr, daß sie mehr Zeit füreinander hätten, um die schönen Dinge im Leben zu teilen. Genug berufliche Zeit verbrachten sie ja schon miteinander.

»Banjo nicht«, sagte Harry, »aber E-Gitarre. So viel schwerer kann das nicht sein. Das Banjo, meine ich.«

»E-Gitarre?« Der Detective war wirklich verwundert. Der phlegmatische Harry ein Rockmusiker? Er lernte eben nie aus.

Harry zeigte auf ein weiteres Instrument. »Guck mal, eine Dylan-Mundharmonika.« Er nahm sie vorsichtig und betrachtete sie von beiden Seiten.

Blackmore ließ es geschehen, da Harry, wie er ebenfalls, längst die Einmal-Plastikhandschuhe übergestreift hatte.

»Hier, siehst du?« Harry deutete auf Dylans gut lesbare Unterschrift, mit der das Instrument verziert worden war. »Konnte beziehungsweise kann man immer mal wieder im Shop auf Dylans Seite kaufen.«

Der Sänger im Internet? Blackmore wunderte sich. Aber wahrscheinlich waren das nur die Heinzelmännchen hinter den Kulissen, die Roadies oder andere Groupies aus der Musikszene, die die Webseite betrieben. Oder die Plattenfirma, die ihre Umsätze und die von Dylan weiter erhöhen wollte, damit Herr Zimmermann noch mehr Aktien von Waffenproduzenten kaufen konnte.

Jedenfalls hatte er das vor einigen Jahren mal im *Rolling Stone* gelesen.

Es war schon merkwürdig. Das Haus besaß eine Atmosphäre – und dabei hatten sie bisher nur ein Zimmer gesehen –, die einen ins Träumen geraten ließ. Hier lebte jemand, der ganz in sich ruhte und sich mit schönen Dingen umgeben hatte, Dinge, die einem aber auch eine Flucht aus dem Alltag ermöglichten.

Auf der anderen Seite des Flurs lag die Küche. Der große Aga-Gasherd, natürlich in Grün, fiel sofort ins Auge. Er glänzte im Licht der Deckenlampe, die Harry vorsorglich eingeschaltet hatte, da das geringe Novemberlicht durch den Nieselregen ziemlich beeinträchtigt wurde. Alles war penibel aufgeräumt. Das Spülbecken stand wie in vielen Häusern direkt vor dem breiten Fenster, so daß man beim Arbeiten ins Grüne sah.

Mit dem kleinen Büro, einschließlich Computerecke und Aktenschrank, das bei der Besichtigung noch folgte, hatten die beiden Detectives schließlich alle Räume im Erdgeschoß gesehen.

Blackmore folgte der Holztreppe im Flur nach oben. Seine Schritte wurden durch einen aufgeklebten Teppich gedämpft. Ob Adams lärmempfindlich gewesen war? Es sah ganz danach aus.

Im ersten Stock befanden sich in den vier Hausecken vier etwa gleich große, fast quadratische Zimmer. Das größte enthielt ein Doppelbett als *Four-Poster-Bed*, dessen vier Pfosten kunstvoll gedrechselt waren. Beim näheren Hinsehen waren ziemlich eindeutige Szenen aus der Rotlichtzone zu erkennen, die die Phantasie und die anschließenden Aktionen des Betrachters wohl beflügeln sollten. Ein Aktfoto schmückte das schmale Wandstück zwischen der Tür zu einem kleinen Badezimmer und dem Fenster: Eine übergroße nackte Frau, auf Stöckelschuhen in einer Küche aufgenommen, sah Blackmore direkt in die Augen; ein schmales Lächeln umspielte ihre Lippen, das er *verächtlich* genannt hätte. Wie im Museum hing unten rechts neben dem schwarzweißen Foto ein Hinweisschild: »Helmut Newton, *Domestic Nude: Hollywood 1*, 1993–1994, Gelatin silver print«. Sicher teuer, dachte der Detective.

Sein Geschmack war das nicht. Er zog immer Dreidimensionales derartigen Bildern vor.

Ein weiteres Zimmer war als Gästezimmer eingerichtet: Vorhänge mit Rosenmotiven, ein Bettüberwurf aus dem gleichen Stoff, ein bequemer beiger Sessel. Die Wohngegend schien ruhig zu sein; man bekam sofort Lust, hier zu übernachten. Blackmore trat ans Fenster. Eine Mauer trennte das Grundstück vom Nachbarhaus. Weit und breit war niemand zu sehen.

Ein Zimmer diente als Abstellkammer. Neben einem Schaukelpferd, von dem die Farbe abblätterte, standen zwei Umzugskartons voller Bücher, ein alter, geöffneter Lederkoffer mit Kindersachen, eine Staffelei – ob Adams sich auch als Maler versucht hatte? – und ein Regal mit alten VHS-Kassetten, fast ausschließlich Kinofilme, die mal einen Oscar bekommen hatten, wie Blackmore feststellte. Er schloß die Tür leise wieder.

Harry war inzwischen in den letzten noch verbliebenen Raum gegangen. Das Zimmer war als kleines Fitnessstudio eingerichtet worden; es gab eine Kletterwand, einen *home trainer* mit Bildschirm, mehrere Hanteln und einen Gymnastikball. Letzterer war eingestaubt; das Fahrrad dagegen sah aus, als ob es täglich benutzt würde. Über dem Lenker hing ein Frottee-Handtuch, das nach Schweiß roch. Blackmore zog angewidert seine Nase zurück; Männerschweiß war etwas für Bauarbeiter, wie er fand, oder für Frauen, die auf Pheromone reagierten.

»Hier, guck mal«, sagte Harry plötzlich. »Warum er das wohl aufgehängt hat?« Er zeigte auf einen kleinen Bilderrahmen in einer Ecke, der nur eine Postkarte enthielt. Sie war aber nicht mit der Bild-, sondern mit der Adreßseite zu sehen, die vollständig beschrieben war.

Es waren deutsche Wörter, wie Blackmore sie aus den E-Mails von Krüger kannte. Der handschriftliche Text begann mit einer Anrede, die er sogar verstand: »Mein kleiner Bernhard!«

11

Montag, 25. Oktober 2010, und Dienstag, 26. Oktober 2010 – Bonn

Der Kommissar kam zurück und setzte sich wieder neben Carmen.

»Was Neues?« fragte sie.

»Weiß ich noch nicht«, sagte Krüger. »Farnschläger war gerade dran und sagte, die Bahnpolizei im Kölner Hauptbahnhof habe auf seine Bitte hin im Zug nach Frankfurt eine Lehrerin festgenommen, die heute morgen Hals über Kopf das Schulgelände verlassen hat, nachdem sie die Hinweise auf unsere ›Dreharbeiten‹ entdeckt hat. Der Direktor, sagte Farnschläger, habe ihm nur erzählt, daß die Kollegin vor der ersten Stunde *völlig durch den Wind* gewesen sei.«

»Das ist bei Frauen immer schlecht«, sagte Carmen. »Dann machen sie Fehler.«

»Oder gut«, sagte Schneider. »Zumindest aus Sicht der Polizei. Wenn sie nämlich Fehler machen—«

Krüger unterbrach ihn. »Die Dame wird gerade zurück nach Bonn gebracht. Jetzt gibt es zwei Möglichkeiten: Entweder treffe ich mich mit ihr auf der Polizeiwache Bonn-Innenstadt in der Bornheimer Straße, oder wir jagen ihr einen Schrecken ein, und ich gehe mit ihr zur GABI im Bonner Loch.«

»Das kannst du nicht machen«, sagte Schneider. »Sie mit zu den ganzen Drogenabhängigen in der Gemeinsamen Anlaufstelle Bonner Innenstadt zu nehmen. Dort könnte sie darüber hinaus den Angestellten vom Ordnungsamt begegnen. Das wäre so furchtbar …« Er machte ein entsetztes Gesicht, das aber nicht lange hielt, weil Carmen zu lachen begann.

»Wie steigert man Polizei?« fragte sie. »Der Komparativ ist Ordnungsamt und der Superlativ dann …« Sie überlegte.

»Das lassen wir jetzt mal.« Krüger verstummte und sah an die Decke.

»Du könntest auch mit ihr einen Kaffee trinken«, sagte Carmen. »Schließlich hat sie doch nichts verbrochen, oder?«

»Das wissen wir noch nicht«, sagte Krüger. »Markus, kannst du das nicht übernehmen? Ich bin wirklich müde. Hier ist die Nummer der Kölner Bahnpolizei, die auf meinen Rückruf wartet.«

Schneider nickte. »Klar, Chef.« Er stand auf. »Ich rufe von unterwegs an. Dann bis morgen. Polizeipräsidium?«

Krüger verneinte. »Morgen ist die Obduktion. Ich rufe dich an.«

Schneider warf Carmen eine Kußhand zu und ging. Zu spät merkte Krüger, daß er mit der Restaurantrechnung seines Kollegen alleine gelassen worden war.

Krüger war immer noch etwas sauer. Gestern abend hatte Carmen ihm in ihrer Wohnung nach dem zweiten Glas Riesling von Adenauers Weingut in Rhöndorf die Flasche weggenommen und ihn an den wichtigen Termin heute morgen erinnert. Dabei war es vollkommen egal, ob er nüchtern oder allenfalls *leicht* angetüddelt in der Bonner Gerichtsmedizin erschien. Aber Carmen mochte es ohnehin nicht, wenn er ihrer Meinung nach zuviel trank und mit dem Reden dann nicht mehr aufhörte.

Der Kommissar seufzte abgrundtief. Das waren eben die Folgen, wenn man die beste Frau der Welt kennen- und liebengelernt hatte. Man mußte Kompromisse eingehen – entweder die Frau nicht oder den Alkohol nicht, hieß das. Oder beides nur in Maßen. Und das, obwohl manche Tage für einen Polizisten nur mit Alkohol zu ertragen waren. Er fragte sich, wie die jungen Leute das schafften, die sich von Frozen Yogurt, Smoothies und irgendwelchem Grünzeug ernährten. Hochprozentiges? Igitt. Dabei war neben dem Riesling ein guter Whisky nicht zu verachten, wobei man Laphroig, den sein Kollege Rebus in Edinburgh trank, komplett vergessen konnte. Bei einer Verkostung in Schottland hatte er das Zeug probieren müssen und gedacht, es handele sich um Brackwasser mit Torf oder erkaltetem Asphalt – nichts, in dem er seinen Kummer jemals ertränken würde.

Unschlüssig stand Krüger vor dem Institut für Rechtsmedizin am Stiftsplatz und überlegte, ob er seinen Termin um elf Uhr noch etwas herauszögern konnte. Aus der Gürteltasche holte er sein Mobiltelefon und sah nach, ob es eingeschaltet und aufgeladen war. Den Anruf, auf den er wartete, wollte er keinesfalls verpassen. Vielleicht konnte er noch einen Cappuccino trinken? Nur wenige Häuser weiter Richtung Stiftskirche gab es ja eine Bäckerei.

Die Entscheidung wurde ihm aber abgenommen, weil Staatsanwalt Jünger neben ihm auftauchte, knapp nickte und auf die Türklingel drückte. Der Pförtner betätigte den Summer, und Krüger mußte dem agilen Juristen notgedrungen folgen.

Im Sektionsraum wartete schon das übliche Team. Professor Altendorf, der grauhaarige Rechtsmediziner, hatte sein schiefes, nur für Krüger bestimmtes Grinsen aufgesetzt und war dabei, seine Handschuhe überzustreifen. Er hatte es inzwischen aufgegeben, den aus dem *Tatort* bekannten, aber falschen Begriff *Pathologe* für seinen Beruf zu korrigieren – das Fernsehen war eben mächtiger als die Wirklichkeit. Die Oberärztin war die gleiche wie beim letzten Mal. Mal sehen, dachte der Kommissar, ob sie ihre Verehrung für den Herrn Professor wieder so deutlich kundtat. Wenn sie für die Anzahl der täglichen Worte bezahlt werden würde, hätte sie immer einen Bonus zu erwarten, da fast jeder Satz mit »Herr Professor« endete. Der dunkelhäutige Gastarzt vom Mai hatte sich in einen kleinen Asiaten verwandelt, dessen Miene sich überhaupt nichts entnehmen ließ. Die schüchterne Studentin von damals hatte zwei bleichen Kommilitonen Platz gemacht, die sichtlich mit ihrer Berufswahl haderten. Altendorf warf ihnen einen aufmunternden Blick zu und sagte: »Von meinem letzten Kongreß in New York habe ich von der Lufthansa ein kleines Bündel Spucktüten mitgebracht. Sie finden sie dahinten, gleich neben dem Formalin.«

Der kleinere der beiden Studenten hatte sich anscheinend verschluckt und fing an zu husten.

Zwei Kollegen aus der aktuellen Mordkommission nickten Krüger zu und wandten sich dann wieder der Frage zu, ob ihr nicht vorhandenes Arbeitszimmer zu Hause von der Steuer abzusetzen sei, wo doch jeder schon einen Schreibtisch mit Computer im Polizeipräsidium besaß.

Der Assistenzarzt hatte seine schwarze Hornbrille vom Frühjahr um einen Hipsterbart ergänzt, und Krüger überlegte, ob die Dienstvorschriften für die Lebensmittelindustrie neben dem Tragen von Haar- auch das von Bartnetzen vorsahen. Und ob die gleichen Vorschriften auch für medizinische Berufe galten. Der Präparator hatte heute eine kleine Assistentin zur Seite, die sehr nervös schien und beim parallelen Ausrichten der verschiedenen Instrumente, die nach der Obduktion zum Einsatz kommen würden, heftig klapperte.

»Was ist mit Langenargen?« fragte Krüger.

»Der sitzt beim Polizeipräsidenten«, antwortete der Staatsanwalt. »Ihr Chef ist doch nie hier.«

»Bemerkungen über Golf spare ich mir jetzt«, sagte Altendorf, der über einen großen Variantenreichtum an schiefen Mundwinkeln verfügte.

»Langenargen ist dienstlich dort«, sagte Jünger. »Golf ist für nachmittags und für den Fall, wenn beide etwelche Pressekonferenzen umgehen möchten. Das kleine Golfturnier fungiert dann unter dem Begriff *Kleine Dienstbesprechung a.H.*«

»Heißt?« fragte der Kommissar.

»Außer Haus.« Jüngers Replik war etwas lahm, fand Krüger. *Am Horizont* oder *alle Handicaps* wäre etwas farbiger gewesen. Aber wie immer, wenn er so von seinem Vorgesetzten dachte, versicherte er sich innerlich, daß Langenargen auch gute Eigenschaften besaß: Er konnte hervorragend delegieren – eine Eigenschaft, die viele Führungspersonen nicht besaßen –, und er kannte die Fähigkeiten seiner Leute genau. Und bei seiner Verantwortung brauchte man wahrscheinlich Golf als Ausgleich, zumindest häufiger frische Luft, wie sie alle.

»Okay«, sagte der Gerichtsmediziner. »Dann wollen wir mal.« Er drückte auf ein iPhone, das neben ihm auf einem kleinen Beistellwagen lag, und schaltete das Diktierprogramm ein.

Selbst ist der Mann, dachte Krüger, der das Geplänkel zwischen der Oberärztin und ihrem Chef vom Mordfall Minski noch in guter Erinnerung hatte. Das alte Aufnahmegerät war wohl entsorgt worden.

Altendorf sah auf die Uhr und sagte: »Elf Uhr zwei. Obduktion von Wolfgang Winkler, die erste.«

Jünger lachte.

Altendorf schaltete das Aufnahmeprogramm wieder aus. »Sorry, ich habe gestern zu lange Fernsehen geguckt. Hieß, glaube ich, *New Tricks*; die Folge spielte diesmal im Filmmilieu. Also nochmal.« Er sah die Oberärztin an. »Frau Wagner, können Sie das bitte einschalten? Dann muß ich mich nur auf *eine* Sache konzentrieren.«

»Natürlich.«

Herr Professor fehlt, dachte Krüger.

»Herr Professor«, fügte die Oberärztin hinzu. Sie drückte mit dem Zeigefinger auf das Smartphone.

Nichts ging über die Berechenbarkeit von Zeitgenossen, fand Krüger.

»Elf Uhr drei«, sagte der Pathologe. »Obduktion von Wolfgang Winkler, Oberstudienrat a.D.«

Die beiden Kollegen aus der Mordkommission glucksten.

Das war jetzt aber sehr makaber, dachte Krüger; *a.D.*, das war doch logisch, wenn man tot war. Aber Altendorf hatte wahrscheinlich wie alle Mediziner, die mit dem Tod umgingen, einen ziemlich schwarzen Humor – und wenn er nur selbst darüber lachen konnte.

Altenburg hielt eine kleine Säge in der Hand, stoppte aber plötzlich mitten in seiner Bewegung und fragte: »Herr Krüger, wo bleibt denn Ihr Anruf?« Variante drei seines schiefen Grinsens folgte.

Krüger tat unschuldig und sagte: »Was meinen Sie, Herr Professor?« Jetzt hatte auch er einen Extrapunkt für die korrekte Anrede verdient.

»Nun, *lieber* Herr Kommissar …«

Danke, dachte Krüger, die Ironie kann man noch auf der anderen Straßenseite hören.

»… in der Regel verpassen Sie doch meine lehrbuchmäßigen Sektionen, oder?«

Jünger grinste. Krügers plötzliche Abberufungen bei Leichenöffnungen hatten sich wohl bis zum Justizapparat herumgesprochen.

»Man ruft mich eben. Jahrelange Berufserfahrung ermöglicht nämlich manch guten Rat«, sagte Krüger bescheiden.

»Warten wir's ab«, sagte Altendorf. »Ihr Rekord steht bei zwei Minuten. Am längsten haben Sie es bei Ihrer ersten Leichenschau ausgehalten. Das waren fünf Minuten. Und das ist schon ewig her.«

Die Oberärztin lachte.

Krüger schielte auf die Uhr. Verdammt, vier Minuten waren um. Wo blieb denn der Anruf? Und das Ärgerliche war, daß die ganze Unterhaltung jetzt auf Band war; die Sekretärinnen würden das genüßlich abtippen und danach weitererzählen.

»Ich setze jetzt den Y-Schnitt«, sagte der Gerichtsmediziner zu seinem iPhone und zum Gastarzt. Ein Aufheulen der Säge folgte. Einer der beiden Studenten fing an zu würgen und wurde von seinem Kumpel mit einem Stups Richtung Papiertüten geschickt.

Krüger fing an zu schwitzen. Zum Teufel, was war denn los? Ließ man ihn hier jetzt hängen?

Das rotierende Sägeblatt näherte sich dem Oberkörper des Toten.

Der bleiche Student faltete umständlich eine Papiertüte auseinander.

Endlich. Krügers Mobiltelefon klingelte.

Altendorf hatte ein nicht zum Motor passendes Geräusch gehört und hielt die Säge an. Deutlich war wieder die Titelmelodie von *Miss Marple* zu hören. Der Arzt sah Krüger wie immer belustigt an. »Gerade noch rechtzeitig, oder? Kennt jemand überhaupt noch die Filme mit Margaret Rutherford?« Er sah sich um. »Schwarzweiß ist doch *out*, oder?«

Krüger nahm den Anruf entgegen und sagte nur kurz: »Gut, dann komme ich sofort.« Er steckte das Telefon wieder ein. »Tut mir leid, Herr Professor, der aktuelle Fall hat eine neue Entwicklung genommen. Man braucht mich sofort.«

»Herr Kommissar«, sagte Professor Altenburg streng und sah Krüger über seine halbe Brille an: »Wenn Sie schon weg wollen, dann sollten Sie Ihre Ausreden etwas abwechslungsreicher gestalten. Die heutige habe ich in exakt gleicher Wortwahl schon im Mai gehört.«

Krüger machte, daß er wegkam. Mann, hatte der Mann ein Gedächtnis.

Schneider blickte auf, als Krüger zur Tür hereinkam. »Jetzt sind wir bei vier Gängen.«

»Ich weiß.« Krüger nickte müde. »Wie es aussieht, müssen wir uns für das nächste Mal etwas anderes überlegen. Altendorf kauft mir das sonst nicht mehr ab. Jedenfalls vielen Dank, daß du angerufen hast.«

»Geht doch klar, Chef.« Altenburgs Grinsen hatte es bis zu Schneiders Gesicht geschafft. Wider Willen mußte Krüger auch lachen.

Im »Ruland« gegenüber dem Alten Rathaus waren erst drei Tische besetzt, was für die frühe Tageszeit – es war erst kurz vor zwölf – kein Wunder war. Die beiden Kommissare hatten in der zur Stockenstraße hin gelegenen Hausecke Platz genommen, die früher als eingelassener Zugang zum »Ristorante Grand Italia« gedient hatte und jetzt wie ein Erker wirkte, in den genau ein Tisch und zwei Stühle paßten. Fast saß man auf dem Bürgersteig draußen, eine schöne Täuschung, da bodentiefe Fenster den Straßenlärm fernhielten.

Das auf der Wandtafel angepriesene Tagesgericht umfaßte heute eine Steinpilzcrèmesuppe mit Croûtons und Speck, Fagottini mit Ricotta-Birnenfüllung in Portwein-Thymiansauce und ein Dessert, so daß die beiden gar nicht erst auf die normale Speisekarte sahen. Und alles zu einem räsonablen Preis, den sich auch Polizisten wie sie leisten konnten. Krüger war gerne hier; man konnte in Ruhe Dinge besprechen, einen kleinen Wein trinken, so lange sitzen, bis die für den Mittagstisch vorgesehene Zeit nach drei vorbei war, und beschwingt wieder in den Nachmittag gehen. Und manchmal traf man den Bürgermeister in einer seiner kurzen Mittagspausen. Aber das war eine andere Geschichte.

»Wie ist es denn gestern mit der Dame gelaufen?« fragte der Erste Kriminalhauptkommissar seinen Freund.

Schneider grinste. »Daß du dich mal salopp ausdrücken würdest, wie es der gemeine Bürger als solcher tut, hätte ich ja nie zu hoffen gewagt. Aber ich erzähl's dir gerne.« Er hob sein Glas mit Mineralwasser und prostete Krüger zu.

Während die beiden ihre Suppe löffelten, berichtete Schneider von einer immer noch fast *völlig aufgelösten* Dame, mit der er sich zu einem Kaffee ins »Bistro Miebach« am Markt gesetzt hatte, nachdem er sie am Bonner Bahnhof aus der Obhut des Kölner Bundespolizisten übernommen hatte.

»Hat sie denn geweint?« wollte Krüger wissen. »Oder was meinst du mit *fast aufgelöst*?«

»Das nicht mehr, aber sie war fahrig, hatte Salz in der Hand, das sie statt des Zuckers in den Kaffee tun wollte. Ihre Kostümjacke war falsch zugeknöpft, so daß für das oberste Knopfloch kein Knopf übrig war, und sie redete so schnell, daß ich mehrfach nachfragen mußte, um ihrem Bericht zu folgen.«

»Ist sie denn auf unserer noch nicht vorhandenen Liste der Verdächtigen gelandet?«

Die freundliche Inhaberin des Restaurants brachte das Hauptgericht, das verführerisch duftete. Krüger fragte sich, ob er nicht seinen Beruf verfehlt hatte und ob es schon zu spät war, um auf *Restauranttester* umzusatteln.

»Weiß nicht«, sagte Schneider und spießte eine der gefüllten Teigtaschen auf seine Gabel. Mit vollem Mund sagte er: »Schiekönnteschowaschdamit—«

»Markus!« sagte Krüger nachdrücklich. »Das hat bei uns zu Hause immer fünfzig Pfennig gekostet, mit vollem Mund zu reden, meine ich.«

»Sorry, Sir«, sagte Schneider, der die Teigtasche hastig heruntergeschluckt hatte. »War nicht so gemeint.«

»Das Geld haben wir immer gesammelt; manchmal kamen noch Beträge für Schimpfwörter hinzu oder für schmutziges, nicht weggeräumtes Geschirr im eigenen Zimmer.«

»Und was habt ihr dann mit dem Geld gemacht?«

»Wenn genug zusammengekommen war, sind wir davon essen gegangen.«

Schneider grinste. »Super Idee. Ich führe das, glaube ich, bei uns in der Kantine auch ein.«

Krüger grinste ebenfalls. »Ich glaube, dann reden alle mit vollem Mund, weil das Essen, das sie nach Erreichen eines bestimmten Kassenpegels damit woanders bekommen, immer besser als das in der Kantine sein wird.« Er wurde wieder ernst. »Erzähl mal weiter.«

»Die aufgelöste Dame könnte schon etwas damit zu tun haben. Vor allen Dingen war sie auf ihren toten Kollegen nicht gut zu sprechen.«

»Der bestgehaßte Lehrer in der Schule?« fragte Krüger.

»Überhaupt nicht. Der Hausmeister hat sehr freundlich von ihm geredet.«

»Lecker«, sagte Krüger und schnitt eine der *Fagottini* mit dem Messer durch, um den Inhalt zu studieren. »Hast du denn etwas Substantielles herausgefunden?«

Schneider hatte den Mund schon wieder zu voll genommen und deutete mit dem Finger darauf.

Krüger trank einen Schluck seines Ciro bianco und wartete.

»Habe ich«, sagte Schneider schließlich. »Frau Schweitzer sagte, Winkler habe Geld von ihr erhalten, das er irgendwo gewinnbringend und gefahrlos anlegen wollte, und es bislang nicht zurückgezahlt. Ich habe dann ziemlich nachbohren müssen, bis sie mit der Sprache herausrückte. Sie sei auf dem Weg nach Frankfurt zur Commerzbank gewesen, um den dort von Winkler geparkten Betrag persönlich wieder zurückzuholen. Es habe sich um das gesammelte Geld von fünf für das kommende Frühjahr geplanten Kursfahrten der Oberstufe gehandelt, etwa fünfundvierzigtausend Euro. Aber dafür einen Mord zwecks Vertuschung zu begehen? Ich weiß ja nicht.«

Krüger pfiff durch die Zähne. Das hatte zur Folge, daß eine der Kellnerinnen an den Tisch kam und ihn mißbilligend ansah.

»*Junge Frau* hätte völlig gereicht«, sagte sie. »Soll ich Ihnen noch etwas bringen?«

12

Donnerstag, 4. November 2010 – Oxford und Horspath

Rosie sah ihren Chef erwartungsvoll an. Hatte er endlich eine Spur? Vor ihr lag die Postkarte, die wie der Rahmen längst auf Fingerabdrücke untersucht worden war. Daneben hatte sie die englische Übersetzung des handschriftlichen Textes gelegt; Ronald Thompsons Deutschkenntnisse hatten ausgereicht, die Zeilen ins Englische zu übertragen, nachdem sie endlich entziffert waren. Schließlich war ihr junger Kollege als Austauschschüler in Deutschland gewesen.

Weil es schon wieder wie aus Kübeln schüttete, der Weg zum Pub an der Folly Bridge aber nur kurz war, waren Blackmore und Rose wieder zum »Head of the River« geeilt, um Mittag zu essen. Beide hatten keine Lust auf den von der Kellnerin empfohlenen Beef Burger, so daß sie erneut Fish and Chips bestellten.

»Ein wenig fantasielos«, sagte Rosie. »Aber wenn es gestern geschmeckt hat, tut es das sicher heute auch.«

»Mhm«, sagte Blackmore, der sich gedanklich gerade bei der Paßkontrolle befand. Irgend jemand mußte doch Adams' Einreise nach Großbritannien vermerkt haben. Vielleicht sollten sie bei der UK Border Control auf allen Flughäfen nachfragen. Dann fiel ihm aber ein, daß dazu allerdings der deutsche Paß benötigt würde. Er seufzte und hob sein Glas. Bei einem Pint Ale ließ sich doch entschieden leichter ermitteln! Und das Ale im »The Head of the River« war wirklich gut. Eines reichte; außerdem mußte er ja nur das kurze Stück zur Polizeiwache zurücklaufen. »Deutsche Postkarte, deutscher Paß«, sagte er.

Rosie hatte ein Pokerface aufgesetzt, um ihre Mißbilligung – schon mittags Bier – nicht zu zeigen. Aber Blackmore sah das bestimmt anders; er entstammte einer Generation, in der Drogen wie Nikotin und Alkohol noch gesellschaftlich anerkannt waren, unabhängig von der Tageszeit – wenn man die alte britische Kolonialregel nicht beachtete.

»Kein Alkohol vor Sonnenuntergang, oder?« fragte Blackmore, der Rosies Gedanken zugehört zu haben schien.

Die Sergeantin wurde rot. »Es sollte immer Ausnahmen geben«, sagte sie. »Von allen Regeln.«

»Da hast du recht. Deswegen trinke ich ja das Bier schon jetzt.«

»Nicht ablenken. Wie geht's jetzt weiter?«

»Wenn du mal DCI werden möchtest, mußt du dir das selbst überlegen.« Blackmores Mundwinkel waren in die Breite gegangen.

Er hat ein wirklich einnehmendes Lächeln, dachte Rosie, aber er ist leider zu alt; das hatten wir doch gestern auch schon einmal. Sie überlegte, ob sie etwas an ihrem neuen Freund James störte oder ob sie nur deswegen über ihren Vorgesetzten nachdachte, weil sie ohnehin den ganzen Tag mit ihm zusammen war.

»Und, hast du 'was?« Blackmore sah sie erwartungsvoll an. »Lange genug nachgedacht hast du ja.«

Sie mußte mal daran arbeiten, nicht ständig zu erröten. Ob man sich dafür coachen lassen konnte? Rosie überspielte ihre Verlegenheit und sagte nur: »Klar habe ich etwas.« Kunstpausen konnte sie auch.

Blackmore tat ihr den Gefallen. »Dann schieß mal los.«

»Ich habe sogar schon etwas in den Weg geleitet. Thompson versucht herauszufinden, ob Adams bei der Armee war. Sajjid hat mir versprochen, die Produzenten von *Midsomer Murders* zu kontaktieren; vielleicht haben die einen Lebenslauf, falls die Schauspieler einen abgeben mußten. Fred kümmert sich um die *Antique Dealers Association* und forscht nach Mitgliedsbeiträgen von Adams. Und schließlich will ich bei dem für seine Automarke zutreffenden Oldtimer-Verein anfragen, ob ihnen Adams bekannt ist.«

»Alle Achtung!« Blackmore war beeindruckt. »Wie hast du denn Fred Moreland ans Arbeiten bekommen?«

Rosie sah ihn ausdruckslos an. »Ich habe ihm einfach einen Pub-Abend mit dir versprochen.«

Der DCI sah sie etwas konsterniert an.

Sie konnte aber nicht lange ernst bleiben und fing an zu lachen. »Nein, ich habe ihm gesagt, daß etwas Einsatz im Dienst sich positiv in seiner Personalakte niederschlagen würde. Und da er gerade dieses Disziplinarverfahren ...«

»Ich weiß, ich weiß.« Blackmore schüttelte den Kopf. »Daran kann man sehen, daß niemand gegen Versuchungen gefeit ist, obwohl ich mir nicht vorstellen kann, daß Fred eine der beschlagnahmten Whiskykisten mit nach Hause hat gehen lassen.«

»Ich auch nicht. Das klärt sich bestimmt auf. Jedenfalls arbeitet er höchst eifrig daran, meiner Bitte nachzukommen.« Rosie aß das letzte Stück Fischfilet und legte das Besteck auf den Teller. »Wie immer zuviel.«

»Wer weiß, wann wir wieder etwas zu essen bekommen«, sagte Blackmore. Wie auch sonst hatte er zu schnell gegessen, eine Angewohnheit, die er seit seiner Zeit beim Militär leider beibehalten hatte. »Und wir müssen uns um den fehlenden Paß kümmern.«

Das Stimmengewirr an der Theke wurde lauter. Deutlich war zu hören, wie ein Mann energisch sagte: »Also, ist Morgan jetzt hier oder nicht? In der Turl Street ist er jedenfalls nicht.«

Ronald Thompson befuhr mit seinem Fahrrad den breiten Gehweg vor dem Magdalen College. Kurz vor der Brücke über den Cherwell entdeckte er zwei Streifenpolizisten, die ihm in ihrem Dienstwagen entgegenkamen. Rasch stieg er ab und wartete, bis ihn die Kollegen passiert hatten. Streifenpolizisten verteilten *immer* Verwarnungen. Thompson fuhr lieber auf dem Fußweg. Zwar hatte der Pkw-Verkehr im Zentrum nachgelassen, dafür schienen aber die Taxifahrer an freie Fahrt für freie Bürger zu glauben. Sie rasten wie ihre Berufsgenossen in Kalkutta durch die Straßen, hatte ihm Sajjid glaubwürdig versichert. Jedenfalls sei das bei seinem bisher einzigen Besuch auf dem Subkontinent der Fall gewesen, hatte der dunkelhäutige, in England geborene Beamte hinzugefügt. Vielleicht waren aber auch alle Taxifahrer aus Kalkutta inzwischen im Königreich eingetroffen und hatten nur ihren heimischen Fahrstil beibehalten, hatte er abschließend gesagt.

Hinter der Brücke kam ihm ein junge Frau aus dem Spirituosenladen entgegen; sie trug schwer an einer Plastiktüte von Threshers, die wahrscheinlich mit Spirituosen höheren Alkoholgehalts gefüllt war. Nachschub für die nächste Feier am Wochenende, dachte Thompson. Plötzlich strauchelte die junge Frau, fast noch ein Mädchen, und ließ beinahe die Tüte fallen. Thompson, der auf gleicher Höhe war, fing die klappernden Flaschen gerade noch rechtzeitig auf.

»Danke«, sagte sie.

»Nicht der Rede wert«, sagte Thompson. »Schon heute Schnaps für morgen gekauft?«

Sein Gegenüber errötete. »So ungefähr. Meine WG und ich haben etwas zu feiern.«

»Dann viel Spaß«, sagte der Beamte und wollte wieder auf sein Rad steigen.

»Moment.« Die junge Frau musterte ihn genauer. »Sie sehen nett und harmlos und nicht soviel älter als ich aus. Ich bin dreiundzwanzig.«

»Danke«, sagte Thompson, der im vergangenen Monat achtundzwanzig geworden war. »Stimmt fast.«

»Wollen Sie nicht auch kommen, jetzt, wo Sie die Getränke gerettet haben? Umsonst waren die ja nicht.«

»Vielen Dank.« Thompson hatte sein Verführerlächeln aufgesetzt; man konnte ja nie wissen. »Wo und wann?«

Die junge Frau nannte ihm eine Adresse in Marston, unter der am Samstag eine kleinere Alkoholvernichtung stattfinden würde.

Thompson sagte zu. Ihm waren immer alle Leute sympathisch, die sich der seit Jahren herrschenden Gesundheitsdiktatur demonstrativ entzogen. Er bog in die Cowley Road ein, jetzt wieder auf der Straße, da die Gehwege auf beiden Seiten der Straße mit zahlreichen Passanten bevölkert waren, die ihre Einkäufe erledigten.

Die nach Südosten führende Ausfallstraße hatte schon bessere Zeiten gesehen. Jetzt boten die kleinen, ein- bis zweistöckigen Reihenhäuschen ein buntes Sammelsurium von Geschäften, die hauptsächlich die Familie des Betreibers und vielleicht noch ein paar Onkeln oder Tanten ernährten: Reinigungen, Schnellimbisse, Telefonläden, Frieseurgeschäfte, Immobilienbüros und anderes aus Branchen, für die man keine Vorkenntnisse benötigte. Thompson gab sich innerlich einen Ruck; *runter von dem hohen Roß,* hieß das. Viele der Leute, die er in diesem oder ähnlichen Stadtteilen in anderen Städten mit ähnlichen Läden kennengelernt hatte, waren fröhlich und oft ausgeglichener, als er es je sein würde. Und das ohne Ausbildung und ohne regelmäßiges Einkommen.

Nach etwa einem halben Kilometer schloß Thompson sein Fahrrad am Papierkorb neben der Bushaltestelle an, die sich ungefähr auf Höhe des Zuwegs zur Zentral-Moschee befand, und sah sich um. Leute mit Regenschirmen, Leute ohne Regenschirme, Leute mit Anoraks – man mußte nicht in den Himmel sehen, um zu wissen, in welchem Land man war. Das Wetter hatte sich seit gestern nicht wesentlich verbessert, aber dafür lebte man eben in England. Wenn man Sonnenschein haben wollte, mußte man nach Spanien ziehen.

Er fröstelte. Vielleicht sollte er in einem der Imbißläden nach einem Kaffee fragen. Aber wahrscheinlich gab es nur türkischen Mokka oder wie das auf Arabisch hieß. Ein anständiger Tee tat es in der Regel auch.

Die Plörre, die er dann jedoch bei dem Zeitungshändler trank, ließ ihn an angelsächsischer Kultur und Lebensart verzweifeln. Dabei war der Mann nicht mal Einwanderer, sondern stolzer Waliser, wie man unschwer seinem schwerem Akzent entnehmen konnte. Aber Tee zu kochen, gehörte nicht zu seinen Fähigkeiten. Thompson ließ die Tasse halbvoll stehen und ging weiter zu den Oriental Grocers.

Die braune Tür neben dem Gemüseladen sah sauber aus und war nur angelehnt. Der junge Sergeant stieß sie ganz auf. Drinnen stolperte er über mehrere Obstkisten aus Südafrika, wie er dem Aufdruck entnahm. Er stieg die Treppe nach oben, auf deren Stufen Schuhe, eine Kiste mit Werkzeug, eine arabische Tageszeitung und anderer Kram lagen. Der Flur verlief parallel zur Straße; von ihm gingen nach rechts und links je zwei Zimmertüren ab, die alle mit kleinen Plastikkärtchen in einem Metallrahmen versehen waren. *Al-Achmed* stand auf dem ersten. Hinter der angelehnten Tür duftete es verführerisch. Thompsons Magen knurrte. Das zweite Schild zeigte einen Computerausdruck mit den Namen *Trudeau & Beckingsale*. Wahrscheinlich kanadische Austauschstudentinnen, dachte Thompson. Die dritte Tür schließlich trug den erwarteten Namen *Star*. Davor stand jedoch ein rätselhaftes *Sorry*.

Thompson klopfte.

»Herein«, sagte eine jung klingende Männerstimme. »Ist offen.«

Thompson drückte die Klinke herunter und trat ein.

Fred Moreland hatte Star als *freak* beschrieben, als jemanden, der mindestens drogensüchtig war und dem man nicht über den Weg trauen konnte. Wenn das stimmte, paßte sein Zimmer jedoch überhaupt nicht zu ihm: Es war nüchtern, aber geschmackvoll mit zueinander passenden Möbeln, Stoffen und Farben eingerichtet. Grüntöne in allen Varianten verliehen dem Raum eine durchaus fröhliche Atmosphäre. Dazu hingen Bilder in unterschiedlichen Rahmengrößen und -formen an den Wänden. Der Tisch war ein alter Mahagoni-Ausziehtisch, wie Thompson der Rille in der Tischmitte entnahm. Ein *freak*? Nein, wahrscheinlich eher jemand, der ein kleineres, für das normale Leben aber unwichtiges Problem hatte. Moreland hatte wahrscheinlich wieder zuviel Krimis gesehen.

»Sie wünschen?« Frederic Star saß am Tisch, im grünen Parka, vor sich einen aufgeklappten Laptop, daneben einen Papierstapel, der verdächtig nach einer korrigierten Seminararbeit aussah. Oder einem Buchmanuskript.

Für eine Klassenarbeit war Star definitiv zu alt, dachte Thompson. »DS Thompson«, sagte er. »Thames Valley Police.« Er schwieg, um die übliche Wirkung nach der Nennung der Berufsbezeichnung abzuwarten.

Statt dessen sagte Star völlig unbeeindruckt: »Ich habe Sie erwartet. Immerhin bin ich ja gestern etwas überstürzt aus dem Antiquariat verschwunden.«

»Das hat DCI Blackmore auch gesagt. Was war denn los?«

»Wenn Sie jetzt meinen Spitznamen gelesen hätten« – er deutete auf die Zimmertür – »und etwas Griechisch könnten, wüßten Sie vielleicht, weshalb ich gestern so schnell weg mußte.«

Thompson rief sich die Aufschrift des kleinen Schildes an der Tür ins Gedächtnis. »Da stand eine Entschuldigung, daß Sie hier wohnen. Oder so.«

»Nein, da steht *Sorry Star*. *Sorry* haben mich schon meine Klassenkameraden genannt. In der letzten Klasse brach nach dem Tod meiner Mutter diese verdammte Schuppenflechte aus.« Star kratzte sich am linken Ellenbogen.

Psoriasis.

Prima, ein gefundenes Fressen für die Halbstarken, dachte Thompson. Höchst präzise hatten sie bei ihrem Mitschüler den wunden Punkt gesucht, diesen entdeckt und ihn dann genüßlich in einen täglich zu verwendenden Vornamen verwandelt. Als ob Star sich für seine Krankheit entschuldigen müßte.

»Daher auch der Parka«, sagte Star. »Muß ja nicht jeder sehen, wie ich aussehe.« Er schob einen Ärmel hoch. Rötliche Hautstellen wechselten sich mit weißen, bereits abgeplatzten ab.

»Das tut mir leid«, sagte Thompson. »Da haben Sie sich in Ihrer Haut mal wieder nicht wohl gefühlt und wollten nur noch weg. Stimmt's?« fragte er freundlich.

Star nickte. »So ungefähr.«

»Zuerst die Formalien. Ihre Adresse haben wir ja. Und damit Sie uns nicht abhanden kommen, hätten wir gerne noch Ihre Handynummer.«

Star riß ein Stück von einem offenen Briefumschlag ab und schrieb die gewünschte Zahl auf.

Der DS steckte das Papier ein und deutete auf den Tisch. »Und das ist das Päckchen?«

Neben dem Computer stand ein Paket, das etwa die Größe eines Schuhkartons hatte und in braunes Packpapier eingeschlagen war.

Star nickte. »Hat mir Adams gegeben. Es sei von seiner Freundin, und ich solle es bewachen wie meinen Augapfel. Er hat öfter so altmodische Wörter benutzt. Lesen in alten Büchern färbt wahrscheinlich ab.«

Thompson schmunzelte. Er trat näher. »Darf ich?«

»Und wenn ich nein sage?« fragte der junge Mann. »Dann würden Sie es beschlagnahmen, oder?«

»So ungefähr.« Thompson lachte. »Sie wissen, was drin ist?«

Star nickte. »Adams sagte, nach dem Einbruch wolle der Antiquitätenhändler, bei dem seine Freundin arbeitet, kein Risiko über das Wochenende eingehen. Jedenfalls nicht, solange der neue Tresor noch nicht eingetroffen sei.«

Thompson zog mit geübtem Griff die Paketschnur am richtigen Ende auf und hob das Papier an. Ein Mahagonikistchen von vielleicht fünfundzwanzig mal fünfzehn Zentimeter kam zum Vorschein. Wahrscheinlich hatte es schon häufiger Transportzwecken gedient; das Holz war matt und an zahlreichen Stellen zerkratzt.

»Nur zu«, sagte Star. »Machen Sie es ruhig auf. Ich möchte auch wissen, was genau ich bewacht habe.«

Thompson hob den Deckel an, der in einem Winkel von schätzungsweise hundertzehn Grad stehenblieb. »Mann!« sagte er nur.

Blackmore hatte den Nachmittag damit verbracht, Papierkram zu sortieren, die offenen Fragen beim aktuellen Fall zu notieren und den Namen »Bernhard Adams« zu googlen. Die Suchmaschine aufzurufen, war aber wie immer unergiebig gewesen. Seiner Meinung nach kamen nie sinnvolle Ergebnisse, es sei denn, man wußte, wonach man suchte. Und dann brauchte man es ja nicht mehr zu suchen. »Bernhard Adams« hatte 374367 Ergebnisse gezeitigt. Daraufhin hatte er den Rechner wieder ausgeschaltet und war die knapp acht Kilometer nach Hause gefahren.

Jetzt war es zwanzig Uhr; er saß in seinem Haus in Horspath im Osten von Oxford und blies Trübsal.

»But I'd trade all of my tomorrows for one single yesterday«, sang Janis Joplin gerade, und Blackmore hörte angespannt zu. Im Geiste hielt er Julie in seinen Armen, der er nach Jahrzehnten endlich seine Liebe gestanden hatte. Was gäbe er darum, sich damals nicht mit dem blonden Mädchen vom Bootsverleih verabredet, sondern Julies Einladung angenommen zu haben. Er seufzte. Vorbei war vorbei. Die Musikanlage wechselte zu den Cowboy Junkies und ihrem Zeitlupenblues *200 More Miles*. Ihm stiegen die Tränen in die Augen. Es gab tatsächlich Musik für Depressive. Jetzt fehlte nur noch Peter Toshs *Don't look back*. Sobald der Reggaemusiker aus Jamaika nämlich die ersten Zeilen singen würde – »If it's love that you're running from / There is no hiding place« –, mußte die nächste Flasche Wein geöffnet werden. Ein abgrundtiefer Seufzer folgte. Der Detective sah auf die Uhr, stand entschlossen auf und drehte den Cowboy Junkies den Strom ab. Er griff nach seiner Lederjacke und verließ das Haus.

Zehn Minuten später betrat er das »Queen's Head«, seinen Haus-Pub, den er den viel volleren Gasthäusern in Oxford vorzog. Hier war er einer unter vielen; der Wirt kannte zwar seinen Beruf, hatte das aber nie publik gemacht, so daß der DCI auch im zehnten Jahr sein Ale in Ruhe trinken konnte.

»Wie üblich?« fragte Jonathan hinter der Theke.

»Wie üblich«, sagte Blackmore. Mit einem bis zum Rand gefüllten Pint Scholar der Oxforder Shotover Brewing Company, die erst vor einem Jahr gegründet worden war und deren Craft-Biere bereits zahlreiche Liebhaber gefunden hatten, setzte er sich in die Nähe des offenen Kamins, in dem zahlreiche Holzscheite verheißungsvoll knisterten. Erfreulicherweise lag die neue Bierfirma im Ort und residierte standesgemäß in zweihundert Jahre alten Ställen der Manor Farm, die nur wenige Gehminuten entfernt war, was dem hier ausgeschenkten Ale, wie der DCI fand, einen besonders frischen Geschmack verlieh. Wobei das vielleicht auch Einbildung war.

Nach zwei Schlucken hatte sich seine Laune nicht wesentlich gebessert; allein zu trinken, machte auch keinen Spaß. Er war müde, müde seines Berufs, müde seines Alleinseins und müde des Lebens überhaupt. Wenn er jetzt zuhause wäre, könnte er wenigstens *Black Dog* von Led Zeppelin auflegen. Der Titel entsprach perfekt seiner Stimmung, aber vielleicht würde ihn die Rockmusik wieder herausreißen.

»Was machst du denn für ein Gesicht? Ist es so schlimm?«

Blackmore nickte automatisch, dann erst sah er auf.

Neben dem Tisch stand Rosie, ihren Regenmantel in der Hand. Sie hatte ihr Lächeln aufgesetzt; ein besonderes, wie Blackmore fand, das für Regentage wie heute gedacht war und bei dem man gar nicht anders konnte, als es zu erwidern.

»Setz dich doch. Was trinkst du?«

»Das hier.« Rosie stellte ihr Glas mit Bitter Lemon und einem kleinen Schuß Wodka auf den Tisch. »Aber vielen Dank für die Einladung.« Sie setzte sich ihm gegenüber hin.

»Was machst du denn auf dem Dorf?«

»Ich dachte, daß ich dich hier finden würde. Ich wollte dir eine wichtige Information nicht vorenthalten und da du nicht zu erreichen warst …«

Blackmore holte sein Mobiltelefon aus der Tasche und wurde blaß. »Leer«, sagte er nur. »Das ist mir ja schon ewig nicht mehr passiert.«

Rosie nahm in Ruhe einen tiefen Schluck. Augenscheinlich hatte sie es nicht eilig.

Blackmore hatte heute abend aber keine Lust auf weitere rhetorische Redundanz – irgendwie hatte er eine Szene gleichen Inhalts schon beim Mittagessen verfolgt – und sagte deshalb ungeduldig:

»Es muß ja wirklich wichtig sein, wenn du dich hierhin bemühst, statt den Abend mit James zu verbringen.« Fast gleichzeitig tat ihm seine grobe Bemerkung leid, und er fügte hinzu: »Entschuldige, das ist heute wirklich nicht mein Tag.«

Die Sergeantin war entschlossen, sich ihre Laune nicht verderben zu lassen. »Die Pflicht rief, und ich bin sofort gekommen. Weißt du, was Ronald mir vorhin am Telefon erzählt hat?«

»Noch nicht«, sagte ihr Chef.

»Star hatte tatsächlich die kleine Kiste, von der er gesprochen hatte, bei sich zuhause in Cowley liegen. Von den angekündigten Juwelen, die Grace Kelly angeblich hineingetan hat, sei nichts zu sehen gewesen, sagte Ronald; statt dessen hätten in der unscheinbaren Box bündelweise Pfundnoten gelegen.«

13

Dienstag, 26. Oktober 2010 – Rheinbach

Krüger bog, dieses Mal mit seinem eigenen Auto, in die Lurheck in Rheinbach ein. Den dunkelblauen Chrysler 300C hatte er vor zwei Jahren als kaum benutzten Garagenwagen zu einem viel zu niedrigen Kaufpreis gebraucht erworben. Es war fast vier, und er war noch immer satt. Und er fragte sich, wie sinnvoll es war, mit *leicht* angehobenem Alkoholpegel Auto zu fahren, egal, wie erfahren er als Autofahrer auch war. Er erinnerte sich an eine abenteuerliche Fahrt in der Bretagne in den Achtzigern – das heißt, er erinnerte sich eigentlich nicht –, als er nach zwei wunderbaren Flaschen Bordeaux und einem Feinschmeckermenü mit seiner damaligen Kurzzeitfreundin irgendwie wieder zum Hotel zurückgefunden hatte. Zusätzlich herrschte an dem Novemberabend heftiger Nebel, der die örtlichen *flics* zum Glück von Kontrollen abgehalten hatte. Froh, heil angekommen zu sein, hatte er im gesamten folgenden Jahr vor Autofahrten keinen Tropfen Alkohol mehr angerührt, aber irgendwann hatten die Tropfen wieder angefangen zu fließen. Für umsichtige Leute wie ihn war wahrscheinlich die einzig mögliche Lösung – um *vor* der Führung von Kraftfahrzeugen vom bereichernden Genuß von Höherprozentigem abgehalten zu werden – die Einführung der Null-Promille-Grenze.

Oder eine Freundin wie Carmen.

Vor der Einfahrt zur Schule mußte er bremsen, weil ihm eine ältere Frau mit Hund entgegenkam. Er wartete, bis sie vorbeigegangen war, und fuhr dann mit Schwung auf das Schulgelände. Plötzlich fiel ihm etwas ein. Er bremste abrupt, stieg aus, ließ sein Auto mit laufendem Motor stehen und lief hinter der Frau her.

»Moment, junge Frau.« Manchmal konnte Krüger auch jovial sein.

Die Angesprochene drehte sich um. »Watt ess?«

Oha, eine Einheimische, dachte Krüger. Wahrscheinlich kam er bei ihresgleichen mit dem akzentfreien Gebrauch der hochdeutschen Sprache nicht weit. Aber einen Versuch war es wert.

Die Frau war Anfang sechzig und neugierig; das sah man sofort. Vielleicht passierte nicht mehr allzu viel in ihrem Leben. Auch der Hund, eine rüde Promenadenmischung, blickte ihn interessiert an.

»Gehen Sie hier häufiger spazieren?« fragte Krüger.

»Waröm?«

Wieder nur zwei Silben als Antwort; er mußte sich mehr Mühe geben. »Sie sehen so aufmerksam aus und bemerken sicher viel, wenn Sie mit Ihrem Hund Gassi gehen«, sagte Krüger. War das jetzt freundlich genug?

»Hä?«

Er war nahe daran, seine Bemühungen einzustellen.

Aber die Frau fügte noch etwas hinzu. »Sinn Se ooch vom We-De-Er?«

Die Filmgeschichte hatte sich wohl herumgesprochen.

»Su ähnlisch«, sagte der Kommissar. Damit war allerdings sein Vorrat an Fachausdrücken des rheinischen Dialekts erschöpft. Schnell fuhr er fort: »Mich interessiert, ob Ihnen immer die gleichen Leute auf dem Rundweg mit Ihrem netten Hund begegnen. Wir haben eine ähnliche Szene im Film, und wenn man auf Genauigkeit achtet …«

»Nä, sinn immer dieselbe Lück. Moment.« Die Frau machte eine Pause und dachte angestrengt nach, was ihr sichtlich Mühe bereitete. »Wart'ens. Da wor doch sune Mensch. Wann wor dat dann? Am Samsdach.«

»Vormittags?«

»Näh, am Nammidach.«

Sein Gefühl hatte ihn also nicht getrogen. Etwas fand man immer, wenn man sich ans Publikum wandte.

Erfreulicherweise hatte die Frau eine gute Beobachtungsgabe und konnte einen Mann Mitte Dreißig beschreiben, der sich in ihren Augen merkwürdig verhalten hatte, auch wenn ihr Bericht etwas Zeit beanspruchte. Krüger benötigte geschlagene fünf Minuten, bis er herausgefunden hatte, daß das Merkwürdige in den Augen von Frau Walterscheid – immerhin hatte er ihr Namen und Adresse entlocken können – darin bestanden hatte, für die Jahreszeit ungewöhnlich gekleidet gewesen zu sein. *Ungewöhnlich* hieß: helle Sommerhose (»ne feine Mann«), Segeltuchschuhe (»diese Dinger, für erömzeloofe om'n Bootsdeck«), helles Sommerjackett, gemusterter Seidenschal (»hätt suns immer minge Oma jetrare, ävver der wor nit esu ruut«), Strohhut, Zigarre.

»Zigarre?« fragte Krüger.

»Enn Zijaar«, bestätigte Frau Walterscheid.

Eine präzise Beschreibung, aber der Beschriebene wäre wahrscheinlich jedem hier auf dem Dorf aufgefallen, dachte Krüger. Oder war das größere Dorf schon eine kleinere Stadt? Vielleicht wußte der Direktor mehr dazu.

Mehr konnte Frau Walterscheid nicht sagen.

Krüger dankte ihr, ging zu seinem Auto zurück und fuhr das kleine Stück bis zum Altbau des Gymnasiums, der ihn nach wie vor beeindruckte. Die Fassade änderte nämlich ihre Farbe je nach Tageszeit; das einigermaßen gleichmäßige Weiß vom gestrigen Vormittag war jetzt einem Grau in der beginnenden Dämmerung gewichen. Das Rot der Dachziegeln hatte sich in einen undefinierbaren hellen Braunton verwandelt, und das Silber des Geländers der glasverkleideten Rettungstreppe am Altbau war blaß geworden, fast grau.

Der Kommissar rüttelte an der Tür zum Neubau. Sie war noch nicht abgeschlossen, so daß er ins Gebäude konnte. Die Tür des Sekretariats, etwa zwanzig Meter weiter, ließ sich allerdings nicht öffnen. Das Oberlicht war dunkel; wahrscheinlich hatten die Sekretärinnen längst frei. Der Schein des Tageslichts aus dem gleichgroßen Fenster über der nächsten Tür, die mit »004« beschriftet war, fiel in den Flur Richtung Lehrerzimmer. Nichts war zu hören. Er fragte sich, wo der Raum »007« wohl lag und welchem

Zweck er diente – vielleicht war es ja der Filmraum –, als plötzlich die Tür zum Direktorenzimmer aufging.

»Habe ich doch richtig gehört«, sagte Hennes. »Sie sind's also; Ihre Schritte kann ich noch nicht einsortieren. Die meisten Kollegen erkenne ich nämlich längst am Gang.«

»Auch bei Stöckelschuhen?« konnte Krüger sich nicht enthalten zu fragen.

»Auch bei Stöckelschuhen« sagte Hennes. »Die beiden hier in der Schule vorhandenen gehören nämlich zu einer der wenigen Damen unseres Kollegiums, die noch nicht vergeben sind. Wahrscheinlich möchte sie permanent auf sich aufmerksam machen, damit sie noch jemand nimmt. Auch akustisch, meine ich.«

Krüger überlegte, wie ein so offensichtlich misogyner Mensch einen Posten an einer Mädchenschule bekommen hatte, als der Direktor noch einen Satz anfügte.

»So hat es jemand aus der Kölner Schulabteilung bei seinem Besuch hier formuliert, der anschließend einige Probleme mit der Gleichstellungsbeauftragten seiner Dienststelle bekam. Solche Sätze lasse ich nämlich weder auf mir noch auf den anderen hier an meiner Schule sitzen.«

Krüger nickte beifällig.

»Der Herr blieb dann auch nicht mehr lange in Köln. Er hat das Erzbistum verlassen und arbeitet jetzt in Rom.«

»Da würde ich auch gerne arbeiten«, sagte Krüger. »*La dolce vita* und so.«

»Aber nicht in der *Kommission zur Heiligsprechung vietnamesischer Nonnen beim Heiligen Stuhl* oder wie das offiziell heißt«, sagte der Direktor. Er konnte durchaus hämisch grinsen. »Stöckelschuhe gibt es da jedenfalls nicht mehr. Wo waren wir stehengeblieben? Was machen Sie überhaupt wieder in Rheinbach? Haben Sie schon den Täter?«

Krüger, der es immer schwierig fand, mehrere Fragen gleichzeitig zu beantworten, sagte lieber gar nichts. In einer Anwandlung von Platzhirschhaftigkeit ging er an Hennes vorbei in dessen Büro und setzte sich ungefragt an den runden Besprechungstisch. Der Direktor folgte ihm sichtlich irritiert.

»Bitte, setzen Sie sich doch.« Krüger deutete auf einen der noch freien Stühle.

Hennes nahm Platz, blieb aber relativ steif sitzen, den Rücken nicht ans Polster angelehnt.

Krüger schwieg weiter und betrachtete sein Gegenüber. Hennes hatte sich ziemlich verändert, wenn man seine gestrige Dienstkleidung mit seinem momentanen Outfit verglich: ein T-Shirt des 1. FC Köln, eine Jeans aus besseren Tagen (an denen die Säume noch Säume und nicht wieder Fäden waren) und Turnschuhe.

Der Direktor war seinem Blick gefolgt und sagte leicht pikiert: »Ich gehe nachher noch joggen. Vorher wollte ich eigentlich den wichtigsten Papierkram erledigen.« Er deutete auf den übervollen Schreibtisch, auf dem zahlreiche, unterschiedlich hohe Papierstapel in unterschiedlichen Winkeln zueinander arrangiert waren. »Wir trainieren nämlich für den Köln-Marathon, an dem auch Schülerinnen unserer Schule und drei Sportlehrer und -innen teilnehmen.« Er sagte tatsächlich »innen«.

Krüger fand Marathonläufe überflüssig. Meistens fuhr ohnehin ein Bus dieselbe Strecke, und wenn man schon langsam eine Stadt erkunden wollte, reichte ein Fahrrad völlig aus, so daß man nicht völlig erschöpft am Ziel ankam. »Ich will Sie auch nicht lange aufhalten«, sagte er schließlich. »Haben Sie noch einmal über die offenen Fragen nachgedacht?«

»Sie meinen, wer Winkler nach dem Leben getrachtet hat oder wie immer das bei Ihnen heißt? Habe ich. Mir ist niemand eingefallen.« Er verschränkte die Arme und sah den Kommissar fast aufsässig an, wie ein Schüler, der seine Hausaufgaben nicht gemacht hatte.

»Vielleicht waren es *Die Lümmel von der letzten Bank*«, versuchte Krüger einen etwas müden Witz.

»Die sind längst im Kollegium angekommen«, sagte Hennes. »Falls Sie den Film aus den Siebzigern meinen.« Immerhin grinste er wieder. »Es wimmelt doch in den Lehrerkollegien allerorts von Achtundsechzigern.«

»Und Altachtundsechzigern«, fügte Krüger hinzu.

»Genau«, sagte Hennes. »Haben Sie mal versucht, disziplinarische Maßnahmen in dieser Altersklasse umzusetzen?«

Krüger schüttelte den Kopf.

»Ich war nahe davor, es aufzugeben. Wissen Sie, wenn man die Schülerinnen zu erziehen versucht, muß man mit gutem Beispiel vorangehen, auch äußerlich. Die jüngeren Kollegen—«

»Und Kolleginnen«, sagte Krüger, bemüht, sich der Zeit anzupassen, auch sprachlich und auch, wenn ihm diese Anpassung mißfiel, weil ohnehin klar war, daß mit dem maskulinen Plural immer alle gemeint waren, Feministinnen eingeschlossen.

»Und Kolleginnen«, wiederholte Hennes. Dann hatte er aber den Faden verloren.

»Sie waren bei der Kleidung hängengeblieben«, sagte Krüger und überlegte, ob der Direktor dieses gedankliche Bild auch amüsant fand.

»Jedenfalls«, fuhr Hennes fort, »das Vorbild muß im Lehrerkollegium beginnen. Wie ich schon in meinem Aufsatz *Das pädagogische Vorbild als …*«

An dieser Stelle schaltete Krüger ab und erging sich in Mutmaßungen, ob *Die Feuerzangenbowle*, dieser alte Film von 1944, keine Fiktion, sondern eine große Ansammlung von Wahrheiten gewesen war. Jeder Pauker schien irgendwann einmal eine wichtige Schrift verfaßt zu haben, aus der er den Rest seines Lebens bei jeder passenden und, häufiger, unpassenden Gelegenheit zitieren konnte.

»Und merkwürdigerweise«, sagte Hennes gerade, »habe ich fast ausschließlich Zustimmung für meinen Vorschlag erhalten.«

»Wie lautete der nochmal genau?« fragte Krüger, der wie ein unaufmerksamer Schüler den Anschluß verpaßt hatte.

Hennes sah ihn über den Brillenrand mißbilligend an. »Sie haben schon einen langen Tag hinter sich, oder?«

Krüger nickte. »Halb sechs hat der Wecker geklingelt«, log er. »Bei einem so wichtigen Mordfall zählt auch im Präsidium jede Stunde.«

Der Direktor nickte beifällig und fuhr dann fort: »Mein Vorschlag lautete, als Vorbild im wirklichen Leben zu beginnen. Und das fängt bei der Kleidung an. Irgendwie muß man doch signalisieren, auf welcher Seite man steht. Erinnern Sie sich noch an den umfangreichen Politiker der Grünen aus den neunziger Jahren? Den mit den Turnschuhen? Schon einen Tag nach der gewonnenen Wahl trug er als neuer Außenminister die übliche Dienstkleidung – dunkelblauer Zweireiher, Weste, weißes Hemd, Krawatte, schwarze Lederschuhe.«

Krüger nickte. »Sie haben völlig recht. Abheben tut gut, äußerlich, meine ich.«

»Bis auf ein, zwei Ausnahmen machen fast alle mit, was unsere Lehrerdienstkleidung angeht. Leichter Sommeranzug, einfacher Winteranzug, Kombination aus heller Hose und dunklem Sakko für die hellen, umgekehrte Kombination für die dunklen Jahreszeiten. Für die Damen dementsprechend. Der Förderverein unserer Schule findet das Unternehmen beispiellos und unterstützt es mit einer namhaften Summe. Nebenbei bemerkt, auch die örtlichen Bekleidungsgeschäfte konnten sich unserer Argumentation nicht entziehen und haben den Kollegen großzügige Rabatte eingeräumt. Daß es der eine oder andere etwas übertreibt – geschenkt.«

Gut, dachte Krüger, das wäre also geklärt. Dann konnte er den sommerlichen Knaben, den Frau Walterscheid vorhin beschrieben hatte, auch abhaken. Der war bestimmt ein Mitglied dieses sonderbaren Lehrerkollegiums. Die entsprechenden Läden in Rheinbach warben jetzt bestimmt mit *Paßform für Pädagogen* oder – im Sommer – mit *Luftiges für Lehrer*. »Haben Sie sich auf einen einheitlichen Stil geeinigt?«

»Angemessen für den Ort, die Tages- und die Jahreszeit«, sagte Hennes.

Krüger stutzte. »Am letzten Wochenende wäre also niemand in Sommerkleidung auf dem Gelände umhergelaufen?«

»Keiner«, sagte der Direktor. »Keiner aus dem Kollegium jedenfalls.«

Damit blieb der Verdächtige doch noch verdächtig, dachte Krüger. Er beschrieb den von der Zeugin Beschriebenen, aber Hennes schüttelte den Kopf. »Nie gesehen.«

Krüger fiel noch etwas ein. »Und Theater? Hat es vielleicht am letzten Wochenende eine Aufführung hier gegeben? Irgendein Boulevardstück leichteren Charakters?«

Mit dem Hinweis des Direktors auf die gerade zu Ende gegangenen Herbstferien stellte sich auch diese Idee als eine weitere Sackgasse heraus. Krüger seufzte.

»Aber eine Besonderheit fällt mir noch ein«, sagte Hennes. »Winkler trug maßgeschneiderte Kleidung, was ihm den Neid seiner Kollegen eingetragen hatte. *Muß es an unserem Provinzgymnasium ausgerechnet die Saville Row zwecks Einkleidung sein?,* hat ihn mal unser Hausmeister gefragt.«

Hausmeister und das Londoner Bekleidungsmekka? Krüger wunderte sich, bis ihm einfiel, daß der Hausmeister ein bayrisches Abitur gemacht hatte. Manchmal guckten auch die Bayern über ihre Landesgrenzen hinaus. »Woher hatte Winkler denn das ganze Geld?« fragte er.

»Keine Ahnung«, sagte Hennes. »Der hatte seit Jahren eine A13-Stelle hier, wie so viele. Die Schwestern haben in den Neunzigern noch viele Kollegen eingestellt, die normal befördert werden sollten, aber seit dem Staat in den Nullerjahren das Geld abhanden kam und es bis heute nicht wieder aufgetaucht ist, dümpeln viele Kollegen auf ihrer Einstiegsgehaltsstufe herum.«

»Aha«, sagte Krüger, der als Mitglied des Berufszweigs, der für den Staat die Demokratie schützen sollte, noch viel übler bezahlt wurde.

»Aber jetzt frage *ich* mal etwas«, sagte Hennes. »Haben Sie überhaupt schon einen einzigen Verdächtigen?«

»Noch nicht«, sagte Krüger. »Aber wir sind dicht davor.« *Man muß immer die Öffentlichkeit belügen, Entschuldigung, beruhigen*, hatte sein erster Chef mal gesagt. »Aber ich wollte noch etwas anderes wissen. Bislang haben wir keine Familienangehörigen von Winkler ausfindig machen können.«

»Hatte er, glaube ich, wohl auch nicht. Von Eltern oder Geschwistern weiß ich nichts.«

»Haben Sie möglicherweise eine Kopie seiner Geburtsurkunde?«

»Keine Ahnung. Hatte ich Ihnen nicht die vollständige Akte mitgegeben?«

»Doch, aber da war keine dabei.«

Der Direktor überlegte. »Herr Winkler ist ja vor meiner Zeit an die Schule gekommen. Die Altakten liegen im Keller. Vielleicht findet sich dort etwas.« Sehr überzeugt sah er nicht aus.

»Sagen Sie mir bitte Bescheid, falls Sie fündig werden?«

Hennes nickte.

»Noch etwas«, sagte Krüger. »Sie hatte ich das noch nicht gefragt. Wo waren Sie denn am Samstagnachmittag vergangener Woche?«

Der Direktor erschrak. Fast unhörbar flüsterte er: »Sie werden es ja doch erfahren. Hier. Mit Herrn Winkler.«

14

Freitag, 5. November 2010 – Oxford

Blackmore betrat entschlossenen Schritts das Große Besprechungszimmer, in das er für neun Uhr seine Kollegen bestellt hatte. Der Raum sah noch genauso aus wie im Mai, als sie den bis dato letzten Mordfall in Oxford untersucht hatten: die verschlissenen Stühle um den Besprechungstisch, die Korkplatte an der Wand, an der man Fotos, Landkarten, Zettel und anderes befestigen konnte, das während der aktuellen Untersuchung anfiel und helfen sollte, die eigenen Gedanken zu ordnen und den Täter zu finden, und die Ahnengalerie seiner zahnlosen Vorgänger. Er stutzte. Hatte er tatsächlich *zahnlos* gedacht? Freud war schon ein sonderbarer Ratgeber. Irgendwann verlor wahrscheinlich jeder seinen Biß.

Er schmunzelte.

In genau diesem Moment kam Fred Moreland in seinem üblichen grünen Pullover und der grauen Cordhose in den Raum. Unter dem Arm trug er die aktuelle Ausgabe der *Oxford Mail*. »Hast du tatsächlich mal was zu lachen?« fragte er, wartete aber die Antwort nicht ab, sondern setzte sich und faltete umständlich die Zeitung auseinander. Er hielt sie so, daß Blackmore die Titelseite lesen konnte. *WHO KILLED JERRY ZE GERMAN?* lautete die wie immer leicht reißerische und dieses Mal orthographisch nicht ganz korrekte Überschrift.

»Ein ergiebiger Artikel?« fragte Blackmore und zeigte auf das Nachrichtenblatt.

»Mord und Totschlag lese ich nicht«, sagte Moreland. »Das kann ich hier den ganzen Tag umsonst haben. Dafür muß ich mir keine Zeitung kaufen.«

»Wer hat denn den Beitrag verfaßt? Frederic Star?« Der DCI begann sich über den gestrigen Journalisten zu ärgern, der wohl nicht sein Wort gehalten hatte, nichts zu schreiben.

»Laura Laine«, sagte Moreland. »Die kleine Hübsche.«

Blackmore sah sich um. Noch war niemand da, der über die Reinhaltung der Geschlechtersphären wachte. »Wen meinst du denn?«

»Na, die mit der, räusper, hübschen Figur und den schwarzen Haaren.«

»Und du meinst nicht Lois Lane?«

Moreland wurde einer Antwort enthoben, weil die Tür wieder aufging.

»Was machst du denn schon hier, Fred?« fragte Rosie. »Normalerweise bist du doch immer der letzte bei unseren Besprechungen.«

Morelands Antwort war sehr undeutlich, weil er nur etwas von seiner Uhr grummelte, *die heute morgen entschieden zu weit vorging*.

»Und wieso habt ihr euch über Superman unterhalten?« fragte Rose.

Blackmore grinste, Fred guckte verständnislos.

Rosie setzte sich und holte ihren Notizblock aus der Handtasche. Hinter ihr war Thompson gekommen und nahm neben ihr Platz.

Als nächstes betrat ein sehr gut aussehender Pakistaner den Raum. Sein bronzefarbener Teint, seine tiefschwarzen, kurz geschnittenen Haare und seine hohen Wangenknochen wiesen ihn als klassische Schönheit aus, wie Rosie fand. Er hätte als Model jeder Modefirma zu rasantem Umsatzwachstum verhelfen können. Leider machte sein Grinsen alles zunichte. Es war schief und zeigte eine Reihe schneeweißer Zähne, die in den unmöglichsten Winkeln zueinander standen. Als er noch neu bei der Thames Valley Police war, hatte die Sergeantin versucht, ihn zu einer Zahnkorrektur zu überreden, hatte aber auf Granit gebissen. »Ihr müßt mich so nehmen, wie ich bin«, hatte Sajjid Jarwar gesagt. »Oder ich gehe nach Karachi zurück.« Dabei wußte jeder in der *force*, daß er aus Cardiff stammte, was seinem Akzent von der Grenze zu Wales leicht zu entnehmen war.

»Wieder da?« fragte Blackmore. »Ich dachte, Thorowgood braucht dich noch.«

»Das war gestern, Sir. Heute stehe ich ganz zu *Ihrer* Verfügung.«

Hairless Harry kam und nahm neben Jarwar Platz. Er nickte ihm kurz zu und sagte nur: »Lord Sutch.« Zu Anfang war ihm der Inder mit seinem urenglischen Akzent wohl unheimlich gewesen, aber inzwischen machte Harry die Augen auf, wenn Jarwar redete, und hatte in seinem großen Herzen auch für ihn einen Platz gefunden. Der Inder kannte Harry und nahm den Spitznamen nicht mehr ernst.

Zwei Beamte aus einer anderen Abteilung und eine weitere Frau, die das aktuelle Team ergänzen sollten, füllten die letzten freien Stühle.

Blackmore sah auf die Uhr. »Neun Uhr«, sagte er. »Erste Besprechung der Mordkommission *Zelot*.«

»Dein Englisch war auch schon mal besser«, sagte Harry und stand auf, um seinen Worten Nachdruck zu verleihen. »*The* wird immer noch mit *th* geschrieben und keinesfalls deutsch ausgesprochen. Und was heißt überhaupt *the load*? Wir sind doch schon belastet genug. Das auch noch als Namen für die aktuelle Untersuchung zu nehmen – und wenn die Idee auch nur von einem Rechner und nicht doch vom Innenministerium stammt –, ist schon sehr feinfühlig.« Er setzte sich wieder.

»Zelot«, sagte Blackmore und buchstabierte das Wort. »Der Computer ist beim letzten Buchstaben der, äh, sagt man *Durchnumerierung* bei Buchstaben? angekommen. Die aktuellen Begriffe von A bis Z entstammen alle dem Neuen Testament, auch *Zelot*.«

»Ein Anhänger der Guerillabewegung, die ihre Ziele notfalls mit Gewalt durchgesetzt hat, Sir? Diese religiösen Übereifrigen?« Jarwar war wie immer auf dem Laufenden.

Blackmore nickte beifällig. »Gewalt paßt, aber mit Religion hat der aktuelle Fall nichts zu tun, falls man vom Verstoß gegen die Zehn Gebote absehen will. Mag jemand den aktuellen Stand referieren?« Er sah sich um. Thompson meldete sich wie immer, aber immer dieselben eifrigen Polizisten zu fragen, war auch langweilig. »Fred?«

Moreland faltete umständlich seine Zeitung zusammen, stand auf und sagte: »Nichts Neues seit gestern, Sir.« Dann setzte er sich wieder.

Thompson lachte, woraufhin ihn Rosie anstupste. Blackmore seufzte. Manchmal kam ihm seine Arbeit wie die eines leidenschaftlichen Lehrers vor, der vor einer Klasse unwilliger, aber intelligenter Schüler stand und auf richtige Antworten hoffte. »Noch jemand mit einem konstruktiven Beitrag?« Er sah sich um. »Keiner?«

Rosie stand auf und ging nach vorne an die Korkwand. »Darf ich, Sir, äh, John?«

Dieses Mal lachte Harry und murmelte etwas vom Adel in der Polizei.

»Also«, sagte Rosie, »die aktuelle Lage ist folgende. Der Tote aus dem Antiquitätenladen Morgan & Price in der Turl Street ist von seiner Freundin namens Grace Kelly zweifelsfrei identifiziert worden. Es handelt sich um einen Bernhard Adams, mit einem deutsch ausgesprochenen Vornamen. Als Mordwerkzeug ist ein Damenstrumpf der Größe M verwendet worden, eine Größe, die Ms Kelly nicht paßt. Sie trägt XL.«

»Vielleicht war der Strumpf schon älter und etwas ausgeleiert?« Morelands Spekulationen waren meist überflüssige Beiträge zum Thema.

»Nach Aussage des Labors«, sagte Rosie, »ist er fabrikneu. Allerdings hat er ein ungewöhnliches Muster, das in Großbritannien wohl nicht auf dem Markt ist. Und der Hersteller, FALKE, ist deutsch.«

»Bißchen viel Deutsches hier, oder?« Das war wieder Fred Moreland, der sich im Mai mit dem deutschen Kommissar Krüger zwar hatte beschäftigen müssen, aber es nicht über sein urenglisches Herz brachte, die *krauts* vom Kontinent als ebenbürtige Menschen anzusehen.

Rosie kannte seine Ansichten und überhörte sie in der Regel, wenn sie nicht zu *daneben* waren. Sie fuhr fort: »Wir haben verschiedene Verdächtige, mit denen der Tote zuletzt zusammen gewesen ist. Seine Freundin, Grace Kelly, hatten wir schon. Sie hat ein Alibi für den vermuteten Todeszeitpunkt, Montagabend. Als nächster wäre Donald Morgan zu nennen, der momentan untergetaucht ist. Jedenfalls ist er nach seinem Gespräch mit John noch nicht wieder aufgetaucht.«

»Sein Mobiltelefon ist abgeschaltet«, warf Blackmore ein.

»Weiter hätten wir einen Frederic Star, der—«

»Den kannst du streichen«, fiel ihr Thompson ins Wort. »Der ist alles andere als ein Täter und ganz arm dran.« Er berichtete von Stars Erkrankung und der Auffindung des Mahagoni-Kästchens mit den Pfundnoten. Aus seiner Aktentasche holte er vorsichtig eine der üblichen Plastiktüten der Spurensicherung und stellte den darin befindlichen Behälter auf den Tisch.

»Ich zähle dann mal«, sagte Moreland und griff nach der Tüte.

»Finger weg!« sagte Blackmore. »Das geht nachher ins Labor. Vielen Dank, Ronald.«

Thompson saß kerzengerade am Tisch. Seine heute ausnahmsweise unrasierten Wangen färbten sich leicht. Vom Chef beim Vornamen genannt zu werden, das war schon etwas.

»Noch etwas?« fragte der DCI.

»Die Juwelen, die Adams von seiner Freundin zur Aufbewahrung erhalten hat, sind verschwunden«, sagte Rosie. »Mal sehen, was sich daraus noch entwickelt.« Sie setzte sich wieder.

Harry räusperte sich. »Willst du von der Postkarte berichten, John?«

Blackmore nickte und beschrieb das Wohnhaus des Ermordeten und den Bilderrahmen mit der deutschen Postkarte. »Ronald, du hast doch den Text entziffert, oder?«

Thompson nickte. »Die Postkarte trug kein Datum und enthielt eigentlich nur nichtssagende Zeilen einer Mutter, der ihr Sohn abhanden gekommen war.«

»Wie meinst du das?« fragte Rosie, die ihren Block aufgeschlagen hatte und sich wieder Notizen machte.

Blackmore beobachtete sie und überlegte, ob sie während ihrer Schulzeit als Streberin gegolten hatte. In seiner Klasse hatten nur die Streber alles mitgeschrieben.

»Nun«, sagte Thompson, »da stand nach der Anrede: *Für Dein Leben ohne mich wünsche ich Dir Gottes Segen. Du bist zu klein, um eine Erinnerung an mich zu behalten, aber ich werde Dich* – das *Dich* war unterstrichen, Sir – *nie vergessen. Deine Mama.* Kein Name, keine Adresse.«

»Und auf der Rückseite? Was war da zu sehen?« Auch Jarwar war gespannt, ob man in dem Mordfall endlich weiterkam.

»Ich hab's mir aufgeschrieben«, sagte Thompson. »Einen Augenblick.« Er schlug ein kleines Ledernotizbuch auf, durchblätterte ein paar Seiten, bis er die Stelle gefunden hatte, und las dann vor: »Warendorf i.W. Markt.«

»Klingt nach den Teutonen«, sagte Moreland. »Kein Fall für mich. Übernehmen Sie, Thompson.«

Blackmore grinste. »Wo ist denn das?«

»So weit bin ich noch nicht, Sir. Irgendwo in Deutschland.«

»Danke. Sehr aufschlußreich, Thompson. Gibt es sonst noch etwas Neues?«

Mist, wieder der Nachname. Der junge Sergeant fiel in sich zusammen. Das war's wohl wieder mit einem Stein im Brett des Chefs, dachte er.

»Einiges, Sir«, sagte Jarwar und erhob sich. »Die Produzenten von *Midsomer Murders* haben versprochen, sich um meine Anfrage nach Adams zu kümmern. Und – Fred, wenn ich von deinem Ermittlungsergebnis berichten darf?« Er ging nach vorne und befestigte eine Liste mit vielen offenen Fragen im aktuellen Mordfall und wenigen Teilantworten an der Korkwand.

Fred nickte. Außerdem hatte er den Mund voll, weil er gerade ein Thunfisch-Sandwich vernichtete, was Rosie aus zwei Gründen mißbilligend verfolgte. Zum einen haßte sie es, wenn bei Besprechungen einer aß, genauso, wie sie während des Studiums Mitstudenten nicht gemocht hatte, die in den Vorlesungen biwakten; zum anderen war *etwas* Ökologie immer angebracht – schließlich stand der Thunfisch auf der aktuellen Liste der bedrohten Fischarten, die inzwischen viele früher alltägliche Lebensmittel umfaßte. An Artenausrottung mußte man sich ja nun nicht beteiligen.

»Fred also hat herausgefunden«, fuhr Jarwar fort und drehte sich dabei wieder zum Besprechungstisch, »daß Adams nicht nur Mitglied der Antiquitätenhändlervereinigung war, sondern sie auch mit großzügigen Spenden unterstützt hat. Bleibt nur die Frage, woher er das Geld dazu hatte.« Er ging zu seinem Stuhl zurück und setzte sich wieder.

»Prima«, sagte Blackmore. »Saubere Arbeit. Und du, mein Sohn Br…, äh, Harry?«

Ness fuhr zusammen. »Ich war's nicht.« Er legte den Kopf schief.

Rosie kicherte.

Blackmore, der weitere rhetorische Auswüchse auf Schülerniveau fürchtete, sagte nur: »Harry, *bitte*.«

»Gut.« Ness wurde übergangslos wieder ernst. »Ich kann auch etwas vorweisen. Ich habe nämlich Morgan wieder ausfindig gemacht.«

Plötzlich redeten alle durcheinander. Vielleicht hatten sie ja Glück, Morgan würde gestehen, und das Wochenende war gerettet, dachte Rosie. Dann hätte sie nämlich Zeit, um mit James …

»Rosie!« Das war ihr Vorgesetzter. »Noch hat das Wochenende nicht angefangen.« Er hatte ihren verträumten Blick aufgefangen. Gleichzeitig fiel ihm seine abwesende Julie ein, so daß der Satz auch für ihn galt. Nicht ablenken lassen. Er beobachtete lieber die Sergeantin, seine fähigste Mitarbeiterin, der er ihr zur Zeit sehr fröhliches Privatleben gönnte.

Rosie betrachtete schuldbewußt ihren Schreibblock, nahm den Kugelschreiber zur Hand und schrieb etwas auf.

Blackmore nickte zufrieden.

Und Rosie betrachtete ebenso zufrieden ihr Blatt mit den Zeilen: »Nichts ist so berauschend, wie ergebnislos beschossen zu werden. Winston Churchill.« Bildung half einem doch manchmal über Durststrecken im Alltag hinweg, vor allem, wenn es unberechtigte Vorwürfe waren.

»Also, haben sich jetzt alle wieder beruhigt?« Der DCI sah sich um. »Leg schon los, Harry.«

Ness räusperte sich. »Ihr beiden wart doch gestern auch im ›The Head of the River‹, oder?« Er wartete die Antwort gar nicht ab, sondern fuhr fort: »Ich wollte nur schnell einen Happen essen. Als ich 'reinkam, gingt ihr gerade 'raus, ohne mich zu sehen. An der Theke gab es eine etwas lautere Diskussion, ob ein gewisser Morgan da sei oder nicht.«

»Stimmt«, sagte Blackmore. »Aber da Morgan ein anständiger Allerweltsname ist, habe ich nicht weiter darauf geachtet.«

»Es drehte sich aber um *unseren* Morgan«, sagte Ness. »Der nach ihm fragte und den ich dann befragte, sagte, er suche seinen Geschäftspartner, von dem er noch zwanzigtausend Pfund bekäme. Das Antiquariat sei zu und der Inhaber weg. Und er befinde sich am Ende seiner Nerven. Ich habe ihm dann erstmal einen Whisky ausgegeben ...«

»Nur ihm?« fragte Moreland. Die anderen lachten.

Aus dem Alter, in dem er noch hätte rot werden können, war Ness schon lange heraus. »Alleine kann der gar nicht schmecken.«

Blackmore nickte unbewußt, was wiederum Rosie zu einem weisen Lächeln veranlaßte. Jungs und ihre Spielzeuge, dachte sie, Autos, Alkohol, Aktmodelle ... Sie bremste ihren anscheinend unermüdlich sprudelnden Gedankenfluß. Wie um Himmelswillen kam sie auf *Aktmodelle*? Die Begegnung mit den Gipsabgüssen im Ashmolean Museum, in dem James arbeitete, und ihre letzte stürmische Nacht ...

»Hast du das notiert, Rosie?« fragte ihr Chef.

Sie nickte automatisch, hielt den Kopf aber weiter über den Schreibblock gesenkt, so daß ihre Röte nicht zu sehen war.

Blackmore hatte seine Aufmerksamkeit glücklicherweise wieder seinem Kollegen mit dem polierten Schädel zugewandt.

»Jedenfalls«, sagte Ness, »habe ich—«

»Könnt ihr eure Sätze nicht mal mit etwas anderem als *jedenfalls* beginnen lassen?« grummelte der DCI, hörte aber weiter zu.

»— Simon Stroud, so hieß er nämlich, noch ein Bier ausgegeben«, fuhr Ness unbeirrt fort, »bei dem er mir seine Lebensgeschichte erzählt hat, aber auch, wo wir wahrscheinlich Morgan auftreiben könnten.« Er schwieg und trank einen großen Schluck Wasser.

»Nämlich?« fragte Blackmore und hob eine Augenbraue leicht an.

Ness faßte das als Ermahnung auf und beeilte sich, seinen etwas umständlichen Bericht fortzuführen: »Normalerweise zieht sich der Händler, wenn er nicht in ›The Kings Arms‹ sitzt, in die Lokalität an der anderen Ecke seiner Straße zurück.«

»›The Mitre‹?« fragte Rosie und überlegte, ob Straßen, die auf T-Kreuzungen mündeten, auch Ecken besaßen.

»Exakt«, sagte Ness.

»Vielen Dank«, sagte Blackmore und sprang auf. »Nichts wie hin.«

»Da ist er aber nicht mehr, John«, sagte Ness. Und schwieg wieder. Wie viel zu viele Leute besaß auch er einen unerschöpflichen Vorrat an Kunstpausen.

Blackmore setzte sich wieder. »Also stehen wir erneut am Anfang«, sagte er. Seine Miene verdüsterte sich.

Ness dagegen hatte ein breites Grinsen aufgesetzt.

»Keineswegs.« Das Grinsen nahm jetzt das gesamte Gesicht ein. »Ich habe ihn heute morgen mitgebracht. Morgan sitzt unten.«

15

Dienstag, 26. Oktober 2010 – Rheinbach und Bonn

Krüger überlegte, ob er schon den Täter hatte. Aber Hennes sah keineswegs wie ein eiskalter Killer aus, der nach der Tat seelenruhig seine normale Arbeit wieder aufnahm und nur durch einen Zufall überführt werden konnte. Daß er allerdings flüsterte, irritierte den Kommissar.

»Warum flüstern Sie?« fragte er laut.

Hennes sah sich um, als ob die Wände Ohren und Augen hätten. »Das war, glaube ich, der über lange Schülerjahre antrainierte Automatismus, die wichtigen Sachen so leise zu sagen, daß ihre Bedeutung sich verdoppelt.«

Krüger sah nicht sehr überzeugt aus. »Nichts anderes vielleicht? Ein schlechtes Gewissen möglicherweise? Oder so?« Innerlich zuckte er zusammen. Heutzutage mußte man viele seiner Sätze, um *up to date* oder *à jour* zu sein, mit Leerformeln beginnen, am Anfang *jedenfalls* sagen, auch wenn das gar nicht paßte, und am Ende ein *oder so* oder – noch schlimmer – ein *sag' ich mal so* in der Luft hängen lassen. »Was hatten Sie beide denn am vorletzten Ferientag in der Schule verloren?«

Der Direktor hustete leicht. Auf seiner Stirn hatten sich leichte Schweißperlen gebildet, dabei hatte das Training für den Marathonlauf noch gar nicht begonnen, dachte Krüger.

Hennes räusperte sich.

»Wir wollten das Programm für den Herbst besprechen. Seit zwei Jahren veranstalten wir in unserer historischen Aula Lesungen und Konzerte unter dem Titel *Kultur im Kloster*. Winkler hatte die Idee dazu – er spielt nun mal furchtbar gerne Klavier –, dann sollte er auch die Organisation übernehmen, fand ich. Außerdem hat er letztes Jahr einen Flügel von Bösendorfer gekauft und der Schule gestiftet.«

Krüger pfiff durch die Zähne. »Ich dachte, Lehrer seien nie altruistisch.«

Hennes sah ihn prüfend an. War das jetzt ironisch gemeint? Bei Polizisten und Eltern wußte man das nie. »Da täuschen Sie sich bei Winkler aber ganz gewaltig. Das war einfach ein lieber Mensch. Umso schlimmer, daß wir uns so in die Haare gekriegt haben. Das war das letzte Mal, daß ich ihn lebend gesehen habe.« Eine Träne hatte sich in Hennes' Auge gestohlen; er rieb sie mit dem Handrücken weg.

Vielleicht war es auch nur ein Körnchen Wahrheit, das ins Blickfeld geraten war, dachte Krüger. »Sie waren bei *Kultur im Kloster* stehengeblieben.«

»Genau. Zwei Sachen waren zu besprechen. Eine Show mit dem, wie ich fand, langweiligen Titel *Goethe ist tot*.«

»Stammt daher das Plakat im, nun, *Raucherzimmer*? Auf dem *tot* falsch geschrieben ist?«

Hennes nickte. »Auf die Oberstufenschüler ist in Sachen Rechtschreibung kein Verlaß mehr, in Sachen Partyorganisation schon.«

Krüger lachte. »Die zweite Sache. Der Streit?« fragte er.

»Eigentlich eine Lappalie.«

Hennes sprach das Wort französisch aus, was ihn Krüger sofort wieder sympathisch machte. Sein Onkel hatte immer gesagt, *Fremdworte gewinnen entscheidend, wenn man sie falsch ausspricht; ihr Charme trägt dann zu ihrer Verbreitung bei.* »Was war denn los?«

»Wir hatten das Eröffnungskonzert terminlich festgelegt und den Künstler gebucht. Und plötzlich teilte mir Winkler – an besagtem Samstag, morgens – mit, daß er verhindert sei. Er habe da jemanden getroffen, der ihm etwas Wichtiges über seine Familie sagen wolle. Ich habe nachgefragt, und da der Mensch aus dem Ausland kam, England, glaube ich, mußte Winkler sich terminlich nach ihm richten.«

»Hat er gesagt, worum es genau ging?«

Hennes verneinte. »Ich weiß nur, daß Winkler ein Findelkind war. Oder war es ein Pflegekind? Jedenfalls wußte er über seine

Familie nichts. Ich habe auch nie etwas von Geschwistern, Eltern oder anderen Verwandten gehört.«

»Und Sie waren sauer, daß Winkler nicht kommen wollte?«

»So war es. Der Kollege sollte mit dem anderen Künstler zusammen Débussys *Petite Suite* auf zwei Flügeln spielen. Und jetzt konnte er auf einmal nicht mehr. Ich bin dann laut geworden. Daraufhin ist Winkler, der sonst immer sehr zurückhaltend war, auch laut geworden. Sinngemäß hat er gesagt, *nach über fünfzig Jahren endlich erfahren zu können, woher man kommt, und stattdessen soll ich Klavier spielen? No way.*«

»Daraufhin haben Sie den herumliegenden Damenstrumpf genommen und …«

Das verursachte wenigstens ein kleines Lächeln auf Hennes' bislang verdunkeltem Gesicht. »Ich hätte zu etwas Härterem gegriffen. Statt dessen habe ich Winkler aus meinem Büro geschmissen und die Tür hinter ihm zugeknallt. Wohin er dann gegangen ist – keine Ahnung. Wobei wir beide ja wissen, wie es ausgegangen ist. Es muß ja noch jemand im Gebäude gewesen sein.«

»Und jetzt kannst du wieder von vorne anfangen?« fragte Carmen. »Ein Toter, aber kein Täter?«

»So ungefähr«, sagte Krüger und hob sein Glas, um seiner Freundin zuzuprosten.

Die beiden hatten sich im »Fiddlers« verabredet. Krüger hatte ausnahmsweise Lust auf Bier und das dort ziemlich passable Fish and Chips-Gericht, und Carmen mochte die bunte Mischung des Endenicher Publikums, das aus Studenten, ein oder zwei Professoren, wenigen Einheimischen, einigen Künstlern und den üblichen beiden Schriftstellern bestand, die in einer Ecke etwas lauter über ihre nächsten Regionalkrimis diskutierten. Krüger rümpfte die Nase – Regionalkrimis, bah. Als ob die neue Schublade, die die Verlagsbranche für die alten *whodunnits* erfunden hatte, den Inhalt derselben besser machte. Jeder ausländische Krimi war ebenfalls ein Regionalkrimi, auch wenn er nur in der Provence oder nur in Edinburgh spielte. Und in der Regel hatten die Schreiberlinge keine Ahnung, worum es tatsächlich bei der harten Arbeit der Kommissare ging. Ihre Wirklichkeit war beileibe nicht so unterhaltsam, wie die Leute sich das immer vorstellten.

»Hörst du mir überhaupt zu?« fragte Carmen.

Krüger nickte automatisch und fragte scheinheilig: »Wobei denn?« Ein großer Schluck Bier folgte.

»Ich dachte, du magst nur Wein«, sagte Carmen.

»In der Regel ja«, antwortete Krüger. »Aber du hast selbst mal gesagt, Regeln sei'n zum Brechen da, fiderallala.« Er unterdrückte ein leichtes Aufstoßen. Das Kilkenny's war zwar in Ordnung, aber irisches Red Ale reichte eben doch nicht an das englische Real Ale heran. »Wie war nochmal die Frage?«

Carmen gluckste. »Ich sagte, ihr würdet euch im Kreis drehen, weil euch die Verdächtigen abhanden kommen. Habe ich nicht recht?«

»Stimmt.« Der Kommissar wußte, daß er sich auf die Verschwiegenheit seiner Freundin verlassen konnte, auch wenn sie mal in eine Akte hineinlas – Langenargen mußte ja nicht alles wissen. »Der Direktor ist aus dem Rennen. Der hatte nun wirklich keinen Grund.«

»Dann war'n es nur noch zwei. Der Stotterer und die Geldtante.«

Krüger grinste. »Klingt wie ein Titel eines Romans, dessen Rohfassung für den Ingeborg-Bachmann-Preis nach der Lesung, weil der Vorträger nicht in die Endrunde gekommen ist, klagend fortgetragen wird. Aber im Ernst: ein Mordmotiv daraus zu konstruieren, daß derjenige, der das abgezweigte Geld anlegen will, umgebracht wird, damit er nicht erzählen kann, daß es abgezweigt ist, das ist doch ein bißchen an den Haaren herbeigezogen. Wenn Winkler jetzt die Geldkollegin zerstückelt und vergraben hätte, so herum vielleicht.«

»Deine Sätze haben auch schon mal vollständiger aufgehört«, sagte Carmen.

»Geht nicht«, sagte Krüger und zeigte auf das große, inzwischen geleerte Bierglas. »Zuviele Promille. Außerdem muß ich mir die grammatisch versiertere Rhetorik für den Chef aufheben. Den kann man damit immer so schön auskontern.«

Hatte Krüger tatsächlich angefangen, Fußballsprache in seinen Wortschatz zu überführen, fragte sich Carmen. Aber bei ihm mußte man immer auf ironische Nuancen gefaßt sein. »Also, der andere? Marcel Irgendwas.«

»Du hast aber gut aufgepaßt. Marcel Manus. Den habe ich übersehen. Vor allen Dingen sagte unser Markus, die Nummer des Stotterers sei die letzte gewesen, die vom Telefon des Vermoderten aus angerufen worden sei.«

Carmen fing so laut an zu lachen, daß die anderen Kneipenbesucher sich nach ihr umdrehten. »Das war ja wunderbar, *Vermoderten* statt Ermordeten. Was Sigmund wohl dazu sagen würde …«

Krüger sah etwas beleidigt aus. »Das war ein leichter orthographischer Versprecher.«

Die junge Frau kicherte immer noch, was in Teilen wohl aber auf die fast geleerte Weinschorle zurückzuführen war.

»*Anyway*«, fuhr Krüger fort. »Manus ist noch nicht befragt worden. Das mache ich morgen früh als erstes.«

»Sagte Sysiphos, als er endlich den Stein beiseite geschoben hatte.« Der Nebensatz war schon deutlich undeutlicher geworden.

Krüger beschloß, nach Hause zu gehen, und stand auf.

»Schon vorbei?« Schlagartig gab sich Carmen wieder nüchtern. Wenn man Hamburger zulange anflachste, konnte das böse enden; Krügers letztes sprachliches Feuerwerk hatte für eine leichte Verstimmung im Hause Rasche/Krüger gesorgt. Sie stand ebenfalls auf und ging auf die Treppe nach unten zu. »Wir haben zuhause noch etwas Weißwein im Kühlschrank.«

Krüger folgte ihr und sah sich auf dem Weg nach draußen noch einmal um. Das ›Fiddler's‹ lohnte immer einen Besuch. Die Eigentümer hatten sich redlich Mühe gegeben, ein authentisches britisches Kneipengefühl zu erzeugen: Es gab rohe Dielen, Stühle unterschiedlicher Provenienz und Größe, kleine Sitzecken, eine lange Theke, den Duft von Gebratenem und Bier in der Luft, Bierdeckel, mit denen wackelnde Tische unterstützt wurden, verschiedenste Bilder an den Wänden, Veranstaltungsplakate im Eingangsbereich, Flyer auf und unter dem entsprechenden Wandgestell und ein paar hübsche Kellnerinnen jüngeren Datums, denen der Kommissar gerne nachsah, was ihm Carmen allerdings nicht nachsah. »Eine reicht!« hatte sie mal nachdrücklich bemerkt. Als Krüger darauf »Varietas delectat!« entgegnete, fand sie das nicht besonders lustig. In amoralischen Dingen war seine Freundin konservativ und hielt sich an die Moral.

Carmen gähnte. Sie war auf dem heimischen Sofa am Venusbergweg etwas tiefer gerutscht und hielt sich an einem halb gefüllten Glas Chardonnay fest, um nicht das Gleichgewicht zu verlieren. Wenigstens quakten um diese Jahreszeit nicht mehr die Frösche im Wassergraben am nahen Poppelsdorfer Schloß, dachte Krüger. Auf dem großen Flachbildschirm, dessen Kauf im Sommer er als nicht verhandelbar angesehen hatte, lief eine ältere Episode von *Inspector Barnaby*.

Der Kommissar verfolgte mit einem Auge das Geschehen. Mit dem anderen studierte er die noch gestern angelegte Akte zum Rheinbacher Lehrermord. Wieder und wieder las er die Personennamen durch, hatte auf einem Schmierzettel ein Beziehungsgeflecht zwischen den handelnden Akteuren skizziert und überlegte, ob er etwas übersehen hatte.

Das Foto mit dem Pferd aus dem Album vom Speicher in Winklers Bonner Wohnung, ja. Das ergab keinen Sinn. Alle anderen Fotos zeigten den kleinen Winkler zusammen mit einer Familie, von der Krüger nicht wußte, ob es die seine war, da der Lehrer angeblich keine hatte. Auf keinem der Bilder waren Pferde zu sehen. Das Foto, das zu den anderen nicht zu passen schien, klebte auf einer einzelnen Seite. Es war ein großer Abzug, vielleicht zwölf mal achtzehn Zentimeter. Eine Bildunterschrift gab es nicht.

Das letzte Bild des Albums zeigte den vom Baby zum Kleinkind gewordenen Winkler. Es war ein Porträtbild, das im Studio aufgenommen worden war, mit einem scharfen Gesicht und verblassendem Hintergrund, wie es wohl die Mode der Zeit gewesen war.

Krüger bog eine Ecke des Fotos vorsichtig zurück. Tatsächlich war ein kleiner Aufkleber angebracht, was auch typisch für eine Ateliervergrößerung gewesen war. *Lichtbildatelier Sachse* stand dort. Vielleicht konnte er über das Fotostudio herausfinden – falls er das Fotostudio herausfand –, von wann die Aufnahme war und wen sie darstellte.

Carmen beugte sich vor und hob ein Foto hoch, das aus Krügers Akte herausgefallen war. Sie reichte es ihrem Freund. »Hier, ist das nicht euer Ermordeter?«

Krüger wollte schon Stellung zu *mein* und *dein* beziehen, als Carmen ihm das Foto wieder wegnahm. »Moment, den kenne ich doch. Warte mal.«

Sie ließ die Folge von *Inspector Barnaby* in rascher Geschwindigkeit zurücklaufen und hielt den Film wieder an. »Hier, das ist er doch, oder?«

Auf dem Bildschirm war klar und deutlich zu sehen, wie Wolfgang Winkler vor einem großen Gutshaus mit einer Harke Laub zusammenfegte.

16

Freitag, 5. November 2010 – Oxford

Auf dem Gang zu den Verhörzimmern stieß Blackmore mit einem Mann mittleren Alters zusammen.

Rosie, die ihrem Chef folgte, konnte ihren raschen Schritt gerade noch stoppen, bevor sich ein Auflaufunfall ereignete.

»Was machen Sie denn hier?« fragte der DCI.

»Ich hoffe auf Aufklärung«, sagte der Mann im Parka.

»Tun wir das nicht alle unser ganzes Leben lang?« fragte Moreland, der seinem Vorgesetzten gefolgt war.

»Vor allem hoffe ich, etwas über den Verbleib der Juwelen zu erfahren«, sagte Frederic Star.

»Das ist Mr Star«, erklärte Rosie.

»Ich weiß«, sagte Blackmore. »Ist ja nicht zu übersehen.«

Star blickte niedergeschlagen zu Boden; Rosie sah ihren Chef vorwurfsvoll an. »John, das mußte wirklich nicht—«

»Ich meine den Mantel. Außerdem kennen wir uns schon. Übernimm du das mal, Rosie«, sagte Blackmore. »Zimmer 2.« Er klang wie ein Hotelportier.

Rosie widersprach dem DCI ungern, aber dieses Mal fand sie die anstehende Aussage des Antiquars interessanter. »*Sorry*, aber …«

»Oh«, sagte Star, der sich wieder angesprochen fühlte. »Ihnen stehe ich genauso gerne zur Verfügung.«

Sein Lächeln war tatsächlich ziemlich unwiderstehlich, fand Rosie. »Gut, dann kommen Sie mal mit, Mr Star.«

Blackmore nickte befriedigt und ging zu einer mit »1« beschrifteten Tür. Drinnen saß, den Kopf in den Händen vergraben, Donald Morgan. Vor ihm auf dem Tisch stand ein Mahagoni-Kästchen gleicher Größe wie dasjenige, das Star DS Thompson überlassen hatte. Müde blickte Morgan auf. »Morgen. Etwas Neues? Haben Sie den Täter?«

»Noch nicht. Wir beschäftigen uns erst einmal mit naheliegenderen Dingen. Können Sie die kleine Kiste mal öffnen?«

»Geht nicht. Den Schlüssel dazu habe ich nicht. Es ist ja nicht meine Kiste.«

»Woher wissen Sie das?«

Morgan deutete auf die linke untere Ecke. »Hier. Die ist normalerweise abgestoßen, und jetzt sieht sie wieder wie neu aus.«

»Darf ich?« fragte Blackmore und besah sich das kleine Schloß. »Moment, ich bin gleich wieder da.«

Der uniformierte Beamte an der Tür, der das Gespräch interessiert verfolgte, trat zur Seite, so daß der DCI wieder hinausgehen konnte.

Morgan seufzte und vergrub sein Gesicht erneut in den Händen.

Wenig später kam Blackmore zurück, gefolgt von Harry Ness. »Mach mal«, sagte er nur.

Morgan sah aufmerksam zu.

»Abrakadabra«, sagte Ness, streckte seine Arme aus und ließ beide Hände waagerecht über dem Kästchen schweben. Dann zauberte er einen kleinen Schlüssel aus seiner eben noch leeren rechten Hand und schloß auf. *»Voilà.«* Er drehte die Hände um. Beide Handflächen waren leer. »Das sein eine französische *truc. Au revoir.*«

Blackmore lachte und wartete, bis sein Kollege den Raum wieder verlassen hatte. Anschließend öffnete er den Behälter. Drinnen lagen, wie in einer Schatzschatulle im Märchen, ein paar Perlenketten, alte Ringe mit Edelsteinen und längst aus der Mode gekommenem Schliff, einige goldene Armbänder, zwei größere Gemmen, deren geschnittene Edelsteine Frauenporträts zeigten, eine Rolex, die hier seltsam fehl am Platz aussah, und einige Münzen.

Morgan war aufgestanden und hatte sich neben Blackmore gestellt. »Das ist ja ein furchtbares Sammelsurium.«

»Davon verstehen wir beide nichts«, sagte der DCI. »Was wollten Sie denn mit dem Kästchen?«

»Gar nichts«, sagte Morgan. »Gehört mir doch nicht. Das ist doch vermutlich der Kram, den Adams in unseren Safe tun wollte.«

»Und wieso ist dann Ihre Kiste bei Star gelandet?«

»Beide Behälter standen in der Küche nebeneinander. Adams suchte den Safeschlüssel, den er nicht fand, weil einer verlorengegangen war und der andere in meiner Jackentasche steckte. Da hat er wahrscheinlich Star ein Kästchen mitgegeben, um sicherzustellen, daß dem Schmuck über das Wochenende nichts passieren würde. Leider hat er das falsche erwischt.«

»Okay«, sagte Blackmore, dem nichts Besseres einfiel. »Dann interessieren mich noch zwei Sachen. Erstens, warum sind Sie weggelaufen? Und zweitens, warum ist Ihr Mobiltelefon abgeschaltet?« Er räusperte sich. »Drei Sachen. Und was wollten Sie mit den zwanzigtausend Pfund anstellen?«

»Einen Tee?« Rosie sah ihr Gegenüber fragend an.

»Ein Cappuccino wäre mir lieber«, sagte Star.

»Gibt's hier unten nicht«, sagte Rosie. »Momentan wenigstens nicht. Der Automat ist mal wieder kaputt. Ich hole Ihnen einen guten soliden schwarzen Kaffee aus der Thermoskanne.«

Kurz darauf kam sie mit zwei dampfenden Pappbechern zurück. »Bitte, ist immerhin heiß.«

»Zucker?« war Stars Antwort.

»Jetzt ist aber mal gut«, sagte die Sergeantin. »Das ist schließlich kein Café hier.«

»Wäre doch nicht schlecht«, sagte der Mann. »Den besten Cappuccino in der Stadt gibt es nur in ›The Handcuff‹, St Aldate's.«

Rosie lachte. »Ist Handschelle wirklich das erste, was Ihnen bei der Polizei einfällt?«

»Ist doch naheliegend.« Er nippte an seinem Kaffee, stellte aber den Pappbecher sofort zurück. »Zu heiß.«

Rosie hatte ihre Amtsmiene aufgesetzt, wie James das nannte. »Sie wollen etwas zum Verbleib der Juwelen wissen und ich etwas zu Ihnen und Adams. Fangen wir mal damit an. Mir ist aufgefallen, daß sich Adams schon rein äußerlich von Morgan ziemlich unterscheidet. Adams sah gar nicht aus wie ein Antiquar, jedenfalls nicht, wie man denkt, daß einer aussehen müßte.«

Star nickte. »Kann man wohl sagen. Donald wirkt wie typische joviale, schon leicht zu alte Geschäftsinhaber, egal, ob es Bücher, CDs oder alte Möbel sind, die er verkaufen möchte. Adams dagegen …« Er wischte sich kurz mit der Hand über sein Gesicht und mußte sich anschließend mehrfach räuspern. »Adams war irgendwie«, er schwieg und überlegte. Dann fuhr er fort: »Ganz anders. Manieren, Auftreten, Sprache – wenn man mal von seinem deutschen Akzent absah, den er einfach nicht loswurde –, Kleidung. Adams gehörte einer anderen Klasse an, derjenigen, deren Angehörige *innerlich* ein Gentleman sind und das nie zeigen würden. Er war einfach einer.«

»Nett«, sagte Rosie. »Aber das führt uns immer noch nicht zu seinem Mörder. Und letztlich sitzen wir doch deswegen hier, oder?«

Star nickte wieder. »Könnte man so sagen. Wissen Sie, wo ich suchen würde?«

»Na los, ich warte.« Blackmore war ungeduldig. Zwanzigtausend Pfund waren kein Pappenstiel, aber ob das mit dem Mord an Adams zu tun hatte? Er bezweifelte es.

Morgan sah ihn verzweifelt an. »Zwanzigtausend Pfund sind kein Pappenstiel. Ich hatte das Geld besorgt …«

Blackmore hatte *besorgt* gehört und berufsbedingt mißverstanden. »Besorgt?« fragte er.

»Von meinem Konto abgehoben«, beruhigte ihn der Antiquar. »Ich habe Kontakt zu einer, in Ihren Kreisen würde man wahrscheinlich sagen: *dubiosen* Bücherquelle, aus der ich das zweite Buch von Aristoteles' *Poetik* erwerben kann, mit seinen Bemerkungen zur Komödie.«

»Ich denke, die ist verschütt gegangen?« Blackmore hatte erst kürzlich *Der Name der Rose* wiedergesehen und erinnerte sich, daß seit dem Altertum jeder Büchernarr, der etwas auf sich hielt, diesen Teil der *Poetik* zu finden hoffte.

»Das nehme ich auch an, aber der Sammler hat mir eine Seite gezeigt, die einen Teil der ins Arabische übersetzten Poetik enthielt, und gesagt, der Rest sehe genauso aus.«

»Und das haben Sie geglaubt?«

»Wenn man dreißig Jahre seinem Beruf nachgeht und ein mehr oder weniger schlechtes Auskommen hat, dann wäre so ein Fund doch das Größte, oder? Außerdem war der Sammler sehr seriös. Ich habe vor vier Wochen einen Marlowe-Text von ihm erworben, den ich kurz darauf mit großem Gewinn weiterverkauft habe.«

Wunderbar, dachte Blackmore. Er kannte das Muster. Der Teppichhändler oder der Bücherverkäufer oder der Schmuckdieb verkaufte ein echtes Teil, um hinterher bei dem falschen den größtmöglichen Gewinn zu machen. Sollte er Morgan aufklären? Aber Illusionen waren auch etwas wert im Leben; zumindest schulten sie die eigene Phantasie. »Ist auch nicht so wichtig. Woher hatten Sie eigentlich die zwanzigtausend Pfund?«

»Von Adams«, sagte der Antiquar geradeheraus. »Jerry hat sie mir angeboten und sie auch nicht zurückhaben wollen. Er sagte nur, wenn ich es hätte, wolle er auch einen Blick in Aristoteles' Buch werfen.«

»Ihr Mitarbeiter war ja wohl ziemlich flüssig, oder?«

»Ich glaube schon«, sagte Morgan. Pause.

Blackmore wartete. Als aber nichts kam, fragte er: »Wollen Sie etwas trinken? Kaffee vielleicht?« Da das Spiel *Good cop, bad cop* einen zweiten, momentan nicht vorhandenen Detective erforderte, beschränkte er sich auf den *good cop*.

»Nein, danke. Der Gedanke an die Qualität von amtlichen Getränken löst bei mir immer Unbehagen aus.«

Blackmore grinste. Das war zumindest ehrlich.

»War es das?« fragte Morgan. »Oder kann ich jetzt gehen?«

»Sie müssen mir noch meine Fragen vollständig beantworten. Telefon?«

»Wie …? Ach so. Das ist einfach zu erklären. Ich habe ein Handy ohne Vertrag, und mein Guthaben ist aufgebraucht. Wegen der Geschichte mit Jerry bin ich noch nicht dazu gekommen, es wieder aufzuladen. Also war es ausgeschaltet.«

Eine wunderbare Formulierung, fand Blackmore, *Guthaben aufladen*. Das klang so ähnlich wie bei den Katholiken vor der Beichte. »Klingt einleuchtend. Und warum sind Sie dann weggerannt?«

»Nicht direkt gerannt«, sagte der Antiquar. »Sie hatten oben doch noch zu tun, wo Jerry lag …« Jeder Gedanke an den Toten schien bei allen Beteiligten die gleiche Reaktion auszulösen: die Tränenschleusen wurden geöffnet. Tatsächlich holte Morgan ein gebrauchtes Taschentuch aus einer Hosentasche und trocknete eine einsame Träne. »Ich wollte nur noch weg. Weg aus dem Laden, weg von Jerry, weg von Ihnen …« Eine zweite Träne folgte.

»Weg aus Ihrem Leben, nicht wahr?« *Good cop* war schon eine nette Rolle.

Morgan nickte. Eine dritte Träne aus seinem linken Auge nahm langsam ihren Weg nach unten. »Kann man so sagen.« Er suchte eine trockene und gleichzeitig noch saubere Stelle an seinem Taschentuch. Es dauerte, bis er eine fand. Schließlich tupfte er das Auge trocken und zur Sicherheit auch gleich noch das andere.

»Gut.« Blackmore sah auf die Uhr. »Sie können gehen, halten sich aber zu unserer Verfügung.«

Morgan sah ihn ungläubig an. »Ohne zu wissen, wo mein Geld ist? Star ist damit doch schon längst über alle Berge.«

Ein leises Lächeln umspielte Blackmores Lippen. Sein Eindruck stimmte; ein guter Menschenkenner war der Antiquar wirklich nicht. Auf einen dubiosen Verkäufer hereinzufallen und den Mann im Parka für einen Dieb zu halten – da mußte man schon ziemlich blind durchs Leben laufen. »Das glaube ich nicht.«

»Sie meinen, es gibt Anlaß zur Hoffnung?«

»Den gibt es immer«, sagte der DCI, der ansonsten theologischen Gesprächen aus dem Weg ging. »Ich will Sie aber nicht länger mit der Spannung foltern: Star sitzt nebenan, und das Kästchen mit dem Geld liegt bei der Spurensicherung. Von dort bekommen wir es aber bestimmt jeden Moment zurück, falls die Kollegen es noch nicht ausgegeben haben.«

Morgan sah ihn alarmiert an. »Wie – ausgegeben?« Als Blackmore zu lachen anfing, begriff er. »Keine üblen Scherze bei einem alten Mann, bitte.« Er drehte sich um und wollte zur Tür gehen.

»Einen Moment noch.« Blackmore hatte mal eine Dokumentation über seinen großen amerikanischen Kollegen Columbo gesehen, der bei weitem nicht so gut wie Adams gekleidet war. Der hellbraune Trenchcoat des Amerikaners sah immer schmuddelig und sehr getragen aus. Columbo hatte seine wichtigste Frage immer erst gestellt, wenn das Gespräch mit dem jeweiligen Verdächtigen eigentlich schon vorbei war – eine interessante Verhörtechnik, die Blackmore sich gemerkt hatte. »Wohin haben Sie eigentlich Adams' deutschen Reisepaß gelegt?«

»Was meinen Sie?«

»Diesen alten roten Ausweis, der bei Ihnen im zweiten Stock neben Adams auf dem Teppich gelegen hat.«

»Ach so.« Der Antiquar begann zu lachen. »Den hat Adams mir mal geschenkt. Das sieht nur so aus wie ein Paß – das ist mein Terminkalender mit Hülle. Ist mir wohl aus der Tasche gefallen, als ich nach Jerry gesehen habe.« Ein Griff zum Taschentuch folgte.

»Danke«, sagte Blackmore. »Noch etwas. Wissen Sie denn, wie Adams sein Vermögen erworben hat?«

»Erworben ist gut«, sagte Morgan. »Geschenkt bekommen hat er es, etwa eine Million Pfund. Von irgend jemandem aus Deutschland.«

Rosie sah Star gespannt an. »Wo würden Sie denn suchen?«

»Ich verrate Ihnen mal etwas. Und ehe Sie mich unterbrechen und mich fragen, warum mir das nicht eher eingefallen ist – es ist mir erst gerade wieder eingefallen.« Star wühlte in einer der beiden großen Außentaschen des Parka, bis er schließlich eine Tic Tac-Dose fand, die er der Sergeantin hinhielt. »Sie auch?«

»Danke«, sagte Rosie. »Mir ist schon schlecht.«

Das entlockte dem Journalisten ein müdes Grinsen, und er fuhr fort: »Jerry sagte, er habe sich für Sonntag mit jemandem verabredet, der ihm etwas von seiner Familie erzählen wollte.«

»Die kennt er doch, oder?«

»Nein. Jerry war ein deutsches Kind, das mit seinen Pflegeeltern in den sechziger Jahren nach London gezogen war.«

Rosie horchte auf. Gab es hier endlich eine Möglichkeit, den familiären Hintergrund des Mordopfers aufzuklären? »Was hat er Ihnen denn von sich erzählt?«

»Nicht viel. Ich habe nie herausgefunden, ob er sich geschämt hat, daß er keine eigene Familie hatte. Jerry hat bei Nachfragen irgendwann dichtgemacht und nur gesagt, seine Pflegeeltern seien herzensgute Leute gewesen. Sie hatten schon drei eigene Kinder, als sie ihn in Obhut genommen haben. Er wußte nicht, wer seine eigenen Eltern waren. Jede Nachfrage hätten seine Pflegeeltern abgeblockt.« Die Pfefferminzdose klapperte, als Star eine weitere kleine weiße Pille in die linke Handfläche fallen ließ. Er kaute, und das Pfefferminz splitterte überlaut in seinem Mund.

Rosie fand das scheußlich. Aber wenn das die einzige Marotte des Journalisten war … »Das ist alles?«

»Nein.« Eine zweite Pille folgte, die Star ebenfalls zermalmte. »Jerry erzählte vor dem Wochenende, als ich ihm die Kiste zur Aufbewahrung gab, er habe sich mit jemandem verabredet, der ihn über seine leibliche Familie aufklären wolle. Er war richtig aufgeregt. *Endlich eine konkrete Spur,* sagte er. Jerry hatte wohl schon selbst Nachforschungen angestellt. Geld genug hatte er ja.«

»Hat er gesagt, wo das Treffen stattfinden sollte?«

»Hat er.« Wieder klapperte die Dose, und Pille Nummer drei teilte das Schicksal der beiden anderen.

Rosie versuchte wegzuhören. »Wo denn?« fragte sie.

»Im Antiquariat nach Geschäftsschluß am Samstagnachmittag. An Ihrer Stelle würde ich mal die CCTV-Kameras der umliegenden Läden überprüfen.«

17

Freitag, 29. Oktober 2010 – Bonn

Krüger nieste. Wenigstens hatte Carmen keine Katze. Er war gegen Katzenhaare allergisch und verstand nicht, was Frauen an Katzen liebten. Katzen verschwanden grußlos des Nachts und stromerten draußen umher; Katzen kamen irgendwann wieder nach Hause und legten sich grußlos schlafen; Katzen konnten hemmungslos essen und grußlos die Überreste liegen lassen. Das alles waren Sachen, die auch auf Männer zutrafen. Nur bei Männern, da haßten die Frauen derlei Zeitvertreibe.

Wahrscheinlich hatte er sich gestern erkältet. Außerdem war er ausgesprochen sauer, was schon viel für einen ansonsten vornehm ruhigen Hamburger war. Seit drei Tagen stocherten sie im Nebel herum, warteten auf eine Eingebung oder hielten nach Verdächtigen Ausschau – die man bei dem Nebel sowieso nie finden würde.

Fast den gesamten Mittwoch hatten sein Team und er mit der Suche nach dem Besetzungsbüro von ITV zugebracht, nur um herauszufinden, daß je nach Staffel ein anderer Produzent verantwortlich zeichnete. Wie also Wolfgang Winkler in die seit 1997 laufende britische Dauerserie von *Midsomer Murders* gelangt war, entzog sich nach wie vor Krügers Kenntnis.

Am Donnerstag hatte sich Krüger nochmals in die Schule nach Rheinbach begeben, um die noch fehlenden Mitglieder des Lehrerkollegiums zu befragen – ohne Ergebnis. Marcel Manus war krank und unter seiner privaten Telefonnummer nicht erreichbar, was er auch nicht mußte, wenn er krank war. Der Kommissar vertraute seinem Bauchgefühl: Manus war wahrscheinlich nicht der Täter. Langenargen würde ihm sicher eine Begründung für dieses »Gefühl« abverlangen, aber das hatte Zeit.

Genauso unergiebig war das Gespräch mit Winklers Hausbank gewesen. Nein, es gab keine auffälligen Kontenbewegungen in den Tagen vor seinem Tod. Ja, er hatte eine gute Million in Immobilienfonds angelegt.

»Wie bitte?« hatte Krüger gefragt. »Eine Million?«

Der Regionaldirektor der Sparkasse KölnBonn hatte das bejaht. Aber wie um alles in der Welt hatte Winkler sein Geld ausgerechnet der Dorfbank ohne Bindestrich anvertrauen können, hatte sich Krüger gefragt, der aus Hamburger Zeiten nur Privatbanken für würdig hielt, Summen von mehr als fünf Stellen vor dem Komma in Obhut zu erhalten. Aber wahrscheinlich tat er dem freundlichen und sichtlich um Mithilfe bemühten Banker Unrecht.

Woher der Schotter stammte, wußte der Regionaldirektor allerdings auch nicht. Das Geld sei vor mehr als zehn Jahren – »vor der neuen EDV-Umstellung, wissen Sie« – eines Tages auf Winklers Konto gelandet. Der Banker hatte versprochen, im Archiv nach dem Beleg des Geldeingangs zu suchen.

Krüger grübelte und grübelte. Hatte er etwas übersehen? Würde er im Nachhinein sagen müssen: »Das war es gewesen, und weil ich es nicht erkannt habe, ist der Mörder entkommen?«

»Du siehst ja düster aus.«

Krüger schreckte aus seinen Gedanken auf.

Carmen war aus dem Schlafzimmer gekommen und setzte sich neben ihn. »Keine Spur? Nichts?«

Er schüttelte den Kopf und überlegte gleichzeitig, ob er besser hätte nicken müssen, um die schwierig gestellte Frage zu bejahen.

»Soll ich dir helfen?«

Solche Angebote konnte man nicht abschlagen. Krüger nickte dieses Mal. »Furchtbar gerne.« Er klopfte auf den freien Platz neben sich auf der gemütlichen Couch.

Seine Freundin setzte sich neben ihn und zog die Füße unter sich. Ihr knielanger dunkelroter Rock war etwas hochgerutscht und erlaubte einen etwas ausführlicheren Blick auf ihre langen Beine.

Krüger ließ vorsichtig eine Hand ein Bein vom Knie an aufwärts wandern.

»Später«, sagte Carmen freundlich. »Wir wollten doch nachdenken. Außerdem zerknittert der Rockstoff, was ich jedes Mal vergesse, wenn ich ihn anhabe.« Sie streckte die Füße wieder aus und setzte sich gerade hin. »Wo war ich stehengeblieben?«

Krüger lachte. »Beim zerknitternden Stoff.«

»Bei Stoff fällt mir euer Toter wieder ein. Der hatte doch auch so teuren Stoff an. Hattest du nicht etwas von London gesagt?«

»Saville Row«, sagte Krüger. »Sagte jedenfalls der Hausmeister, sagte Markus.«

»Wer jetzt?«

Dieses Mal hatte Krüger allerdings keine Lust auf ein Stilspiel mit seiner germanistisch versierten Freundin und reagierte nicht.

»Habt ihr das überprüft? Etiketten und so?«

»Nein!« Krüger schlug sich mit der flachen Hand gegen die Stirn. »Ich wußte, ich hatte etwas übersehen. Ich muß mal telefonieren.« Er nahm sein Mobiltelefon vom Tisch und ging ans Fenster. Dort war etwas besserer Empfang, obwohl das Poppelsdorfer Schloß, das man von dort aus zum Teil sehen konnte, in der Einflugschneise des Mobilfunksenders lag.

»Ich bin's. Hast du den Bericht der Spurensicherung zur Hand? – Super. Steht was zur Kleidung des Toten drin? – Genau, das meine ich. – Aha. Nur Größenangaben. Sonst nichts? – Schade. Dann läßt sich eben nichts machen.«

Carmen hustete und bedeutete Krüger, daß sie etwas sagen wollte.

»Warte mal eben«, sagte Krüger zum Telefon.

»Frag ihn mal, ob in einem Kleidungsstück, vielleicht in der Hose oder im Sakko, so Stoffetiketten sind«, sagte Carmen.

»Sind irgendwo so Stoffetiketten? – Wie, woher du das wissen sollst? Indem du vielleicht mal nachguckst? Ruf mich bitte sofort zurück, wenn du was hast.« Krüger kam zur Couch zurück und ließ sich auf seinem Platz fallen. »Immer kann man alles selber machen.«

Das Mobiltelefon klingelte.

»Ja, ich bin's. – Aha. Kannst du mir das diktieren?«

Carmen schob ihm die Tageszeitung und einen Kugelschreiber hin.

»Moment, buchstabier das mal.« Krüger schrieb Druckbuchstaben auf den Rand, während die Zeitung langsam wegrutschte. »Danke.« *Bastian E. Hofoss* war in Krügers viel zu kleiner Schrift zu lesen.

»Kenne ich nicht«, sagte Carmen.

»Herrenschneider«, sagte Krüger.

»Kenne ich«, sagte Carmen und kicherte.

»Verstehe ich nicht. Was denn jetzt?« fragte Krüger.

»Du mußt nur gut zuhören. Dann verstehst du alles.«

Krüger mochte eigentlich Denkspiele, aber heute paßte das alles nicht. Mit erkältetem Kopf ließ es sich auch nicht so gut denken. Er holte ein frisches Papiertaschentuch aus seiner rechten Jeanstasche und schneuzte sich lautstark.

»Ist es schon ansteckend?« fragte Carmen.

Krüger grummelte irgend etwas in seinen Drei-Tage-Bart.

»Ich erklär's dir. Herrn Hofoss kenne ich nicht, wohl aber den Beruf des *Herren*schneiders, auch wenn er nur Stoff zerschneidet.« Sie kicherte wieder.

Krüger seufzte. Manchmal war seine Freundin anstrengend. Er sah auf die Uhr. Neun Uhr. Langenargen würde wahrscheinlich beide Augenbrauen hochziehen, wenn er wieder nicht zur morgendlichen Lagebesprechung erschien. Andererseits wußte sein Chef, daß Krüger dann in der Regel mit Wichtigerem beschäftigt war.

»Paß mal auf«, sagte Carmen und machte eine bedeutungsvolle Pause.

Krüger kannte derlei Sätze, die eine Aufforderung enthielten und plötzlich aufhörten, damit man selber denken mußte, noch von seiner Mutter. Dann fuhr Carmen aber doch fort.

»Du fährst jetzt nach Rheinbach und redest noch einmal mit dem Direktor. Oder du gehst zum örtlichen Jugendamt und erkundigst dich, wie Pflegekinder vermittelt werden. Oder du putzt die Wohnung.«

Krüger sah sie entsetzt an.

»Kleiner Scherz. Ich gehe jetzt jedenfalls arbeiten. Um zehn Uhr erwartet mich der Dekan.« Sie stand auf und verschwand im Badezimmer.

»Ich bleibe hier«, sagte Krüger zu sich selbst. »Und versuche herauszufinden, wo der Schneider Maß nimmt.«

Markus Schneider griff zum Handy und wählte. »Krüger, bist du's? – Kannst du mal kommen? – Poppelsdorfer Allee, im Haus von Winkler. – Ich habe, glaube ich, etwas entdeckt. – Okay, bis gleich.« Er steckte das Mobiltelefon wieder ein und betrachtete sinnierend die große Bücherwand, vor der er stand.

Wenig später ließ die Türklingel vier melodische Gongtöne hören, die Schneider bekannt vorkamen. Er lief die Treppe zum Erdgeschoß hinunter und öffnete die Haustür.

»Hast du das eben auch gehört?« fragte Krüger und trat ein. »Den Beethoven?«

»Ach das«, sagte Schneider. »Kam mir doch gleich bekannt vor. Man kann es auch übertreiben. Jedes Mal, wenn es klingelt, den großen Komponisten mit seinem größten Stück, für das vier Töne völlig ausreichen, zu hören – ich weiß ja nicht. Die Türklingel mit den vier Tönen von Big Ben in London ist doch viel besser. Da hört man sich nicht sofort satt.«

»Acht«, sagte Krüger.

»Wie – acht?«

»Es sind acht Töne, vier 'runter und vier wieder 'rauf, oder so ähnlich. Klingt noch schlimmer, wenn du das mehrmals am Tag hören mußt. Aber was ist denn eigentlich los?«

Schneider deutete an die Decke. »Im Wohnzimmer. Komm mal mit.«

Vor der Wand mit den vielen Bücherregalen hatte Schneider einen kleinen Papphefter auf den Teppich gelegt. Er besaß das übliche Querformat und schien der Aufbewahrung von Kontoauszügen zu dienen. Auf dem Umschlag stand *Dresdner Bank*.

»Den habe ich hinter dem alten *Meyers Konversations-Lexikon* von 1871 oder so gefunden.«

»Er war also versteckt?«

»Das glaube ich eigentlich nicht. Winkler ist ja ein sehr aufgeräumter Mann gewesen, wenn man den Schilderungen seiner Kollegen und dem Aussehen seiner Wohnung Glauben schenken darf.«

»Aber warum versteckt er das?« Krüger kratzte sich am Kopf.

»Hat er wohl nicht. Der kleine Ordner hat anscheinend auf dem Lexikon gelegen und ist irgendwann dahinter gerutscht. Es wäre genug Platz gewesen, um ihn hinter den Büchern *auf* das Regal zu legen. Aber er lehnte zum Teil gegen die dicken Bände.«

»Okay«, sagte Krüger. »Der Papphefter sollte sich also in Reichweite befinden. Was ist überhaupt drin?«

»Kontoauszüge«, sagte sein Kollege. »Der Eröffnungsauszug datiert auf den zweiten April 1996 und zeigt eine Einzahlung von einer Mark.« Schneider angelte sich die Seiten und blätterte. »Auf dem zweiten Auszug mit dem gleichen Datum ist eine Überweisung von einer Million *Deutschmark* vermerkt.«

Krüger pfiff durch die Zähne. Zahlen mit mehr als vier Stellen vor dem Komma nötigten ihm immer Respekt ab, dem er irgendwie Luft verschaffen mußte. »Ein Absender steht aber nicht dabei, oder?«

»Das wäre auch zu einfach. Dann müßten wir ja nur den Absender anrufen und fragen, warum er einem x-beliebigen Lehrer in der Eifel Geld schickt.«

»*Vor*eifel«, sagte Krüger, der mitbekommen hatte, wie wichtig es den Rheinbachern war, sich von ihren Verwandten in der Eifel wenigstens durch eine Vorsilbe abzuheben.

»Außerdem«, fuhr Schneider unbeeindruckt fort, »kriegen wir das sowieso raus, wenn wir die Bank anrufen. Warst du da nicht schon?«

»Nee«, sagte Krüger. »Das war nur die Konkurrenz. Und deine Bank gibt es seit dem letzten Jahr nicht mehr. Oder hast du den Wirtschaftsteil nicht gelesen?«

»Super. Wie willst du denn der Commerzbank irgendwelche Daten von Kunden der von ihr geschluckten Bank entlocken?«

»Großartig«, sagte Krüger, der mitgezählt hatte. »Ein Nominativ, zwei Genitive – ein schwacher mit *von* und ein richtiger –, ein Dativ und ein Akkusativ. Alle vier Fälle in einem einzigen Satz.«

Schneider sah ihn erfreut an. »Du findest meinen Stil gut? In echt?«

»Über Stil habe ich nichts gesagt. Nur über Grammatik.«

»Das reicht jetzt. Zumindest so lange, bis du Carmen wieder das Wasser reichen kannst, grammatisch, meine ich.«

Krüger gluckste. »Nicht Wasser, Wein.« Er sah seinen Freund leicht spöttisch an. »Da du einen Kontakt mit der Commerzbank vorgeschlagen hast, schlage ich vor, du packst den Stier bei den Hörnern—«

»Den Bullen, meinst du doch«, warf Schneider ein.

»Bank sagte ich, nicht Börse. Und du gehst selber hin, nachdem unser freundlicher Herr Staatsanwalt über einen der Richter einen Durchsuchungsbeschluß für die Bank erwirkt hat.«

»Echt? Muß das sein? Herr Jünger schon wieder?"

Krüger versuchte, wie ein Vorgesetzter zu gucken, so daß Schneider es vorzug, nur zu salutieren, auf dem Absatz kehrtzumachen und das Haus zu verlassen.

Der Kriminalhauptkommissar setzte sich auf den Teppich und betrachtete lange den kleinen Ordner. Wo kam das Geld her? Und wieviel war davon noch vorhanden? Er blätterte die chronologisch sortierten Seiten durch. Der letzte Auszug trug das Datum 31.12.2001 und wies einen Saldo von EUR 40,78 auf.

Die Million aber war verschwunden.

18

Freitag, 5. November 2010 – Oxford

»Wer um Himmels willen schenkt denn jemandem in Großbritannien Geld? Die brauchen doch selber jeden Euro in Deutschland – wenn sie dauernd im Süden die Banken retten müssen.« Blackmore war wirklich verwundert über soviel Altruismus.

»Noch nie etwas von freigiebigen Philantropen gehört?«

Morgan merkte man an, daß er als Antiquar belesen war. Das betraf aber hauptsächlich alte Bücher; jedenfalls verwendete er Fremdwörter aus seinem reichen literarischen Schatz, die etwas aus der Mode gekommen waren. Mit *Sponsor* wäre er überall verständlich gewesen, dachte Blackmore. »Doch schon«, sagte er. »Aber über Kontinente hinweg?«

»Sir«, der Beamte an der Tür räusperte sich. »Wenn ich etwas sagen darf?«

Blackmore blickte auf, was der Polizist als Aufforderung interpretierte.

»Das Vereinigte Königreich gehört zu Europa. Auch wenn es eine Insel ist.«

Morgan verbiß sich ein Grinsen.

Der Polizist an der Tür setzte nach. »Spenden aus Europa sind also innerkontinentale Geldflüsse und—«

»Danke«, sagte Blackmore. »Sie sollen doch eigentlich nur aufpassen und nicht mitdenken, oder?«

»Sorry, Sir. Kommt nicht wieder vor.«

Morgan grinste erneut. »Eigentlich ist Mitdenken doch positiv *konnotiert*, oder?«

Der DCI sah etwas verzweifelt aus. »Können wir vielleicht einfach weitermachen, bitte?« Er räusperte sich. »Was wissen Sie über die, sagen wir mal, ehe wir mehr wissen, *Zuwendung* eines mildtätigen Herzens?«

»Jerry hat mir nur erzählt, und das ist sicher fünfzehn Jahre her, damals arbeitete er noch nicht im Geschäft, daß er eine Überweisung von etwas über einer Million Pfund bekommen habe. Und da ich nicht zu den Schnorrern gehöre, habe ich das nur zur Kenntnis genommen und nicht wieder erwähnt. Das wiederum muß Jerry gefallen haben, der mir immer mal wieder kleinere Beträge hat zukommen lassen, wenn die Geldzuflüsse, Bücher betreffend, zu versiegen drohten.«

»Hat er sich nicht erkundigt, wo der Betrag herkam?«

»Doch«, sagte Morgan. »Seine Bank sei aber nur bis zu irgendeinem Anwalt in Deutschland gekommen, der sich auf seine Schweigepflicht berufen habe. Jerry hat das dann nicht weiter verfolgt.«

Blackmore sah auf die Uhr. Schon halb zwölf. Viel weiter war er nicht gekommen. Er räusperte sich erneut. Möglicherweise hatte er sich gestern doch erkältet – nur mit Lederjacke zum Pub zu gehen, war in dieser Jahreszeit vielleicht doch nicht mehr angebracht. »Was hat Mr Adams denn mit dem Geld angefangen?«

»Keine Ahnung«, sagte der Antiquar. »Das Haus in Abingdon gekauft, glaube ich. Und den Betrag ansonsten sinnvoll angelegt.« Er sah an die Decke. »Ziemlich sinnvoll, denke ich. Vor zwei Monaten sprach Jerry mal von inzwischen drei Millionen auf der Bank. Vielleicht hat er aber auch noch mehr geschenkt bekommen.«

Blackmore schrieb eine Drei und sechs Nullen auf seinen Block. Daneben setzte er das Wort *Motiv*, gefolgt von einem Fragezeichen. Er stand auf. »Sie können gehen. Vielen Dank für Ihre Zeit. Wenn Sie vielleicht dafür sorgen könnten, daß Sie wieder auf Ihrem Handy zu erreichen sind?« Er nickte dem Beamten an der Tür zu, sagte noch »Nichts für ungut, Derek!« und ging in sein Büro im zweiten Stock zurück.

Rosie hatte Star nach Hause geschickt, der erst gegangen war, nachdem sie ihm versichert hatte, daß er nach Rückgabe des der Spurensicherung übergebenen zweiten Mahagoni-Kästchens sofort informiert werden würde. Jetzt stand sie mit Ronald Thompson vor dem Kaffeeautomaten und überlegte.

»Du hast nicht ganz so große Lust, die Geschäfte in und um die Turl Street aufzusuchen und nach CCTV-Aufnahmen zu fragen, oder?«

»Sieht man mir das so an?«

»Weißt du was? Etwas frische Luft tut mir bestimmt gut; wir machen das zusammen.«

Thompson nahm seine nachlässig über die Lehne seines Schreibtischstuhls geworfene schwarze Jacke und schloß die Tür. Vor dem Gebäude mußte er sich mit Rosie einen Weg durch eine große Gruppe von Schülern bahnen, die sich unter einem der beiden aufgehängten Schilder am Haupteingang der Polizeiwache gegenseitig fotografierten. »Ich finde, der Besuch von Schulklassen sollte auf meine Ferien begrenzt werden. Dann bin ich nämlich nicht hier. Und außerdem führen Auslandsaufenthalte nur zur Bestätigung von gegenseitigen Vorurteilen, wie man an meinen Ausführungen leicht merken kann.« Er lächelte Rosie an.

Die junge Sergeantin hatte nichts gegen Flirtversuche, aber eigentlich mußte Thompson wissen, daß sie zur Zeit in festen Händen war. Also sagte sie nur: »Wenn man noch keine Urteile hat, schweigt man besser, Ronald.«

Thompson sah sie von der Seite an und ging ohne weitere Worte neben ihr her. An der Kreuzung beim Carfax Tower klingelte vor der Filiale der Edinburgh Woolen Mill das Mobiltelefon der jungen Sergeantin.

»Wir sind auf dem Weg in die Turl Street, John. – CCTV. Kann doch sein, daß der Täter irgendwo festgehalten worden ist. – Auf Film, meine ich.« Sie hörte längere Zeit zu und steckte dann etwas abrupt das Telefon wieder ein. »Meine Güte, hatte der eine Laune.«

»Was ist denn?« fragte Thompson vorsichtig, der nicht als neugierig erscheinen wollte.

»Ach, ich habe einen Vortrag über die Sicherheitspolitik unserer Regierung erhalten. Wenn alles konsequent umgesetzt werden würde, was sie vorhätte, dann müßte allen Ausländern nur ein Chip beim Betreten des englischen Bodens eingepflanzt werden, und man könnte sich alle Verbrecherjagden sparen. Und sinnvolleren Beschäftigungen nachgehen. Und Bewegungsprofile gäbe es gratis. Oder so ähnlich.«

»Hat er das ernst gemeint?«

»Weiß ich nicht. Wahrscheinlich ist er nur frustriert, daß wir nach drei Tagen nichts in der Hand haben. Und er ist urlaubsreif: Zuletzt war er Anfang letzten Jahres weg, eine Woche Cornwall, glaube ich. Weißt du was?« Rosie konnte jedes Thema bei Bedarf sofort wechseln. »Jetzt gehen wir ins ›Missing Bean‹ und trinken einen anständigen Kaffee. Vielleicht fällt uns dann etwas ein.«

Blackmore studierte das vor ihm liegende Blatt. Oben hatte er »Bernhard ›Jerry‹ Adams« geschrieben, darunter die Namen derjenigen, die ihn gekannt hatten. Mit seinem Füller setzte der Detective »deutscher Wohltäter« darunter. Er fuhr sich mit der Hand durch sein immer noch volles Haar und sah auf den an der Wand hängenden Kalender mit Bildern südfranzösischer Geschäfte, den er aus einer Laune heraus im Januar als preisreduziert gekauft hatte. Vielleicht war die Provence ein lohnenderes Reiseziel als Cornwall. Sein Blick fiel auf den rot umkringelten dreizehnten November, für den er mit Julie King, geschiedene Boulton, nach ihrer Rückkehr verabredet war. Mist, noch acht Tage. Er seufzte.

Es klopfte. Gleich darauf ging die Tür auf, und Moreland kam herein. Er ließ sich in einen der Besucherstühle fallen. »Ich weiß, wo es liegt.«

Blackmore stand der Sinn nicht nach Plänkeleien. Demonstrativ sah er auf die Uhr und sagte: »Ich muß gleich weg. Wenn es wichtig ist, dann sag es. Wenn es unwichtig ist, dann kannst du wieder gehen.«

»*My goodness.* Was ist dir denn über die Leber gelaufen?« Als Blackmore nicht reagierte, fuhr Moreland kurz angebunden fort. »Ich habe mich um die Lokalisierung von Warendorf gekümmert.

Du weißt doch, die Ansichtskarte aus Adams' Haus in Abingdon. Liegt bei Münster. Ziemlich genau zwischen Rotterdam und Magdeburg. Eine Höhe auf der Karte jedenfalls. Hier.« Er stand auf, warf seinem Vorgesetzten einen Computerausdruck mit einem großen, per Hand gezogenen Filzstiftkreis auf den Schreibtisch und ging wieder, nicht ohne die Tür zu knallen, was bei Linoleum im Flur und Teppichboden in Blackmores Zimmer etwas schwieriger war und mehr Kraft erforderte.

Gleich darauf klopfte es erneut. Dieses Mal kam Harry Ness zur Tür herein und setzte sich, ebenfalls ohne Aufforderung. In der Hand hielt er die zusammengefaltete Tageszeitung, die er umständlich auseinanderfaltete.

»Wolltest du sie hier lesen?« fragte Blackmore.

Ness schüttelte den Kopf, klappte das Blatt so zusammen, daß eine Überschrift auf der Mitte einer Seite gut zu lesen war, und warf es seinem Chef zu. »Lies mal. Hat mir Fred gerade gegeben.«

Der wieder aufgewärmte Bericht der *Oxford Mail* von der Titelseite über den Mord an Jerry Adams war im Blattinneren fortgesetzt worden. Dieses Mal wurden die Leser aufgefordert, sich an der Mörderjagd zu beteiligen und wichtige Beobachtungen zu melden. Der Artikel endete mit einer Telefonnummer.

»Das ist doch unsere Nummer, oder?« fragte Blackmore.

»Das ist sie«, bestätigte Ness. »Das ist aber das normale Verfahren, wenn unsere Pressestelle Kontakt zur Presse herstellt.«

Blackmore überging die etwas einfallslose Wortwahl seines Kollegen. »Bei Anrufen nach solchen Aufforderungen ist noch nie etwas herausgekommen. Rentnerinnen melden verdächtige Paketboten, hysterische Studentinnen kriegen keinen ganzen Satz heraus, wenn sie telefonieren, und einkaufenden Hausfrauen sind irgendwelche Tüten geklaut worden.«

»Nur die Herren der Schöpfung sind immer vernünftig, oder?«

Blackmore merkte, was er gesagt hatte, und überlegte, ob dreißig Jahre bei der *force* ein etwas einseitiges Weltbild nach sich zogen. Wahrscheinlich war er nur müde.

»Jedenfalls«, fing Harry Ness an.

»*Jedenfalls* möchte ich in diesem Leben nicht mehr hören«, sagte Blackmore. »Mensch, red doch einmal vernünftig!«

Ness sah seinen Chef an und beschloß, Blackmores Laune zu übersehen. »Gleichwohl«, sagte er und machte eine kleine Pause, damit seine Eloquenz bewundert werden konnte. »Wir haben vier in etwa gleichlautende Anrufe mit der Beschreibung einer merkwürdigen Person, die am Samstag vergangener Woche in der Turl Street und Umgebung gesehen worden ist.«

»Sollen wir jetzt auch noch nach bunten Vögeln suchen?« Blackmore sortierte die Papiere auf seinem Schreibtisch.

»Es kann doch sein ...«

»Könnte«, murmelte Blackmore.

»Daß die Sichtung etwas mit unserem Mord zu tun hat«, fuhr Ness unbeirrt fort. »Willst du die Beschreibung hören?«

Der DCI nickte ergeben. Er faltete die Hände auf der Schreibtischplatte und betrachtete seinen Kollegen.

»Ich fasse mal die Anrufe zusammen: helle Hose, Mokassins, helle Jacke, gemusterter Schal, Strohhut, Zigarre – das hätte die Person getragen.«

»Wenn sie etwas angehabt hätte«, sagte Blackmore.

Ness starrte ihn verständnislos an. »Aber hat sie doch.«

»Das *habe* die Person getragen«, sagte der DCI. »Die entsprechende Regel kannst du gerne nachschlagen.«

Jetzt war Ness beleidigt. Er verschränkte die Arme und sagte: »Jetzt sage ich gar nichts mehr.«

»War nicht so gemeint. Aber ich predige euch seit Jahren, die Polizei muß auch sprachlich ein Vorbild sein. Lassen wir das. Derjenige, den die Anrufer gesehen haben wollen, hat also ausgesehen wie Leon Redbone?«

Harry Ness, der sich in der Rockmusik besser auskannte, sagte: »Wie wer?«

Blackmore, der fand, es müsse immer Zeit für musikalische Abschweifungen geben, klärte ihn über den kanadischen Sänger auf, der seit 1972 mit seiner Gitarre und den Vaudeville-Liedern der zwanziger und dreißiger Jahre auftrat – stets mit Strohhut. »Lohnt sich«, fügte er hinzu. Dann stutzte er und legte seine Stirn in Falten. »Zigarre, sagst du? Die habe ich bei diesem Fall doch schon einmal irgendwo gerochen.«

Rosie hatte sich mit Thompson hinter das beschlagene rechte Fenster des »Missing Bean« gesetzt und nippte an ihrem viel zu heißen Cappuccino. Thompson rührte unentschlossen in seinem Dirty Chai Latte.

»Schmeckt er nicht?« fragte die Sergeantin.

Der junge Polizist hatte das Getränk nur wegen seines Namens bestellt, fand aber, daß die Kombination von gewürztem Schwarztee mit Espresso nicht so ganz seinen Geschmack traf – *weiß nich'* war immer noch die unverfänglichste Antwort. »Weiß nich'«, sagte er daher.

»Mischgetränke waren noch nie mein Fall. Nur bei Cola mit Whisky habe ich zu Studienzeiten eine Ausnahme gemacht.«

»Ehe der Smalltalk sich ausweitet«, sagte Thompson, »fangen wir lieber mit den heutigen Aufgaben an. CCTV.« Er sah sich um. Neben dem Tresen klebte eine einsame Kamera an der Wand. Das Ende des von ihr wegführenden Kabels schwebte in der Luft.

Rosie war seinem Blick gefolgt. »Hat vielleicht WLAN.«

Thompson schüttelte den Kopf. »Glaube ich nicht. Das ist ein älteres Modell, eines, das nur mit Kabel funktioniert. Und ob der Feuermelder an der Decke intakt ist, bezweifle ich. Wir können das ja mal testen.« Er griff in die rechte Außentasche seines Jacketts und holte eine Schachtel Montechristo Minis heraus, die er auf den kleinen Tisch zwischen ihnen legte.

Wie aus dem Nichts erschien der junge Mann mit blauem Pulli und Sechs-Wochen-Bart, der die ganze Zeit hinter der Theke mit der Kellnerin geredet hatte, neben dem jungen Beamten. »Hier wird nicht geraucht. Und draußen vor unserem Laden auch nicht. Daß ihr Typen euch das überhaupt noch traut.«

Thompson hatte zwar seinen Kopf eingezogen, versuchte aber dennoch, unbeeindruckt auszusehen. »Ich hatte nicht vor, hier drinnen zu rauchen. Ich arbeite bei den UK Fire Service Resources und überprüfe mit meiner Kollegin hier die Rauchmelder im Zentrum.«

Der junge Mann hörte überhaupt nicht zu. »Das ist ja noch schöner, hier zu rauchen. Das hier ist ein freies Land, und wir haben uns dafür entschieden, daß nicht geraucht wird. Nirgends. Vorgestern dieser Typ mit der Zigarre und heute du.«

»Welcher Typ mit welcher Zigarre?« fragte Rosie. Gleichzeitig klingelte ihr Mobiltelefon wieder. »Hi, John. – Ja, ich weiß.« Sie seufzte. »Ja, es gibt auch andere Begrüßungsformen.« Sie hörte konzentriert zu.

Thompson und der junge Mann hörten ihr ebenfalls aufmerksam zu.

»Wie – mit Zigarre? – Okay, machen wir.« Rosie hielt dem Angestellten des »Missing Bean« ihren Ausweis entgegen. »Erzählen Sie das Ganze bitte noch einmal in Ruhe.«

19

Freitag, 5. November 2010 – Bonn

Konnte man von einem wohlverdienten Wochenende sprechen? Bestimmt nicht. Krüger hätte sich am liebsten irgendwo vergraben, wo ihn niemand fand und er die Welt sich selbst überlassen konnte. Seit Freitagmittag hatte sich Mißerfolg an Mißerfolg gehängt, was die Ermittlungen anging. Sein zweites Gespräch mit einer Bank war ein Desaster, wie er hinterher Carmen berichtete.

»Ich saß also dem Filialisten – oder wie auch immer sein Titel hieß – gegenüber, wenigstens war der noch deutsch, der Titel, meine ich, und nicht so ein angelsächsisches umgedichtetes *Chief Executive Irgendwas*. Und da sagt er nur: ›Das ist doch schon ewig her.‹«

»1996 nennt der *ewig her*?« fragte Carmen, die wie immer auf dem Laufenden beim aktuellen Fall von Krüger & Co. war.

»Das habe ich auch gesagt, und dann meinte er nur, die Aufbewahrungsfristen aller Kundenpapiere endeten nach zehn Jahren. Früher seien das mal dreißig gewesen, aber das sei ja nun zum Glück vorbei. Soviel Papier könne ja keiner in seinem Keller aufbewahren, und dann noch die neuen Bestimmungen des Brandschutzes … Ich hatte dann genug und bin wieder gegangen.« Krüger seufzte. »Der hatte aber auch keine Lust mehr am Freitagnachmittag; der wollte bloß noch ins Wochenende.«

Damit war also der Freitag gelaufen, und der Kommissar war frustriert ins Bett gefallen.

Der Samstagvormittag war aber auch nicht besser gewesen. Krüger war erkältet. Pflichtbewußt war er trotzdem nach Köln gefahren, um mit dem mittels Kleideretiketten und Google ermittelten Schneider zu sprechen.

»Ich saß da also mit dem Couturier oder wie auch immer sein Titel lautete, Schneider sagt doch heute keiner mehr. Und da sagt er nur: ›Was genau wollen Sie denn wissen? Der Kunde hat bestellt, ich habe geliefert, und der Kunde hat bezahlt. Ende Gelände.‹ Wenn er wenigstens *Ende der Geschichte* oder etwas Ähnliches gesagt hätte. Aber …«

Obwohl sie erst fünf Monate zusammen waren, kannte Carmen Krüger schon gut genug, um zu wissen, daß jetzt der *Gesang über den Untergang des Abendlandes in sprachlicher Hinsicht* folgen würde. Also fragte sie rasch, um ihren Freund abzulenken: »Hast du ihn wenigstens gefragt, wie Winkler bezahlt hat, bar oder mit Karte?«

Krüger schüttelte den Kopf: »Ach, das hätte doch auch zu nichts geführt. Was hätte ich mit der Information anfangen sollen?« Er fuhr sich mit der linken Hand durchs Haar, was ihn nicht unbedingt eleganter aussehen ließ. »Der Schneider hat allerdings noch gesagt, daß das Trinkgeld mehr als großzügig ausgefallen sei.«

»Und was sagt uns das?« fragte Carmen. »Daß Winkler ein netter Mensch gewesen ist.«

Krüger nickte. »Anscheinend immer. Und *Wolfgang, du bist tod* bezog sich ja auf einen anderen Toten. Den namens Goethe.«

Der Samstagnachmittag stand dem Vormittag ins nichts nach. Von wegen Wochenende. Schneider hatte angerufen, weil keiner der Rheinbacher Protagonisten aufzufinden war. Hennes war weder zuhause noch in der Schule – mußte er ja auch nicht –, Marßel Manuß – Krüger sah förmlich Schneiders Zunge zwischen den Zähnen – war immer noch krank, Hülsmeyer war trotz des Wetters an die belgische Küste gefahren, augenscheinlich in ein Funkloch, und Frau Schweitzer, die aufgelöste Dame, hatte sich ins Altenheim begeben.

»Ins Altenheim?« fragte Carmen. »Du sagtest doch, sie sei erst Anfang Fünfzig.«

»Das dachte ich auch, aber Schneider sagte wirklich Altenheim. Erst später ließ er mich dann wissen, daß Frau Schweitzer nur einen Genesungsbesuch bei einer Tante unternehmen wollte.«

»Was wollte Schneider denn am Samstagnachmittag von den Leuten?«

»Was weiß ich, Alibis überprüfen, Alibis erschüttern, Mörder überführen.« Krüger seufzte. »Ich glaube, ich werde alt. Ein Toter und kein einziger Verdächtiger, das habe ich ja lange nicht mehr erlebt, zuletzt beim Fall der sechs Pastoren.«

»Den hast du mir noch nicht erzählt.« Carmen kuschelte sich auf dem heimischen Sofa enger an ihren Freund. »Magst du das tun?«

Krüger rückte ein Stückchen ab. »Nee, das geht nur bei zwanzig Grad Kälte und Punsch.«

Carmen kannte Krügers finstere Andeutungen. Wenn man nachbohrte, kam die erhoffte Geschichte nie, den Fehler hatte sie einmal gemacht. Also schwieg sie und studierte ihre rot lackierten Fingernägel.

Krüger war dann schließlich selbst nach Rheinbach gefahren; immerhin war er ein pflichtbewußter Beamter, der sich für seinen Dienstherrn, wenn es sein mußte, auch am Wochenende ein Bein oder mehrere ausriß, aber selbst ihm war es nicht geglückt, jemanden zu befragen. Die Schule war nämlich geschlossen.

Sonntag war es noch schlimmer gekommen. Punkt neun hatte Carmens Festnetztelefon geklingelt. Langenargen war dran und ziemlich schlecht gelaunt.

»Wieso ist Ihr Telefon in der Adolfstraße tot?«

»Weil vielleicht der Gehweg vor dem Haus aufgerissen ist? Die Gasleitung? Hatte ich doch neulich schon erzählt, oder?«

Langenargens Antwort war nur ein Brummen. Vielleicht litt aber auch Carmens Telefonleitung unter leichten Netcologne-Aussetzern.

»Wo haben Sie überhaupt diese Privatnummer her?«

»Vom Dekan der Evangelisch-Theologischen Fakultät der Uni«, sagte Langenargen. »Dem Arbeitgeber Ihrer Freundin. Er und der Polizeipräsident sind doch beide bei den Rotariern.«

Soviel zum innerkaritativen Datenschutz, dachte Krüger. »Was kann ich denn für Sie am heutigen Sonntag tun?«

»Möglicherweise den aktuellen Mordfall aufklären«, fauchte sein Chef. »Wo waren Sie überhaupt bei den beiden letzten Besprechungen?«

»In Köln und im Bett.« Damit Langenargen ihn nicht sofort mißverstand, fügte Krüger rasch hinzu: »Bei Winklers Schneider in der Altstadt und vergrippt mit einer Wärmflasche unter der Decke.« Um seinen Worten Nachdruck zu verleihen, nieste er ins Telefon, was ihm einen strafenden Blick von Carmen eintrug. Das Niesen des Kommissars klang täuschend echt. Zu Schulzeiten hatte er das dazugehörige Geräusch perfektioniert – solange, bis ihn ein entnervter Lehrer auf den Gang gestellt hatte: Wenn sein Anfall abgeklungen sei, dürfe er wieder hereinkommen. Nach fünf Minuten hatte Krüger drinnen dann weitergeniest, sehr zur Belustigung seiner Klassenkameraden.

»Also, was halten Sie davon?« fragte Langenargen gerade.

»Tut mir leid, die Verbindung ist so schlecht. Mögen Sie das Ganze noch einmal wiederholen?« fragte Krüger, der nicht zugehört hatte.

»Ich sagte, Sie sollten sich mit Herbert Mey, dem Bonner Immobilienkönig, treffen. Der kann Ihnen bestimmt etwas über das Haus des toten Lehrers in der Poppelsdorfer Allee sagen. Kaul war nämlich fleißig, während Sie im Bett lagen; er hat das Grundbuch eingesehen und den damaligen Makler kontaktiert. Also, achtzehn Uhr. ›Hotel Bristol‹. Restaurant.«

Nach dieser für ihn bemerkenswert langen Rede hatte Langenargen grußlos aufgelegt.

Krüger haßte Hotelessen. Meistens saßen irgendwelche zu reichen Leute um einen herum, die die scharwenzelnden Kellner genossen, auf die weißen Tischtücher mit Rotwein kleckerten, weil ihre Hände schon zitterten, und den jungen Aushilfskellnerinnen in den Ausschnitt starrten. Und das Essen konnte man in der Regel vergessen, fand er. Bemühtes Großküche-Essen ohne Pfiff. Mit den üblichen exzellenten Ausnahmen, die er nicht kannte, weil er eben Hotelessen mied. Bis auf das heute abend.

Natürlich hatte sich nichts beim Gespräch mit dem Bonner Immobilienfritzen ergeben, der sich auch noch leutselig als *Immobilien-Hai, entschuldigung, -Mey* vorgestellt hatte, ein tausendmal verwendeter Witz wahrscheinlich. Er hatte von der 1998er Kaufabwicklung nur einen blassen, sehr freundlichen Mann in Erinnerung, der sein Glück, daß ihm jemand Unbekanntes soviel Geld geschenkt hatte, noch gar nicht fassen konnte. Die einzige Bedingung für das dann erworbene Haus war gewesen, daß es schalldichte Fenster und Wände haben mußte und im ersten Stock einen Flügel vertragen würde. Mehr wußte der Hai nicht mehr.

Jetzt war es Freitagmorgen in der ersten Novemberwoche. Der Kommissar saß in seinem Büro im Polizeipräsidium in Ramersdorf und zermarterte sich das Hirn nach der Lösung des Falles Winkler. Krügers Erkältung hatte sich im gleichen Maße verbessert, wie sich seine Laune und das Wetter verschlechtert hatten. Vier für die Ermittlung völlig ergebnislose Tage lagen hinter ihm. Die Alibis der Rheinbacher Lehrer stimmten, wie Farnschläger und Schneider ihm versichert hatten. Die Million vom Commerzbankkonto war immer noch verschwunden wie auch der Herr mit der merkwürdigen Kleidung, den die Rheinbacher Hundebesitzerin gesehen haben wollte, was er inzwischen nicht mehr glaubte. Wahrscheinlich hatte die Frau nur zuviel Fernsehen geguckt.

Vor lauter Frust hatte Krüger einen zweiten Fall übernommen, bei dem eine Ehefrau erst den Porsche ihres Ex-Mannes mit ihrem 7er BMW in den örtlichen Graben geschoben und anschließend versucht hatte, mittels eines Küchenmessers den treulosen Gatten zu erstechen. Wie sich schnell herausstellte, hatte der Ex-Mann angefangen und seine Ex-Frau über Monate gestalkt. Er saß jetzt in Untersuchungshaft, weil er beim Messerangriff seinen illegalen Revolver gezogen und geschossen hatte. Fall abgeschlossen. Ermittlungen, bei denen man nicht denken mußte, waren eigentlich unter seiner Würde, dachte der Kommissar.

Jemand klopfte.

»Herein«, rief Krüger und sah auf.

Angelika Winterstein steckte ihren Kopf zur Tür herein. »Hast du einen Moment Zeit?«

Krüger konnte sich zwar nicht an ein Du erinnern, nickte aber zumindest neutral und deutete auf den Besucherstuhl vor seinem Schreibtisch. »Was zu trinken?«

»Danke. Ich habe gerade gefrühstückt. Außerdem wollte ich nur kurz etwas fragen.« Sie nahm Platz, strich ihren schwarzen Rock glatt, zupfte ein paar unsichtbare Flusen vom ebenfalls schwarzen Pullover und sah auf ihren Block, der im gesamten Präsidium gefürchtet war, weil die Polizeioberkommissarin sich dort alles notierte, was ihr an Klatsch in die Ohren kam. Nicht umsonst trug sie den Beinamen *Das Schwarze Brett*.

»Du hattest dich doch mal in Bornheim um den Posten des Spargelkönigs, wie soll ich es nennen, *beworben*. Die tagen jetzt. Morgen. Glaube ich.«

Präzision war nie die Stärke seiner Kollegin gewesen. Krüger schüttelte energisch den Kopf. »Habe ich nicht. Ich trete nicht in Vereine ein, die Leute wie mich als Mitglied aufnehmen.«

»Kenn' ich«, sagte POK Winterstein. »Karl Marx. Du mußt die Quelle angeben, wenn du zitierst.«

»Du läßt mich ja nicht ausreden«, sagte Krüger. »Marx war richtig. Der Vorname ist allerdings Groucho.«

»Nie gehört. Aber Spargelkönig stimmt. Du hast dich selbst darum bemüht. 1995 war das.«

»*No way*. Ich doch nicht. Spargel esse ich zwar, aber Vorgebirgsvereinsbelustigungen – *never*. Wir Hamburger sind nicht in Vereinen – wenn, dann nur in einem der alten Hamburger Bürgervereine.«

»Ich habe sogar daneben gesessen, als du dein Interesse geäußert hast«, sagte Angelika Winterstein. »Im ›Stiefel‹. Und anschließend habe ich dich per Fahrrad in die Altstadt zu deiner Bäckerei gebracht, wo du drüber gewohnt hast.«

»Tue ich immer noch«, sagte der Kommissar. »Aber Fahrrad fahre ich nicht. Habe ich auch noch nie getan.«

»Hast du auch damals nicht. Du mußtest dich an meinem festhalten, so zu, wie du warst.«

»Das ist alles erstunken und erlogen.« Krüger war empört. »Und aus dem letzten Jahrhundert.«

»Die Geschichte mit dem Toten im Norwegerpullover stimmt also auch nicht?«

Krüger wurde blaß. Hörte denn dieser alte Kram niemals auf? »Ich jedenfalls werde de-fi-ni-tiv nirgends König. Ich schütze die Demokratie. Und jetzt kannst du wieder gehen, ich habe zu tun.«

Die Polizistin erhob sich etwas steif und drehte sich zur Tür. Im Hinausgehen sagte sie noch: »Und was ist mit meinem versprochenen Bier vom Mai?« Dann knallte sie die Tür zu.

Krüger sah sehr zufrieden aus, auch wenn er das wertvolle *Schwarze Brett* jetzt wohl erst einmal vergrätzt hatte. Bei Auskünften aus den Bereichen Fama, Regenbogenpresse und Kantinenklatsch war Angelika Winterstein unersetzlich. »Ich muss das wissen, weil ich schon seit sechsundzwanzig Jahren Ex-Spargelkönig bin«, summte er vergnügt. Element of Crime trafen doch immer das Schwarze im Auge!

Zwei Stunden später saß Krüger immer noch an seinem Schreibtisch. Irgendwie hatte er nach Wintersteins Auf- und raschem Abtritt den Faden verloren. Also hatte er zum x-ten Mal die Tatortfotos aus der Rheinbacher Schule betrachtet, den Obduktionsbericht von Professor Altenburg durchgelesen – dort stand immer noch dasselbe drin – und überlegt, was er mit einer Million anstellen würde, die ihm jemand in den Schoß geworfen hätte.

Plötzlich hörte er laute Stimmen auf dem Flur. Dann ging seine Bürotür auf, und Kaul kam mit Schneider hereingestürmt. Beide fingen gleichzeitig an zu reden.

»Ich weiß, wo die Million ist!« sagte Schneider.

»Ich weiß, wie der Schauspieler aus diesem englischen Krimi heißt, den du suchst!« sagte Kaul.

»Einer nach dem anderen«, sagte Krüger und zeigte auf Kaul.

»Well«, sagte Kaul. »Die Filmfirma sagt, der Schauspieler heiße Gerry Adams und komme aus Oxford. Mehr dürften sie mir aus Datenschutzgründen aber nicht sagen.«

»Merkwürdig«, sagte Krüger. »Dabei hätte ich schwören können …«

»Ich hab' da eine Idee«, sagte Kaul. »Ich könnte doch den englischen Kollegen vom Mai in Oxford anrufen, den mit den Deutschkenntnissen. Vielleicht kann der die Filmfuzzis—«

»Kaul«, sagte Krüger. »Das sind auch nur Menschen, die Geld verdienen wollen.«

»Sorry, Sir«, sagte Kaul und fuhr mitten im angefangenen Satz fort: »— dazu bringen, uns 'was Schriftliches zu geben.«

»Gut. Dann ruf mal an. Markus?«

»Die Million ist zerstückelt.«

»Wie meinst du das?«

»Ein Teil lag in bar im Safe seiner Wohnung.«

»Wo war denn da ein Safe?«

»Tja«, sagte Schneider. »Wenn man Fachleute heranläßt … Ich beschreibe dir das in Ruhe, war nicht ganz einfach zu finden.«

»Okay. Und weiter?«

»Ein anderer Teil ist bei Winklers Kollegen aus verschiedenen Anlässen gelandet. Schenkungen. Einfach so. *Dat wor 'ne leeve Jung.*«

»Leute, die nur nett sind, gibt es meiner Erfahrung nach nicht«, warf Kaul ein.

»Vielleicht doch«, sagte Krüger leise und dachte an Carmen.

Schneider fuhr fort. »Ein großer Teil liegt in Rheinbach auf einem Konto.«

»Wo denn?« fragte Krüger. »Haben die da überhaupt eine Bank?«

»Alle«, sagte Kaul. »Sogar die Deutsche.«

»Die finde ich ja am überflüssigsten, wenn man an die Zocker an der Spitze denkt. Bin gespannt, wie lange sich Ackermann noch hält. Ist aber jetzt unwichtig. Auf welchem Konto ist das Geld?«

Schneider machte eine Kunstpause, deren Anwendung er von seinem Freund gelernt hatte. Nachdem er innerlich bis sieben gezählt hatte und Krüger schon unruhig wurde, sagte er: »Auf dem von Direktor Hennes.«

20

Freitag, 5. November 2010 – Oxford und Bonn

»Besetzt«, sagte Thompson und legte den Hörer auf die Gabel zurück.

Blackmore hatte kurzfristig eine Besprechung anberaumt, hauptsächlich, weil er nicht mehr weiterwußte. Dieser Fall bestand nicht aus Sackgassen, sondern aus tausend Wegen, die ins Nirwana führten. Hatte man eine Sache geklärt – er dachte an den Mann im grünen Parka –, tauchte die nächste auf. Und dauernd ging es um Kleiderfragen. Wie jetzt bei dem Mann mit der Zigarre.

»Schon komisch«, sagte Thompson. »Da ruft man einmal im Jahr auf dem Kontinent an, und sofort ist dort besetzt.«

»Vielleicht sind die schon nach Haus gegangen«, sagte Rosie. »Schließlich ist Freitagnachmittag. Und es ist eine Stunde später.« Sie schielte auf die Uhr über der Tür und dachte an James. Vielleicht sollte sie doch ihren Beruf wechseln, damit sie etwas regelmäßigere Arbeitszeiten hätte – Beraterin für Sicherheitsfragen oder so. Consulting war immer lukrativ. Sie verlor sich in Tagträumen, bis Blackmore sie wieder in die Wirklichkeit zurückholte.

»Was hältst du denn davon?«

Glücklicherweise hatte Rosie das letzte Wort seiner Ausführungen mitbekommen, *Fahndungsbild*. Der junge Mann aus der Kaffeebar hatte nämlich seine präzise Beobachtungsgabe unter Beweis gestellt.

»Ich bin immer dafür, das Publikum zu beteiligen. Schließlich müssen wir es ja vor einander schützen. Oder so.« Sie sah sich um. Aber ihre Kollegen sagten nichts.

Blackmore hatte dieses Mal keine Lust gehabt, bis zum großen Besprechungsraum zu laufen. Also hatte er kurzentschlossen die Kollegen in sein Büro gerufen, das nun etwas zu voll war. Jarwar war zuerst gekommen und hatte einen der beiden Besucherstühle belegt. Fred Moreland stand am Fenster und studierte den etwas eintönigen Ausblick auf das geometrisch angelegte Gebäude auf der anderen Seite von St Aldate's, den Crown Court mit seinen beiden wuchtigen, in die Fassade eingelassenen Säulen *über* dem Eingang. Wie alle großen Gebäude in Oxford war auch der Strafgerichtshof, in dem die Kapitalverbrechen wie Mord, Totschlag und Raub verhandelt wurden, aus honiggelbem, inzwischen ziemlich angeschmuddeltem Sandstein erbaut worden. Links vom inzwischen fast schwarzen Steinwappen, über das ein Netz zwecks Abfangens von gefiederten Hinterlassenschaften gespannt worden war, stand *Crown Court*, rechts davon *County Court* in dreidimensionalen Großbuchstaben.

Der DCI versuchte, an Moreland vorbei ebenfalls aus dem Fenster zu schauen, gab aber wegen des Umfangs seines Kollegen sofort wieder auf. Außerdem kannte er die Ansicht seit Jahren. Viel lieber hätte er sein Zimmer hinter der großen Birke ein paar Meter weiter stadtauswärts gehabt, aber die war vor dem St Aldates Courtyard gepflanzt worden, der nicht mehr zur Polizeiwache gehörte.

Thompson hatte wieder im zweiten Besucherstuhl Platz genommen, Rosie stand daneben. Harry Ness hatte sich abgemeldet, was die Anwesenden vor allzu losen Sprüchen bewahrte.

Keiner sagte etwas.

»Keine Ideen?« Blackmore war frustriert. Seit drei Tagen traten sie jetzt auf der Stelle. Naja, wenn man berücksichtigte, daß sie immerhin herausgefunden hatten, wo der Ermordete gewohnt hatte, stimmte das nicht ganz.

Seine Kollegen wurden einer Antwort enthoben, weil das Telefon klingelte.

»Darf ich?« fragte Thompson und stand auf.

Blackmore gähnte. »Bitte«, sagte er gleichzeitig etwas undeutlich.

»St Aldate's Police Station, DS Ronald Thompson.« Er hörte konzentriert zu und wechselte dann plötzlich ins Deutsche. »Doch, natürlich erinnere ich mich. – *Midsomer Murders?* – Ich kann gerne versuchen, dort jemanden zu erreichen.« Er machte sich ein paar Notizen auf einem leeren Zettel von Blackmores Schreibtisch. »*Well,* bis später. Ich rufe dich an.« Er legte auf und sah Blackmore konsterniert an. »Das verstehe ich jetzt nicht. Die Deutschen suchen einen Schauspieler aus *unserer* Dauerserie mit den vielen Toten, der bei *ihnen* zu Tode gekommen ist.«

»Welche Deutschen?« fragte Rosie.

»Die aus Bonn«, sagte Thompson. »Wenn ich das richtig verstanden habe, haben die einen toten Lehrer, der in einer der hiesigen Serienfolgen mitgespielt hat.«

»Merkwürdiger Zufall«, sagte Moreland, der sich umgedreht und das Telefonat verfolgt hatte. »Anscheinend sind die Toten aus der Serie jetzt ins wirkliche Leben hinübergewechselt.«

»Tote spielen nicht mit«, sagte Sarwar zu niemand Bestimmtem. »Und tragen keine Karos.« Er dachte an die Personenbeschreibung des Mannes mit der Zigarre.

»Hat dein Freund etwas zu seinem Toten gesagt?« Rosie kam wie immer auf den Kern der Sache zu sprechen.

Sein Toter – das klang immer nach persönlichem Besitz, dachte Blackmore. Er würde sich daran nie gewöhnen. Andererseits wußte man immer sofort, wer gemeint war.

»Klar«, sagte Thompson. »Ende Fünfzig, etwa einen Meter fünfundsiebzig groß, eine Tätowierung auf dem linken Oberschenkel, maßgeschneiderte Kleidung …«

»Hast du gerade *maßgeschneiderte Kleidung* gesagt?« fragte Blackmore, der plötzlich wieder hellwach war.

»Merkwürdiger Zufall«, sagte Moreland zum zweiten Mal.

»Gib mir mal den Obduktionsbericht«, sagte Rosie nachdrücklich zu ihrem Chef.

»Wie heißt das Zauberwort?« fragte Blackmore.

»Simsalabimbambasaladusaladim«, sagte Moreland. Er sprach das Wort fehlerfrei aus.

Die anderen lachten.

»Hat mich eine Stunde gekostet, es zu lernen. Ist auch ziemlich lang. Hat mir im Mai dieser deutsche Kollege beigebracht. Wie hieß der bloß noch?«

»Schneider«, sagte Jarwar, der wie immer informiert war.

»Bitte!« sagte Rosie nachdrücklich.

Blackmore schob ihr die Akte Adams hinüber.

Die Sergeantin blätterte, bis sie das Gesuchte fand. »Da!« sagte sie. »Ich wußte es!« Sie drehte die Akte um. »Lies mal bitte vor, John.«

Blackmore tat ihr den Gefallen.

»Zwei Neun Null Zwei Null Zwei Eins Neun. Und was heißt das jetzt?«

»Diese Zahl war Bernhard Adams auf dem rechten Oberschenkel eintätowiert.«

»Ich glaube, ich muß da jetzt selbst anrufen«, sagte Blackmore und griff zum Hörer.

»Moment«, sagte Thompson. »Boss, können Sie denn Deutsch?«

»Noch nicht«, sagte der DCI. »Aber der Rest der Welt redet doch Englisch, oder? Und das von Kommissar Krüger war durchaus passabel.« Er wählte.

»Merkwürdiger Zufall«, sagte Kaul. »Thompson war sofort im Bilde. Als ob er schon wußte, daß ein Schauspieler aus dieser englischen Serie tot ist. Das kann er doch nur von den Filmproduzenten erfahren haben. Aber warum sollte die Filmfirma, die Markus angerufen hat, wiederum die Polizei in Oxford kontaktieren? Alles sehr seltsam.« Er sah nachdenklich aus dem Fenster. Unten auf dem Hof stieg gerade jemand in Handschellen aus einem Lieferwagen und wurde von zwei Polizisten etwas unsanft ins Gebäude gebracht.

»Keine Ahnung«, sagte Krüger. »Aber wie gesagt: Vielleicht haben die einen Lebenslauf von Winkler.«

Das Telefon klingelte. Dieses Mal nahm der Kriminalhauptkommissar selbst ab.

»Krüger«, sagte Krüger. *»Oh, it's you«,* fuhr er auf Englisch fort. Er hörte mehrere Minuten konzentriert zu. Dann sagte er: *»One moment, please«,* nahm sich die Akte Winkler, blätterte und las laut vor: *»Two Nine O Two O Two O Nine. – Yes, O Nine, not One Nine. – Just a minute,* John.«

Der Kommissar wedelte mit der linken Hand, was Kaul – da er mitgedacht hatte – als Aufforderung interpretierte, die Akte aufzublättern und nach dem Foto mit dem Pferd zu suchen. Er nahm es aus der Klarsichthülle und reichte es seinem Chef.

Krüger beschrieb das Abgebildete seinem Gesprächspartner auf der anderen Seite des Ärmelkanals und lauschte wieder konzentriert. »Wow!« war das erste Wort, das die Anwesenden von ihm wieder hörten. »Also bleibt uns nicht anderes übrig, als jemanden dorthin zu schicken«, sagte er, erneut auf Englisch. »Gerne, ich melde mich.« Er legte den Hörer auf und holte tief Luft. »Das ist der Durchbruch!«

»Echt irre«, sagte Moreland. »Wir sitzen hier verzweifelt herum, und kaum verwende ich einen der mächtigsten Zaubersprüche, die es gibt, schon rufen die Deutschen an.«

»War ja auch ein deutscher Zauberspruch«, sagte Blackmore.

Nachdem sich die allgemeine Heiterkeit, die sicher auch der Freude über eine mögliche Lösung des Falles Adams zu verdanken war, gelegt hatte, sagte der DCI: »Einer von uns muß nach Deutschland. Wir haben die Postkarte aus Warendorf, Krüger hat ein Foto, auf dem Kinder aus den fünfziger Jahren zu sehen sind und in dessen Hintergrund sich ein Pferd aufhält. Vielleicht stammt das Bild aus diesem Warendorf, das für seine zahlreichen Reitställe bekannt ist. Sagt Krüger jedenfalls. Mit Gaul, Stall und Leuten drauf müßte man das doch wiederfinden können.«

»Wenn es denn Warendorf ist, von wo das Bild stammt, und wenn unsere beiden Fälle zusammenhängen.«

»Vermutlich schon«, sagte Rosie, die sich gerne an Strohhalme klammerte, um nicht unterzugehen, was bei ihrem Gewicht auch nicht weiter verwunderlich war. Strohhalme konnten eine Menge aushalten.

Blackmores E-Mail-Eingangskorb gab ein akustisches Signal von sich.

»Schon da«, sagte der Detective. »Eines muß man den Deutschen ja lassen: Sie arbeiten höchst effektiv.«

»Wie man seit den dreißiger Jahren weiß«, sagte Fred Moreland, allerdings so leise, daß es nur Sarwar mitbekam, woraufhin sich der dicke Polizist einen Tritt vors Schienbein seitens des pakistanischen Engländers einhandelte. Lord Sutch spielte in seiner Freizeit auch Fußball; er war der Torjäger seiner Mannschaft.

Blackmore hatten auf »Drucken« geklickt. Gleich darauf lag ein farbiges Tatortfoto aus dem Tintenstrahldrucker auf dem Tisch. Ziemlich deutlich, auch wenn die Gestalt halb auf der Seite lag, war das Gesicht des Toten aus dem Antiquariat in der Turl Street zu sehen.

»Das ist eindeutig Adams«, sagte Thompson, nachdem er das Foto, das für ihn auf dem Kopf gestanden hatte, herumgedreht hatte.

»Guck mal genau hin«, sagte Rosie. »Was steht denn darunter?«

»Wolfgang Winkler, geb. – also *geboren* am – 29. Februar 1952.«

»Aber das kann doch nicht sein«, sagte Moreland. »So heißt Adams doch gar nicht. Wieso liegt der in Bonn herum, wenn er doch hier gerade obduziert worden ist?« Er überlegte. »Vielleicht eine neue Methode, Leichen zu entsorgen, indem man sie in der EU unter falschem Namen verschwinden läßt.«

Rosie giggelte.

»Wartet mal«, sagte Blackmore, der mit seinen Gedanken ganz woanders war. »Wann ist dieser Winkler geboren?«

»29. Februar 1952«, wiederholte Thompson, der den Ausdruck mit dem Foto noch in der Hand hielt, als wolle er verhindern, daß sich diese Spur wieder ins Nichts auflöste.

Der DCI zog die Akte heran und suchte den Obduktionsbericht von Adams heraus. Auf der entsprechenden Seite zeigte er auf die achtstellige Zahl, die Tätowierung auf dem Oberschenkel. »Seht ihr? 29. Februar. Wissen wir inzwischen, wann Adams geboren ist?«

»Wissen wir«, sagte Sarwar. »Laut seiner Hausbank am gleichen Tag im gleichen Jahr wie dieser Deutsche, Winkler, nämlich ebenfalls am 29. Februar 1952. Einen Ausweis haben wir aber bisher nicht gefunden.«

»Da das Problem der Bilokation nur für Heilige zufriedenstellend gelöst ist—«

»Das hast du schon mal im Mai gesagt«, sagte Blackmore. »Die englische Sprache ist doch so reich an stilistischen Varianten, da mußt du doch nicht—«

»Da das Problem der Bilokation nur in Paralleluniversen auftritt und wir hier auf dieser Welt ganz alleine sind—«, machte Rosie einen neuen Anlauf.

»Schon besser«, sagte Blackmore.

»Bin ich jetzt dran?« fragte sie.

Die anwesenden Herren nickten schweigend. Nur Moreland zerkaute wieder eine seiner meist nur für ihn bestimmten Bemerkungen.

»Was meint ihr – sind die beiden Toten Zwillinge?«

»Durchbruch?« Schneider schüttelte den Kopf. »Du verwendest schon manchmal komische Worte, Herr Krüger.«

»Wörter«, sagte der Kommissar automatisch, schwieg dann aber wieder und dachte nach.

»*Durchbruch* ist ein anderes Wort für Blinddarmperforation«, fuhr Schneider fort. »Ich hätte *Lösung* oder vielleicht *Erfolg*, möglicherweise auch *Klärung* gesagt.«

Krüger hatte nicht zugehört. Mehr zu sich selber sagte er: »Diese Tätowierung. Nur eine Zahl Unterschied. Beide an exakt der gleichen Stelle, nur einmal auf dem linken, das andere Mal auf dem rechten Bein. Moment mal.« Er kritzelte etwas auf ein Blatt und machte dann einen energischen senkrechten Strich. Dozierend fuhr er fort: »Blackmore sagte eben, sein Toter—«

»Hat er jetzt einen persönlichen?« fragte Paulsen, der so leise ins Zimmer gekommen war, daß die anderen ihn nicht bemerken konnten, weil sie gebannt das Telefonat verfolgten und mit dem Rücken zur Tür standen. »Ach, *mein, dein,* das sind doch bürgerliche Kategorien.«

Schneider lachte. Kaul sagte etwas wie: »Da ist ja unser Husumer Salonsozialist wieder!« worauf aber keiner einging.

»Laßt mich doch mal zu Ende reden.« Krüger war etwas lauter geworden, was ihm die nötige Ruhe verschaffte. »Der englische Ermordete ist auch am 29. Februar geboren. Wenn wir also mal, nur hypothetisch, annehmen ...«

»Ist das nicht dasselbe?« fragte Schneider, erntete aber nur ein »Pst!« von Kaul.

»... daß die beiden am gleichen Tag Geborenen Deutsche sind und aus der gleichen Stadt stammen und sich auch noch ähnlich sehen, was ja der Fall zu sein scheint, dann könnten es möglicherweise eventuell vielleicht—«

»Wie war das mit deiner makellosen Diktion, Krüger?« fiel ihm Schneider ins Wort.

»Zwillinge sein«, sagte Paulsen aus dem Hintergrund.

»Sag ich doch«, sagte Krüger.

»Wußt' ich«, sagte Kaul.

»Das heißt«, fuhr Krüger fort, »die ganze Zahl beschreibt Monat und Tag sowie Stunde und Minute der Geburt. Wir wissen demnach, wer der ältere – nämlich Wolfgang Winkler – und wer der jüngere Zwilling – nämlich der Engländer – gewesen ist. Also sollten wir unsere Fälle zusammenwerfen, um sie nicht getrennt lösen zu müssen, unseren deutschen aus Rheinbach mit dem englischen aus Oxford.« Er wurde von seinem neuen Ermittlungseifer förmlich mitgerissen. »Wir müssen morgen nach Warendorf fahren, denn von dort stammt die Postkarte, die Kollege Blackmore im Besitz des Toten gefunden hat. Wir, das bedeutet, einer aus dieser Abteilung wird für morgen abgestellt.«

»Wen schicken denn die Kollegen von der Insel?« fragte Schneider.

»Rosie Mannering, sagte Blackmore eben«, sagte Krüger. »Die ansehnliche Engländerin vom Frühjahr – ihr erinnert euch? Wer fährt also?«

»Ich«, rief Kaul.

»Ich«, sagte Schneider gleichzeitig.

»Ich, ich«, sagte Paulsen.

Der schweigsame Nordfriese war ja sehr gesprächig, dachte Krüger. »Ich nicht«, sagte er. »Du fährst, Kaul. *Your English is way better than mine.*«

21

Samstag, 6. November 2010 – Warendorf und Kleinbüllesheim

Schneider stand in der Ankunftshalle des Düsseldorfer Flughafens und wartete auf seine Kollegin aus Oxford. Kaul hatte sich gestern abend bei einer aufgewärmten Fischsuppe zuhause den Magen verdorben, so daß Schneider zum Zuge gekommen war. Beziehungsweise zum Flugzeug, dachte er. Ms Mannering hatte die Morgenmaschine in Birmingham nehmen wollen, da der Flughafen der West Midlands nur etwa hundert Kilometer von Oxford entfernt war, London-Stansted dagegen gute einhundertfünfzig. Erfreulicherweise war das Flugzeug pünktlich, so daß Schneider eine etwas müde Kollegin um 9:45 Uhr begrüßen konnte. Auf ein Schild hatte er verzichtet, da er auf das gegenseitige gute Personengedächtnis vertraute.

»Hi, Herr Schneider«, sagte Rosie und unterdrückte ein Gähnen. »Sie konnten ja eine Stunde länger schlafen, wegen des Zeitunterschieds.«

»Markus«, sagte Schneider, wie er das von seinen englischen Kollegen bei der gegenseitigen Begrüßung im Mai noch in Erinnerung hatte.

»Ich weiß«, sagte Rosie. »Rosie.« Sie bückte sich, um aus ihrem grauen Bordcase etwas herauszuangeln. »Hier. Habe ich dir mitgebracht.«

Schneider guckte erfreut, als er aus der Papiertüte von Thornton's eine kleine durchsichtige Packung echten englischen *fudge* herausnahm. »Super. Da freut sich mein Zahnarzt. Karamellbonbons sind 'was Feines.«

Rosie war sich nicht sicher, ob sie Schneiders Geschmack getroffen hatte. Und der Zahnarztwitz war der gleiche, den man auch in England hörte, wenn man *fudge* verschenkte. Aber gleich darauf kaute ihr deutscher Kollege schon auf einem größeren Stück herum, nachdem er ihr auch eines angeboten hatte, und sah sehr zufrieden aus.

»Gehen wir zum Auto. Magst du mir deinen Koffer geben?« fragte Schneider, ganz der Kavalier.

»Danke. Geht schon.« Rosie folgte Schneider schweigend, der zielstrebig einen dunkelgrauen Mercedes im Parkverbot vor der großen Ankunftshalle ansteuerte. »Ist der einzige Mercedes, den unser Fuhrpark hat«, sagte er. »Und da du in die VIP-Kategorie fällst ...«

Rosie grinste und verstaute ihr Gepäck im Kofferraum. Dann ging sie zur Fahrerseite und öffnete die Tür.

»Willst du fahren?« fragte Schneider. »Kannst du gerne.«

Die Sergeantin betrachtete irritiert das Steuer, das auf der für sie falschen Seite des Autos angebracht war. »Sorry, aber Blackmore hat auch einen Mercedes, und da steige ich immer auf dieser Seite ein.«

Schneider lachte und setzte sich hinter das Steuer. »Du kannst die Tür jetzt schließen. Danke.«

Rosie ging ums Auto herum und setzte sich auf den Beifahrersitz. »Wie lange sind wir unterwegs?«

»Etwa anderthalb Stunden, vielleicht etwas mehr. Das hängt wie immer vom Ruhrgebiet ab, das wir entweder durchqueren oder nur touchieren. Mal sehen, was das Navi vorschlägt.«

Das Gerät empfahl die A2 um Bottrop herum, so daß die beiden Ermittler zügig Richtung Münster fahren konnten. Erst auf dem Ring um die alte Hansestadt trafen sie auf den ersten Stau, der sie eine gute halbe Stunde zurückwarf, so daß sie später als geplant in Warendorf eintrafen.

Schneider ignorierte das Parkleitsystem und verließ sich lieber auf seinen Orientierungssinn, was zur Folge hatte, daß sie nicht im Zentrum, sondern abseits der Stadt am Lohwall auf einer Grünfläche an der Ems parken mußten. Aber Schneiders Laune verbesserte sich schlagartig, als er am Rande der Parkzone ein Verkehrsschild entdeckte, das er in seine Sammlung von Lieblingsschildern aufnehmen mußte. »Guck mal«, sagte er und zeigte auf das Schild. »Weitsichtige Stadtväter. Die wissen hier, wann Hochwasser ist.«

Rosie kramte vergeblich in ihren rudimentären Deutschkenntnissen, so daß Schneider sich erbarmte und übersetzte: *»21 bis 6 Uhr. Hochwassergebiet.«*

Die junge Frau grinste, als Schneider noch hinzufügte: »Tagsüber nicht.«

Die beiden schlenderten an der Ems entlang und stellten auf Höhe der Brücke erfreut fest, daß schon auf der anderen Seite die Innenstadt begann.

Warendorf war ein hübsches Städtchen, das seit dem dreizehnten Jahrhundert in etlichen Urkunden auftauchte, wie Schneider einer der zahlreichen Tafeln des Geschichtsvereins entnehmen konnte. Eine andere wies auf das *Westfälische Landgestüt* hin.

»Über einen Mangel an Pferden müssen wir uns hier nicht beklagen«, sagte Schneider, dem schon stadteinwärts mehrere Gestüte angezeigt worden waren. »Aber erstmal versuchen wir, das auf eurer Postkarte Dargestellte zu finden.«

»Dreh dich mal um«, sagte Rosie und zeigte auf den Fluß. »Das ist es doch schon, oder?«

»Stimmt«, sagte Schneider.

Links lag das langgestreckte Gebäude der Postkarte, jedoch nicht mehr schwarzweiß, sondern jetzt rot gestrichen. Das große Haus fast bildmittig gab es fünfzig Jahre später immer noch; es beherbergte jetzt ein italienisches Restaurant. Nur die idyllische Szenerie rechts mit Holztischen und -bänken war verschwunden, wie auch die hölzerne Brücke. Statt dessen lag dort jetzt ein Betonklotz mit einer absolut unsensiblen Brücke aus dem gleichen Material, der jede Postkartenansicht verdarb.

»Aber was sagt uns das jetzt?« fragte Rosie. »Es gibt doch eigentlich nur zwei Möglichkeiten. Entweder war die Ansicht der Schreiberin wichtig, oder sie hat die Postkarte nur zufällig zur Hand gehabt.«

»Ich denke, es war Absicht. Für die Mutter eures Zwillings war es die letzte Kommunikation mit dem anschließend verschollenen Sohn. Also wird sie schon etwas genommen haben, was sie mit dem Kind verband – der Geburtsort des Kindes beispielsweise.«

»Okay«, sagte Rosie. »Dann fehlen jetzt nur noch Name und Adresse.«

Schneider lachte. »An die Arbeit. Am besten fragen wir mal beim *Tourist Office* nach Ponyhöfen in der Nähe.«

»Damit kommst du hier wahrscheinlich nicht weit. Wie ich die Gegend hier einschätze, haben die Leute Geld. Guck dir nur mal die sorgfältig renovierten Häuser an. Dann läuft doch unter einem *Gestüt* hier gar nichts.«

Die beiden standen auf dem Marktplatz mit seinem Kopfsteinpflaster, den gotischen Häusern, dem kleinen Durchgang zur Stadtkirche, mehreren Cafés und der unvermeidlichen Apotheke mitsamt dem goldenen Löwen über der Tür.

Schneider hatte gerade die Touristeninformation entdeckt, als er unversehens angerempelt wurde. »'tschuldigung«, sagte der Passant. »War keine Absicht.« Eiligen Schrittes ging er weiter und verschwand in einer der zahlreichen Gassen, die vom Marktplatz abgingen.

»Irgendwo habe ich den schon mal gesehen«, sagte Rosie. »Nur wo?«

Krüger baute sich drohend vor Hennes auf. »Also, wollen Sie mir jetzt sagen, wie Sie an Winklers Geld gekommen sind, oder nicht?«

»Ist ja gut, ist ja gut«, sagte der Direktor und hob beschwörend die Hände. »Nun plustern Sie sich mal nicht so auf. Wollen Sie nicht hereinkommen?«

Der Kommissar war extra bis nach Euskirchen gefahren, um den Direktor zuhause zu überraschen. Schließlich war Samstag, und einen zweiten Reinfall mit einer verschlossenen Schule wollte er sich nicht leisten. Während der Fahrt über Land war im Radio ausnahmsweise vernünftige Musik zu hören gewesen: *Going up the country* von Canned Heat in der 1969 in Woodstock gespielten Langfassung schien nur für ihn ausgesucht worden zu sein. In der Nähe der Burg hatte er schließlich das Haus des Direktors gefunden.

Hennes wohnte östlich der Kreisstadt in Kleinbüllesheim, einem Dorf, das nur durch seinen Namen auffiel. Niemand großen Geistes konnte von hier kommen. Naja, Rübenkamp klang auch eher nach einer Ansammlung von Kleinbauernhöfen, dabei lag das mitten in Hamburg. Vorurteile sollte man besser ignorieren, damit kam man nie weiter, dachte Krüger, der eine große Sammlung von Urteilen besaß, von denen nur einige wenige vielleicht früher mal Vorurteile gewesen waren.

Hennes ging voraus und führte den Kommissar in sein Arbeitszimmer. »Wollen Sie sich nicht setzen? Dann redet es sich in der Regel leichter. Ich stehe schon genug im Unterricht.«

Krüger setzte sich gehorsam auf eine leicht zerschlissene Cordcouch aus den späten Achtzigern und sah sich um. Naja, nach Arbeitszimmer sah das nicht wirklich aus, eher nach einem Trophäenmuseum. Auf dem kleinen Sideboard standen diverse Pokale; auf einem entzifferte Krüger *Berlin-Marathon 2003*. An den Wänden – einer *Wall of Ego* – waren zahlreiche Bilder von Hennes zu sehen, Hennes mit sich selber in Sportklamotten, Hennes mit anderen Leuten, die er nicht kannte, in Sportklamotten, Hennes in jüngeren Jahren vor einer Sporthochschule mit Altersgenossen, natürlich in Sportklamotten. Das hanseatische Vorurteil gegenüber allen sportlichen Betätigungen außer Golf und Segeln hegte Krüger liebevoll.

Bücher fehlten im Raum. Für das Unterrichtsfach Mathematik reichten ja auch eine Formelsammlung und ein Taschenrechner; zumindest konnte Krüger sich nicht vorstellen, daß es ständig aktualisierte Mathematikbücher seitens der Schulbuchverlage geben konnte – eine Addition blieb doch eine Addition.

Zweimal mußte der Kommissar hinsehen, als er ein kleines Plakat neben der Tür entdeckte. *1150 Jahre Kleinbüllesheim 856–2006* las er. Er nahm sich vor, beim nächsten Besuch in einem Dorf zuvor ausgiebig Wikipedia zu studieren, das verhinderte vielleicht …

»Kaffee?« fragte der Direktor. Anscheinend hatte er das Heft des Handelns wieder in die Hand genommen.

»Danke nein«, sagte Krüger, dem es jetzt entschieden zu gemütlich wurde.

»Tee?« So schnell gab der Direktor nicht auf.

»Auch nicht. Außerdem stelle ich hier die Fragen.«

Hennes verwandelte seinen Mund in einen schmalen Strich, setzte sich in den bequemen Chefsessel hinter seinem Schreibtisch und verschränkte die Arme.

Aha, er benötigt eine doppelte Barriere, dachte Krüger. »Nochmal, wie ist eine knappe Million Euro auf Ihrem Privatkonto gelandet?« fragte er.

»Wie haben Sie überhaupt davon erfahren?«

»Google«, sagte der Kommissar und verzog dabei keine Miene.

Hennes sah ihn irritiert an. »Das ist jetzt ein Witz, oder?«

Hatten Mathematiker Humor? Krüger war sich nicht sicher. »Wir haben eine Auskunft von Winklers Bank erbeten und bekommen. Demnach sind am – Moment, ich habe mir das aufgeschrieben.« Er holte sein kleines Moleskine-Notizbuch aus seinem Jackett und schlug es mithilfe des Lesebändchens auf. »Am 10. Oktober 2007 sind von Winklers auf Ihr Konto EUR 875 000,– geflossen.«

Hennes nickte kleinlaut. »Stimmt. Das genaue Datum weiß ich aber nicht mehr.«

»Wer weiß noch davon?«

»Niemand.« Hennes war kaum zu verstehen.

»Finden Sie nicht auch, daß das ein wunderbares Mordmotiv abgibt?« fragte Krüger. »Ich glaube, Sie begleiten mich jetzt besser aufs Präsidium. Sie sind verhaftet.«

Inzwischen war es achtzehn Uhr, und Schneider wie Rosie waren müde. Schließlich waren sie, abgesehen von einer kleinen Schnellkaffeepause, den gesamten Nachmittag durch die Stadt gelaufen, hatten nach *Foto Sachse* Ausschau gehalten und nach drei Fotoateliers diesbezüglich aufgegeben, hatten von Hinweisschildern die Namen von Pferdegestüten abgeschrieben und sich zuletzt die Dienststunden des Jugendamts notiert, bei dem man vielleicht zwecks Informationen zur Vermittlung von Pflegefamilien vorstellig werden konnte.

»Sollen wir irgendwo etwas essen?« fragte Schneider.

Rosie nickte und gähnte wieder.

»Gegenüber der Stadtkirche liegt doch dieses schöne alte Fachwerkhaus«, sagte Schneider. »Da ist ein altes Warendorfer Restaurant drin, hat der letzte Fotograf, den wir befragt haben, vorhin gesagt. Mit irgendeinem Namen, den ich mir nicht merken kann.«

»Der Fotograf oder das Lokal?« Rosie legte ihren Kopf schief und grinste.

Schneider lachte. »Die kleine Straße neben der Löwenapotheke durch, hat er gesagt, dann würden wir es schon liegen sehen.«

Warintharpa stand auf den beiden großen, im überkragenden zweiten Stock angebrachten Fahnen rechts und links über der Eingangstür, die von zwei Bierfässern flankiert wurde.

»Das sieht schon mal einladend aus«, sagte Schneider, der ziemlichen Durst hatte.

»Hübsches Haus«, sagte Rosie und studierte die Fassade aus der typisch münsterländischen Mischung von roten Backsteinen, quadratisch unterteilten Fensterrahmen und schwarzen Holzbalken. Die Blumenkästen vor den Fenstern des ersten Stocks bargen überwuchernde Pflanzen. Weitere Pflanzenkübel das Haus entlang verstärkten den einladenden Eindruck. »Könnte glatt England sein.«

Schneider lachte und stieß die Eingangstür auf.

Drinnen sah es fast noch gemütlicher aus als draußen, Holztische mit Messinglampen darüber, zahlreiche Bilder an der Wand und über der halbrunden Theke der Deckel eines riesigen Messingkessels aus den Zeiten, als hier noch das Bier selbst gebraut wurde.

Rosie steuerte zielstrebig einen Ecktisch an und sagte: *»A Pint of Deutsches Bier, please.«*

Das mußte Schneider der freundlichen Kellnerin, die hinter ihnen hergegangen war, nicht übersetzen. Er schloß sich der Bestellung von Pott's dunklem Landbier an, nicht ohne über Krügers Anmerkungen zu überflüssigen Apostrophen nachzusinnen.

Der Kommissar überlegte, ob er die Konversation mit einigen Ausführungen zur Stadt Warendorf eröffnen sollte. Er interessierte sich seit Schülerzeiten für Historisches und informierte sich immer genau über Topographie und Geschichte der von ihm besuchten Orte. Außerdem versuchte er, stets einen Blick in die jeweilige Stadtkirche zu werfen, verriet sie doch in der Regel viel über die Bewohner, die mit ihr gelebt hatten, und über die, die es heute taten. Aber Rosie und Kirchen? Er wußte einfach nicht, wie Engländer die Rolle der Religion sahen. Wahrscheinlich waren seit den Zeiten Heinrichs VIII. Religion und Politik in England dasselbe.

Die junge Sergeantin hatte inzwischen die Speisekarte aufgeschlagen und blätterte. »Was bedeutet *Des Hellebardiers Nachtessen*?« fragte sie.

Schneider überlegte. Bei der englischen Übersetzung von *Hellebardier* hatte er seinerzeit gefehlt. »Keine Ahnung«, sagte er. *»Sorry.«*

»Oh, aber das hier kenne ich«, sagte Rosie und zeigte auf die verschiedenen Gerichte, in denen das Wort *Schnitzel* vorkam.

Die beiden bestellten, nahmen einen tiefen Schluck aus dem rasch servierten Bier und sagten gleichzeitig: »Ah.«

»Well, that's bloody fine«, fügte Rosie aus tiefstem Herzen hinzu. Dann errötete sie und fügte hinzu: »Ist so eine Redensart bei uns.«

Schneider lachte und sortierte seine Notizzettel und zwei Stadtprospekte. Dabei fiel ihm das Foto mit den beiden Kindern – dem kleinen Jungen und dem großen Mädchen – und dem Pferd auf den Boden. Er bückte sich, hob es auf und legte es auf den Tisch zurück.

Die Kellnerin, die das Essen brachte, bemerkte das Bild und stutzte. »Darf ich?«

»Bitte«, sagte Schneider. »Bedienen Sie sich.«

Die junge Frau hielt das Foto so, daß das Licht der Lampe es besser ausleuchtete, und sagte: »Sie sind doch gar nicht von hier. Wie kommen Sie denn an das alte Foto vom Pferdegestüt Brockmann?«

22

Freitag, 5. November 2010, und Samstag, 6. November 2010 – Oxford, Horspath und Abingdon

Um das erste Licht am Ende des Tunnels im aktuellen Fall zu feiern, machten sich Blackmores Kollegen am Abend in die Innenstadt auf und landeten nach einem Kurzbesuch von »The Grapes« in der George Street, der aufgrund einer Firmenfeier völlig überfüllt war. Gezwungenermaßen zogen sie zum nächsten Pub Richtung St Giles weiter.

»Wir waren schon ewig nicht mehr in ›The Bird and Baby‹«, sagte Moreland unter Verwendung des scherzhaften Zweitnamens des Pubs. Ihm wagte nie jemand zu widersprechen, abgesehen von Blackmore natürlich.

»The Eagle and Child« lag an der Ausfallstraße nach Norden und wurde meist von Studenten und ihren Professoren frequentiert, wenn man von den Tagestouristen absah, die auch einmal in einem typisch englischen Pub, so wie sie ihn aus dem Fernsehen kannten, sitzen wollten. Seine Geschichte ging bis ins siebzehnte Jahrhundert zurück; nicht zuletzt durch seinen regelmäßigen Besucher Tolkien war die Gaststätte über die Grenzen Englands hinaus berühmt geworden. Das interessierte Moreland aber gerade gar nicht. Ohne überhaupt zuerst nach einem freien Platz Ausschau zu halten, bewegte er sich zielstrebig zur Theke und bestellte für jeden ein Pint Nicholson's Pale Ale. Die anderen hatten als ordentliche Engländer eine Schlange gebildet, verfolgten aufmerksam das Zapfen durch einen freundlichen Studenten und nahmen nacheinander ihre Gläser in Empfang.

Wenig später saß die Gruppe um den runden Tisch schräg gegenüber der Theke, an dem vor langen Jahrzehnten C.S. Lewis, Tolkien und die anderen *Inklings* ihre Geschichten gesponnen hatten. Damals war es noch ein separater Raum gewesen, in dem Weltliteratur entstanden war.

Das Gespräch verließ schnell den aktuellen Fall – schließlich wollten ihn die Ermittler auch vergessen, denn warum sonst sollten sie ihn in Alkohol ertränken, dachte Thompson, der selber noch mit der Überlegung beschäftigt war, wie sie aus den aktuellen achtundzwanzig Prozent der noch rauchenden Landsleute – zufällig hatte er gestern im *Guardian* einen Artikel darüber gelesen – den Herrn mit der Zigarre herausfiltern sollten.

»Erzähl's noch einmal, Harry«, sagte Jarwar gerade.

»Aber das habt ihr doch schon tausendmal gehört.«

»Außerdem heißt das *Spiel es noch einmal* und nicht *Harry*, sondern *Sam*«, sagte Ness, der so vieles immer besser wußte. »Ist aus *Casablanca*.«

»Das ist ja nun gar nicht wahr«, sagte Moreland. »Das stammt aus Woody Allens Film.«

»Könnt ihr euch nicht woanders streiten?« fragte Sarwar. »Lass Harry mal reden.«

»Bitte«, pflichtete Moreland seinem Kollegen bei.

»Also gut«, sagte Ness. »Das ist aber schon ewig her. Ich saß in der mündlichen Prüfung zum Sergeanten, und die Abschlußfrage lautete: *Wie sollen Sie sich verhalten, wenn Sie Ihre Frau verhaften müssen?*« Er griff nach seinem zweiten Pint Ale und nahm einen großen Schluck.

»Wie sonst auch«, sagte Jarwar, der die Geschichte noch nicht kannte. »Du kannst keinen Unterschied machen, wenn du die zu Verhaftenden kennst. Was hast du denn gesagt?«

»Ich habe geantwortet, daß ich, wenn es sich um meine Frau handeln würde, nach Verstärkung rufen müßte.«

Die anderen grölten, Ness grinste erfreut ob der erwarteten Reaktion, und Jarwar prustete so laut los, daß ein leichter Sprühregen über den Tisch niederging.

Hinter Thompson öffnete sich die Tür, und Blackmores sonore Stimme sagte zu niemandem Bestimmten: »Ich habe mit mir selber gewettet und gewonnen. Fred verbringt jede freie Minute hier.«

Zwei Stunden später hatte sich das Niveau der Unterhaltung weiter dem des Alkoholpegels angeglichen, so daß sich Blackmore, der seinen Konsum auf zwei Pints beschränkt hatte, gezwungen sah, auf einem Taxi oder einem Fußmarsch für den Nachhauseweg seiner Kollegen zu bestehen. Erstaunlicherweise widersprach ihm niemand.

Der DCI verließ als letzter den »Eagle and Child«, nachdem er die von ihm ausgegebene Abschlußrunde bezahlt hatte. Er trat an die frische Luft und wollte sich schon auf den Rückweg nach St Aldate's machen, wo noch sein alter Mercedes parkte, als ihm etwas in die Nase stach.

Sumatra? Kentucky? Tesco's? Von irgendwoher kannte er den Geruch.

Ein Gartengrill? Ein alter Morris Minor? Der Kamin im Wohnzimmer seines Elternhauses im Herbst bei Ostwind?

Blackmore schnupperte.

Eine Zigarre! Eine von diesen großen Havannas, die Fidel Castro dauernd geraucht hatte und von denen er Chruschtschow 1960 ein Bündel zum Treffen in New York mitgebracht hatte. Ob es die wohl noch gab oder ob es sich um einen Nachbau handelte? Der Kommissar war sich unsicher.

Er schnupperte erneut und hielt dann einen Finger in die Luft, um die Windrichtung zu prüfen – eindeutig Nord-Süd, das heißt, der leichte Nachtwind wehte St Giles hinunter stadteinwärts.

Also suchte der Raucher stadtauswärts das Weite.

Blackmore machte sich an die Verfolgung. Vielleicht hatte er ja Glück und holte den Unbekannten ein, ehe das Dunkel der Nacht ihn verschluckte. Bah, er las eindeutig zu viele Schundromane, dachte er.

Und Verfolgungen hielt er für ein hartnäckiges Klischee bei Ermittlungen. Er hatte die vom Mai noch in schlechter Erinnerung, als er so außer Atem geraten war, daß er Verstärkung herbeitelefonieren mußte. Es wäre viel einfacher, wenn man einfach den Stadtteil, in dem sich der jeweilige Gangster aufhielt, komplett umstellen würde. Dann müßte man den Übeltäter nur noch einsammeln.

Der DCI beschleunigte seine Schritte.

Der Mann vor ihm tat es ihm gleich.

Blackmore fiel in einen leichten Trab, der bei den Lederabsätzen seiner Schuhe auf dem Pflaster nicht zu überhören war.

Der Mann vor ihm fing an zu laufen.

Der Kommissar versuchte, den Abstand zum Zigarrenraucher zu verringern, was ihm jedoch nicht gelang.

Inzwischen hatte die Verfolgung bereits den Anfang der Woodstock Road in Anspruch genommen. Blackmore schnaufte und hoffte auf ein Einsehen der höheren Mächte, das seinen Blutdruck in erträglichen Grenzen halten würde. Schließlich rief er etwas verzweifelt: »Halt, stehenbleiben oder ...«

Der Mann vor ihm tat ihm tatsächlich den Gefallen und hielt abrupt an. Er drehte sich um und sagte freundlich: »Ich schieße.« Er musterte Blackmore und fragte dann: »John, gibt es etwas Wichtiges, weil du um diese Zeit noch hinter mir her bist? Und du solltest etwas für deine Gesundheit tun; dein Schnaufen weckt ja die Leute auf.«

Mann, war das gestern abend peinlich gewesen. Blackmore schämte sich immer noch. Daß ihm seine Phantasie einen solchen Streich gespielt hatte! Anzunehmen, er könne den Fall mittels Zigarrenrauch im Alleingang ohne seine Kollegen lösen – geschenkt. Polizeiarbeit war Teamarbeit, immer und überall. Er hatte das einfach vergessen. Daß er weiter gedacht hatte, vier zufällige Beobachtungen würden zur Ergreifung des Täters führen – ebenfalls geschenkt. Passantenhinweise waren immer zufällig und führten meist zu nichts. Daß er aber die Lieblingszigarren seines Chefs nicht hatte identifizieren können – zumal sie im deutsch-englischen Fall, der gerade mal etwas über fünf Monate zurücklag, eine Rolle gespielt hatten –, das war ein Armutszeugnis sondergleichen. Ließ eigentlich mit zunehmendem Alter der Geruchssinn nach? Blackmore beschloß, bei nächster Gelegenheit Dr Fortescue, den Pathologen, danach zu fragen.

James Thorowgood hatte nur müde gegrinst und nach drei variantenreichen Entschuldigungssätzen seines Untergebenen gesagt: »Nun laß mal gut sein, John, und geh nach Hause. Schlaf dich aus und ruf mich anschließend an. Dann kannst du mir von deinen aktuellen Bemühungen erzählen, den Mörder des Antiquars zu finden.«

Das hatte gesessen. *Bemühungen* – pfff. Das klang so wie im Arbeitszeugnis, wenn man den chaotischen Angestellten nicht weiterbeschäftigen wollte und es nur höflich ausdrückte: »Er hat sich immer redlich bemüht …«

Andererseits kannte sein Chef ihn gut genug, um zu wissen, daß er sich mit allen ihm zur Verfügung stehenden Mitteln in den aktuellen Fall verbiß, um nur ja nichts zu übersehen und rasch ein Ermittlungsergebnis vorweisen zu können.

Ermittlungsergebnis – das war noch so ein Punkt. Was hatten sie wirklich in der Hand? Nichts. Ein paar vage Vermutungen, eine undeutliche Spur nach Deutschland und Rauch – nichts, womit man jemanden festnageln konnte.

Jetzt war auch noch Rosie auf den Kontinent abgeordnet, und die einzige greifbare Sache neben der Ansichtskarte aus Adams' Haus, die man tatsächlich anfassen konnte, besaßen die Deutschen: dieses merkwürdige Foto mit Kindern und Tieren.

Von Montag bis Samstag: Sechs Tage ohne Ermittlungsergebnis. Blackmore seufzte aus tiefstem Herzen. Wenn er sich wenigstens mit Julie beraten könnte. Eine frische Meinung von außen, das wäre es jetzt. Aber Julie war ja nicht einmal in Großbritannien. Und mit sich selber zu Rate zu gehen, führte in der Regel zu nichts.

Blackmore hatte gestern abend James Thorowgood noch ziemlich lange kleinlaut nachgesehen und mehrmals tief Luft geholt. Anschließend hatte er beschlosssen, an Verfolgungsjagden nur noch ausgeruht und in besserer körperlicher Verfassung teilzunehmen. Also würde er seine vor über einem Jahr aufgegebenen sportlichen Betätigungen wieder aufnehmen und täglich seine alte Runde in Horspath laufen müssen.

Der DCI hatte schlecht geschlafen und etwas Merkwürdiges von einer großen Tabakplantage geträumt, die von lauter kleinen Polizisten mit dicken Zigarren bevölkert war. Er war schweißgebadet aufgewacht und sich zuerst nicht sicher, wo er sich befand. Nach einer raschen Tasse Kaffee zog er seine älteste Jeans an, einen verschlissenen Pullover und Sportschuhe, die aus einem früheren Tennisleben stammten. Dann trat er vor die Haustür und überlegte, welchen Weg er nehmen solle. Nach seiner Scheidung war er in ein kleineres Haus in der Nähe der alten Dorfkirche von Horspath gezogen, von wo der Weg zum »Queen's Head« oder zum »Chequers Inn« nicht weit war, er aber auch einen längeren Spaziergang durch die Felder unternehmen konnte.

Blackmore war froh, daß er nicht mehr in Dorchester wohnte, das etwa fünfzehn Kilometer südöstlich von Oxford lag. Zum einen hatte er jahrelang bei jeder Nachfrage erklären müssen, daß sein Dorchester nicht *das* Dorchester war, das in Dorset lag und nur gute zehn Kilometer vom Ärmelkanal entfernt war; zum anderen war er die ewige Fahrerei mit ihren morgendlichen Staus nach Oxford hinein satt gewesen.

Nach längeren Überlegungen – die mehr mit der Zügelung des inneren Schweinehundes zu tun hatten, als er sich eingestehen wollte – entschied sich der DCI schließlich, mit einem Zwei-Kilometer-Lauf anzufangen.

Sein Elan erlahmte aber direkt wieder, als er die kleine Steigung am Manor House in Angriff nehmen mußte. In Schneewintern war sie steil genug, daß Autos ins Rutschen geraten konnten; ansonsten kam man mit einem Kinderwagen bequem hoch.

Das Manor House von Horspath stammte aus dem sechzehnten Jahrhundert, und Blackmore war jedes Mal, wenn er vorbeikam, versucht stehenzubleiben und es zu bewundern – wie auch heute. Eine kurze Verschnaufpause am ersten Sporttag war ja nicht verkehrt. Er tat so, als müsse er einen Schnürsenkel binden, und betrachtete unauffällig das Gebäude. Zu überlegen, daß es schon zu Zeiten von Elizabeth I hier gestanden hatte! Was man wohl von Beruf sein mußte, um sich ein solches Anwesen heute noch leisten zu können? Vielleicht reichte dazu Adel mit Geld. Manchmal wünschte er sich, selbst dort wohnen zu können, aber das war Unsinn; für nur eine einsame Person war es viel zu groß. Jeder Raum besaß einen Kamin; das Erdgeschoß war höher als die zweite Etage, die Fenster hatten Längs- wie Querstreben und zum Teil noch das alte Glas, und es gab einen Garten mit alten Bäumen und altem Rasen, zu dem der goldfarbene Ton des Hauses in reizvollem Kontrast stand.

Blackmore holte tief Luft und rannte weiter.

Zwanzig Minuten später stand der DCI unter der Dusche und fuhr dann deutlich erfrischt nach Abingdon, da er noch einmal die häusliche Umgebung von Jerry Adams betrachten wollte. Vielleicht fand er ja dort einen bislang nicht beachteten Hinweis, der ihn weiterbrachte.

Der DCI saß vor der großen Bücherwand in Adams' Haus und seufzte wieder einmal. Was hatte er übersehen? War hier irgendwo die Ursache für den Mord versteckt? Gab es zwischen den vielen Büchern einen Hinweis auf den Mörder?

Sein Mobiltelefon klingelte. Eine unbekannte Nummer.

Automatisch sah er auf seine Armbanduhr. Sie zeigte Viertel nach zwölf. Hatte er hier schon eine halbe Stunde gesessen und ins Leere gestarrt? Er gab sich einen Ruck. »DCI John Blackmore, Thames Valley Police.«

»Krüger«, sagte eine Stimme am anderen Ende der Leitung. »Wir hatten im Mai das Vergnügen.«

»*Oh well.* Natürlich erinnere ich mich. Wie kann ich Ihnen helfen?«

Krüger berichtete kurz von Schneiders kurzem nachmittäglichen Anruf aus Warendorf, bei dem er seinen Chef darüber informiert hatte, daß es noch keine Informationen gab.

»Und Sie meinen wirklich, daß in diesem Pferdeort eine heiße Spur zu finden sein soll?« fragte Blackmore, vielleicht ein bißchen zu scharf, wie er gleichzeitig dachte.

»Naja, sicher besser als Ihr Zigarrenraucher, den so viele Leute gesehen haben wollen«, sagte Krüger, vielleicht ein bißchen zu scharf, wie er gleichzeitig dachte. »Der ist ja nun wirklich mehr als nur flüchtig.«

»Der Rauch oder der Mann?« legte Blackmore nach, der immer noch den Zigarrenrauch seines Chefs in der Nase hatte. Oder in seiner Erinnerung. »War nicht bei Ihnen auch jemand mit Zigarre unterwegs?« Das hatte er von Rosie erfahren.

»Sie wissen doch selbst, wie das mit Zeugen ist. Ganze Romane könnte man aus ihren Beobachtungen verfassen. Oder ist das im Vereinigten Königreich anders?«

Blackmore wurde allmählich ärgerlich. Was bildete sich dieser deutsche Kommissar eigentlich ein? Ein merkwürdiger Mensch. Im Frühjahr hatte der einen ganz anderen Eindruck gemacht.

»Haben Sie überhaupt etwas Greifbares vorzuweisen?« Krüger war ebenfalls schlecht gelaunt. War wahrscheinlich ein Fehler, den englischen Kollegen angerufen zu haben, dachte er.

»Wie wäre es mit einem DNA-Analyse?« Blackmore hatte beschlossen, Animositäten außer acht zu lassen und professionell zu reagieren. »Ich besorge die Daten unseres Toten, Sie die des Ihren. Dann vergleichen wir.«

»Haben wir längst gemacht«, sagte Krüger. Ein leichter Triumph in seiner Stimme war nicht zu überhören. »Soll ich Ihnen die Daten vorlesen?« Bluffen war immer gut; das erhöhte die Kompetenz in den Augen der anderen.

»Gerne«, sagte Blackmore und wartete.

Krüger wurde blaß. Jedenfalls nahm Blackmore das an, der qua Alter über etwas mehr Erfahrung als sein deutscher Kollege verfügte, der sicher noch nichts in der Hand hatte und wie erwartet sagte:

»Das führt nur zu Ungenauigkeiten beim Mitschreiben am Telefon. Ich lasse Ihnen nachher die Daten übermitteln.« Dann konnte man das immer noch auf die Mitarbeiter schieben, wenn die Weitergabe nicht sofort erfolgte, weil der Abgleich überhaupt erst noch in Auftrag gegeben werden mußte.

»Wen verdächtigen Sie überhaupt?« fragte Blackmore. »Bei einem Lehrer sollten doch genug Leute mit einem Motiv zu finden sein.«

»Und bei Ihnen laufen sicher ausreichend verdächtige Touristen an Ihren ganzen Sehenswürdigkeiten vorbei, da ist es sicher leicht—«

»Ich glaube, das führt jetzt zu nichts«, sagte der DCI. »Ihnen noch einen guten Tag.« Er legte auf, ohne Krüger die Möglichkeit zu geben, sich zu verabschieden. Sauer war ein Euphemismus für seine Laune. Frustriert starrte er das Bücherbord weiter an.

23

Sonntag, 7. November 2010 – Warendorf und Bonn

Sie hatten doch noch Glück gehabt. Das »Hotel Johann« in der Nähe war trotz der fortgeschrittenen Jahreszeit ausgebucht, das erste Haus am Platz zu teuer, und auf eine Fahrt zurück nach Münster, wo die Schlafstättenauswahl sicher größer war, hatte Schneider nach vier wunderbaren Dunkelbieren keine Lust mehr. Die Kellnerin hatte schließlich ein Erbarmen gehabt und ein Landhaus in der Nähe angerufen, das ihrer Cousine gehörte. Und tatsächlich waren zwei Zimmer frei gewesen.

Die Übernachtungsgelegenheit hatte sich als Volltreffer erwiesen. Eine alte Hofanlage in einem Dörfchen namens Einen war von der Besitzerin und ihren beiden Söhnen in ein kleines Hotel umgewandelt worden. Nur mit Ackerbau und Viehzucht kam heutzutage niemand mehr über die Runden. Die Betten waren alt, die Zimmer liebevoll eingerichtet, die Bäder sauber – wenn es ihn jemals wieder in diese Gegend verschlagen würde, war das Landhaus sicher eine Reise wert, dachte Schneider.

Jetzt saßen die beiden Kollegen bei einem ausgiebigen ländlichen Frühstück auf der Tenne der früheren Scheune und beratschlagten das weitere Vorgehen.

»Ich würde ja überraschend dort auftauchen«, sagte Rosie. Sie hatte sich umgezogen und trug einen bequemen dunkelblauen Wollrock, eine weiße Bluse und darüber einen engen grau-bunten Pullover mit floralen Motiven, der das interessierte Gegenüber durchaus über seinen Inhalt informierte.

Schneider hatte seine graue Tuchhose von gestern gegen eine bequeme Jeans getauscht, zwar nicht ganz sonntagsgemäß, aber schließlich war das hier ja nur teilweise eine Dienstreise – bei einer so hübschen Kollegin. Vielleicht war sie zu haben, dachte er und musterte sie unauffällig, wie er fand. Er jedenfalls war definitiv zu haben. Und gewitzt war sie auch, was ihm fast wichtiger als gutes Aussehen war.

»Genug gesehen?« fragte Rosie und zog ihren Pullover glatt.

Schneider wurde rot und wußte nicht recht, was er sagen sollte.

»Wenn es mir nicht recht wäre«, sagte die junge Frau, »hätte ich ja auch etwas anderes anziehen können.« Sie grinste. »Irgendein Zelt oder so. Wie aus dem Katalog *Mode für Mammuts*. Aber so alt bin ich ja noch nicht. An die Arbeit. Was haben wir?«

Schneider ergriff den angebotenen Rettungsring und beschäftigte sich mit seinem Schreibblock. »Einen Namen, eine Adresse und ein altes Foto.«

Rosie leerte ihr Glas mit frisch gepreßtem Orangensaft und stand auf. *»Let's go.«*

Das Pferdegestüt Brockmann lag südwestlich von Warendorf in Freckenhorst, einem alten Marktflecken, der über die Jahrhunderte seine Bedeutung komplett verloren hatte. Nur das Vorhandensein der Stiftskirche St. Bonifatius aus dem zwölften Jahrhundert mit ihrem imposanten Westwerk hatte das komplette Versinken in der Bedeutungslosigkeit verhindert. Schneider hätte am liebsten gehalten und einen Blick ins Gotteshaus geworfen, aber Rosie drängte, effiziente Engländerin, die sie nun einmal war, auf Ergebnisse.

»Weiterfahren!« sagte sie im besten Sergeanten-Befehlston.

»Yes, Ma'am«, sagte der Kommissar.

Rosie lachte.

Gehorsam fuhr Schneider noch die anderthalb Kilometer bis zum Pferdehof und nahm mit Schwung die Einfahrt auf das Gelände. Nach einer Kurve mußte er abrupt bremsen und kam nur wenige Zentimeter vor einer Kutsche zu stehen, die ihm plötzlich den Weg versperrte. Er stieg aus und sah sich um.

Drei Seiten eines sicher fünfzig Meter im Quadrat großen Innenhofs umgaben die früheren Hofgebäude, deren Entstehung Schneider auf das achtzehnte Jahrhundert schätzte. Das Herrenhaus aus Backstein und Holz, ähnlich dem gestrigen Restaurant in Warendorf, stand Schneider gegenüber. Rechts davon lag ein Wirtschaftsgebäude, das früher wahrscheinlich die übliche Kombination aus Schweine- und Kuhstall gebildet hatte. Zur linken befand sich die alte Scheune, wie die beiden anderen Gebäude ebenfalls aus Fachwerk. Wunderschön, dachte Schneider. Hier hätte man gerne gearbeitet, zumindest von der Optik her. An der Giebelseite der Scheune entdeckte er sofort die drei Pferdeköpfe vom Foto. Normalerweise überkreuzten sich die Giebelbalken über dem Eingang, so daß man die Enden mit Verzierungen versehen konnte. Pferdeköpfe lagen natürlich nahe beim Betrieb eines solchen Hofs. Irgend jemand mußte aber schon in früheren Zeiten die Fläche über dem Kreuz mit einem weiteren Pferdekopf geschmückt haben. Dieser war allerdings nur als Halbrelief gearbeitet.

Jemand klopfte Schneider auf die Schulter und riß ihn aus seinen kunsthistorischen Betrachtungen.

»Sie haben's aber eilig«, sagte eine freundliche Stimme.

Der Kommissar drehte sich.

Vor ihm stand eine alte Frau, sicher an die achtzig Jahre alt. Sie trug einen bunten Kittel über einem farblosen Kleid und hatte einen großen Kohlkopf in der Hand, den sie wohl fürs Mittagessen vorgesehen hatte.

»Ihr Bremsen habe ich noch in der Küche gehört. Da drüben.« Sie zeigte aufs Herrenhaus.

»Die Kutsche kam etwas plötzlich«, sagte Schneider zur Entschuldigung.

Die alte Frau lachte. »Plötzlich ist gut. Die steht immer da. Wenn Sie langsamer angekommen wären, hätten Sie gesehen, daß Sie daneben problemlos hätten vorbeifahren können.«

»Tut mir leid«, sagte Schneider, der nicht begriff, warum so viele Leute immer alles im Weg stehen ließen.

Rosie war ebenfalls ausgestiegen und verfolgte das Gespräch mit interessiertem Gesichtsausdruck, obwohl sie nichts verstand.

»Sind Sie wegen des Pferdes gekommen?« fragte die alte Frau.

Schneider kam nicht ganz mit. Woher wußte die alte Dame …

»Die Annonce von gestern«, fügte sie erklärend hinzu. »In der *Glocke*.«

Pferdeverkäufe in der Kirchenzeitung? Naja, auf dem Land ist alles möglich, dachte Schneider.

Die alte Frau konnte Gedanken lesen. »So heißt unsere hiesige Lokalzeitung.«

»Nein«, sagte der Kommissar, »wegen *Ihres* Pferdes sind wir nicht gekommen. Nur wegen *unseres* Pferdes.« Er holte das alte Foto aus seiner kleinen Schreibmappe. »Zeige ich Ihnen gleich. Ach so, ich habe ganz vergessen, uns vorzustellen. Mein Name ist Markus Schneider, Kripo Bonn. Und das ist Miss Mannering, Kripo Oxford. Aus England.«

Die alte Frau blieb bemerkenswert ruhig.

Meistens löste die Tatsache, daß die Polizei im Haus war, eine Reaktion bei den Bewohnern aus, dachte Schneider. Manche begannen, ununterbrochen zu reden, anderen wurde schlecht, wieder andere mußten sich sofort setzen.

»Sollen wir Ihr Anliegen nicht bei einer Tasse Kaffee besprechen?« fragte sie. »Dann geht vieles leichter.« Sie wartete die Antwort nicht ab, sondern drehte sich um und ging zum Herrenhaus.

Während die beiden Ermittler ihr folgten, übersetzte Schneider seiner Kollegin rasch den bisherigen Gesprächsinhalt.

Die alte Frau brachte die beiden in die Küche, in der schon alles für das sonntägliche Mittagessen vorbereitet war. Geschälte Kartoffeln lagen auf einer Wachstuchdecke, in einer gußeisernen Pfanne brutzelte ein großer Braten, und eine große Schüssel mit Kompott stand für den Nachtisch bereit.

»Bitte, setzen Sie sich doch.«

Gehorsam nahmen Schneider und Rosie am Küchentisch Platz.

Wenig später standen die Tassen dampfenden Kaffees vor ihnen, und die alte Frau setzte sich dazu. »Dann erzählen Sie mal, junger Mann.«

Krüger war immer noch wütend.

»Was haben Sie denn mit dem Direktor gemacht?«

Langenargen war ebenfalls nicht besonders gut gelaunt. Schließlich war Sonntag, und den hätte er lieber zuhause am Frühstückstisch mit der Sonntagszeitung begonnen. Stattdessen saß er in seinem Büro im Polizeipräsidium. Aber Mordfall war Mordfall.

»Well«, fing Krüger an, wurde aber sofort unterbrochen.

»Üben Sie schon für das nächste Gespräch mit den Royalisten?« Langenargen war überzeugt, daß alle Engländer überzeugte Anhänger des Königshauses waren, was er bei jeder Gelegenheit betonte. »Außerdem kann man das Wort – wie bei uns *nun* – bestimmt immer weglassen.«

Und er neigte zu Verallgemeinerungen, dachte Krüger. »Lassen Sie mich mal ausreden.«

Langenargen kannte die Anzeichen, wenn mit Krüger nicht zu spaßen war, und sagte daher nichts.

»Sobald ich Hennes mit seiner Verhaftung gedroht hatte, wurde er gesprächig. Aber die Sache war ganz anders, als ich vermutet hatte.« Er machte eine Pause und trank einen kleinen Schluck des doppelten Espressos, den sein Chef ihm gemacht hatte.

Langenargen sah seinen besten Kommissar erwartungsvoll hat. Hatte er den Fall schon wieder gelöst?

»Wir haben es hier mit einem Fall pathologischer Philanthropie zu tun«, fuhr Krüger fort.

»*Sie* waren doch auf diesem altsprachlichen Gymnasium im Norden, Albertinum oder wie das hieß. Stand doch in Ihrem Lebenslauf. *Ich* nicht«, sagte Langenargen. »Man bittet daher demüthig – mit *th* bitte – um Übersetzung.«

»Johanneum in Hamburg«, sagte Krüger etwas beleidigt. Wenn man schon auf einer im sechzehnten Jahrhundert gegründeten Gelehrtenschule gewesen war, konnte sich das wenigstens der Chef merken. »Das Albertinum liegt in Bonn und ist bloß neunzehntes Jahrhundert.«

»Ach, all' diese lateinischen Worte mit *um*, die kann sich doch niemand merken.«

»Linoleum«, sagte Krüger so leise, daß sein Chef nur eine Mundbewegung sah.

»Also?« fragte Langenargen leicht drohend.

»Krankhafte Menschenfreundlichkeit.«

»Jetzt komme ich gar nicht mehr mit.« Langenargen hatte sich aufgesetzt und spielte mit seinem Kugelschreiber – ein untrügliches Zeichen, daß man jetzt besser zum Kern der Sache kam.

»Wolfgang Winkler war einfach nur nett, sagte Hennes«, sagte Krüger. »Und das haben bislang alle bestätigt, mit denen ich gesprochen habe. Von Hülsmeyer, diesem komischen Lehrer, abgesehen. Aber der ist Quereinsteiger, sagte mir Hennes, und sei früher beim Finanzamt gewesen. Der kann nichts für sein Verhalten. Wenn man einmal beim Finanzamt gearbeitet hat – oder so getan, als ob –, ist man für den Rest seines Lebens korrumpiert.«

Ein weiterer Schluck Espresso folgte.

»Ermitteln Sie eigentlich allein?«

»Sonntags … nie!«

»Ich wollte jetzt nicht Filme raten.« Langenargens Stimme wurde lauter. » Griechische schon gar nicht. Wo steckt denn Dolf Mesmer eigentlich?«

Manchmal sprang sein Chef, der sich gerade mal wieder als Cineast geoutet hatte, wirklich mit seinen Gedanken, dachte Krüger. Wie kam er von Melina Mercouri auf seinen kranken Kollegen? »Der ist doch mit einer Rehabilitationsmaßname befaßt.«

»*In Reha* hätte vollkommen gereicht. Ich weiß, daß Sie lange lateinische Wörter akzent- und fehlerfrei aufsagen können. Zurück zur Tagesordnung. Also, wo ist Direktor Hennes jetzt? Sie wollten ihn doch verhaften.«

»Wahrscheinlich immer noch in seinem Kaff. Kleinbüllesheim.«

Krüger brachte es fertig, den Namen leicht verächtlich auszusprechen. Woher rührte nur seine schlechte Laune, fragte er sich selbst. Anspannung wahrscheinlich, vom Chef mit leeren Händen erwischt zu werden. »Hennes hat mich schließlich darüber aufgeklärt, daß Winkler die Gründung einer Stiftung vorhatte, *Musik für Meisterschüler*. Gute Schüler und Schülerinnen sollten die Möglichkeit erhalten, ein Instrument zu lernen, wenn sich die Eltern eine musikalische Ausbildung ihrer Kinder nicht leisten konnten.«

Langenargen hatte für Gutmenschen nicht viel übrig, weil sie in der Regel damit prahlten und sich ständig in der Presse breitmachten. »Das kam im Lehrerkollegium bestimmt nicht gut an«, sagte er daher.

»Die wußten gar nichts davon. Winkler hatte das Geld schon mal auf Hennes' Konto überwiesen, weil sie beide zusammen in den Stiftungsrat wollten und der Direktor federführend sein sollte. Natürlich hätte die Stiftung später über ein eigenes Konto verfügt. Nummer drei an Bord sollte ein reicher Industrieller aus Rheinbach werden, der aber mit der Konstruktion der Stiftung nicht zufrieden war. Hennes und Winkler wollten sich daraufhin nach jemand anderem umsehen, haben das aber wegen des grauen Schulalltags ein bißchen in den Hintergrund rutschen lassen.«

»Seit wann lag das Geld denn bei Hennes?«

»Seit acht Jahren.«

»Und Hennes hat nie etwas für sich abgezweigt?«

»Keinen Cent«, sagte Krüger. »Scheint auch ein zuverlässiger Mensch zu sein.«

»Also hat sich auch dieser Verdächtige in Luft aufgelöst.« Langenargen seufzte.

Krüger tat es ihm nach.

»Und die Engländer? Haben die etwas?«

Krüger schüttelte den Kopf. »Alles nur Schall …« Er hustete. Ziemlich viel Schall, wenn er an das Telefonat mit Blackmore dachte. »Und Rauch.«

»Wenn ich das mal zusammenfassen darf«, sagte die alte Frau, »damit Sie sehen, daß ich auch alles begriffen habe: Sie sind auf einen toten Lehrer gestoßen.« Sie sah Schneider an. »Und Sie haben in England einen toten Buchhändler gefunden.« Rosie nickte, die immerhin *England* verstanden hatte. »Beide sind ermordet worden. Und Sie vermuten, daß es sich bei den beiden Toten um Zwillinge handelt. Aber warum kommen Sie damit zu mir?«

Rosie legte die alte Postkarte aus Warendorf auf den Küchentisch.

»Die Ansicht kenne ich natürlich«, sagte die alte Frau. »Darf ich mal?« Sie nahm die Karte in die Hand und drehte sie um. »Moment, die Schrift kenne ich auch. Das ist aber schon sehr lange her.« Sie überlegte.

Schneider schob das Schwarzweißfoto der alten Frau hinüber. Eine intelligente alte Dame, dachte er und betrachtete sie genauer. Was wohl aus ihr geworden wäre, wenn sie eine andere Ausbildung gehabt hätte, überlegte er. Sie besaß ein feines Gesicht, und ihrer Sprache nach verfügte sie sicher auch über einen gewissen Bildungsgrad. Unter den Trägern ihrer Schürze war eine kleine Perlenkette zu sehen; naja, es war auch Sonntag, und da konnten selbst die Angestellten sich ein wenig fein …

»Möchten Sie wissen, wer hier zu sehen ist?« fragte die alte Frau und nahm das Schwarzweißfoto in die Hand.

Schneiders Herz klopfte etwas lauter. Hatten sie endlich eine Spur gefunden, die zum Mörder führen würde? Er nickte energisch. »Natürlich.«

»Das hier ist Bernhard Brockmann«, sagte die alte Frau und zeigte auf den kleinen Jungen neben dem Pferd.

»Der Vorname stimmt ja schon mal«, sagte Rosie, der Schneider ständig das Gespräch auf Englisch zusammenfaßte. »Aber ist das nicht ein bißchen gefährlich, so dicht neben einem so großen Pferd zu stehen?« fragte sie.

Schneider übersetzte jetzt anders herum.

»Wenn das Pferd – das sie tatsächlich *Rosinante* genannt hatten, auch wenn es ein Hengst war – nicht so gutmütig gewesen wäre und nicht schon seit Geburt gelahmt hätte, dann hätte leicht ein Tritt den kleinen Jungen in …« Die alte Frau überlegte einen Moment. »Wie hat das nochmal dieser Schriftsteller aus Sachsen genannt? Genau: *In die ewigen Jagdgründe befördert.*«

Schon merkwürdig, dachte Schneider. Nach Belesenheit und Bibliothek sah die Köchin gar nicht aus, aber in der Regel täuschte man sich immer in seinen Mitmenschen. Gut war böse, und böse war gut; und gut war gut, und böse war …

Die alte Frau hatte etwas gesagt, was der Kommissar, weil er sich zum wiederholten Male in seinen Gedanken verfangen hatte, nicht gehört hatte. »Können Sie das freundlicherweise wiederholen?« fragte er daher.

»Natürlich«, sagte die Frau. »Bei dem Mädchen daneben handelt es sich um die Mutter des Jungen. Und dahinten steht der Vater.« Sie deutete auf den Stallburschen im Hintergrund.

Es klopfte. Eine jüngere Frau trat ein. »Oh, Entschuldigung, gnädige Frau. Ich wußte nicht, daß Sie Besuch haben.« Leise schloß sie die Tür wieder hinter sich.

Schneider sah die alte Frau überrascht an.

»Mir gehört der Hof«, sagte sie. »Gertrud Brockmann, nicht verheiratet. Das Mädchen auf dem Foto ist meine Schwester.«

24

Sonntag, 7. November 2010 – Oxford

Thompson richtete sich mühsam auf. Die *kleine* Alkoholvernichtung, zu der ihn vorgestern das Mädchen an der Magdalen Bridge eingeladen hatte, hatte sich als größeres Gelage herausgestellt, und wie auch andere Vertreter seiner Generation war er gestern nicht gegen Versuchungen seitens der angebotenen Rauschgetränke gefeit gewesen. Er lag in einem breiten Bett unter dem üblichen einzigen großen Laken und der Oberdecke, augenscheinlich in einem Mädchenzimmer, wie er einem Poster von Justin Bieber an der Wand und einem achtlos über eine Stuhllehne geworfenen BH entnahm.

Neben ihm regte sich etwas.

Ein blonder Wuschelkopf tauchte auf, und ein selbst mit zerwühlten Haaren gutaussehendes Mädchengesicht sah ihn an. »Gut geschlafen? Du warst ja ganz schön betrunken.« Sie schälte sich aus ihrem Teil der Bettdecke, in den sie sich eingedreht hatte, was erklärte, warum Thompson mit einer kalten Schulter aufgewacht war.

Das Mädchen stand auf, winkte dem jungen Kriminalbeamten zu und sagte: »Ich geh' mal duschen.« Nackt, wie Gott sie geschaffen hatte, verließ sie das Zimmer.

Thompson warf einen vorsichtigen Blick unter die Decke und war erleichtert. Seine Jeans von gestern hatte er noch an, ebenso sein T-Shirt. Nur seine Lederjacke lag vor dem Bett. Daneben standen beziehungsweise lagen vier Weinflaschen und eine halbe Flasche Whisky. Er setzte sich auf die Bettkante.

Das war ein Fehler.

Der Raum fing nämlich sofort an, sich zu drehen, was Thompson dazu veranlaßte, sich wieder hinzulegen. Die Umdrehungen ließen nach.

Er seufzte und rülpste gleichzeitig. Mist, so kannte er sich gar nicht. Er hatte weder etwas für Filmrisse noch für One-Night-Stands übrig. Was war denn bloß passiert?

Es klopfte.

Ohne eine Antwort abzuwarten, kam ein weiteres Mädchen ins Zimmer und sah sich suchend um. Glücklicherweise war sie angezogen.

Thompson setzte sich erneut auf, mußte sich allerdings aus Stabilisierungsgründen an der Bettdecke festhalten, was sich als nicht besonders geistreich herausstellte.

»Oh, Entschuldigung«, sagte das neue Mädchen. »Ich dachte, Becca sei hier.«

»Warte mal«, sagte Thompson. »Kennen wir uns nicht?« In seinem mit kleinen Watteflocken angefüllten Gehirn fand er nicht, was er suchte.

»Doch«, sagte das Mädchen. »Du hast die Flaschen aufgefangen.«

»Aha«, sagte Thompson. Sein Blackout war wohl doch größer. »Wo denn?«

Das Mädchen kicherte. »Ich dachte, ihr Polizisten vertragt mehr als der gemeine Bürger. Ist wohl doch nicht so.«

»Was ist denn überhaupt passiert?«

»Gar nichts. Jedenfalls nicht unten. Im Erdgeschoß, meine ich. Was hier oben los war, weiß ich ja nicht.«

Thompson folgte ihrem Blick, der bei dem BH über der Stuhllehne hängengeblieben war.

»Meiner ist das jedenfalls nicht.«

»Meiner auch nicht«, sagte der Sergeant, was dem Mädchen ein lauteres Giggeln entlockte. »Kannst du mich bitte aufklären? Wie heißt du überhaupt? Und warum habe ich hier oben übernachtet?«

»Wenn ihr so Leute befragt, kriegt ihr nie etwas heraus«, sagte das Mädchen. »So viele Fragen. Du mußt nach jeder Frage eine Pause machen, damit der Befragte Zeit hat, sich zu sammeln und dir dann zu antworten.«

Thompson massierte seine Schläfen. Das war ihm jetzt zu kompliziert. Außerdem war ihm schlecht.

Sein Gegenüber musterte ihn. »Es kommt auf die Whiskysorte an, die du nach Rotwein trinkst. Sonst bekommst du einen massiven Wildkater, nicht so einen kleinen niedlichen. Weißt du was? Ich mache dir jetzt einen richtig starken Kaffee und presse dir dazu eine Zitrone aus. Das wirkt Wunder. Und vorher gehst du unter die kalte Dusche.«

Auf dieses Stichwort öffnete sich die Tür, und Becca trat ins Zimmer, immer noch ziemlich unbekleidet. Nur ein Handtuch hatte sie lässig um die Hüften geschlungen. »Dusche ist frei.«

Blackmore hatte massive Kopfschmerzen. Nachdem er gestern mittag Abingdon ergebnislos verlassen hatte, hatte er sich den Schauplatz des Mordes in der Turl Street erneut angesehen. Aber auch hier hatte er nichts Neues entdecken können. Enttäuscht war er zur Polizeiwache gefahren. Entgegen seiner Erwartung hatte ihn die gewohnte Arbeitsumgebung seines Büros ebenfalls nicht weitergebracht, so daß sich seine Verzweiflung in Ärger entladen und er den Papierkorb gegen die Wand getreten hatte. Die letzte große Beule des Papierkorbs stammte aus dem Fall des goldenen Hörgeräts, den er immerhin wenige Tage nach dem damaligen Fußtritt aufgeklärt hatte. Vielleicht hatte er jetzt ebenfalls Glück, falls man Beulen als gute Omen ansehen konnte, dachte er. Das Ale im »Queen's Head« hatte gar nicht geschmeckt, wodurch er gezwungen gewesen war, zur Verstärkung eine der vielen Varianten des schottischen Nationalgetränks hinzuzuziehen. Wahrscheinlich war die Kombination aus dem Craft Beer mit Grapefruit und dem Rauchgeschmack des Whiskys tödlich gewesen …

Nachdem er heute morgen seine übliche Runde gelaufen war – wobei, von üblich konnte man nach zwei Tagen ja noch nicht sprechen, dachte er –, hatte er geduscht und Zeit für Spiegelei, Frühstücksspeck und Toast gefunden, gefolgt von einer Tasse tiefschwarzen Kaffees. Jetzt saß er vor dem Telefon und überlegte, ob er Dr Fortescue am Sonntag stören sollte. Eigentlich war es egal – Störungen schätzte der Polizeiarzt auch wochentags nicht, so daß Blackmore schließlich entschlossen zum Hörer griff.

»Fortescue«, brummelte Fortescue in den Hörer. »Was gibt es so Wichtiges, John?«

War der Pathologe Hellseher? Woher wußte er sonst seinen Namen? Blackmore sah den kleinen Doktor förmlich vor sich: Tweedjackett, Kugelbauch, Glatze. Aber das Jackett hatte er wahrscheinlich zuhause abgelegt. Außerdem war es ziemlich kalt, so daß er vielleicht einen Pullover trug. Aber Pullover mit Fliege vertrug sich sicher nicht. Pullunder und Fliege? Oder ein verstärktes weißes Baumwollhemd für die kalte Jahreszeit mit Fliege? Der DCI verlor sich in Kleiderfragen.

»Also?« Dr Fortescue wurde zu Recht ungeduldig.

Blackmore räusperte sich. »Woher wußten Sie, daß ich es bin?«

»Deswegen haben Sie doch nicht angerufen, oder?« Der Doktor lachte, was viel für ihn war. »Stellen Sie sich vor, mein Telefon hat einen Namenspeicher, und Sie stehen drin.«

»Vielen Dank für die Ehre.« Blackmore schwieg und suchte nach einer intelligenten Frage.

»Soll ich raten?« fragte Dr Fortescue. »Ich bin nämlich auch Telepath.«

Blackmores Kopfschmerzen machten sich wieder bemerkbar. Vielleicht hatten griechische Fremdwörter einen negativen Einfluß auf sein Gehirn.

»Dabei ist Gedankenlesen so einfach«, sagte der Doktor. »Sie sind DCI, ich bin Arzt. Wir haben einen Toten. Sie haben den Mörder noch nicht – ich auch nicht –, aber ich kann Ihnen alles über Spuren innen und außen am Toten sagen. Also rufen Sie an, um zu fragen, ob ich etwas Neues für Sie habe.« Er machte eine Pause.

Blackmore wollte schon etwas sagen, als Dr Fortescue fortfuhr.

»Habe ich. An der Kleidung des Toten befanden sich winzige Spuren von Zigarrenasche. Da Adams Nichtraucher war, wie Sie mir neulich gesagt haben, und auch sonst im Antiquariat nicht geraucht werden durfte, wie ich mal vermute, ist es ergo wahrscheinlich, daß die Asche …«

»… nur vom Mörder stammen kann«, führte Blackmore den Satz zu Ende.

Thompson fühlte sich nach der Dusche besser. Die Zimmerumdrehungen waren verschwunden, und selbst die Kopfschmerzen hatten nachgelassen. Er saß in der Küche der Mädchen-WG und versuchte, den Rest seines Brummschädels mit schwarzem Kaffee zu vertreiben. Um den Tisch herum saßen die drei jungen Frauen, die das Haus gemietet hatten. Glücklicherweise waren alle vollständig bekleidet, so daß Thompson wieder überall hingucken konnte. Was das anging, war er doch altmodisch, dachte er. Nackt ja, aber dann nur für einen und nicht dauernd.

»Gib mir mal die Marmelade«, sagte Emily, deren Flaschen er vorgestern aufgefangen hatte.

Thompson reichte sie gehorsam hinüber. »Also nochmal langsam zum Mitschreiben. Was ist gestern passiert?«

»Gar nichts«, sagte Becca. »Leider.«

Der junge Sergeant wurde rot.

»Oh, tut mir leid«, sagte Becca. »Ich wollte dich nicht in Verlegenheit bringen. Aber so nett, wie du aussiehst …«

»Das ist jetzt genug«, sagte die dritte junge Frau, die glatte, nach hinten gekämmte und in einem dunklen Zopf zusammengefaßte Haare besaß, was ihr ein etwas gouvernantenhaftes Aussehen verlieh. »Wir wissen, daß du nicht allein auf der Welt bist und dich durchaus nur in Zweierbeziehungen verwirklichst.«

»Wenn es aber nun mal so ist«, verteidigte sich die Angesprochene etwas lahm.

»Und du mußt nicht dauernd wildfremde Leute anschleppen«, fügte die Zopffrau mit einem Seitenblick auf Thompson hinzu.

»Das war *ich* dieses Mal« sagte Emily, »und Becca kann bezeugen, daß ich einen Ehrenmann erwischt habe.« Sie strahlte Thompson an, was ihn etwas sprachlos machte. Zwei Frauen, und bei jeder ein Stein im Brett? Eine solche Auswahl hatte er noch nie gehabt.

»Um deine Frage zu beantworten«, sagte Becca und strahlte den jungen Mann ebenfalls an, »wir haben gestern eine erfolgreiche Zwischenprüfung gefeiert. Dafür hatten wir einige Leute und dich eingeladen. Es gab ein bißchen zu essen und viel zu trinken, und das hat dich dann wohl umgehauen. Wir hatten uns in mein Zimmer zurückgezogen, weil die Musik unten zu laut war und du von deiner Kanadareise erzählen wolltest. Irgendwann waren die Getränke alle und du auch. Dann habe ich dich unter die Bettdecke gepackt und bin selbst eingeschlafen. Das war's.« Ein kleiner Seufzer folgte. »Aber du bist wirklich nett.«

»Finde ich auch«, sagte Emily. »Ganz anders als dieser komische Typ vom letzten Samstag.«

»Stimmt«, sagte die Zopffrau. »Um der Wahrheit die Ehre zu geben: Der hatte *mich* auf der Broad Street angesprochen, ob ich ihm nicht eine Übernachtungsgelegenheit nennen könnte. Da er ganz nett zu sein schien, habe ich ihn mitgenommen.«

»Einfach so?« Thompson wunderte sich.

»Naja«, sagte Emily. »Dich habe ich ja auch einfach so eingeladen. Wir haben ein großes Haus, und warum soll nicht jemand anderer an unserem Platz partizipieren? Außerdem war er schon älter, vielleicht sogar schon jenseits von Gut und Böse …«

Ein weiteres Strahlen folgte, daß Thompson sich aber zu übersehen bemühte. Am Platz ja, dachte er, aber auch am Bett?

»Mit *einem* Mann werden wir drei schon fertig«, sagte Becca und kicherte.

»Jedenfalls hat der Typ den gesamten Abend in der Küche gesessen und gequalmt.«

»Der war schon irgendwie komisch«, sagte Emily. »Der sah aus wie aus einem Leitfaden für höhere Angestellte, kleidungsmäßig, meine ich: Anzug aus Harris Tweed, Schuhe von Jones, College-Krawatte und ein Seidenschal. Das Merkwürdigste war jedoch sein Hut. Mitten im November trug dieser Mensch einen Strohhut.«

»Da regnet es doch durch«, sagte die Zopffrau.

»Und so 'ne Kleidung ist sowas von gestern«, sagte Becca. »Ich meine, der war doch nicht ganz dicht.«

»Wie der Hut«, sagte die Zopffrau und kicherte.

»Was hat er denn geraucht?« fragte Thompson, dessen Gedächtnis noch nicht einwandfrei funktionierte und der seine drei Gastgeberinnen heftig im Verdacht hatte, auch etwas geraucht zu haben. Irgendwie kam ihm der geschilderte Besucher bekannt vor.

»Zigarren«, sagte Emily.

Blackmore klingelte energisch. Nichts tat sich. Er trat einen Schritt zurück und sah nach oben. Das zu Stars Zimmer gehörende Fenster war geschlossen. Dahinter war nur ein grauer Vorhang zu erahnen. Die Fassade dagegen sah höchst bunt aus, weil sie komplett mit Graffiti versehen war. Ein grüner Außerirdischer saß so dicht neben einem blauen Fensterrahmen, daß er den Kopf einziehen mußte. *Enjoy your life* stand in drei Zeilen neben Stars Fenster; die aufgeblähten orangefarbenen Buchstaben waren erst auf den zweiten Blick als solche zu erkennen. *Bubble-Style* hieß das wohl, wie der DCI gelernt hatte, als an der Erdgeschoßfassade der St Aldate's Police Station ein Schriftzug entfernt werden mußte. Irgendein Komiker hatte *It's always personal if you get caught* in feuerroten Buchstaben neben den Eingang gesprüht, womit er natürlich recht hatte; es war immer persönlich, wenn man erwischt wurde.

Ob Star die Aufforderung zur Lebensfreude selbst gemalt hatte? Mehr blieb ihm mit seiner Krankheit ja auch nicht übrig, dachte der DCI. Er war sehr froh, daß er im beschaulichen Horspath lebte, wo es noch keine bemalten Häuser gab. Die Cowley Road hier war viel befahren, dauernd hielt einer der zahlreichen Busse, und überhaupt war ihm die Straße zu laut.

Moreland hatte zu Stars Wohnung etwas von *Opiumhöhle* gesagt; jedenfalls sei ihm das Gebäude so vorgekommen, woraufhin Rosie gefragt hatte, ob Höhlen im ersten Stock liegen konnten und nicht nur im Keller. Blackmore grinste in Erinnerung daran.

»Suchen Sie mich?«

Blackmore drehte sich um.

Star trug wieder seinen grünen Parka und hatte eine Einkaufstasche in der Hand.

»Wie kommen Sie darauf?« fragte der Detective. »Haben Sie Zeit für einen Kaffee?« Er deutete auf ein Café die Straße hinunter.

Star schüttelte den Kopf. »Zeit ja, aber nicht da hinten; das Zeug ist nicht trinkbar. Wir können gerne zu mir nach oben gehen.« Er schloß die Haustür etwas umständlich auf, was an den drei Schlössern lag, die es zu öffnen galt. »Ist wegen der Einbrüche«, sagte er nur.

Das Treppenhaus paßte exakt zu Thompsons Beschreibung; nur die Obstkisten waren zur Seite geräumt worden.

Blackmore folgte dem Journalisten die Treppe hinauf, bemerkte das Schild an der Zimmertür mit Stars Spitznamen und setzte sich drinnen an den von Thompson beschriebenen Tisch.

Der Mann im Parka hantierte an einer kleinen Espressomaschine und stellte wenig später eine gefüllte Tasse vor den Detective. »Einen doppelten, nehme ich an. Jedenfalls müssen Sie ihn jetzt trinken.«

Blackmore nickte erfreut und probierte. »Ausgezeichnet. Äthiopischer Kaffee, nehme ich an?«

»Ist der beste«, sagte Star. »Weil ich es mir wert bin.«

Werbesprüche aus der Kosmetikindustrie für Kaffee? Blackmore wunderte sich. Diesen dämlichen Satz hatte er neulich in der Kantine aufgeschnappt, als er sich versehentlich dort aufgehalten hatte.

»Was gibt es denn schon wieder?« fragte der Journalist. »Wir haben uns doch erst gestern zuletzt gesehen, oder?«

»Können Sie mir sagen, ob Ihnen im Antiquariat noch etwas aufgefallen ist? Etwas, an das Sie sich bei unserem ersten Gespräch nicht erinnert haben?«

»Wann?« fragte Star.

»Na, als Sie das letzte Mal da waren.«

Star schüttelte den Kopf. »Habe ich Ihnen schon alles gesagt.« Er schwieg und studierte seine sorgfältig gefeilten Fingernägel. »Nichts.«

Blackmore sah ihn nur freundlich an und wartete.

»Doch, warten Sie. Jetzt, wo Sie fragen. Jerry hatte mir doch von dem geplanten Treffen erzählt. Dann hat er noch hinzugefügt, wenn das Gespräch vorbei sei, müsse er wieder seine gesamte Kleidung auslüften, so, wie der Typ immer qualmen würde.«

Blackmore, der ebenfalls seine Fingernägel betrachtet hatte, sah frustriert auf. »Nun sagen Sie nicht auch noch, der Unbekannte sei Zigarrenraucher gewesen.«

»Doch«, sagte Star. »War er. Hatte Jerry jedenfalls gesagt.« »Von Mosaiksteinchen, die sich zu einem Bild zusammenfügen, kann nun wirklich nicht mehr die Rede sein.« Der Detective war mehr als genervt. »Das einzige Merkmal, auf das sich alle Zeugen einigen können, ist Rauch.«

Star lachte. »Aber das heißt noch lange nicht, daß alle Raucher Mörder sind. Eher Selbstmörder.«

Wieder Willen mußte Blackmore lachen. Dann wurde er wieder ernst. »Wie sah der Unbekannte denn aus? Der, mit dem Mr Adams sich treffen wollte?«

Star überlegte. »Deutlich größer als ich, sagte Jerry. Vielleicht eins neunzig. Dunkelblonde Haare, keine Brille. Graue Tuchhose, grauer Pulli, roter Schal, Anorak, ebenfalls grau. Wie diese Künstler, die schon morgens in Cafés sitzen und darauf warten, daß die Kneipen aufmachen. Hat Jerry jedenfalls so gesagt. Ich habe den Künstler ja nicht zu Gesicht bekommen.«

Täuschte Blackmore sich, oder war Star gerade seinem Blick ausgewichen? Jedenfalls kratzte er seine Nase – was bei seiner Krankheit ja kein Wunder war.

»Vielleicht habe ich noch etwas mehr«, sagte der Journalist. »Habe ich Ihnen schon gesagt, daß Grace Kelly die Lebensgeschichte von Adams kennt?«

25

Sonntag, 7. November 2010 – Warendorf und Bonn

»Mögen Sie uns das vielleicht etwas ausführlicher erzählen?« fragte Schneider. »Immerhin müssen wir zwei Mordfälle aufklären.« Für zwei tote Neffen war die alte Frau bemerkenswert gefaßt, dachte er.

Die Besitzerin des Anwesens sah aus dem Küchenfenster. Ein leises Lächeln umspielte ihre Lippen. Dann drehte sie sich zu Schneider und sagte: »Wissen Sie, was die *Große Liebe* ist? Groß mit einem großen G? Oder haben Sie sie vielleicht noch vor sich? Das wäre wunderbar.«

Der Kommissar übersetzte. Rosie sah die alte Dame überrascht an. Was jetzt wohl folgen mochte?

»Manchmal kommt diese Liebe im mittleren Alter. Manchmal muß man schon drei unglückliche Lieben hinter sich haben, um dann unverhofft auf die richtige zu stoßen. Manchmal ist man schon sehr alt, wenn sie kommt. Die Hoffnung darf man jedenfalls nie aufgeben.« Sie machte eine Pause.

Rosie hatte etwas aufgeschrieben und sah die alte Frau erwartungsvoll an.

»Das Mädchen«, sagte Schneider. »Ihre Schwester.«

»In Ruhe«, sagte Gertrud Brockmann. »Ich wollte Ihnen ja etwas erklären. Oder?«

Schneider nickte. »Entschuldigung.«

»Manchmal erreicht einen die große Liebe schon in jungen Jahren«, fuhr die alte Frau fort. »Und bleibt dann, wenn sie die beiden Richtigen gefunden hat. Das ist eine sehr kostbare Liebe, weil sie sehr selten schon so früh kommt und das ganze Leben bleibt. So war das bei Hedwig, meiner Schwester.« Sie trank einen Schluck Kaffee und sah wieder aus dem Fenster.

Dieses Mal sagte Schneider nichts, sondern wartete geduldig.

»Hedwig war fünfzehn, als der neue Stallbursche auftauchte, den unser Vater für die Pferde eingestellt hatte. Er kam aus dem Nachbardorf und hieß Gerhard. Nach wenigen Tagen waren er und meine Schwester unzertrennlich.«

Schneider übersetzte leise. Ebenso leise sagte Rosie: *»I know what's coming.«*

»Sie ahnen sicher«, sagte Gertrud Brockmann, »wie es weiterging. Eines Tages kam Hedwig zu mir und weinte. Ich konnte sie kaum beruhigen. Sie war schwanger, was in den fünfziger Jahren – es war 1951 – unmöglich war und das gesellschaftliche Aus bedeutete. In guter Hoffnung und nicht verheiratet, das ging gar nicht. Über Abtreibungen hat man damals nicht nachgedacht, jedenfalls nicht laut. Das kam für Hedwig aber sowieso nie in Frage.«

»Dann hat sie also noch rechtzeitig geheiratet?« fragte Schneider.

»Hat sie nicht. Vater hat dafür gesorgt, daß der Stalljunge über Nacht verschwinden mußte, und dann gewartet, daß die Zwillinge kamen.«

»Also doch Zwillinge!« sagte Rosie. »Wo ist denn der zweite Zwilling auf dem alten Foto?«

»Der wollte sich partout nicht fotografieren lassen und stand neben dem Fotografen«, sagte die alte Frau. »Ich erzähle jetzt aber noch zu Ende, ja?«

Die beiden Ermittler nickten und warteten gespannt.

»Jedenfalls bekam Hedwig ihre beiden Jungen, die Wolfgang und Bernhard getauft wurden. Die Taufe war auch noch ein Problem, weil der ursprünglich vorgesehene Priester sich weigerte, bei *in Sünde geborenen Kindern*, wie er sagte, die Taufe vorzunehmen. Aber das ist eine andere Geschichte.«

Sie seufzte. Der Bericht schien sie doch mehr mitzunehmen, als sie sich anmerken lassen wollte, denn sie wischte sich verstohlen eine Träne ab.

Schneiders Kaffee war inzwischen kalt geworden, was ihn aber nicht daran hinderte, wieder einen Schluck zu trinken.

»Vater hatte eine Heirat verboten. Hedwig war erst fünfzehn, das war der Hauptgrund. Und große Liebe zählte damals nicht; damals wurde nach Vernunftgründen geheiratet.«

»Der Stallbursche ist einfach so gegangen?« fragte Schneider.

Gertrud Brockmann nickte. »Das war ein ganz lieber Junge, immer freundlich, immer fröhlich. Ich habe Hedwig nie wieder so lachen gesehen, wie bei ihm. Er hat sich wohl in sein Schicksal gefügt – er war ja erst siebzehn.«

»Und dann?« fragte Rosie, die sich mehrere Notizen während der Erzählung gemacht hatte.

»Dann wurden die Kinder in Pflegefamilien gegeben. Getrennt«, sagte Frau Brockmann und wischte sich eine weitere Träne ab. »Können Sie sich das vorstellen? Zwillinge zu trennen? Aber Vater fand keine Pflegefamilie, die beide Kinder haben wollte. So kurz nach dem Krieg bedeuteten zwei Kinder mehr auch zwei Esser mehr, was sich damals keiner leisten wollte oder, besser gesagt, konnte.« Sie trank einen Schluck Kaffee und sah erneut nach draußen.

Die ferne Vergangenheit war für sie plötzlich ganz nahe, dachte Schneider. »Wie sind denn die Kinder ins Rheinland beziehungsweise nach England gekommen?« fragte er.

»Keine Ahnung. Vater hatte jeden Kontakt zu den Kindern verboten.«

»Ich fühle mich hier entschieden unterunterhalten«, sagte Carmen. »Du sagst ja gar nichts.«

Krüger brummte irgend etwas in seinen Drei-Tage-Bart. Er überlegte gerade, ob man durch Abklappern der einschlägigen Tabakläden vielleicht den Zigarrenraucher schneller ermitteln könnte, aber wahrscheinlich führte auch das wieder zu nichts.

»Hier, hör mal, was ich gefunden habe«, sagte Carmen.

»Bist du auf etwas Akustisches gestoßen?« Krüger liebte es, seiner sprachlich versierten Freundin ab und zu kleine Ungenauigkeiten unter ihr Ohr zu halten.

»Nee, du weißt doch, was ich meine. Ich wollte dir etwas vorlesen.« Sie deutete auf das dicke Buch, daß sie aufgeschlagen auf ihren Schoß hielt. »Steht hier alles drin. *Du und du selbst. Handbuch der Zwillingsforschung.*« Sie grinste.

»Heißt das wirklich so?« Krüger hielt zwar nicht viel von allgemeiner Psychologie, aber derart bescheuerte Titel konnte er sich bei dieser empirischen Wissenschaft nun doch nicht vorstellen.

»Nee, hab' ich mir gerade ausgedacht«, sagte Carmen. »Aber handelt tatsächlich von Zwillingen.«

Die beiden saßen im Wohnzimmer von Carmens Wohnung. Nach seiner Besprechung mit Langenargen war Krüger wieder nach Hause gefahren. Er war unruhig, weil er noch immer nichts in der Hand hielt.

»Eigentlich«, sagte Carmen, »reicht das Kapitel über getrennt aufgewachsene Zwillinge. Hier. Willst du mal gucken?«

Krüger schüttelte den Kopf. Seiner Meinung nach reichte es, wenn einer die Tageszeitung oder etwas anderes las und das Gelesene für den anderen anschließend kurz referierte.

Carmen hatte etwas gegen gefilterte Ansichten. Aber da sie das schon mehrfach mit dem Kommissar erörtert hatte und jedes Mal nur knapp einen Streit hatte vermeiden können, unterließ sie es diesmal, Krüger vom Gegenteil zu überzeugen. Sie fand es viel schöner, wenn man gemeinsam – nacheinander – etwas las und sich über Stil, Grammatik, Inhalt, Ansichten und dergleichen unterhalten konnte. Also sagte sie nur: »Soll ich es zusammenfassen?«

»Bitte«, sagte Krüger, der gerade darüber nachdachte, warum jemand Zwillinge in zwei Ländern umbringen sollte, und nicht genau zuhörte.

»Also«, sagte Carmen. »Du kannst die Zwillinge kurz nach der Geburt oder im Kleinkinderalter trennen, und sie verhalten sich doch fast vollständig gleich. Sprich, die genetischen Eigenschaften sind höher zu bewerten als die der Umwelt.« Jetzt hatte sie Krügers Aufmerksamkeit.

»Das heißt also«, sagte der Kommissar, »egal, wo sie aufwachsen und bei wem, die Erbanlagen bleiben?«

»Dafür heißen sie ja auch Erb- und nicht Umweltanlagen.« Carmen blätterte eine Seite um. »Soll ich's dir vorlesen?«

Krüger schüttelte den Kopf. »Nicht nötig. Warte mal.« Er studierte die Stuckdecke, wo anscheinend immer alles vermerkt war und alle Antworten standen. »Wolfgang Winkler, der Deutsche, ist Philanthrop, zu jedermann freundlich und höchst großzügig mit Geldzuwendungen. Wie sich das bei Bernhard Adams, dem Engländer, verhält, weiß ich noch nicht.«

»Dann ruf doch mal diesen englischen Kommissar an, diesen DCI Blackmore.«

Oha, dachte Krüger, sogar die englischen Dienstränge beherrscht sie.

»Es heißt doch immer *Detective Chief Inspector* in den englischen Krimiserien, oder?«

Krügers Achtung vor Carmen war gerade wieder geschrumpft.

»Hast du die Nummer?«

Der Kommissar griff zum Telefon und wählte. »Ich bin's. – Ich wollte was zu den Zwillingen fragen. – Weiß ich. Ist noch nicht bewiesen, aber sobald wir den DNA-Abgleich haben …« Mist, jetzt hatte er sich verplappert. »Ja, ich weiß. Ich war vorhin ziemlich sauer. – Langsam, lassen Sie mich doch ausreden. – Eine Frage habe ich nur: Hat Adams auch Geld gespendet? – Was mich das angeht? – Dann eben nicht. Wiedersehen.« Er knallte das Telefon auf den Tisch.

»Was war denn das?« fragte Carmen, die das Telefonat aufmerksam verfolgt hatte.

»Ach, schlechte Laune. Ist anscheinend ansteckend. Der war wohl immer noch gereizt, weil ich vorhin unfreundlich war.«

»Warst du jetzt aber auch.«

»Naja, wenn du am gleichen Fall sitzt und keine Auskünfte bekommst …«

»Bist du sicher, daß es der gleiche Fall ist?«

»Natürlich. Die Toten sehen gleich aus, machen beide Musik und sind – davon gehe ich jedenfalls aus – beide altruistisch. Außerdem sind sie am gleichen Tag geboren, mit zehn Minuten Unterschied. Denk mal an die Tätowierungen. Irgend jemand hat sie einfach auseinanderhalten wollen.«

»Wie gut«, sagte Carmen, »daß es damals noch keinen Barcode gab. Sonst hätte den so'n bekloppter Tätowierateur eingraviert.«

Krüger lachte, weil Carmen gerade eine neue Berufsbezeichnung für das Tintengewerbe kreiert hatte. »Aber wer kann ein Interesse daran haben, zwei freundliche Zwillinge umzulegen?«

»Flachzulegen«, sagte Carmen. »Umlegen geht nur mit einer Kanone.« Dann merkte sie, was sie gesagt hatte, wurde rot und fügte eilig hinzu: »Mit dem Strumpf, meine ich.«

Krüger war mit seinen Gedanken schon wieder woanders. »Ein dritter Zwilling? Jemand, der es auf das Geld der Brüder abgesehen hat?«

»Das ist so furchtbar«, sagte Rosie. »Sich vorzustellen, daß du von dem Menschen, den du schon immer gekannt hast – von deiner Mutter abgesehen –, für immer getrennt wirst. Zwillinge auseinanderzureißen! Was muß das bloß für ein herzloser Vater gewesen sein!«

Schneider war immer versucht, beide Seiten zu hören, ehe er ein Urteil fällte. »Du weißt aber nicht, wie es damals auf dem Dorf zugegangen ist.«

»Wahrscheinlich auch nicht anders als bei uns.«

»Siehst du – Engstirnigkeit, Bigotterie und so etwas. Nichts mit *Liebe deinen Nächsten*.« Schneider begann, wütend zu werden. »Das geht doch gar nicht. *Vier* Menschen unglücklich zu machen: die jungen Eltern und die Zwillinge.«

»Naja, vielleicht ist Hedwig Brockmann doch noch glücklich geworden. Ihre Schwester sagte ja, sie sei in Bonn verheiratet gewesen. Möglicherweise werden wir dann in deiner Stadt fündig. *Andiamo!*«

Schneider grinste. Mal sehen, was als nächste Aufforderung kam. *Allons-y?* Er schloß die Autotür des Mercedes, den er in der Nähe der Viktoriabrücke am Wittelsbacherring geparkt hatte, wo man das Auto umsonst einen ganzen Tag stehen lassen konnte. Die Fahrt von Münster zurück hatte knappe zwei Stunden gedauert. Jetzt war es achtzehn Uhr, und er hatte Hunger.

Rosie konnte anscheinend Gedanken aus der Luft greifen und in Sprache verwandeln. »Ich könnte jetzt einen Happen vertragen.«

Schneider nickte erfreut. »Wenn du dir vorher noch die Beine vertreten magst, weiß ich ein schönes Restaurant.«

»Ist mir sehr recht.« Sie hakte sich bei Schneider unter, was dieser erfreut registrierte. »Nur schade, daß James nicht dabei ist …«

»James?« fragte der Kommissar betreten.

»Mein Freund. Verbringt seine Tage in staubigen Räumen des Ashmolean. Das große Museum im Zentrum. In Oxford, weißt du?«

Gut, das mußte man dann abhaken, dachte Schneider. Aber nette Kolleginnen waren auch nett.

Die beiden gingen durch die Mozartstraße, in der Rosie sich an den geschlossenen Häuserreihen aus der Gründerzeit nicht sattsehen konnte. Immer wieder blieb sie stehen und zeigte auf einen Fries, ein kleines Türmchen oder ein erleuchtetes Wohnzimmer mit hohen Stuckdecken. Die Sonne war gegen fünf untergegangen, so daß überall das Licht eingeschaltet war, was wunderbare Einblicke in bürgerliche Haushalte ermöglichte. Dank der kahlen Bäume konnte man manchmal auch einen Blick in den ersten Stock einiger Gebäude werfen.

Am Ende der Straße deutete Rosie auf einen ganzen Häuserblock, dessen Ziegelsteine gelb gestrichen waren. Das Erdgeschoß wies zu kleine Fenster in grauweiß geputzten Flächen auf, deren Oberkanten oval gewölbt waren. Vor zwei der Häuser war ein voluminöser moderner Haupteingang gebaut worden, der die Zuckerbäckerwirkung des Ensembles komplett zerstörte. »Was ist denn das?«

»Nur eine überregionale Anwaltskanzlei, der es wohl gelungen ist, die Bedenken des Denkmalschutzes zu zerstreuen«, sagte Schneider.

Rosie schüttelte nur den Kopf.

Eine Viertelstunde später waren die beiden im »Ratatouille«, Ecke Kaiser-Karl-Ring und Vorgebirgsstraße, angekommen.

Das Restaurant entpuppte sich als französisches Bistro aus der Zeit des Jugendstils mit Holztäfelung, großem Wandspiegel, Stühlen und Tischen aus derselben Epoche, Fliesenfußboden und einer mit Hochprozentigem auf vier Niveaus zugestellten Etagère. Wandleuchter mit gelblich-weißen Blütenkerzen verbreiteten ein warmes Licht. Die Einrichtung stammte wohl wirklich aus der französischen Hauptstadt, wie der freundliche Kellner erzählte.

»Well, that looks like Paris«, sagte die junge Sergeantin.

Es war voll – für einen Sonntagabend wahrscheinlich normal, dachte Schneider. Eine Familie mit zwei Söhnen und den dazugehörigen Freundinnen unterhielt sich lautstark über das eingeschränkte Freibad-Angebot in Bonn, passend zur Jahreszeit. Der Kommissar war sich nicht sicher, was er schlimmer fand: das von der Stadtverwaltung genial gegen die Wand gefahrene öffentliche Gesundheitsangebot, was Sportplätze und Schwimmbecken anging, oder die Rücksichtslosigkeit der Leute am Nebentisch, mit der mühelos andere Gespräche erstickt wurden. Glücklicherweise zahlte der Vater gerade das frühe Abendessen, und die Großfamilie verschwand.

»Ich lad' dich ein«, sagte Schneider, nachdem die beiden Platz genommen hatten. Er hatte sich in die Speisekarte vertieft, als Rosie erfreut sagte: »Es gibt ein *blackboard* hier.«

Wenig später kam schon die Vorspeise, ein Gänsebrust-Carpaccio mit Roter Beete und einer Bohnenkraut-Vinaigrette. Schneider lief das Wasser im Mund zusammen.

»Das sind doch schöne Ermittlungen«, sagte Rosie. »Eigentlich fast zu langsam. Wenn ich dagegen an die Aufregung bei meinem letzten Besuch in Bonn denke …«

Schneider nickte. »Völlig richtig. Fast könnte man denken, wir seien zum Vergnügen hier. Was sagt denn dein Chef zu solcherlei Zeitvertreib?«

»Och, der genießt doch schon mittags, wenn es geht, sein Pint Ale.« Die junge Frau überlegte, ob sie Blackmore mit der Bemerkung unrecht tat, entschied sich dann aber, es prosaisch zu sehen: Wenn der DCI Zeit hatte, hatte er auch Zeit zum Essen. Wenn es anders war, konnte er sich so in einen Fall verbeißen, daß es ihm erst abends auffiel, daß wieder ein Tag ohne warme Mahlzeit vorbeigegangen war. »John würde wahrscheinlich sagen, *alles zu seiner Zeit.*«

Zwei Tische weiter las ein Mann, der dem Kommissar vage bekannt vorkam, Zeitung und rührte zwischendurch in einer Kaffeetasse.

Der aufmerksame Kellner brachte den Hauptgang, für den sich beide entschieden hatten: Königsbrasse auf Ratatouille mit Olivenöl-Balsamico und Bratlingen.

»Mann, ist das lecker«, sagte Rosie, nachdem sie eine Viertelstunde nur gegessen hatten. »Aber zu unserem Fall zurück.«

»Ich wollte noch 'was wissen«, sagte Schneider. »Als mich dieser Typ in Warendorf angerempelt hat, da hast du gesagt, daß du ihn schon mal gesehen hättest.«

»Stimmt. Aber wahrscheinlich habe ich mich getäuscht. Er sah nur so ähnlich aus wie der Journalist bei uns.« Die Sergeantin berichtete von Frederic Star.

»Der wird kaum nach Warendorf gefahren sein. Oder weiß er etwas von eurer Postkarte?«

Rosie schüttelte den Kopf und widmete sich wieder ihrem Fisch.

»Eigentlich haben wir nur zwei Möglichkeiten«, sagte der Kommissar. »Da der Großvater der Zwillinge jeden Kontakt verboten hat, müssen wir entweder über das Warendorfer Jugendamt versuchen, die Pflegefamilien zu ermitteln, oder andersherum über die nach Bonn gegangene Mutter.« Er trank einen Schluck Wein, der leider viel zu rasch zur Neige ging. Aber er hatte sich vorgenommen, den Abend mehr oder minder nüchtern zu verbringen.

»Mrs Brockmann hat doch gesagt, ihre Schwester sei erst vor kurzem verstorben, oder?«

»Ja, aber über die Firma ihres Mannes kann man vielleicht noch etwas mehr über die Zwillinge erfahren.«

Beide hingen ihren Gedanken nach. Schließlich legte Schneider das Besteck auf den Teller. »Weißt du was? Nach dem Nachtisch gehen wir mal bei der Firma vorbei.«

»Jetzt? Es ist Sonntag.«

»Für die Beschaffung von Informationen ist jeder Tag geeignet. Außerdem kommen wir auf dem Weg zum Auto sowieso da vorbei. Fast jedenfalls.«

Das Dessert war genauso exquisit, wie es die beiden ersten Gänge gewesen waren. Nach dem Espresso zahlte der Kommissar und half Rosie in die Jacke.

»Wir müssen zum Bertha-von-Suttner-Platz. Dort residiert meines Wissens die Immobilienfirma, die so heißt, wie Frau Brockmanns Schwester nach ihrer Heirat.«

Auf Höhe des »Hotel Aigner« blieb Rosie plötzlich stehen. »Hast du den Mann auch gesehen?«

Schneider drehte sich um und sah die Straße entlang. »Wen meinst du denn?«

»Nee, vorhin, im ›Ratatouille‹. Den Zeitungsleser.«

Schneider nickte. »Was war denn mit dem? Haben wir ein weltbewegendes Ereignis verpaßt?«

»Nicht wirklich«, sagte Rosie. »Aber hast du die Zeitung gesehen? Es war ein englisches Blatt.«

Jetzt fiel es Schneider wieder ein, wo er den Mann schon einmal gesehen hatte. »Nee, habe ich nicht. Aber den Mann kenne ich, glaube ich. Vielleicht.«

Rosie lachte. »Das ist leicht ungenau.«

Schneider überlegte. »Der sah aus wie dieser eine Lehrer in dem Rheinbacher Gymnasium, diesem Menschen, der so lispelte.« Er berichtete seiner Kollegin kurz von Marcel Manus. »Der ist Englischlehrer. Der darf englische Zeitungen lesen.«

»Aber warum ausgerechnet die *Oxford Mail*?«

»Keine Ahnung. Vielleicht kann man die hier inzwischen am Bahnhof kaufen?«

Nachdem sie die Altstadt verlassen und das WOKI passiert hatten, stießen die beiden drei Häuser weiter auf das Schaufenster, das Schneider in Erinnerung hatte. *Immobilien Bachem* stand quer darüber. Neben der großen Eingangstür hingen die neuesten Verkaufsinserate, sorgfältig in Rahmen befestigte DIN-A4-Blätter.

»Noch kein Flachbildschirm«, sagte Rosie. »Dann könnten sie sich den ganzen Papierkram sparen.« Sie deutete auf ein schwarz umrandetes Blatt, das ein kleines Schwarzweiß-Bild einer älteren Frau samt längerem Text zeigte. »Sieht Ms Brockmann ähnlich.«

Schneider trat näher und übersetzte: »*Nur wenige Wochen nach dem Tod unseres Seniorchefs hat uns auch unsere Seniorchefin verlassen. Wir trauern um das plötzliche Ableben von Gertrud Bachem, geb. Brockmann.* Und dann kommt noch die übliche Lobrede.«

»Die Spur führt ins Nichts«, sagte Rosie. »Nur Tote. Überall.«

26

Montag, 8. November 2010 – Oxford

Blackmore war ausgeschlafen, kopfwehlos und voller Tatdrang. Der dritte Morgen mit einer Joggingrunde hatte ihm gut getan. Er saß im Besprechungszimmer der St Aldate's Police Station und betrachtete seine Kollegen.

Thompson sah müde aus. Was er wohl am Wochenende gemacht hatte? Zur Zeit war er doch frauenlos, oder hatte er da etwas nicht mitbekommen? Gleichzeitig fragte sich der DCI, ob so etwas von seinem Geschlechtsgenossen zu denken normal war. Und ob er das gleiche bei einer Kollegin auch hätte denken dürfen.

»Woran denkst du gerade, John?« Harry Ness war auf dem Weg zu seinem üblichen Platz und klopfte seinem Chef freundschaftlich auf die Schulter.

Blackmore unterdrückte das Rotwerden durch einen vorgetäuschten Hustenanfall und sagte dann: »Die weltpolitische Lage im Allgemeinen und in Bonn im Besonderen.«

»Wieso?« Moreland blickte auf. »Ist was mit *Frau* Merkel?«

Sarwar stupste ihn an. »Bonn ist seit dem letzten Jahrhundert vorbei. Frau Merkel wohnt jetzt in Berlin.«

Die anderen lachten.

Es roch immer noch nach Farbe. Blackmore zog seine Nase kraus und sah sich um. Etwas fehlte. Genau, die »Ahnengalerie« aller Chief Constables war abgehängt. Statt dessen schmückte jetzt ein Bild der Königin in jungen Jahren die ansonsten leere Wand, die in einem leichten Blaugrau gestrichen worden war. Alles andere war geblieben. Selbst die Armlehnen seines Stuhls knarrten wie immer.

Es klopfte.

»Herein«, rief Blackmore.

DC Alison Fisher trat zögernd ein.

»Auch schon da?« fragte Moreland und wandte sich wieder seiner unvermeidlichen Tageszeitung zu.

»Tut mir leid«, sagte die junge Frau mit etwas zu hoher Stimme.

Definitiv nicht zum Verkehrsregeln geeignet, dachte Blackmore. »Wo waren Sie überhaupt in den letzten Tagen?«

»Mal hier, mal da«, sagte Fisher nicht sehr hilfreich.

Blackmore versuchte, eine überzeugende vertikale Stirnfalte zu bilden, was ihm anscheinend gelang, denn DC Fisher fügte rasch hinzu: »Ich mußte ACC Dorothy Walker begleiten.«

Thorowgood hatte sich wohl umentschieden, was die Zuordnung der neuen Mitarbeiterin anging. Und mit dem zweiten Assistent Chief Constable zusammenarbeiten zu können, lohnte sich immer.

»Und jetzt?«

»Jetzt bin ich bei Ihnen, Sir«, sagte DC Alison Fisher. Ein vorsichtiges Lächeln folgte.

Blackmore betrachtete die junge Frau, die diese langweilige Dienstkleidung trug – dunkelgraues Kostüm und zugeknöpfte weiße Bluse. Die Schuhe konnte er nicht sehen. Ihre dunkelbraunen Haare hatte sie in einem Pferdeschwanz zusammengefaßt. Leider verdeckte eine schwarze Hornbrille ihr wahrscheinlich hübsches Gesicht. Wer sie wohl mal bekommen würde? Aber heutzutage war das gar nicht sicher, dachte er. Vielleicht war ein Mann der Glückliche, vielleicht auch eine Frau, oder vielleicht würde sie wie so viele junge Frauen mit ihrer Arbeit verheiratet sein und erst viel zu spät merken, daß es auch ein Leben *draußen* gab.

»Also, was ist jetzt mit Bonn?« Moreland faltete seine Zeitung zusammen.

Blackmore berichtete von zwei mißglückten Kommunikationsversuchen telefonischer Natur mit Krüger. »War wahrscheinlich meine Schuld. Vorwürfe führen ja nie zu etwas. Ich will ihn nachher noch einmal anrufen.«

»Mit was in der Hand?« fragte Harry Ness, der präzise die wunde Stelle des aktuellen Falles entdeckt hatte.

Sarwar sprang seinem Chef bei. »Laß ihn doch. Wie oft haben wir schon gedacht, daß der Täter nie ermittelt werden könnte, bis plötzlich ein bislang übersehenes Puzzleteil …«

»Textbaustein«, grummelte Moreland.

Sarwar war aus dem Konzept gebracht. Er setzte neu an. »Plötzlich taucht jemand oder etwas auf – und schon ist alles gelöst.«

Der DCI hörte nicht genau zu. Irgend etwas spukte in seinem Kopf herum, seit er die Cowley Road wieder verlassen hatte. Es hatte mit Stars Zimmer zu tun. Er ging im Geiste noch einmal die Treppe hoch, betrat hinter dem Journalisten dessen Bleibe und sah sich um. Ziemlich grün war das ganze Zimmer, bis auf den Kleiderschrank, der war braun. Kleiderschrank. Er überlegte. Genau, irgend etwas war damit gewesen. Oben drauf hatte eine Plastiktüte gelegen, aus der etwas herausgesehen hatte.

Der Detective stand auf und ging zum Fenster. Die anderen sahen ihm irritiert zu, sagten aber nichts. Unten rauschte der übliche Montagmorgen-Verkehr vorbei, Busse, Studenten auf Fahrrädern, Taxis, Autos, die von Abingdon kommend nach links abbiegen mußten, da die Straße geradeaus ins Zentrum für den Normalverkehr gesperrt war, Mütter mit Kinderwagen, ein kleiner Lastwagen mit Rohren für die häusliche Kanalisation, die in mit Stroh gefüllten Kisten lagen … Stroh. Genau, das war es.

»Auf Stars Kleiderschrank hat in einer Tüte ein Strohhut gelegen«, sagte er. »Das konnte man unschwer an der sichtbaren Krempe sehen.«

Zwei Stunden später herrschte hektische Betriebsamkeit. Ness saß mit zwei Beamten am Computer und sah ihnen zu, wie sie aus den Zeugenbeschreibungen des Zigarrenrauchers mit Strohhut ein Fahndungsbild erstellten. Moreland war mit drei uniformierten Kollegen zu Stars Wohnung gefahren, um sie auf den Kopf zu stellen. Einen Durchsuchungsbefehl zu bekommen, hatte sich dieses Mal als leicht erwiesen. Sarwar telefonierte mit der Fahrbereitschaft, um sicherzustellen, daß der schnelle Vauxhall-Kombi vollgetankt und abfahrbereit war – für den Fall der Fälle. Und Fisher war von Blackmore ins Antiquariat geschickt worden. Sie sollte Morgan fragen, ob auch er den Raucher gesehen hatte und wo sich Adams Reisepaß befand.

Der DCI selber saß im Verhörzimmer 2 und betrachtete Adams' Freundin. Frauen zu betrachten und sich an ihnen zu erfreuen, weil es etwas so Schönes gab, das war schon etwas Feines, dachte er. Schade, daß Julie noch nicht wieder da war. Aber es waren nur noch fünf Tage bis zu ihrer Rückkehr.

»Nett, daß Sie lächeln«, sagte Grace Kelly. »Das erleichtert doch immer jede Unterhaltung.« Sie trug heute ein dunkelgrünes Kleid und eine elegante graue Wolljacke. Als einzigen Schmuck hatte sie eine Brosche an der Jacke befestigt.

Blackmore schaufelte den Papierstapel, den er nur für diesen Zweck mitgebracht hatte, zusammen. »Dann berichten Sie mal.«

»Was hat Ihnen Frederic denn erzählt?«

»Nur, daß Sie mehr über Adams' Leben wüßten.«

»Was wissen *Sie* denn?«

Blackmore beschloß, das kleine Spiel mitzumachen und freundlich zu bleiben. Wie er Ms Kelly einschätzte, würde er mit dieser Strategie mehr Erfolg haben, als wenn er das *Interview* auf ein *Verhör* reduzierte. »Beruf, Stand der Bankkonten, Herkunft, nämlich Deutschland.«

»Das ist alles? Ich kann Ihnen etwas mehr sagen. Aber vorher wäre ein Kaffee ganz gut. Wenn das geht.«

Blackmore nickte und stand auf. *»Un espresso della polizia?«*

Grace Kelly lachte. »Gibt's den noch? Sehr gerne.«

Wenige Minuten später saß Blackmore wieder ihr gegenüber. Zwei doppelte Espressi auf dem Tisch dampften noch.

Der uniformierte Beamte an der Tür ließ sich den Geruch neidisch in die Nase steigen.

»Also?«

»Bernhard ist mit zwei Jahren in eine deutsche Pflegefamilie gekommen. Er hatte drei Stiefbrüder, die Mitte der Siebziger nach

Australien ausgewandert sind. Die Pflegeeltern sind 1960 nach England gezogen. Und sie hatten Bernhard immer wie ihren eigenen Sohn behandelt, weil sie ihm eine normale Kindheit ermöglichen wollten. Deshalb hieß Bernhard mit Nachnamen Adams.« Sie sprach den Namen deutsch aus.

»Dann ist das gar kein englischer Name?« fragte Blackmore.

»Nein. Der Vater hat hier zuerst in einer Londoner Buchhandlung gearbeitet und ist später nach Oxford gekommen, wo er bei Blackwell's tätig war. Mitte der achtziger Jahre sind beide Pflegeeltern an Krebs gestorben.«

»Hatten die Pflegeeltern ihn denn adoptiert? Wegen des Nachnamens, meine ich.«

»Keine Ahnung. Vielleicht hat er ihn einfach beibehalten. Er hat übrigens nie Verwandte in Deutschland finden können.«

»Etwas anderes. Wo kommt dann das viele Geld her?«

»Keine Ahnung.« Die stattliche Frau nippte an der kleinen Espressotasse.

Irgendwie sah das lustig aus, dachte Blackmore. Wahrscheinlich hätte ich ihr besser einen Latte macchiato gemacht; bezüglich der Proportionen wäre das sicher geschickter gewesen. Er studierte einen Computerausdruck. »Ich habe hier eine Aufstellung der Bewegungen auf Adams' Konto, auf dem die zwei Millionen lagern.«

»Ich dachte, es seien drei?«

»Die dritte ist am fünfzehnten Oktober, also vor drei Wochen, auf ein Konto bei der RBS überwiesen worden.«

Grace Kelly schluckte. Sie holte aus ihrem Umhängebeutel von Gucci ein Taschentuch und wischte sich damit über die Stirn.

Blackmore betrachtete sie. »Wenn ich mich nicht irre, handelt es sich dabei um Ihr Konto bei der Royal Bank of Scotland, oder?«

»Aufbrechen«, sagte Moreland und zeigte auf Stars Tür. Die Eingangstür des schmalen Hauses war offen gewesen, da der Gemüsehändler gerade drei weitere Kisten in den Flur stellen wollte.

»Ist offen«, sagte einer der Polizisten und gab dem Türblatt einen Schubs. »War nur angelehnt.«

Moreland trat ein und sah sich um.

Leer – das war sein erster Eindruck. Leer im Sinne von unbewohnt. Zwar standen alle von Thompson und anschließend von Blackmore erneut beschriebenen Möbelstücke noch im Zimmer, aber jeglicher persönliche Besitz war verschwunden. Der Tisch war leer, das Geschirr in den Küchenschrank geräumt – wie ein kurzer Blick zeigte – und Kleidung am Garderobenhaken neben der Tür nicht mehr vorhanden. Der Inhalt des Schranks war ebenfalls entfernt worden. Auch die von Blackmore erwähnte Tüte auf dem Möbelstück, die diesen Einsatz erst ausgelöst hatte, fehlte. Der Papierkorb neben dem Tisch enthielt außer der Sonntagszeitung nichts anderes mehr.

»Echt super«, sagte Moreland zu niemandem im Besonderen. »Wieder einer mehr, den wir jetzt suchen müssen.« Er griff zum Mobiltelefon, um seinem Chef Nachricht zu geben.

Gleichzeitig beugte sich einer der Polizisten vor, um die weggeworfene Zeitung hochzunehmen. Als er sie umdrehte, um die Überschriften nicht über Kopf lesen zu müssen, fiel ein Zettel auf den Fußboden. Er bückte sich.

Moreland bückte sich gleichzeitig und vermied im letzten Moment einen Zusammenstoß beider Köpfe.

»Sir«, sagte der Polizist, der schneller gewesen war. »Möchten Sie zuerst einen Blick darauf werfen?«

Moreland steckte sein Handy wieder ein, nahm das Blatt und faltete es auseinander.

Es war die Kopie einer Flugbuchung von London-Heathrow nach Düsseldorf.

Moreland reichte dem Polizisten das Papier. »Kannst du mit deinen jungen Augen das Datum entziffern? Des Fluges, meine ich?«

»Natürlich. Ist das von heute.« Er faltete das Blatt wieder und gab es Moreland zurück.

»Sir«, fügte er hinzu.

»Und die Uhrzeit?« fragte der DS.

»Fast eins, Sir«, sagte einer der anderen uniformierten Beamten. »Wir sind seit einer halben Stunde hier.«

»Danke. Aber das meinte ich nicht. Ich wollte die Abflugzeit wissen«, sagte Moreland.

»Vor einer Stunde, Sir«, sagte der Polizist, der gerade das Blatt aufgehoben hatte.

»Gut, dann brauchen wir die See- und Flughäfen nicht mehr zu sperren. Ist ohnehin zu spät. Der Chef kann die Kollegen in Düsseldorf informieren.«

Blackmore sah ungerührt Grace Kelly beim Weinen zu. Eigentlich war er als Kavalier alter Schule immer versucht, den Vertreterinnen des stärkeren Geschlechts zur Seite zu stehen und sie in einem solchen Fall zu trösten. Andererseits hatte er schon so viele Krokodilstränen erlebt, daß die Feuchtigkeit noch für das Nilpferdbecken nebenan gereicht hätte. Bei Grace Kelly war er sich jedoch uneins, um welche Sorte Tränen es sich handelte.

Die Frau schluchzte noch einmal auf, schneuzte sich und setzte sich wieder gerade hin. »Entschuldigung. Aber das war jetzt alles zu viel«, sagte sie.

»Was genau?« fragte der Detective mit Absicht unpräzise. Vielleicht kam die ganze Geschichte, mit der Ms Kelly augenscheinlich beschäftigt war, ohne allzu große Nachhilfe seinerseits ans Licht.

»Ach, mit jeder Kleinigkeit daran erinnert zu werden, wie wertvoll Bernhard war.«

Der DCI sah sein Gegenüber schief an. »War das etwa Ironie?«

Kelly verstand nicht sofort. »Was jetzt?«

»Viel Geld als Kleinigkeit zu bezeichnen und jemand Reichen wertvoll zu nennen – das ist für mich pure Ironie. Fast schon Zynismus.«

»Ihren Beruf möchte ich nicht haben.« Adams' Freundin verschränkte die Arme und sah den Detective herausfordernd an. »Sie müssen wohl immer zuerst das Schlechteste von den Menschen denken, oder?«

Das hatte gesessen. Blackmore fühlte sich wie ein Schuljunge, den man nach einer Übeltat erwischt hatte. Bei sehr umfangreichen Frauen fühlte er sich ohnehin immer in der Minderzahl.

»Darauf wollen Sie nicht antworten, oder?«

Oder mit anschließendem Fragezeichen war auch so eine neue Marotte der Leute, dachte der DCI. Eine Frage sollte mit einem zu hörenden Fragezeichen aufhören, nicht mit irgendwelchen modischen Floskeln.

»Vielleicht hören Sie mich erst einmal zu Ende an, bevor Sie mit Unterstellungen arbeiten.« Ms Kelly war aufgebracht.

Ihr Busen wogte, hätte wahrscheinlich Walter Scott geschrieben, wenn er nicht ausschließlich mit Mantel und Degen befaßt gewesen wäre, dachte Blackmore. Er räusperte sich und sagte ungerührt, äußerlich jedenfalls: »Dann erzählen Sie mal.«

Ein kritischer Blick, dann eine Pause. Schließlich sagte Grace Kelly: »Es ist alles ganz anders. Ihre Frage nach der Million hat mich ein weiteres Mal daran erinnert, was für ein bedeutender Mensch Bernhard gewesen ist. Haben Sie jemals jemanden kennengelernt, der nur freundlich gewesen ist? Nein? Ich auch nicht, bis ich Bernhard traf. Er war von Anfang an aufrichtig interessiert an mir, an dem, was ich tat, wie ich zu meiner Arbeit stand, wofür ich mich begeistern konnte. Er war«, sie zögerte einen Moment, »*echt*.« Sie griff nach dem Taschentuch.

Blackmore sah auf die Uhr über der Tür, unauffällig, wie er fand, damit ihm Ms Kelly nicht Desinteresse unterstellen konnte.

»Halb eins«, sagte sie. Den Blick zur Uhr hatte sie anders interpretiert. »Letzten Dienstag war ich in London. Wenn ich nicht gefahren wäre, dann wäre Bernhard noch am Leben …« Jetzt mußte doch das Taschentuch herangezogen werden.

»Die Million«, sagte Blackmore freundlich.

»Ach ja, das Geld.« Ms Kelly schluchzte wieder etwas mehr. »Wissen Sie, was ich damit tun sollte?«

Der Detective schüttelte den Kopf.

»Mein Traum ist seit Jahren ein eigenes Geschäft, wobei ich noch zwischen Designermode und Antiquitäten schwanke. Wahrscheinlich werde ich die neue Mode lassen und lieber altes Gut verkaufen. Kunsthistorische Epochen ändern sich nicht von einer Saison zur nächsten.« Sie schwieg.

»Die Million«, sagte der DCI noch einmal.

»Sie können's nicht abwarten, oder? Geschichten, zumal wahre, brauchen ihre Zeit.« Sie schnupfte sich noch einmal aus. »Bernhard hat mir das Geld geschenkt, damit ich meinen Traum in Wirklichkeit verwandeln kann. Er ist immer und zu allen großzügig gewesen. Mich liebte er wohl auf seine leise Art – heiraten wollte er nicht –, und so hat er mir die Summe als Geschenk überwiesen. Es liegt alles noch auf meinem Konto. Wir wollten in dieser Woche alles vertraglich regeln, damit nicht Leute wie Sie ankommen und alles anzweifeln.«

Das paßte zu Adams' Selbstlosigkeit, die Blackmore schon von anderer Seite gehört hatte.

»Noch etwas. Sie sagten beim letzten Mal, Adams sei mit einem Strumpf erdrosselt worden. Das ist Täterwissen!«

»Ach das.« Ein kleines Lächeln stahl sich aus ihren Mundwinkeln. »Ich war schon in der Schule gut, wenn man etwas über Kopf lesen sollte. Die Akte mit Bernies Tod lag aufgeschlagen auf dem Tisch.«

Daran konnte sich Blackmore zwar nicht erinnern, aber er sah keinen Grund, an Ms Kellys Aussage zu zweifeln. Allmählich kamen ihm die Verdächtigen abhanden. Müde strich er sich über die Stirn.

»Sie können gehen«, sagte er. »Ich halte Sie auf dem Laufenden. Wenn wir etwas Neues haben, melde ich mich wieder.«

Draußen auf dem Gang klingelte sein Mobiltelefon.

27

Montag, 8. November 2010 – Bonn

Krüger hatte seine Kollegen ins große Besprechungszimmer gebeten. Punkt fünfzehn Uhr klopfte er gegen sein Wasserglas.

»A very good afternoon«, sagte er und fuhr dann auf Deutsch fort: »Wie schon im Mai, darf ich auch heute wieder unsere Kollegin, Ms Mannering aus Oxford, begrüßen.«

Schneider, der neben Rosie Platz genommen hatte, übersetzte.

»Wie ihr alle wißt, haben wir es nicht nur mit dem Mord in Rheinbach zu tun, sondern auch mit einem zweiten in Oxford. Bisher fehlt der oder fehlen die Täter. Ein Motiv ist auch nicht zu erkennen, wenn man mal von der Tatsache absieht, daß Geld in diesem Fall eine große Rolle spielt.«

»Jedenfalls das Ausgeben von Geld«, sagte zu aller Erstaunen Paulsen, der sonst nie etwas sagte.

»Die beiden Ermordeten sind Brüder, Zwillinge sogar, deren Ähnlichkeit verblüffend ist, weil sie nicht nur das Äußere, sondern auch das Wesen der beiden betrifft. Die Häuser der beiden sind ähnlich ausgestattet; beide lieben die Musik und spielen ein Instrument, beide schätzen Ruhe und Einsamkeit, beide sind immer perfekt gekleidet, und beide sind höchst großzügig – gegen jedermann.«

»Mir gegenüber nicht«, maulte Farnschläger, dessen ständiges Lamentieren über sein, wie er fand, zu geringes Gehalt präsidiumsweit bekannt war.

»Ms Mannering, bitte«, sagte Krüger.

»Rosie, *please*«, sagte Rosie. Sie bemühte sich, sehr deutlich zu sprechen, und berichtete von den mageren Ermittlungsergebnissen in England. »Wir hatten also keinen wirklich Verdächtigen, keinen mit Fingerabdrücken oder verwertbaren CCTV-Aufnahmen. Jetzt haben wir allerdings einen.«

Die von Blackmore übernommene Kunstpause folgte.

Krüger grinste und dachte an Kaul, der auch den vielfältigen Einsatz von absichtlichen Unterbrechungen während eines Vortrages kannte. Vor längerer Zeit hatte der klein beigeben müssen, weil Krüger als Hamburger einfach länger schweigen konnte. Rheinländer waren eben redseliger.

Einer der Wesenszüge der Sergeantin war zügiges Arbeiten, so daß sie nach einem schnellen Griff zum Wasserglas fortfuhr: »Frederic Star, ein Journalist bei der *Oxford Mail*, ist seit gestern mittag verschwunden und auf dem Weg nach Deutschland.«

Schneider glaubte, sich verhört zu haben. »Hast du gerade *Daily Mail* oder *Oxford Mail* gesagt?«

»Ich meinte unsere Tageszeitung«, sagte Rosie. »Die aus Oxford.«

»Die aus Bonn«, sagte Schneider und berichtete kurz vom Essen im »Ratatouille« und vom Zeitungsleser.

»Kriminal*haupt*kommissar müßte man sein«, murmelte Farnschläger, der es bisher erst zum Kriminaloberkommissar gebracht hatte. »Dauernd essen gehen und so. Auf Staatskosten.«

»Ist gut jetzt«, sagte Krüger. »Wahrscheinlich hat Markus das privat bezahlt, weil es sonst bestimmt den üblichen Rahmen gesprengt hätte.«

Schneider nickte.

»Also, wie sah der Mann aus?« fragte Kaul.

»Ich habe nur die Zeitung gesehen«, sagte Rosie.

»Aber wie euer Star aussieht, weißt du?«

»Natürlich. Untersetzt, Schuppenflechte, grüner Parka.«

»Nicht unser Mann«, sagte Schneider. »Außerdem war doch euer Journalist gestern noch – wie nennen es immer die Medien? – *vor Ort*.« Er beschrieb den Mann aus dem französischen Restaurant, fügte allerdings hinzu, daß eine Ähnlichkeit bei grauer Jeans, dunklem Jackett und schwarzen Lederschuhen – Stiefeletten – damit zu bestimmt der Hälfte der Bonner Bevölkerung bestand. »War wahrscheinlich nur Zufall, die Zeitung, meine ich.«

Rosie sah auf die Uhr. »Star müßte eigentlich schon in Düsseldorf gelandet sein.«

Krüger nickte. »Blackmore hat mich vorhin sofort angerufen, als sein Kollege ihm Bescheid gegeben hatte. Die Flughafenpolizei vor Ort ist informiert und wartet.«

Als ob dieser Satz das Zeichen zum Einsatz gewesen war, klingelte das Telefon. Schneider, der daneben saß, nahm ab: »KHK Schneider. – Sitzt neben mir.« Er warf Krüger einen Blick zu. »Wie, du willst ihn nicht sprechen? – *Das* ist alles? – Okay, jedenfalls vielen Dank.« Er stellte das Telefon in die Halterung zurück.

Rosie fragte: »Ist Star festgenommen worden?«

»In Düsseldorf ist kein Star gelandet«, sagte Schneider. »Die Kollegen sagten, er habe auf keiner Passagierliste der dort angekommenen Maschinen gestanden.«

»Das wäre auch zu schön gewesen«, sagte Rosie. »Abflug, im doppelten Sinne, aus Oxford und von London, Ankunft in Dusseldorf …«

»Düsseldorf«, sagte Farnschläger und spitzte seine Lippen. »Ü.«

An Rosie prallten derlei Anwürfe ab. »… und sofortige Festnahme. Was machen wir jetzt?«

»Wir erzählen von heute vormittag«, sagte Schneider. »Du oder ich?«

Rosie lachte. »Du. Du kannst besser deutsch.«

Zum Frühstück paßte Schneider seine Kollegin im »Hotel Mozart« ab. Rosie hatte die im Krieg nicht zerstörte gleichnamige Straße so gut gefallen, daß er kurzentschlossen abends noch vor dem Schaufenster der Immobilienfirma am Bertha-von-Suttner-Platz per Handy eine Übernachtung für sie gebucht hatte.

Schon um neun standen die beiden Kollegen wieder vor dem Schild *Immobilien Bachem* und warteten auf das Auftauchen des ersten Angestellten. Wenig später erschien ein sorgfältig gekleideter Mann mit Krawatte und Anzug, eine Aktentasche unter dem Arm und ein Mobiltelefon in der Hand, in das er heftig hineinredete.

»Zweihundertsiebzigtausend und keinen Kreuzer weniger.«

Schneider grinste; der junge Mann war wohl Comicleser.

»Okay. Zweihundertsechzigtausend.« Der Sprecher fummelte in einer Tasche seines offenen dunkelgrauen Mantels nach einem Schlüssel. »Das ist aber mein letztes Wort. – Gut. Um zwölf dann. Vor dem Haus.« Grußlos packte er das Telefon wieder weg und sah dann Schneider an. »Haben Sie sich verlaufen? Wenn Sie zu Beethovens Geburtshaus wollen, dann müssen Sie da drüben ...«

»Nein. Eigentlich wollten wir zu Ihnen, wenn Sie der sind, für den ich Sie halte.« Der Kommissar holte seine Marke aus der Hosentasche. »Kripo Bonn. Und Sie sind?«

»Nettekoven. René Nettekoven. Juniorchef von Immobilien Bachem. Eigentlich Chef.«

Er sieht bedrückt aus, dachte Schneider.

»Wollen Sie nicht mit raufkommen?« fragte Nettekoven und schloß auf. »Zweiter Stock.«

Schneider ließ Rosie den Vortritt, was den Vorzug hatte, daß er ungeplant einen Blick auf ihre hübschen Beine werfen konnte, weil sie wieder das Kostüm vom Samstag trug.

»Die anderen kommen immer erst gegen zehn«, erklärte der Immobilienhändler, als sie oben angekommen waren. »Vorher sind die meisten Vermieter und Mieter ohnehin nicht zu erreichen.« Er schaltete das Flurlicht ein und ging in ein großzügiges Konferenzzimmer, das einen imposanten Blick über die Dächer der Innenstadt bot. Die Türme der Jesuitenkirche waren gerade noch zu sehen. »Kaffee?«

Die beiden lehnten mit einem Hinweis auf das reichhaltige Hotelfrühstück dankend ab, zu dem Schneider noch rechtzeitig gestoßen war.

»Also, was führt Sie zu mir?« fragte Nettekoven, der mit einer dampfenden Tasse von der teuer aussehenden silbernen Kaffeemaschine an den Tisch gekommen war. »Setzen Sie sich doch.«

»Wir kommen wegen der Kinder von Frau Bachem«, sagte Schneider.

»Kinder? Mehrzahl?«

»Frau Bachem hat als Fünfzehnjährige Zwillinge bekommen, die dann in Pflegefamilien gegeben werden mußten.«

Nettekoven schüttelte den Kopf. »Höre ich heute zum ersten Mal. Wie alt sollen die denn jetzt sein? Warten Sie, das kann ich auch selbst beantworten. Wenn man Frau Bachems Jahrgang weiß und fünfzehn dazurechnet, dann die erhaltene Zahl vom heutigen Jahr abzieht ...« Er hatte sich in den Niederungen der Mathematik verhaspelt und verstummte.

»Ist ein einfacher Dreisatz«, sagte Schneider. »Kommt zwar keine Drei drin vor, aber ... Achtundfünfzig.«

»Jaja«, sagte Nettekoven ungeduldig. »Hatte ich auch gerade ausgerechnet. Aber, wie gesagt, von Zwillingen ist mir nichts bekannt.«
»Gibt es denn Kinder aus der Ehe mit«, Schneider sah auf seine Notizen, »Georg Bachem?«

»Nicht direkt«, sagte Nettekoven. »Deswegen bin ich ja Juniorchef geworden.«

Schneider hatte, nachdem er Rosies Funktion erläutert hatte, seiner Kollegin fast simultan übersetzt.

»Was meinen Sie mit *nicht direkt*?« fragte die junge Frau.

»Naja«, sagte Nettekoven und sah auf die Uhr. »Soviel ich weiß, lebt Florian Bachem nicht mehr.«

»Danke, das reicht«, sagte Krüger. Seine gute Laune war verflogen. »Das war mir viel zu ausführlich. Und wieder stehen wir am Anfang, oder?«

Paulsen sah in die Luft, Kaul war mit seinem Notebook beschäftigt und Farnschläger tat so, als ob er gar nicht anwesend war. Nur Schneider war wie immer ganz Auge und Ohr.

Musterschüler in der eigenen Klasse waren immer gut, dachte der Kommissar. »Das kommt mir vor wie diese blöden Majolika-Töpfe mit Deckel. Wenn du den ersten Deckel aufbekommen hast, ist nur der nächste Topf mit Deckel drin. Und so weiter. Und so weiter.«

»Puppen«, sagte Schneider. »Aus Rußland. Und die heißen Matroschka.«

»Jede?« fragte Kaul. »Mit Nachnamen, nicht?«

Schneider übersetzte, und Rosie verschluckte sich fast an ihrem Tee, den ein aufmerksamer Erster Kriminalhauptkommissar hingestellt hatte.

»Du hast aber schon recht, Kruger«, sagte Rosie. »Sobald man eine Spur zu Ende ermittelt hat, ist man wie von Geisterhand wieder auf das Startfeld verschoben worden und kann wieder von vorne anfangen.« Sie sah angespannt aus. War die Reise nach Deutschland vergebens gewesen?

»Wenn ich zusammenfassen darf«, sagte Krüger. »Florian Bachem ist also bei einem Autounfall in Griechenland ums Leben gekommen und irgendwo auf der Peloponnes—«

»Verscharrt«, sagte Schneider wenig pietätvoll. »Hat jedenfalls der nette Juniorchef gesagt. Nach dem Tod des Erben mußte sich der Senior zwangsweise nach jemand anderem umsehen und hat dann wie üblich den Ersten Verkäufer genommen.«

»Abhaken«, sagte sein Chef. »Und jetzt?«

Alle schwiegen. Ins Blaue hinein zu denken, war immer mühsam.

»Ich hab's«, sagte Paulsen plötzlich.

Krüger sah ihn überrascht an. Eine Initiative vom leisen Kollegen, der eigentlich nur reagierte, aber nur sehr selten selbst handelte? Aber er mochte Leute, die mitdachten.

»Wenn wir herausfinden wollen, beziehungsweise müssen, was aus der vom Vater unterbundenen Beziehung zwischen den Zwillingen und ihrer Mutter geworden ist, sollten wir uns schleunigst die Wohnung von Familie Bachem vornehmen. Bevor der Mörder dort alles verschwinden läßt.«

Die Meckenheimer Allee zog sich von den Gleisen des Hauptbahnhofs bis zum Poppelsdorfer Schloß hin und wies ein fast geschlossenes *ensemble* – wie Schneider bei der seinerzeitigen Führung durch Bonn seinem Chef anhand zahlreicher Beispiele ausführlich erläutert hatte – an Bauten der vorigen Jahrhundertwende auf, die der Zweite Weltkrieg von der Zerstörung verschont hatte. »Ich muß mir das aber nicht alles merken, oder?« hatte Krüger halb im Ernst gesagt.

Die Beamten brauchten von Ramersdorf gute vierzig Minuten durch den reichlich fließenden Verkehr, bis sie vor der Meckenheimer Allee 213 eintrafen, einem beige gestrichenen Gründerzeithaus mit leichten Art-déco-Elementen an der Fassade. Krüger bewunderte – Carmen hatte seinen Blick für derlei geschärft – das schmiedeeiserne Gitter vor dem kleinen Zuweg zur alten braunen, blank polierten Haustür, über der sich ein kleines halbrundes Glasdach wölbte. Links und rechts der Tür waren schmale bunte Glasfenster mit Jugendstil-Ornamenten eingelassen. Allerdings waren ihm jetzt beim zweiten Hinsehen die vielen verspielten Architekturelemente – hier noch ein Engel, nebenan noch ein Fries, drüben noch ein Mäander – eigentlich zu viel. Unter dem kleinen Balkon im ersten Stock von Bachems Immobilie konnte man einen modernen Alarmmelder sehen, den der Kommissar für sehr sinnvoll hielt, kannte er doch die Einbruchsstatistik für die Bonner Südstadt.

Vor der Tür wartete schon der Juniorchef. »Nettekoven, angenehm«, sagte er, was etwas monoton klang, da er es bei jedem der Ermittler wiederholte. »Ich darf vorgehen?«

»Wieso haben Sie überhaupt einen Schlüssel?« fragte Schneider.

»Den habe ich von Frau Bachem nach dem Tod ihres Mannes erhalten. *Wenn mal etwas mit mir ist,* hat sie dazu gesagt.«

»Wem gehört denn das Haus jetzt?« wollte Rosie wissen.

»Zur Hälfte der Schwester irgendwo im Münsterland, zur Hälfte der Firma«, sagte Nettekoven. »Wie auch die Firma.«

»Die Firma gehört sich zur Hälfte selbst?« fragte Farnschläger und grinste.

»Könnte man sagen«, sagte der Juniorchef. »Der Chef hat die GmbH zur Hälfte an die Angestellten überschrieben.«

»Sie müssen also bei wichtigen Geschäftsentscheidungen jedesmal Frau Brockmann in Warendorf kontaktieren?« fragte Schneider.

»Müssen wir nicht. Frau Brockmann hat gesagt, was solle sie mit Häusern in Bonn, da käme sie sowieso nie hin. Außerdem hätte sie mit Pferden genug zu tun.«

»Habe«, murmelte Krüger, was aber niemand mitbekam. Nur Schneider gluckste.

Nettekoven schloß auf und erklärte kurz die Lage der Zimmer im dreigeschossigen Haus und wies auf die Terrasse im zweiten Stock mit Blick in den großen Garten nach Südosten hin, der besonders für lauschige Sommerabende geeignet sei. Er klang wie ein Immobilienmakler.

»Vielen Dank«, sagte Krüger. »Wir wollten das Haus aber nicht kaufen.«

Rosie lachte, als Schneider übersetzt hatte, der sich ebenfalls ein Grinsen nicht verkneifen konnte.

Nettekoven sah auf die Uhr. »Ich muß los. Hausverkauf in Beuel. Sie ziehen bitte einfach die Tür hinter sich zu.«

»Wir können auch abschließen«, sagte Schneider und streckte die Hand aus. »Den Schlüsselbund bitte. Das hier sind schließlich polizeiliche Ermittlungen in einem Mordfall.«

Zögernd überreichte Nettekoven das Gewünschte.

»Farnschläger«, sagte Schneider. »Gibst du dem Mann bitte eine Quittung?«

Sein Kollege holte widerwillig einen Quittungsblock aus der Tasche, sagte »Sekretärinnenarbeit« und schrieb die Bescheinigung aus.

Krüger war vorgegangen und betrat das große Wohnzimmer.

Eine moderne Bücherwand zeigte das übliche Sammelsurium von Leuten, die wenig lesen: große Bildbände über Länder und Orte, die das Ehepaar Bachem vielleicht wirklich bereist hatte, einige Reiseandenken wie eine arabisch aussehende Kupferschale oder eine kleine indianische Statue, mehrere gerahmte Bilder. Das

Ganze sah arrangiert aus, wie aus *Schöner wohnen*, dachte der Kommissar. Eine Sitzgruppe aus schwerem burgunderfarbenen Leder verkleinerte den Raum optisch, und die Lampe über dem Eßtisch mit acht Stühlen war so niedrig angebracht, daß man Gefahr lief, sich beim Aufstehen den Kopf zu stoßen.

In der Ecke stand ein Klavier. Im Gegensatz zu den anderen Möbeln sah es benutzt aus; der Deckel über der Tastatur war an den Stellen, die der jeweilige Musiker zum Aufklappen benutzt hatte, matt geworden. Der Schemel davor hatte abgestoßene Ekken, was sicher für Bequemlichkeit sprach; sonst wäre er möglicherweise gegen einen modernen, nichtssagenden Klavierhocker ersetzt worden.

Schneider war neben Krüger getreten und sah ihm beim Gukken zu. »Schon irgendwas gefunden?«

»Sollte ich?«

»Naja, einen Brief des Mörders, Post der verstorbenen Eltern, einen Hinweis auf ein Motiv …«

»Vielleicht ist es ja auch eine Mörderin.« Krüger sah an die mit Stuckornamenten verzierte Zimmerdecke.

»Die Schulsekretärin«, sagte sein Kollege. »Die war's bestimmt. Ich geh' dann mal weiter.«

Krüger beachtete ihn nicht weiter, sondern bückte sich, um die Aufschriften einiger Aktenordner zu lesen, die am Rande auf einem der untersten Regalbretter der großen Bücherwand standen. *Steuer 2009* las er, *Marokko 2002*, *Krankenkasse 2008.* Er wollte sich schon wegdrehen, als sein Blick auf einen schmalen, leicht abgegriffenen Ordner fiel, der nur mit *2* beschriftet war. *1* gab es nicht. Der Kommissar nahm ihn hoch und ging zum Eßtisch ans Licht, wo er den Deckel aufschlug.

Auf einer stärkeren, gelochten Pappe war ein Schwarzweißfoto aufgeklebt, das die junge Hedwig Brockmann mit ihren Zwillingen zeigte.

28

Montag, 8. November 2010 – Oxford und Bonn

»F*cking unbelievable«, sagte Blackmore. Ein kräftiger Tritt gegen den unschuldigen Papierkorb folgte, der daraufhin Richtung Tür flog.

Harry Ness steckte seinen Kopf ins Zimmer und betrachtete den Papierkorb, der vor seinen Füßen liegengeblieben war. »Übst du schon für das Theaterstück, das die Kollegen bei der Weihnachtsfeier aufführen wollen? *Henry V* oder *Richard III*? Oder war es *Dennis the Menace*? Ist auch egal. Eines von diesen Shakespeare-Stücken, wo dauernd die Köpfe rollen.«

»Willst du etwas Bestimmtes?« fragte Blackmore, der sich etwas erschöpft in seinen Schreibtischsessel hatte fallen lassen.

»Soll ich *Crime Watch* anrufen und fragen, ob sie was über unseren Fall bringen wollen?«

»Nicht nötig. Was könnten wir ihnen denn Konkretes sagen? Zigarren, Strohhüte, Antiquitätenhändler – und kein einziger Verdächtiger.«

Ness setzte sich ebenfalls und kratzte seinen Hinterkopf. »Wo ist denn Star? Der sollte doch noch mal kommen, um seine Aussage zu präzisieren, oder?«

»Sagt wer?«

»Der uniformierte Beamte, den wir zur Verstärkung bekommen haben, Higgins, oder wie der heißt.«

Blackmore seufzte. Higgins war willig, aber in seinen kognitiven Fähigkeiten leicht eingeschränkt. Aber er war der beste Polizist, falls sich irgendwo Auffahrunfälle ereigneten, weil dann sofort ersichtlich war, wer schuldig war und wer nicht. »Warum können wir nicht jemanden bekommen, dessen Intelligenzquotient etwas höher als die Außentemperatur ist?«

Ness lachte. »Nochmal. Warum warst du eben so wütend?«

Blackmore warf einen kummervollen Blick Richtung Papierkorb. »Moreland hat gerade angerufen. Star ist verschwunden.«

»Fahndung?« Bei klaren Gegebenheiten kam Ness mit weniger Worten aus.

»Laß mal. Da Star nach Deutschland unterwegs ist, habe ich die Kollegen am Zielflughafen informieren lassen.«

»Woher kennt ihr den denn?«

Blackmore klärte seinen Kollegen über die gefundene Ticketkopie auf.

»Hm«, sagte Ness und malträtierte erneut seinen Hinterkopf. »Und wenn das eine Fehlinformation war? Eine absichtliche?«

»Dann haben wir Pech, dann kann er ja überall hingeflogen sein. Falls er geflogen ist.«

Beide schwiegen und brüteten vor sich hin.

»Warte mal«, sagte der DCI plötzlich. »Wenn Star – nur einmal angenommen – den Mörder kennt und ihn vielleicht sogar gedeckt hat, dann möchte er ihn vielleicht treffen, um sich für seine Dienste bezahlen zu lassen. Wenn der Mörder …«

»Oder die Mörder*in*, falls es eine ist«, warf Ness ein.

»Oder die Mörderin im Großraum Bonn wohnt und nicht eigens für den Mord von irgendwo in der Welt in diese kleine Stadt mit der Schule gereist ist, dann fliegt Star vielleicht auch nach Bonn.«

»Gut, dann informiere ich mal den Flughafen in Bonn.«

»Die haben gar keinen«, sagte Blackmore. »Der liegt in Köln, aber auch nicht direkt, sondern auf der anderen Rheinseite im Niemandsland.«

»So kann es Hauptstädten gehen, die keine mehr sind«, sagte Ness und stand auf.

Krüger blätterte den gesamten Aktenordner durch, der alles enthielt, was er für seinen Fall benötigte. Zumindest, was die Zwillinge anging. Die beiden Geburtsurkunden lagen darin; tatsächlich waren Wolfgang und Bernhard mit nur zehn Minuten Abstand auf die Welt gekommen. Zwei Locken hellbrauner Haare trugen jeweils eine Schleife und waren mit *W* beziehungsweise *B* beschriftet. Es gab ein unscharfes Einzelfoto, das einen lachenden Stalljungen neben dem schon bekannten Pferd zeigte. In einer weiteren Klarsichthülle lagen mit dem Vermerk *Unzustellbar* zurückgekommene Briefe an die beiden Kinder; die Adressen lauteten immer *Wolfgang* (oder *Bernhard*) *Brockmann bei Familie*, gefolgt vom Namen der jeweiligen Pflegeeltern und Adresse.

Den größten Raum nahm die Korrespondenz mit einer Detektei aus Warendorf ein, der es in jahrzehntelanger Kleinarbeit gelungen war, die Pflegefamilien ausfindig zu machen. Die letzte Rechnung der Firma datierte aus dem Jahre 1985. Hedwig Brockmann hatte also über dreißig Jahre nach ihren Kindern gesucht. Aber warum hatte sie dann keinen Kontakt aufgenommen?

Krüger überlegte, was er in einer ähnlichen Situation getan hätte. Gesucht vielleicht auch, aber ein Treffen? Nach dreißig Jahren konnte man niemanden aus der Vergangenheit mehr kennen, den man so lange nicht gesehen hatte. Jeder veränderte sich. Bestimmt hatte Hedwig Brockmann Angst gehabt, daß das Bild ihrer Kinder, das sie vor ihrem inneren Auge hatte, nicht mehr der Wirklichkeit entsprach.

Als der Kommissar die letzte Klarsichthülle im Aktenordner umblätterte, stieß er auf zwei angefangene Briefe. Er begann die saubere Handschrift zu überfliegen und legte dann die beiden Blätter nebeneinander. Der Text war identisch und betraf die beiden Geldsummen, die die Zwillinge 1996 auf ihr jeweiliges Konto erhalten hatten. Ein Satz stach ihm sofort ins Auge. *»Wäre es nicht wunderbar, wenn Du endlich Deinen Bruder und Deine Mutter wiedersehen könntest?«*

Danach brach der Text ab. Ob Hedwig Brockmann der Mut verlassen hatte, die wiedergefundenen Kinder zu treffen und womöglich enttäuscht zu werden?

Krüger las noch einmal den kleinen Passus über die Millionenschenkung.

»Damit Du Dir in Deinem Leben keine materiellen Sorgen zu machen brauchst und weil ich Euch so lange nicht gesehen habe, bekommst Du jetzt schon etwas Geld, von dem ich sowieso zu viel habe.«

Ein Brief, dessen Entwurfsstadium nur zu verständlich war – wie sollte man auch ein wie auch immer geartetes Schweigen erklären und schriftlich seine Gefühle genau treffen? Die Zwillingsmutter hatte sich bekanntermaßen anders entschlossen und nur »etwas Geld« überwiesen. Wobei es für sie schon bitter gewesen sein mußte, die Söhne lebend zu wissen und trotzdem auf sie zu verzichten. Die Überweisungen hatte dann sicher ein Anwalt von einem Anderkonto getätigt, so daß eine Rückverfolgung des Absenders nur bis zu ihm möglich war. Allerdings hätten die Zwillinge nur das Finanzamt des Anwalts bemühen müssen, um den Absender der Überweisung auf das anwaltliche Anderkonto herauszufinden.

»Keine Lust mitzusuchen?« Farnschläger war leise ins Wohnzimmer gekommen und stand plötzlich neben dem Eßtisch.

Krüger zuckte zusammen. »Heute nicht. Außerdem mußt du ältere Herren nicht so erschrecken. Und drittens habe ich gefunden, was ich gesucht habe.«

»Den Namen des Mörders?«

»Wieso denkt ihr eigentlich alle, daß es ein Mann ist? Nee, so einfach ist das nicht. Aber ich habe eine vage Idee.«

Blackmore sah zum wiederholten Mal auf die Uhr. Inzwischen hatte ihn das Jagdfieber gepackt, und er fragte sich, ob er mit seiner Vermutung richtig lag, daß Star nach Köln geflogen war. Vielleicht sollte er den deutschen Kommissar anrufen, jetzt, wo der Fall sich wie schon der vom Mai wieder nach Deutschland verlagerte.

Sein Telefon klingelte. Der DCI griff hastig nach dem Hörer und stieß dabei den immer noch viel zu heißen Kaffeebecher um, den ihm der diensthabende Sergeant gerade gebracht hatte. Er fluchte, was aber sein Gesprächspartner mitbekam. »'tschuldigung, galt nicht dir. – Ich weiß, *Disziplin, Disziplin, Disziplin*. Wir sind hier aber nicht mehr auf der Polizeischule. – Danke, Harry, daß du die Kollegen am Flughafen angerufen hast.« Der Hörer landete wieder auf der Gabel. Wieder zwanzig Atemzüge, die zur Annahme einer völlig sinnlosen Information aufgewendet worden waren.

Ein erneuter Blick zur Uhr.

Und prompt klingelte das Telefon erneut.

Als der Detective die bei seinem Gerät angezeigte Auslandsvorwahl sah, meldete er sich förmlich. »DCI John Blackmore, Thames Valley Police. – Ach, du bist das? – Ja, tut mir auch leid; wenn man überarbeitet ist, sollte man nicht telefonieren. – Genau, das gilt auch für mich.« Er lachte. »Gut, dann vergessen wir das. Danke. – Was es Neues gibt? Ein Verdächtiger hat sich zu euch abgesetzt; die Kollegen am Flughafen wissen Bescheid. – Aha. Dein Fund bestätigt ja unsere Theorie: zwei Tote, der gleiche Mörder. – Stimmt. Ein Motiv haben wir auch nicht. Und den Mörder sowieso nicht.«

Es klopfte, und Thompson kam grußlos herein. »Sir?« Immerhin redete er nicht weiter, als er seinen Chef mit dem Hörer in der Hand entdeckte.

»Moment«, sagte Blackmore zum Telefon. Er sah den jungen Sergeanten an. »Was gibt's?«

»Sir.«

»Das sagten Sie schon. Noch etwas?«

Thompson schluckte. Daß alle immer so emotional sein mußten, dachte er. »Der Flughafen hat angerufen ...«

»Selbst? Oder einer von den Leuten dort?«

Thompson beschloß, solange Rosie nicht da war, solche Stilfragen zu überhören; sie würde dem Chef schon kontra geben. »Star hat die Maschine von Stansted nach Düsseldorf genommen. Die Quittung aus Heathrow war also nur eine Finte. Dort hat er sich mit seinem eigenen Paß ausgewiesen und ein Taxi genommen. Die Kollegen versuchen, über die Taxizentrale den Zielort ausfindig zu machen. Ich halte Sie auf dem Laufenden.« Er nickte kurz und verließ das Büro wieder.

Blackmore wiederholte die Information Krüger gegenüber. »Meinst du wirklich? – Aber Rosie ist doch da. Kann die nicht ... – Und ohne mich schafft ihr das nicht? – Ich muß mir aber vorher eine Genehmigung holen. – Okay; ich sage Bescheid.«

Er legte den Hörer auf und ging in den Flur, um mit einer Kleenex-Rolle zurückzukommen und den Kaffee auf seinem Schreibtisch aufzuwischen.

Es klopfte.

Blackmore seufzte. Vielleicht sollte man die Sache grundsätzlich entscheiden. 1x klopfen und Pause bedeutet, ist unwichtig, kann warten, erfordert kein »Herein!«. 2x klopfen, keine Pause bedeutet, man kann warten, bis der Klopfende selbst zur Tür hereinkommt. Keinmal Klopfen bedeutet, man kann weiter seinen Tagträumen nachhängen.

Die Tür ging auf, und Moreland kam herein. Er setzte sich ungefragt in einen der Besucherstühle. »Was Neues?«

Blackmore ließ mit spitzen Fingern mehrere nasse Kleenex-Tücher in seinen Papierkorb fallen, den er wieder aufgerichtet und an seinen normalen Platz gestellt hatte. »Gibt es.«

Er angelte sich ein weiteres Blatt und tupfte vorsichtig eine mit der Aufschrift *WICHTIG* versehene hellbraune, jetzt mit dunkelbraunen Kaffeeflecken versehene Handakte ab.

»Nun sag schon.« Für sein Alter war Moreland erstaunlich ungeduldig.

»Du hältst hier die Stellung.«

»Aha. Und du?«

»Ich fliege nach Deutschland. Zu *Herr* Kruger.«

Krüger starrte das Telefon an. Irgendwie ging ihm das jetzt zu schnell. Es war ja nett, daß Blackmore sich, wie er auch, entschuldigt hatte – jeder Streit war unnütz – und daß er selbst kommen wollte, aber nur, weil ein Zeuge sich nach Deutschland abgesetzt hatte? *Action* war auch eine feine Sache, aber allmählich war er geneigt, die dafür notwendige Rennerei Jüngeren zu überlassen.

Es war ganz gut, daß Carmen ihm jetzt nicht zuhörte und so seine Überlegungen, Sport zu vermeiden, nicht mitbekam. Sie mochte durchaus phlegmatische Menschen, aber nur, wenn diese einen Grund für ihre Haltung hatten. Eine Zen-Ermittlung wäre doch großartig, dachte er: Man sitzt zuhause oder im Garten, redet ein bißchen mit seiner Schildkröte wie dieser Commissaris in Amsterdam, von dem ihm sein alter Chef mal erzählt hatte, und schickt seine Schüler, sprich: seine Sergeanten und sonstigen Kommissare, zu den Ermittlungen vor Ort.

Die Tür öffnete sich, und der Chef kam herein. Ungefragt stellte er sich neben Krüger und versuchte zu ergründen, woran sein Kommissar gerade arbeitete. Der Bildschirm zeigte die Webseite des Einwohnermeldeamts Bonn. »Wollen Sie umziehen? Endlich aus Ihrer Studentenbude 'raus?« fragte Walther »mit th« Langenargen.

»Nein. Eine Routineüberprüfung.«

»Und warum nicht in unserem internen System?«

»Dann muß ich Ihnen hinterher wieder sagen, warum ich das gemacht habe, zu welchem Ziel die Anfrage geführt hat und ob der Steuerzahler …«

Langenargen lachte und winkte ab. »Schon gut. Zitieren können Sie mich jedenfalls gut.«

Krüger war beruhigt. Sein Chef war jovial, was durchaus vorkam. Dann wäre jetzt eigentlich eine günstige Gelegenheit, um die leicht erhöhten Spesenbelege der letzten Dienstreise …

»Ich habe gehört, die Engländerin bekommt Verstärkung?«

Woher wußte er das nun schon wieder?

Langenargen betrachtete Krügers überraschte Miene. »Woher ich das nun schon wieder weiß? Miss Mannering unterhielt sich mit Schneider draußen gerade darüber, daß ihr Vorgesetzter zwecks Verstärkung des Teams zu uns stößt. Irgendein Zeuge sei verschollen. Aber warum der ausgerechnet nach Bonn kommen soll …« Er verstummte, studierte seine Armbanduhr und sagte: »Blöd. Jetzt bin ich wieder zu spät.« Genauso grußlos, wie er gekommen war, ging er auch wieder.

Krüger sah auf seinen Kalender. Montag. Der zweite im Monat. Dann konnte es nicht Golf bei Schloß Miel sein, wozu sein Chef wieder zu spät kam.. Egal. Wo war er stehengeblieben? Er betrachtete die aus dem Haus des Immobilienehepaars mitgenommene kleine Akte. Wo war das Motiv? Und wo der Mörder?

Blackmore hatte mit Rosie telefoniert und war danach schnell nach Horspath gefahren, um eine kleine Reisetasche mit dem Notwendigsten zu packen. Jetzt saß er am Couchtisch und betrachtete ein Organigramm, das die Personen der aktuellen Untersuchung und ihre Beziehungen zeigte. Er hatte mehrere große Blätter vom Flipchart der Polizeiwache mitgebracht und eines mit einem schwarzen Filzstift beschrieben. Rosies methodische Aufstellung vom Mai über die beteiligten Helden und Schurken war ihm noch in bester Erinnerung.

Links oben stand *Bernhard »Jerry« Adams*, rechts außen auf gleicher Höhe *Wolfgang Winkler*. Den Namen hatte er sich von Thompson buchstabieren lassen. Unter dem Oxforder Antiquitätenhändler waren in einer Zeile drei Namen genannt: *Grace Kelly, Donald Morgan* und *Frederic Star*. *Ms Kelly* war durchgestrichen; bei *Morgan* stand ein Fragezeichen und das Wort *Motiv*; Stars Name stand inmitten eines roten Kringels. Daneben hatte Blackmore einen Pfeil gezeichnet und *Bonn* geschrieben.

Auf der rechten Seite waren unter *Winkler* ebenfalls mehrere Namen und Anmerkungen zu lesen: *Manfred Hulsmeyer, Lehrer,* versehen mit der Bemerkung *unsympathisch lt. Kruger*, *Marcel Manus, Lehrer, krank; Direktor Hennes* war durchgestrichen.

Über den Namen der Zwillinge hatte Blackmore den der ledigen Mutter gesetzt, *Hedwig Brockmann*. Zwei Pfeile zeigten auf ihre beiden Kinder. Dann folgte eine liegende Acht, das Symbol für *verheiratet*. Georg Bachems Name war wie der seiner Frau mit einem Kreuz versehen. Außerdem wies eine kurze Linie auf den verstorbenen Sohn hin, *Florian Bachem*. Am Rand stand klein *René Nettekoven* mit einem Pfeil auf das Ehepaar Bachem.

Blackmore schüttelte den Kopf. So viele fremde Namen. Ermittlungen unter Amerikanern waren immer viel einfacher; die hießen Ted, Bill, Joe. Da mußte man sich nicht so viele Buchstaben merken. Ein Kollege hatte einmal unter den polnischen Immigranten in Birmingham recherchieren müssen – ihre Familiennamen waren die reinste Katastrophe: durchgestrichene Buchstaben wie das ł, die trotzdem galten, Zeichen über den Buchstaben, wodurch sich die Aussprache ständig änderte, zehn Konsonanten hintereinander, die man dennoch artikulieren konnte. Es sei furchtbar gewesen, hatte der Kollege gesagt, der sich anschließend zur Verkehrspolizei hatte versetzen lassen. Dort reichte das Aufschreiben von Kennzeichen.

Vielleicht hätte er besser Thompson nach Bonn schicken sollen, dachte der DCI; die deutschen Namen konnte der junge Sergeant jedenfalls fehlerfrei benutzen, schriftlich wie mündlich.

Die Wanduhr schlug halb sieben – höchste Zeit, zum Abendflieger nach Stansted aufzubrechen. Blackmore warf einen letzten Blick auf die Übersicht. Er hatte immer noch keine Ahnung, wie das alles zusammenhing. Vielleicht würde Star ihm helfen können, falls sie ihn fanden und falls er tatsächlich in Deutschland war. Aber vielleicht hatten sich auch die Kollegen vor Ort geirrt. So viele Unklarheiten. Er starrte die Namen an, bevor er die Übersicht zusammenfaltete und einsteckte. Ob der Mörder unter den aufgelisteten Personen zu finden war?

29

Dienstag, 9. November 2010 – Bonn und Rheinbach

Wie fast jede westdeutsche Stadt nach dem Krieg besaß auch Bonn Häuser, die in den fünfziger und sechziger Jahren rasch errichtet worden waren, um ein Trümmergrundstück wieder verschwinden zu lassen. Manchmal waren die Architekten einsichtig gewesen und hatten die neuen Gebäude den stehengebliebenen alten der Umgebung angeglichen; häufiger aber war eine modern aussehende Schachtel an den Ort des alten Hauses getreten.

Der Bonner Remigiusplatz hatte von allem etwas: moderne Kaufhäuser in Kubenform aus Beton und Glas, schmale hohe Gebäude von der Jahrhundertwende und gesichtslose Läden aus den sechziger Jahren. Am Zuweg zum Platz, schräg gegenüber der Universität, warb der Rotlichtshop, den es seit langen Jahren gab, mit Bildern nur teilweise bekleideter Frauen, mit denen die Fenster des Hauses zugeklebt waren.

Noch gab es das »Bonner Kaffeehaus«, seit Jahrzehnten ein Treff der studentischen Bohème, das in einem beeindruckenden Jugendstilhaus residierte. Da der Vermieter aber eine holländische Kapitalgesellschaft war, war es wahrscheinlich nur noch eine Frage der Zeit, bis die eingeforderte hohe Miete dem Café den Garaus machte.

Die beiden Polizisten in Zivil saßen im ersten Stock des »Bonngout« und taten sich an ihrem Frühstück gütlich, dessen Rechnung sie überdies als Spesen abrechnen konnten. Der Kleinere der beiden aß das große *Skandinavische Frühstück*; er war in Stralsund geboren und hatte immer noch ein Herz für Fische. Sein hochgewachsener und ziemlich korpulenter Kollege hatte, die Stimme seiner Frau wie jeden Tag im Ohr, das *Frühstück minus L und G* bestellt; dabei schmeckte er nie einen Unterschied heraus, ob nun Laktose und Gluten drin waren oder nicht.

Zwischendurch schielten die Zivilbeamten immer wieder auf einen Platz am Fenster, an dem ein jüngerer Mann saß, der wohl mit der Qualität des *Englischen Frühstücks* nicht zufrieden war. Jedenfalls hatten sie das seinem kleinen Disput mit der geduldigen Kellnerin entnommen. Aber es war auch schwierig, in Deutschland Frühstücksspeck der gleichen besonderen Qualität wie in Großbritannien zu erwerben, was schon daran scheitern mußte, daß die Tiere bei der Schlachtung in Deutschland völlig anders zerteilt wurden, so daß man keine Chance hatte, ein Kotelett und den Fettrand vom Bauch gleichzeitig zu bekommen.

Krüger mit seinem untrüglichen Riecher hatte die beiden Kollegen hierhin beordert; sie konnten sich allerdings nicht erklären, woher die Ahnung des Kommissars stammte. Sie hatten zwar schon zuhause gefrühstückt, aber ein zweites Frühstück war ja nie schlecht, und um kurz nach zehn hatte man sowieso wieder Hunger.

Der Mann am Fenster griff zum wiederholten Male nach seinem Telefon und drückte auf nur eine Taste – wahrscheinlich die Wahlwiederholung, dachte der Kleine.

»Kein Empfang dort drüben, Daniel, oder?« fragte der große Polizist.

»Doch, doch, bei mir schon.« Er sah auf sein Handy und nickte.

Der Mann am Fenster hatte sein Telefon wieder zurückgelegt und stocherte im Essen herum. Zwischendurch studierte er seine Armbanduhr.

»Was meinst du, wie das aussieht?« fragte Daniel.

»Wie jemand, der wartet. Oder, warte mal, wie jemand, der nicht weiß, ob er noch länger warten soll, weil der, auf den er wartet, auf sich warten läßt.«

»Laß gut sein, Hubert; ich weiß, daß du einmal im Monat eine Schreibwerkstatt besuchst und kleinere Geschichten verfaßt.«

Hubert sah ihn stolz an. »Eine ist bisher auch angenommen worden. In der *Bäckerblume*.«

»Super. Dann können sie ja darin die Brötchen einpacken.«

Hubert sah beleidigt aus. »Versuch du mal, etwas selbst zu schreiben. Handschriftlich. Aus dir selbst heraus. Du diktierst ja sogar deine Berichte dem Computer.«

»Keinen Streß.« Daniel zerfurchte seine Stirn und sah zum Fenster. »Wir könnten auch hinübergehen und fragen.«

Sein Kollege verstand keine Scherze. »Auf keinen Fall! Der Chef hat doch gesagt, *unauffällig*. Wir sollen den Mann *unauffällig* beschatten.«

Der Mann am Fenster winkte dem Kellner. »Die Rechnung bitte.« Sein englischer Akzent war nicht zu überhören.

Blackmore und Krüger hatten ihre mobile Kommandozentrale, die aus Handys und Schreibblöcken bestand, nach der Morgenbesprechung vom Polizeipräsidium ins »Bistro Miebach« am Marktplatz verlagert. Der Bonner Kommissar hatte seinen Kollegen gestern abend vom Flughafen abgeholt und ebenfalls im »Hotel Mozart« untergebracht, das Rosie so gut gefallen hatte. Die telefonische Streitaxt hatten sie längst begraben.

»Und was machen wir jetzt mit ihm?« fragte der Engländer und trank einen Schluck Cappuccino.

»Weiß nicht«, sagte Krüger. »Das sagt Carmen immer, wenn ich frage, worauf sie Hunger hat.« Er schnitt ein Stück vom Brötchen ab und steckte es per Gabel in den Mund.

»Deutsche Sitten? Ich dachte, ihr eßt mit den Fingern.«

»Eher Hamburger Gebräuche«, sagte der Kommissar. »Die dortigen Einwohner halten schon Besteck in der Hand, wenn sie auf die Welt kommen. Sie essen sogar Wachteln mit Messer und Gabel.«

Blackmore lachte. »Egal«, sagte er dann. »Das sagte meine Frau immer. Ist aber lange her.« Er verstummte. Sein Blick verlor sich in die Ferne.

Der Kommissar musterte den Detective. »Du siehst ziemlich allein aus. Oder hattest du doch eine Freundin im Mai, von der du nichts erzählt hast?«

»Damals nicht, aber jetzt schon.« Blackmore faßte in dürren Worten seine Wiederbegegnung mit Julie King zusammen.

Krügers Telefon klingelte. »Aha, und wo ist er jetzt? – Richtung Rhein. Soso. – Okay, bleibt dran.«

Blackmore hatte nur ein Wort verstanden. *»Warum ist es am Rhein so schön?«* sagte er auf Deutsch.

»Auf! Hinterher!« Krüger schob den Rest seines Brötchen zur Seite, legte das Besteck daneben und einen Zwanzig-Euro-Schein auf den Tisch. Er stand auf und nickte dem alten Kellner Walter zu. »Bess demnähx.« Konnte man gelten lassen, seinen rheinischen Akzent, dachte er.

Das barocke Rathaus war zwecks Renovierung eingerüstet worden, wodurch eine dachhohe Folie mit einem Foto der Fassade selbige verdeckte. Blackmore warf einen kurzen Blick darauf und beschloß wiederzukommen, wenn alles in neuem Glanz erstrahlen würde. Die beiden Beamten gingen die wenigen Meter zur Rathausgasse, der sie zum Fluß hinunter folgten. An der Anlegestelle der Weißen Flotte unterhalb des Alten Zolls trafen sie schließlich den kleineren der beiden Polizisten, der auf zwei Gestalten zeigte, die mit guten hundert Metern Abstand rheinaufwärts marschierten.

»Hubert hat die Manndeckung übernommen«, sagte Daniel.

Krüger übersetzte, woraufhin sich Blackmore erkundigte, ob in Deutschland Fußballtechniken bei der Beschattung angewandt wurden.

»Su ähnlisch«, sagte der junge Polizist mit Bönnschem Akzent, den selbst der norddeutsche Kommissar nach seinen langen Bonner Jahren geographisch zuordnen konnte.

Blackmore kniff die Augen zusammen. War er es oder war er es nicht? Hamlet hatte das ähnlich formuliert, allerdings kürzer und im Präsens, dachte er. Shakespeare war eben immer dicht an der Wirklichkeit gewesen. »Ich bin mir nicht sicher«, sagte er. »Vielleicht sollte ich den beiden auch folgen?«

Krüger schüttelte den Kopf. »Wir haben seine Beschreibung aus eurer Abteilung in Oxford, die du ja noch präzisiert hast. Wir haben seine Handynummer, die uns erst seine Beschattung ermöglicht hat, und wir haben …«

»Den grünen Parka«, sagte der Detective. »Das muß reichen.«

»Wie«, sagte Daniel. »Es war gar kein Riecher? Nur simple Technik? Nur ein Anruf bei der Mobilfunkfirma zwecks Feststellens des Einbuchens seines Handys ins hiesige Netz?«

»Furchtbar«, sagte Krüger. »Ein Genitiv reicht in der Regel. Aber sonst ist es korrekt. Und außerdem ist die Unterstützung meines Charismas durch die Errungenschaften der Moderne immer zulässig.«

»Was liegt gegen Star eigentlich vor?« fragte der Erste Kriminalhauptkommissar den Detective Chief Inspector, als sie nach einem kleinen Spaziergang am Rhein mit ausreichendem Abstand zu Verfolgtem und Verfolger am Akademischen Kunstmuseum vorbei und durch das Hauptgebäude der Universität wieder die Innenstadt erreicht hatten. Star war bei seinem Verfolger in guten Händen und würde nicht verlorengehen. Krüger hatte Durst, und Blackmore fand die Idee, einen späten Vormittagstee im Teeladen am Dreieck einzunehmen, bestechend.

»Wasting Police Time«, sagte der Engländer. »Damit kann man sich erst einmal Luft verschaffen, bevor man die schwerwiegenderen Gründe für den *Crown Prosecution Service*, unsere Strafverfolgungsbehörde, ähnlich eurer Staatsanwaltschaft, hieb- und stichfest aufgelistet hat.«

Krüger nickte. »*Verschwendung polizeilicher Arbeitszeit.* Stimmt; das hattest du mir schon im Frühjahr bei unserem ersten Treffen gesagt. So ein Strafgrund fehlt ja leider bei uns, wobei es großartig wäre, wenn es einen solchen Paragraphen in Deutschland gäbe. Das heißt, du hast gar nichts Konkretes?« Er führte die Tasse zum Mund, setzte sie aber direkt wieder ab. »Der Earl Grey ist immer noch zu heiß.«

»Deswegen gießen wir kalte Milch in unser Nationalgetränk«, sagte der DCI und trank genießerisch einen großen Schluck des für den Kontinent erstaunlich guten Tees, der sein Vorurteil gegenüber den hiesigen Trinkflüssigkeiten ins Wanken gebracht hatte.

»Nicht ablenken. Ihr habt wirklich nichts?«

»Doch. Natürlich. Ich glaube, daß Star bewußt falsche Fährten gelegt hat, um wem auch immer Zeit zu geben, das Land wieder zu verlassen. Und er mußte sich zu unserer Verfügung halten; immerhin war er am Tatort.«

Krüger rieb sich die Stirn. »Und du meinst wirklich, daß er uns zum Mörder führt?«

»Wer weiß«, sagte Blackmore. »Aber da ich nun mal hier bin, sollte sich der Aufwand ja lohnen.«

»Möchtest du wissen, was ich weiß?«

Der Detective stellte seine Tasse ab und sah seinen deutschen Kollegen gespannt an. »Immer doch.«

Farnschläger wischte sich den Schweiß von der Stirn. Dabei hat er keinerlei körperliche Anstrengungen hinter sich, sondern nur konzentrationsreiche Stunden, in denen er sämtliche Namen auf der aktuellen Lehrerliste noch einmal durchgegangen war. Er saß in einem der Besprechungszimmer im Altbau des Rheinbacher Gymnasiums, in denen sonst verzweifelte Eltern über ihre verzweifelten Kinder informiert wurden. Der Blick ins Grüne war jedenfalls schön, wobei es nur noch vereinzelt zu sehen war und ansonsten von braungrauen Herbstfarben abgelöst worden war.

Der Schulgong ertönte, und der Ermittler sah automatisch auf die Uhr. Erst halb elf. Er betrachtete erneut die vielen Namen aus dem Kollegium. Dieses Mal hatte er aus dem Schulsekretariat eine Aufstellung mit Geburtsdatum und Geburtsort erbeten. Einer Anweisung Krügers folgend, waren alle Namen vor 1970 und nach 1985 durchgestrichen. Sein Chef suchte also nach jemandem, der zwischen fünfundzwanzig und vierzig Jahren alt war. Woher er das nun schon wieder wußte, entzog sich Farnschlägers Kenntnis.

Er hörte Schritte auf dem Gang, dann klopfte jemand.

»Herein«, sagte der Kommissar und klappte automatisch die aktuelle Akte mit der Liste zu.

»Ich bin's nur«, sagte Hennes. »Ich habe gerade eine Freistunde und wollte nur mal wissen, ob es etwas Neues gibt.«

Farnschläger sah keinen Grund, dem Direktor etwas vorzuenthalten – schließlich war das hier *seine* Schule. »Naja, der Kollege aus Oxford ist gekommen und sucht mit meinem Chef einen bei ihm abhanden gekommenen Zeugen.«

»Bei wem?«

»In Bonn«, sagte der Kripobeamte, der mit seinen Gedanken woanders war. Er überlegte nämlich gerade, ob er die Namen nicht in einem der Bonner Cafés weiter durchsehen könne, als ihm einfiel, daß Krüger gebeten hatte, über die Resultate der Suche von Rheinbach aus informiert zu werden. Vielleicht müsse er, Farnschläger, ja jemanden mitbringen. Er seufzte.

»Selbst ein Mathematiklehrer weiß«, sagte Hennes, »daß auf *bei wem* und *wo* zwei unterschiedliche Antworten folgen müssen. Also noch einmal: Welcher Zeuge fehlt wo und warum?«

»Das sind mehrere Fragen. Keine Ahnung. Aber es war in England.«

Hennes betrachtete den Kommissar etwas mitleidig. »Lesen sich Ihre Berichte auch so? So unscharf? Bis später.« Er nickte freundlich und schloß die Tür hinter sich.

Farnschläger wandte sich wieder der Liste zu. Im angegebenen Zeitraum von fünfzehn Jahren waren elf Kollegen geboren worden. Die Lehrerinnen im Mutterschaftsurlaub – zwei an der Zahl – strich er direkt durch. Ein Kollege war langfristig erkrankt. Ein Pädagoge mit Bänderriß fiel ebenfalls als Täter aus. Blieben sieben Namen.

Der Kommissar studierte die Geburtsorte. *Saragossa* stand bei einem Lehrer jüngeren Datums, der Spanischunterricht erteilte und nach Aussage des Direktors eher selbst noch hätte lernen müssen, die deutsche Sprache nämlich. Farnschläger überlegte und strich ihn dann ebenfalls durch. Noch sechs.

Der Kommissar verglich die Namen mit seinen und Paulsens Notizen vom ersten Tag der Ermittlungen, als sie im Lehrerzimmer das vorhandene Kollegium befragt hatten. Lag das wirklich erst zwei Wochen zurück? Nach den Gesetzen der Wahrscheinlichkeit war der Täter längst über alle Berge, wenn man ihn nicht in den ersten achtundvierzig Stunden ...

Prima, vier weitere Namen fielen weg – Lehrer, die in den Herbstferien verreist gewesen waren und das auch nachgewiesen hatten. Als Täter für das letzte Wochenende der Ferien kamen sie also nicht in Frage.

Blieben zwei Namen, die Farnschläger mit Interesse ansah. Drei, wenn man den Hausmeister mitzählte, der 1979 geboren war. Er griff zum Telefon und rief seinen Chef an.

»*Well*«, sagte Blackmore. »*That's bloody brilliant.* Wie bist du darauf gekommen?«

»Scharf nachgedacht«, sagte Krüger. »Das reicht meistens.«

»Das können aber die wenigsten. Rosie vielleicht. Und bei dir sicher Herr Schneider.«

Der deutsche Kommissar nickte. »Stimmt genau. Aber Nachdenken alleine war es auch nicht. Einiges habe ich Kaul zu verdanken. Dem muß man nur einen Computer geben und etwas Strom zur Verfügung stellen, dann findet er alles heraus.«

»Wie Ronald Thompson bei uns.« Blackmore führte die Tasse zum Mund, setzte sie aber sofort wieder ab. »Bah. Kalter Tee schmeckt in keinem Land.«

»Erkalteter, meinst du. Kalter schon.«

»Auch ein Stil-Freak.« Der DCI grinste. »Da können wir uns die Hände reichen.« Er wurde wieder ernst. »Du kennst also den Täter?«

»Kennen ist zuviel gesagt. Wen kennt man schon wirklich? Manchmal doch nicht mal sich selber – morgens vor dem Spiegel, nach einer durchzechten Nacht.«

»Philosophie lassen wir jetzt mal beiseite. Wer ist es denn?«

»Es kommen immer noch zwei Namen in Frage. Der Hausmeister scheidet aus, weil er am letzten Herbstferienwochenende auf einer Fortbildung war, sagte Hennes. *Schulen und Schlösser – Zur Sicherung öffentlicher Unterrichtsgebäude*. Aber jetzt nehmen wir erst einmal Star fest, das heißt, ich tue das; du, lieber John, darfst hier ja nicht tätig werden und kannst nur beratend zusehen. Und dann machen wir Folgendes.«

30

Dienstag, 9. November 2010 – Bonn

Lannesdorf, im Süden von Bad Godesberg gelegen, hatte auch seinen Charme, wie so viele Orte in Westdeutschland – allerdings war der auf bestimmte Gassen mit alten Fachwerkhäusern im Zentrum beschränkt. Ansonsten hatte sich die Großstadt breitgemacht – mit Tankstellen, der großen König-Fahd-Akademie mit ihrem Minarett und einem Haufen Salafisten, die immer wieder für Unruhe sorgten.

Nach Einbruch der Dunkelheit waren hier nur noch wenige Leute unterwegs; wie viele auch ein paar Kilometer weiter im Zentrum von Bad Godesberg, trauten sie sich abends nicht mehr auf die Straße. Der Medizintourismus aus den arabischen Ländern mit seinen vollverschleierten Frauen tat ein übriges, daß sich der alteingesessene Rheinländer fremd in seinem Land vorkam. Krüger fragte sich, wenn er die Berichte darüber in der Regionalpresse las, ob man nicht einfach akzeptieren sollte, daß das Zeitalter des Globalismus auch vor der eigenen Haustür Veränderungen mit sich brachte. Zumindest war das Essen deutlich besser geworden.

Wie so oft hatte der Kommissar Glück, wenn er einen Parkplatz suchte, den er in der Regel direkt bei der jeweiligen Adresse fand. In der Lannesdorfer Straße stellte er den Chrysler vor ein Friseurgeschäft, dessen Eingangsstufen er blockierte. Aber um diese Zeit würde sich niemand mehr seine Haare schneiden lassen. Gleichzeitig mit seinem englischen Kollegen legte er den Anschnallgurt ab und stieg aus.

Blackmore betrachtete das Ziel der Fahrt schräg gegenüber, ein gelb verputztes altes Fachwerkhaus mit dem vorkragenden ersten Stock. »Das ist es? Sieht *gemutlich* aus.« Er benutzte das deutsche Wort, das als Lehnwort seinen Eingang ins Englische gefunden hatte. Rechts neben der Eingangstür stand »Kaevers Gasthaus Zur Traube«.

Krüger war seinem Blick gefolgt und verkniff sich eine Anmerkung zum großgeschriebenen Z, über das der Engländer wohl nicht gestolpert war, da sich in englischen Überschriften ohnehin jeder Anfangsbuchstabe meistens groß schrieb. Oder so. »Dann wollen wir mal«, sagte er und öffnete die Eingangstür. Das Entrée war mit historischen Ansichten des Hauses dekoriert.

Der folgende zur Straße gelegene Raum erhielt sein Licht durch zwei große Fenster. Mittels einer Zwei-Drittel-Querwand, so daß links ein Gang frei blieb, war er vom hinteren Bereich abgetrennt worden. Wahrscheinlich hatte der so verkleinerte Saal vor hundert Jahren das Versammlungs- und Feierzentrum von Lannesdorf gebildet. Eine große Tafel zeigte die je nach Marktlage unterschiedlichen Gerichte an. *Elsässischer Flammkuchen mit Emmentaler* las Krüger; ihm lief das Wasser im Mund zusammen.

Eine Kellnerin kam den beiden Beamten entgegen. »Sie werden schon erwartet«, sagte sie. »Die Herren sitzen da hinten.«

Blackmore und Krüger folgten ihr an der Theke entlang. Rasch warfen sie einen Blick in die Küche, aus der es schon verführerisch duftete.

Hinter der Querwand befand sich ein vielleicht doppelt so großer, entschieden festlicherer Raum mit farbig gedeckten Tischen, auf denen Teller, Besteck, Blumenschmuck und auf dem Kopf stehende Gläsern symmetrisch arrangiert waren. Pflanzen, silberne Leuchter und wenige, von oben beleuchtete Acryl-Bilder an den Wänden unterstrichen die— Krüger überlegte. Wie hätte es in *Der Feinschmecker* gelautet? Genau. *Gehobene Atmosphäre.* Ein alter Holländer-Tisch war ausgezogen worden, um Platz für acht bis zehn Gäste zu schaffen.

Farnschläger erhob sich, als er seinen Chef kommen sah, ebenso Schneider. Kaul bekam von allem wie immer nichts mit, weil er in sein Mobiltelefon vertieft war. Paulsen saß mit dem Rücken zur Wand und nickte nur freundlich.

Blackmore kannte die meisten Gesichter noch vom Frühjahr – bis auf zwei.

Krüger trat an den Tisch und sagte: »Schön, daß Sie es einrichten konnten. Darf ich vorstellen? DCI Blackmore aus Oxford und die Herren Manus und Hülsmeyer, beide vom St. Joseph-Gymnasium in Rheinbach.«

Manus war blaß. Vor Aufregung lispelte er noch stärker als sonst. So war es natürlich ein Fehler, *Schönen Abend allerseits* zu sagen, dachte Krüger.

Hülsmeyer schwitzte, aber das tat er wohl immer; er war einfach zu dick für seine Größe. Der Kommissar musterte ihn prüfend. »Alles klar?« Hülsmeyer konnte nur nicken.

»Was feiern wir eigentlich?« fragte Manus.

»Eine Festnahme«, sagte Krüger. »Erzählen wir gleich.«

Der schmächtige Lehrer konnte seine Erleichterung kaum verbergen. »Wunderbar. Dann ist das Kollegium also vollständig exkulpiert? Und wir beide vom Lehrerrat können mitfeiern?«

»Kann man so sagen«, sagte Krüger. Gleichzeitig überlegte er, ob es für Leute wie Marcel Manus nicht einfacher wäre, mit Sätzen ohne s und x auszukommen.

»Aber hätten Sie dann nicht auch Direktor Hennes einladen müssen?« fragte Hülsmeyer und wischte sich mit einem Taschentuch den Schweiß von der Stirn.

»Wollte ich«, sagte Krüger. »Aber er hatte schon einen Termin. Eine Klassenpflegschaftsversammlung, das sagte er zumindest.« Er setzte sich ans Kopfende des Tisches vor die schmale hohe Heizung; Blackmore nahm ihm gegenüber am anderen Ende Platz, so daß beide alles im Blick hatten. Zwei Stühle blieben leer.

Die Kellnerin kam und brachte die Speisekarten, auf Klemmbrettern befestigte Blätter, die tägliche Aktualisierungen garantierten.

»Ihr seid eingeladen«, sagte Krüger. »Die Spesenfrage kläre ich später mit Langenargen. Unser Chef hat ja bekanntermaßen auf alles eine Antwort.« Er hatte jetzt richtig Hunger und immerhin einen aufregenden Nachmittag hinter sich. »Schweinelendchen mit Gruyèrehaube, Rahmwurzelgemüse und Kartoffel-Birnengratin«, las er vor. »Klingt doch gut. Wobei ich mich natürlich frage, welches Gemüse die Rahmwurzel ist. Vielleicht kommt sie aus Frankreich? Würde doch bei der Küche hier passen.«

Die anderen lachten, zumindest einige, weil Krügers Sprachmarotten nicht von jedem mehr goutiert wurden.

»Kriegen wir Mengenrabatt, wenn alle dasselbe bestellen?« fragte Farnschläger, der lange über seinen Witz nachgedacht hatte. Die Kellnerin kannte die Frage wohl schon, denn sie entgegnete routiniert, ohne eine Miene zu verziehen: »Erst ab siebzig Personen.«

Ein kurzer Blick auf die übrigen Tische zeigte Krüger, daß ihre Antwort eine höfliche Umschreibung von »Nein!« war, da hier höchstens vierzig, fünfzig Leute untergebracht werden konnten. Immerhin schmunzelte er, um seinen Kollegen bei Laune zu halten.

Die Kellnerin brachte, gefolgt von ihrer Kollegin, die Getränke. Blackmore verfolgte alles aufmerksam.

»Alles 'n Ordnung?« fragte ihn Krüger.

Der DCI nickte. »Ich überlege gerade, ob man aus der Tatsache, wer Bier und wer Wein bestellt hat, Rückschlüsse auf das jeweilige Milieu ziehen kann, in dem deine Kollegen groß geworden sind.«

»Interessant«, sagte Schneider. »Krüger trinkt nur Wein und Whisky. Und von seiner Familie weiß niemand etwas.«

Dem Ersten Kriminalhauptkommissar wurde das Gespräch entschieden zu persönlich. »Das hier ist immerhin ein Dienstessen. Wollt ihr nicht wissen, was heute nachmittag passiert ist?«

Frederic Star war das Rheinufer weiter entlangspaziert, gefolgt von seinem Beschatter, und hatte immer wieder auf sein Handy geguckt. Schließlich ging er die Kaiser-Friedrich-Straße zur Adenauerallee hoch und stieg an der Haltestelle »Museum König« in die U-Bahn.

Unglücklicherweise war der dicke Streifenpolizist zu langsam. Er hatte Mühe gehabt, mit dem jüngeren Mann Schritt zu halten, und stand nun vor der gerade abfahrenden Linie 66 nach Bad Honnef. Was tun? Er überlegte und griff dann entschlossen zum Handy.

»Daniel? Ich bin's. Der Kerl ist weg. – Ja, ich weiß, etwas mehr Ausdauertraining. – Wohin? Keine Ahnung. Aber die Bahn fährt über Ramersdorf. – Rufst du die Kollegen an oder ich? – Danke.« Er steckte das Telefon wieder ein.

Wenig später kam schon die nächste Bahn. Der Polizist stieg in den letzten Wagen, dann mußte er an seinem Ziel nicht so weit zum Ausgang laufen. Nur sechs Haltestellen waren es bis zum Polizeipräsidium in Bonn-Ramersdorf. Die Fahrt konnte aber ganz schön lang sein, wenn man Mist gebaut hatte. Neun Minuten über den Rhein, um über seine Sünden nachzudenken. Neun Minuten, um den Vorschlag seiner Frau zu erwägen, einen ruhigeren Posten als Pförtner beim Posttower anzunehmen. Neun Minuten, um wieder Atem zu schöpfen.

In Ramersdorf stieg er aus und rannte die Treppe nach oben.

Am Ausgang der U-Bahn-Station wartete bereits Daniel auf ihn. »Hi«, sagte er.

»Habt ihr ihn?« stieß Hubert hervor.

»Leider nein«, sagte sein junger Kollege und ließ ihn ordentlich zappeln. »Aber wir wissen, wo er ist.«

Hubert haßte Pausen, wenn es gerade spannend wurde. »Nun sag schon.«

»Im Bus.« Daniels Satz war nach zwei Wörtern schon wieder zu Ende; er wußte genau, wo er die Nadelstiche bei seinem Kollegen ansetzen mußte.

Dieses Mal konterte Hubert geschickt und sagte – gar nichts.

Schließlich fuhr Daniel fort: »Im Bus der Linie 635 Richtung Pützchen. Alle paar Meter könnte er aussteigen. Damit wir ihn nicht wieder aus den Augen verlieren, fährt eine Motorradstreife in Zivil hinterher.«

Manchmal war Hubert schlagfertig. »In Zivil? Wie soll das denn gehen? Habt ihr so schnell das Motorrad umlackiert?«

Daniel lachte. »Ist ein Kollege auf seinem privaten Zweirad.« Sein Telefon klingelte. »Moment, warte mal.« Er hörte einen Augenblick zu und steckte dann das Handy wieder ein. »Er ist an der Haltestelle Thelenpfad ausgestiegen und marschiert jetzt Richtung Schule.«

»Komisch«, sagte Hubert. »Was will er denn am St. Adelheid-Gymnasium?«

»Das haben wir uns auch gefragt«, sagte Krüger. »Aber die Lösung war ganz einfach, wie ihr gleich hören werdet.« Mit dem Messer schob er eine kleine Portion des winterlichen Salats mit einer Krabben-Gemüse-Crêpe, den alle – auch ohne Preisreduzierung – als Vorspeise bestellt hatten, auf die Gabel und führte den Bissen zum Mund.

»Bloody marvellous«, sagte Blackmore und kaute; seine Lobesadverbien allein schienen ihm nicht stark genug zu sein, so daß er sie durch ein Zusatzadverb verstärken mußte.

»Ist ja alles wirklich interessant«, sagte Hülsmeyer. »Aber dürfen Sie das alles so *en détail* erzählen?«

»Das bleibt nicht lange geheim. Steht ohnehin alles morgen in der Zeitung«, sagte Krüger.

Star beugte sich zu dem kleineren Jungen herab. Der englische Journalist stand vor dem Eingang zum Schulgelände und versuchte, sich verständlich zu machen. Zwar hatte er Deutschunterricht in der Schule gehabt, aber behalten hatte er absolut nichts.

»I'd like to speak to one of the teachers.«

Der Junge, der zur Zeit gerade große Schwierigkeiten mit lateinischen Vokabeln hatte, sah ihn verständnislos an.

Star formulierte seine Frage um. *»Could I possibly talk to one of your teachers?«*

Keine Reaktion.

»Is this the Saint-Joseph-Gymnasium?«

Der Junge hatte immerhin einen deutschen Heiligennamen aufgeschnappt. *»No, señor«,* sagte er, in der irrigen Annahme, daß er mit aktualisiertem Latein weiterkam.

»It's not?« fragte Star. Sein Gesichtsausdruck verschob sich Richtung Verzweiflung, wie Hubert und sein Kollege Daniel, die inzwischen wieder im eigenen Auto saßen und die Szene verfolgten, beobachten konnten.

»Sankt Adelheid«, sagte der Junge, dem die ganze Unterredung zunehmend merkwürdig erschien, und rannte los.

Star holte sein Mobiltelefon aus der Tasche, wischte und drückte darauf herum und las schließlich etwas. Dann schüttelte er den Kopf, betrachtete seine Uhr und ging Richtung Bushaltestelle zurück.

»Und dann haben wir zugegriffen«, sagte Blackmore auf Englisch. Er bemühte sich, deutlich zu sprechen. Daß er Erfolg damit hatte, bewies ihm die Tatsache, daß es keinerlei Rückfragen gab. Jedenfalls keine bezüglich seiner Aussprache.

»Beziehungsweise zugreifen lassen«, sagte Krüger.

»Und wo ist er jetzt?« fragte Paulsen, um zu demonstrieren, daß er aufmerksam zugehört hatte.

»In Ramersdorf«, sagte Krüger. »John und ich hatten Gelegenheit zu einem ausführlichen Gespräch.«

Ein Häufchen Elend saß vor den beiden Kommissaren, als sie eines der Verhörzimmer im Polizeipräsidium betraten. Star hatte seinen grünen Parka ausgezogen – der Raum war wie viele Behördenzimmer überheizt – und über seine Stuhllehne gehängt. Er rührte unentschlossen in einem Styroporbecher mit Kaffee.

»Nett, Sie wiederzusehen«, sagte Blackmore. »Ein bißchen aufwendig; wir hätten uns ja auch in Oxford treffen können, oder?« Er setzte sich dem Journalisten gegenüber und legte die aus England mitgenommene Akte auf den Tisch. Papier war immer gut, dachte er; dicke Stapel ließen die eigene Arbeit entschieden bedeutsamer erscheinen.

Krüger setzte sich neben ihn und wartete.

Schließlich beschloß Star, das *Interview* zu eröffnen, denn er fragte: »Wie haben Sie mich so schnell gefunden?«

Blackmore sah ihn mitleidig an: »Sie haben wirklich keine Ahnung?«

Star schüttelte den Kopf.

»Handynetz-Überwachung.«

Der Journalist schlug sich mit der rechten Hand vor die Stirn. »Ich Esel. Das heißt, ich hätte nur ein Prepaid-Handy kaufen müssen und wäre weg gewesen?«

Der DCI nickte.

Wenn es gegangen wäre, wäre Star noch weiter in sich zusammengesunken. Er flüsterte: »Das ganze Leben lang ehrlich, dann weicht man einmal von seiner Linie ab und nun das.«

»Sie haben Kontakt zum Mörder, oder?« fragte Krüger. »Oder hatten?«

Das *Ja* war kaum zu verstehen. Das *vermutlich* war wenig lauter.

»Und warum?« fragte Blackmore.

Der Journalist richtete sich auf. »Reiner Tisch ist immer gut. Was würden Sie denn machen, wenn Sie die Gelegenheit bekommen, aus Ihrem alten Leben auszubrechen und mit viel Geld ein neues anzufangen?«

»Och«, sagte Krüger. »Ich bin mit meinem ganz zufrieden.«

Blackmore grinste. »Wieviel?« fragte er nur.

»Eine Million«, sagte Star. »Pfund. Nicht dieses komische Spielgeld hier auf dem Kontinent.«

»Und wofür?«

Hülsmeyer und Manus hörten gebannt zu. Sie hatten die Vorspeise vergessen; das Besteck des dicken Pädagogen lag auf dem Teller, die Gabel des lispelnden Lehrers schwebte beladen auf halber Höhe zwischen Tisch und Gesicht.

Schneider beobachtete die beiden fasziniert. Wer von beiden war es nun? Jeder versteckte seine Anspannung, vielleicht auch Angst, in bewundernswürdigem Maße. Er wußte nicht, ob er in einer vergleichbaren Situation, in die er hoffentlich nie gelangen würde, so ruhig bleiben würde.

»Wir mußten mehrfach nachfragen, bevor Star mit der Sprache herausrückte. Dann war es eigentlich ganz logisch«, sagte Krüger. Sein Teller war vollständig leer; die Salatsauce hatte er mit etwas frischem Weißbrot aufgewischt. Danach hatte er wie immer Gabel und Messer parallel zueinander ausgerichtet. Der Kommissar griff zu seinem Weinglas und probierte den Chardonnay, den er zur Vorspeise ausgesucht hatte. »Exzellent«, sagte er.

»Erpressung«, sagte Blackmore.

»Erpressung«, sagte Star. »Ich hatte mich für Samstagnachmittag mit Jerry verabredet. Wir wollten nach London, um diese Heavy-Metal-Band aus den Staaten zu sehen. Im Hammersmith Apollo, dem alten Rockschuppen.«

»Welche Band?« fragten Krüger und Blackmore gleichzeitig.

»Avenged Sevenfold. Die Jungs sind ziemlich laut.«

Die beiden Kommissare schüttelten den Kopf. Beide bevorzugten etwas melodischere Musik, so daß sie zwar nie den Anschluß an die aktuelle Musikszene verloren hatten, aber um Lärm und nur Lärm immer einen großen Bogen machten.

»Also stand ich vor dem Antiquariat und wartete. Plötzlich ging die Tür auf, und dieser Mensch kam heraus. Er hatte es so eilig, daß er mich beinahe umrannte. Dabei fiel ihm etwas auf die Straße. Hier.«

Star suchte in den Taschen seines Parkas und förderte dann eine leere Packung zutage, die einmal Damenstrümpfe enthalten hatte.

FALKE, las Krüger. »Ich rufe mal eben jemanden von der Spurensicherung. Die können nach Fingerabdrücken suchen. Die Ihren haben wir doch schon, oder?«

Star nickte.

Wenig später kam eine junge Frau, grüßte freundlich, hob die Plastikhülle für die Strümpfe mit einer Pinzette hoch und ging wieder.

»Okay«, sagte Blackmore. »Dann berichten Sie mal weiter.«

»Der Typ hatte die Tür offen gelassen. Ich bin dann ins Geschäft gegangen und habe nach Jerry geguckt. Es war niemand da. Im zweiten Stock habe ich ihn schließlich gefunden. Tot. Er war noch warm.« Star wischte sich eine Träne aus dem Auge.

»Warum haben Sie nicht die Polizei gerufen?« fragte Krüger.

»Ich war wie vor den Kopf geschlagen. Der feinste Mensch, den ich kannte, und tot? Ich wußte nicht, was ich machen sollte. Wohl über eine halbe Stunde habe ich neben ihm gesessen.«

»Und anschließend sind Sie einfach gegangen und haben die Tür zum Laden zugezogen?«

»Korrekt«, sagte der Journalist. »Ich habe sogar abgeschlossen; ein Schlüssel lag auf der Theke. Den habe ich auch neulich benutzt, als ich schnell nach Hause wollte und Sie das Antiquariat abgeschlossen hatten. Wie ich nach Hause gekommen bin, weiß ich nicht mehr. Plötzlich stand ich wieder vor dem Gemüseshop in der Cowley Road, so daß ich mich in meinem Zimmer verkriechen konnte.«

»Das war's?« Blackmore betrachtete Star kritisch.

»Nicht ganz. Oben habe ich überlegt, was ich tun sollte. Jerry hatte mir einen größeren Betrag versprochen, mit dem ich in eine bessere Gegend ziehen konnte. Außerdem wollte ich ein Buch schreiben und meine Arbeit bei der *Oxford Mail* einstellen.«

»Aber diese Geldquelle war nun versiegt, oder?« Krüger ahnte, was kommen würde.

Star nickte. »Als ich mir die Verpackung der Damenstrümpfe genauer ansah, fiel etwas heraus. Hier.« Er legte eine zerknitterte Visitenkarte auf den Tisch.

Blackmore und Krüger hörten gespannt zu.

»Ich habe dann die Handynummer auf der Karte angerufen und ein Treffen vorgeschlagen.«

»Zwecks Geldbeschaffung?« fragte Blackmore nüchtern.

»So war's. Der Typ hat mir eine halbe Million versprochen, wenn ich dichthielte. In Kürze würde er sehr viel Schotter besitzen.«

»Das Geld kam dann aber nicht, oder?«

Star nickte. »Also bin ich nach mehreren Telefonaten, in denen er mich hingehalten hat, nach Deutschland geflogen, um ihn zur Rede zu stellen.«

»Sie haben ihn aber noch nicht gefunden?«

»Nein.« Star sank wieder in sich zusammen.

»Sie waren also nicht der Mann mit dem Strohhut«, sagte Blackmore nachdenklich. »Aber auf Ihrem Schrank lag doch einer, oder?«

»Ach das.« Trotz seiner Lage mußte Star lachen. »Deswegen sind Sie hinter mir her? Es gibt Zufälle … Der Strohhut gehört zu meiner Theaterkleidung. Ich bin bei so einer Studententruppe, und wir spielen gerade …« Er hielt inne und fuhr dann mit veränderter Stimme fort. »Die anderen üben gerade ein Stück, was in den zwanziger Jahren spielt. Und mit einem Strohhut sieht man mein Gesicht nicht so.« Der Journalist deutete auf seine linke Wange und Schläfe, die von der Psoriasis ziemlich in Mitleidenschaft gezogen waren.

»Was wir noch wissen wollen«, sagte Krüger. »Warum sind Sie an diese Schule in Beuel gefahren, St. Adelheid?«

»Das hatte ich auf dem Stadtplan gesehen. Ich dachte, daß sei die Schule, wo der …« Er verstummte.

»Ist schon schwierig«, sagte Blackmore. »Diese ewigen Heiligennamen. Und alle katholisch.«

Krüger grinste. Dann nahm er die Visitenkarte vorsichtig an einer Ecke in die Hand und las den Namen. Sein Bauchgefühl hatte ihn zwar getrogen, dennoch nickte er befriedigt. »Die Schlinge zieht sich zu.«

31

Dienstag, 9. November 2010 – Bonn

»Und was kriegt er jetzt, an Knast, meine ich?« fragte Hülsmeyer. »Dieser Journalist. Star oder wie der heißt.« Sein Namensgedächtnis war nicht so gut, was seine Arbeit in der Schule etwas erschwerte.

»Eine kleinere Strafe wegen Begünstigung«, sagte Krüger, »weil er durch seine falsche Beschreibung des Täters – das werden wir noch sehen – verhindert hat, daß die englische Polizei den Mörder sofort findet, und eine große Strafe, mindestens fünf Jahre, weil er den Mörder erpreßt hat. Jedenfalls, wenn er bei uns verurteilt werden würde.«

»Aber das kann uns doch gleichgültig sein«, sagte Hülsmeyer. »Wer wen erpreßt und wer bestraft wird.«

»Nein.« Der Kommissar wunderte sich wieder, warum juristische Laien immer alles so genau wissen wollten, statt selber Jura zu studieren und sich die Fragerei zu ersparen. »Erpressung ist in Deutschland ein Offizialdelikt; da muß die Staatsanwaltschaft tätig werden.«

Manus studierte angestrengt die Speisekarte, die die Kellnerin auf dem Tisch hatte liegen lassen.

Der Mann aus Westfalen faltete unablässig seine Stoffserviette auseinander und wieder zusammen.

Blackmore sah ihm interessiert zu.

»Aber dann haben Sie ja noch gar nicht den Mörder!« sagte Hülsmeyer plötzlich zu Krüger. »Sie haben doch vorhin gesagt, daß Sie ihn festgenommen haben.«

»Präzision ist alles«, sagte Krüger. »Ich habe lediglich gesagt, daß es eine Festnahme zu feiern gibt, und die anschließende Frage, ob es etwas zu feiern gäbe, bejaht.«

Schneider grinste.

Hülsmeyer setzte nach. »Und was hat der Mord in Oxford mit unserem in Rheinbach zu Tode gekommenen Kollegen zu tun?«

»Das kann ich gerne beantworten«, sagte Blackmore, der sich geschickt mit seinem deutschen Kollegen die Bälle zuwarf. »Der Mörder ist wohl auch der Ihres Kollegen, Wolfgang Winkler. Die beiden Ermordeten waren ...« Er verstummte.

Krüger verkniff sich ein Grinsen ob der Kunstpause. Außerdem war er jetzt dran. »Zwillinge!« führte er den Satz zu Ende, inklusive Betonung der ersten Silbe aufgrund des Ausrufezeichens.

Manus zuckte zusammen.

»Ich habe es geahnt«, flüstete Hülsmeyer. »Wolfgang war immer auf der Suche nach einer verwandten Seele, nach jemandem, der seine Leidenschaften teilte. Er fühlte sich anscheinend irgendwie unvollständig.«

Krüger sah ihn überrascht an. So hatte er den Pädagogen bisher nicht kennengelernt. Er schien doch feinfühliger zu sein, als sein von Paulsen geschilderter poltriger Auftritt vermuten ließ. Er warf Marcel Manus einen Blick zu. Der Lehrer machte ein unbeteiligtes Gesicht, mit dem er die Enthüllungen verfolgte.

»Aber Ihr habt doch noch mehr gemacht, oder?« fragte Kaul. »Ihr habt es doch nicht bei der einen Festnahme bewenden lassen?«

»Was das angeht – doch«, antwortete Blackmore. »Aber wir beide, Kruger und ich, sind auf etwas Interessantes gestoßen.«

Der DCI und der EKHK saßen in Krügers Büro im Polizeipräsidium, nachdem Star im Erdgeschoß in eine Zelle gesperrt worden war. Er hatte, wie alle, die festgenommen worden waren, seine Schuhe ausziehen müssen; sie standen nun auf dem Gang, und man mußte aufpassen, daß man nicht darüber stolperte. Wann der diensthabende Richter kam, um die Angelegenheit zu prüfen, war wie immer unsicher. Jedenfalls hatten sie das Star gesagt; manchmal halfen Stunden der Ungewißheit, damit die jeweiligen Straftäter von sich aus zur Aufklärung beitrugen.

Blackmore studierte zum Zeitvertreib vor dem Bildschirm seines Kollegen die Webseite des *Guardian*, der angesehenen englischen Tageszeitung; Krüger saß in der Besucherecke und überflog noch einmal die Schriftstücke aus der aktuellen Akte.

Beide Ermittler erschraken, als jemand dreimal heftig gegen die Tür klopfte.

»Die Kollegin Winterstein«, sagte Krüger leise. »Bloß nichts sagen.«

Die Polizeioberkommissarin war schon eingetreten und sah Blackmore interessiert an. Krüger fühlte sich bemüßigt, seinen Kollegen vorzustellen. »The Great John Blackmore – Miss Angelika Winterstein, Auge und Ohr des Präsidiums.«

Blackmore zog eine Augenbraue hoch und lachte. »Ich bin aber nur sechs Fuß groß«, sagte er. »Von *great* kann keine Rede sein.«

Winterstein ließ sich von Krüger den kleinen Witz übersetzen.

»Hast du etwas herausgefunden?« fragte er dann.

»Und wie!« sagte Angelika Winterstein. »Willst du's sehen?«

Sie legte ein Blatt Papier auf den niedrigen Tisch vor ihrem Kollegen.

Krüger beugte sich vor.

Blackmore war aufgestanden und neben die Polizistin getreten. »Irgend etwas Interessantes?«

»Und wie«, sagte Krüger. »Das hier ist eine Anmeldebestätigung des Einwohnermeldeamts der Stadt Bonn für einen gewissen Florian Bachem.«

»Sohn von, wie hieß er noch, Georg Bachem?« Blackmores Gedächtnis funktionierte bestens.

Winterstein nickte. Wie immer kannte sie alle Einzelheiten der aktuellen Fälle, eine Fähigkeit, die ihre Kollegen ihre übergroße Neugier vergessen ließen. Sie arbeitete einfach präzise.

Krüger zeigte auf das Datum. »Siehst du? Eigentlich war er zu dem Zeitpunkt bereits tot, der Autounfall, du erinnerst dich? In Griechenland?«

Blackmore nickte.

»Das bedeutet«, sagte Krüger langsam. »Die Zwillinge haben einen Bruder.«

»Hatten«, sagte Hülsmeyer. »Die sind doch tot.«

»Danke«, sagte Krüger zu der Kellnerin, die gekonnt fünf große Teller mit dem Hauptgericht balancierte und bei seinen Kollegen ablud. Die zweite junge Frau folgte mit drei weiteren, ebenfalls sehr appetitlich aussehenden Speisen.

»Guten Appetit«, sagte Blackmore auf Deutsch.

»Und jetzt soll ich essen?« fragte Schneider. »Jetzt, wo es spannend wird?«

Der DCI rieb sich mit seinem Zeigefinger seine Nase und überlegte. »Wenn der Sohn lebt, warum weiß das keiner in der Immobilienfirma?«

»Keine Ahnung«, sagte Krüger. »Aber laß uns doch mal ein paar Gedankenspiele, äh, spielen. Wenn er lebt und sich sogar noch in Bonn angemeldet hat, dann muß ihn irgend etwas davon abhalten, den Kontakt zu seiner Familie wieder aufzunehmen.«

»Genau. Am ehesten müßte doch der Juniorchef 'was wissen.«

Krüger griff entschlossen zum Hörer, nachdem er aus der Akte Nettekovens Telefonnummer herausgesucht hatte. »Krüger, Mordkommission. – Ja, es gibt etwas Neues. Machen Sie sich auf einen Schock gefaßt.« In dürren Sätzen berichtete er von Wintersteins Entdeckung und hörte anschließend eine Zeitlang aufmerksam zu. Schließlich sagte er: »Vielen Dank. – Natürlich halten wir Sie auf dem Laufenden.«

»Und, was hat er gesagt?« fragte Blackmore.

»Augenscheinlich ist Florian Bachem das schwarze Schaf seiner Familie gewesen. Keine Geschwister, ein gestörtes Verhältnis zu seinem Vater, ein gespanntes zu seiner Mutter, Drogengeschichten, Ausstieg – das volle Programm. Er hat sich wohl soweit von seinen Eltern und ihrer – wie hat Nettekoven das formuliert? – Kleinbürgerlichkeit, die sich nur über äußere Statussymbole definiere, entfernt, daß er vor der Griechenlandreise jeden Kontakt abgebrochen und nach seiner Rückkehr auch nicht wieder aufgenommen hat.«

»Rebellion der Kinder. Verzweiflung der Eltern. Keine Versöhnung.«

»Du klingst wie ein Prediger.«

»Ach, wenn du das menschliche Leben in all seinen Schattierungen kennengelernt hast, kann dich nichts mehr wirklich überraschen.« Der DCI sah Krüger prüfend an, bis sein deutscher Kollege zustimmend nickte. »Also, was machen wir?«

»Wir fahren noch einmal in das Bachemsche Haus«, sagte Krüger. »Vielleicht haben wir dort etwas übersehen.«

Schneider hatte sich doch zum Essen entschlossen und genoß seine Entscheidung, was er durch leise zufriedene Geräusche zu erkennen gab, die Krüger an Winnie-the-Pooh erinnerten, wenn der Bär Honig aus einem Topf schleckte.

»Lecker«, sagte Schneider.

»Sag' ich doch«, sagte Krüger. »Ein feines Etablissement. Soll ich fortfahren?«

»Moment«, sagte eine fröhliche weibliche Stimme.

Blackmore drehte sich überrascht um.

Rosie war neben ihn getreten und betrachtete den Tisch. »Wir sind ja fast pünktlich. Zum Hauptgang, meine ich. Sofort nach der Schließung der hiesigen Schuhgeschäfte sind wir eilends herbeigelaufen.«

»Ironie, oder?« fragte Paulsen, dem aber wie immer niemand antwortete.

Carmen stand neben ihr und lächelte. »Aber mir reicht sowieso immer eine Vorspeise, gefolgt von einer der hiesigen Nachspeisen, die man nicht ablehnen kann. Irgendein Obstschaum mit irgendwelchen geeisten Nüssen und dunkler gekochter Schokolade. Oder so ähnlich.«

Krüger grinste, da er die Vorlieben seiner Freundin kannte.

»Na, Poirot«, sagte Carmen zu ihm. »Hast du schon irgend etwas Wichtiges erzählt oder kommen wir rechtzeitig zum Showdown?«

Kaul kannte den belgischen Privatdetektiv nicht, bei dessen Fällen zum Schluß immer alle Verdächtigen in einem Landhaus saßen und selber wissen wollten, wer denn nun der Täter war, den ihnen nur Hercule Poirot alleine und nicht etwa die Polizei auf dem Silbertablett servieren konnte. Schneider erklärte ihm flüsternd die Zusammenhänge.

»Ja«, sagte Krüger wie immer, wenn er eine Oder-Frage beantworten mußte. »Nehmt Platz und hört zu.«

»Was für beeindruckende Häuser!« sagte der Detective und studierte die Fassaden der Häuser an der Meckenheimer Allee. »Ich war mal in Riga, da sah das ähnlich aus. Die Gebäude dort waren allerdings etwas größer.«

»Wobei ich nicht weiß, ob ich hier wohnen möchte«, sagte Krüger. »Die Gegend ist ja wirklich schön, aber im Erdgeschoß muß man wahrscheinlich wegen der Bäume – die Straße heißt ja nicht umsonst Allee – immer Licht einschalten.« Er schloß die Haustür zur Nummer 213 auf und trat ein.

»Ich darf überall herumlaufen?«

Krüger nickte. »Nur zu.«

Blackmore verschwand nach oben, und der Kommissar ging wieder ins Wohnzimmer. Auf dem Kaminsims standen die üblichen Bilder: ovale Schwarzweiß-Porträts mit strengen Gesichtern aus dem neunzehnten Jahrhundert, ein paar vergilbte Farbfotos aus dem zwanzigsten Jahrhundert, deren Farben sich auf Braun und Grün reduziert hatten, und zwei neuere Studioaufnahmen des Ehepaars Bachem. Halb dahinter war ein Kinderbild umgefallen.

Krüger trat näher und nahm es in die Hand.

Wahrscheinlich war Florian Bachem darauf zu sehen, im Alter von vielleicht zehn Jahren.

Neben dem Klavier stand eine Kommode, in deren Schubladen er beim letzten Besuch nur flüchtig hineingesehen hatte. Er zog eine Schublade auf, die ordentlich zusammengeschnürte Briefpäckchen enthielt, einige mit, einige ohne Umschläge. Die Namen sagten ihm nichts. Er wollte die Schublade schon wieder schließen, als er ganz hinten noch einen Stapel Briefe entdeckte, der mit einem schwarzen Stoffband versehen war. Krüger holte ihn heraus und setzte sich an den Eßtisch.

Das Band war schnell gelöst, und der Kommissar nahm das erste Schreiben in die Hand. Sofort wußte er, worum es sich handelte.

»John, kommst du mal?« rief er laut.

Blackmore hastete die Holztreppe im Flur hinunter, die an zwei Stellen empört knarrte, und setzte sich neben seinen deutschen Kollegen. »Etwas gefunden?«

Krüger übersetzte ihm einen Absatz des Briefes.

Blackmore schüttelte nur den Kopf. »Wo kommt denn dieser ganze Haß her?«

Hedwig Bachem, geborene Brockmann, hatte alle Briefe des Sohnes aufgehoben. Über die Jahre – die älteste Nachricht stammte aus dem Jahr 1980 zum Muttertag und war in sauberer Kinderschrift verfaßt, die jüngste aus dem Jahr 1999 und war eine einzige Beschimpfung der Eltern – war die Abneigung von Florian seinen Eltern gegenüber immer stärker geworden. Ein Grund dafür war nicht ersichtlich.

»Das klingt aber sehr bedrohlich«, sagte der Kommissar. »Hier, hör mal: *Ihr mit Eurem verdammten Geld, an dem Ihr ersticken könnt. Mich habt Ihr mein ganzes Leben so kurz gehalten, daß ich ständig in Geldnöten war. Ich will mit Euch nie wieder etwas zu tun haben. Wenn wir uns noch einmal begegnen, bringe ich Euch um.*« Er faltete den Brief wieder zusammen und legte ihn auf den Stapel zurück. »Das ist wirklich nicht zu verstehen. Aber wir müssen weitersuchen.«

Eine halbe Stunde später sagte Blackmore plötzlich: »Guck mal, was ich hier gefunden habe.«

Krüger legte die Gabel aus der Hand und sah die beiden Lehrer triumphierend an. »Und plötzlich wußten Blackmore und ich Bescheid. Es fiel uns wie Schuppen—«

»Aus den Haaren«, sagte Carmen, die sich nie für einen Kalauer zu schade war, was ihr aber jetzt einen strafenden Blick ihres Freundes eintrug.

Farnschläger grinste und flüsterte Kaul etwas ins Ohr, was lautes Gelächter zur Folge hatte.

»Darf ich jetzt bitte fortfahren?« fragte Krüger. »Das hier ist schließlich kein Betriebsausflug. John, kannst du mal zeigen, was du gefunden hast?«

Blackmore griff nach seiner Aktentasche, die er neben sich ans Tischbein gelehnt hatte, und holte ein Schriftstück heraus. »Mein Deutsch ist nicht besonders …«

»Gar nicht vorhanden«, wisperte Rosie in Carmens Ohr.

»… aber das bekomme ich wohl hin.« Der DCI hielt eine handschriftlich beschriebene DIN-A4-Seite so, das alle sie lesen konnten, und sagte: »Stammt von Hedwig Bachem und ist überschrieben mit *Bonner Testament*.«

32

Dienstag, 9. November 2010 – Bonn

»Das kann nicht sein«, schrie Marcel Manus und sprang auf. Sein Stuhl fiel nach hinten. »Das ist eine Fälschung!« brüllte er mit vor Wut verzerrtem Gesicht und sich fast überschlagender Stimme. Gleichzeitig versuchte er, Blackmore das Schriftstück zu entreißen. Der DCI war aber schneller und hatte es Schneider zugeworfen, der es auffing und seinerseits an Kaul weiterreichte.

»Ich dachte, daß das hier ein seriöses Haus sei«, sagte ein distinguierter Herr am Nachbartisch zu seiner Begleiterin. »Angeblich das erste Restaurant am Platz, oder?« Da niemand seine Frage beantwortete, rief er laut: »Zahlen!«

Die Kellnerin, die, an der Querwand stehend, das Geschehen verfolgte, hatte die vertraute Aufforderung gehört und ging auf den Gast zu. Dabei mußte sie an Manus vorbei, der die Gelegenheit nutzte, sie zur Seite stieß und zum Ausgang rannte.

Blackmore versuchte zwar noch, ihn festzuhalten, war aber nicht schnell genug.

Krüger blieb sitzen.

»Genesis Eins, Eins«, sagte Paulsen zu niemand Bestimmtem.

Farnschläger kam nicht ganz mit. »Was 's' los?«

»Tohuwabohu«, sagte der Husumer. »Durcheinander. Steht schon in der Bibel.« In aller Seelenruhe schnitt er sich ein weiteres Stück Fleisch ab, betrachtete seinen Kollegen sinnierend und sagte: »Krüger wird's schon richten.«

»Setz dich wieder«, sagte der Erste Kriminalhauptkommissar zu seinem englischen Kollegen. »Ich habe es schon gerichtet und vorgesorgt.« Er hatte Paulsens Satz aufgeschnappt und überlegte trotz des Trubels – inzwischen waren nämlich weitere Gäste aufgestanden, die eigentlich auch nur in Ruhe ihr Abendessen hatten genießen wollen –, ob die deutsche Redewendung auch im Perfekt funktionierte. »Prost«, sagte er zu Hülsmeyer, der immer noch wie versteinert sein Weinglas in der Hand hielt. »Sie dürfen sich wieder bewegen. Gleich werden Sie alles erfahren.« Krüger stand auf, beugte sich leicht zur Seite und sah Richtung Ausgang.

Wie auf Knopfdruck erschienen zwei uniformierte Polizisten. In der Mitte hing eher, als daß er ging, ein geknickter Manus. »Handschellen?« fragte einer der beiden.

Manus schüttelte den Kopf. »Nicht nötig. Es hat ja doch alles keinen Zweck mehr.« Müde ließ er sich auf den Stuhl neben Krügers Platz fallen, wo er den Abend über schon gesessen hatte. »Warum haben Sie bis jetzt gewartet mit Ihren Enthüllungen?« fragte er.

Krüger konnte auch gemein grinsen. »Haben Sie schon mal 'was von einer Henkersmahlzeit gehört? So fein werden Sie nach dem Gerichtsverfahren nie wieder speisen. Ich bin für Festnahmen immer erst nach dem Hauptgang.« Das Timing war wirklich exzellent gewesen, dachte er; Manus' Teller war vollständig leer gegessen.

»Also«, sagte Carmen. »Könntet ihr vielleicht alle mal aufessen, damit wir zum Nachtisch gelangen? Außerdem wollte ich gerne wissen, wie ihr beide denn auf Herrn Manus gekommen seid. Ich dachte, ihr suchtet jemanden namens Bachem?«

»Das taten wir auch«, sagte Blackmore. »Aber dann kam Thompson.« Er legte sein Besteck zur Seite und sah Manus an. »Sie erinnern sich? Sie waren doch in Oxford, oder?«

Der Lehrer schüttelte den Kopf. »Ich gebe zwar Englisch, aber da war ich noch nie.«

»Wir müssen jetzt zwei Sachen klären«, sagte Krüger. »Erstens, wo Sie zum Zeitpunkt des Mordes von Bernhard Adams waren, und zweitens, wie Sie überhaupt in die Rheinbacher Schule gekommen sind. Als Lehrer.«

»Und drittens«, sagte Carmen, »woher Sie überhaupt wußten, daß es Zwillinge waren. Das wußten Sie doch, oder?«

Manus nickte. »Das stimmt«, sagte er leise.

Blackmore griff erneut nach seiner Aktentasche und holte ein weiteres Blatt hervor. »Das hier ist ein E-fit, ein mittels Computerunterstützung angefertigtes Phantombild.«

»Electronic Facial Identification Technique«, sagte Carmen. »Habe ich bei *Midsomer Murders* gelernt.«

»Und du wolltest nicht Polizistin werden?« fragte Rosie. »Bei deinen Fähigkeiten?«

»Ruhe auf den billigen Plätzen«, sagte Krüger. »Das hier ist keine Farce.«

»Darf ich?« fragte Farnschläger und ergriff das Fahndungsbild. »Wenn ich mich nicht irre, ist hier Herr Manus zu sehen.«

»Das denke ich auch«, sagte Blackmore. »Wir hätten uns das ganze Theater sparen können, wenn Thompson nicht über den Durst getrunken hätte, weswegen er vergessen hatte, von Ihrer Übernachtung in der Mädchen-WG zu berichten …«

Manus sah zu Boden und knetete seine Hände.

»Außerdem«, sagte Krüger, »gibt es ja die moderne Internettechnologie. Dank Googles Diensten – ich erwähne hier nur den *Standortverlauf* – gibt es eine lückenlose Aufstellung all Ihrer Bewegungen, einschließlich Ihres Besuchs in Oxford während Ihrer angeblichen Krankheit, seit Sie sich vor einem halben Jahr das neue *smartphone* gekauft haben – mit Datum und Uhrzeit.« Er sprach die Bezeichnung englisch aus.

»Well«, sagte Rosie, »so *smart* waren Sie dann aber leider nicht.«

»Wo haben Sie denn das Paßwort für meinen Google-Account her?« fragte Manus.

»Hairless Harry«, sagte Blackmore, während Krüger gleichzeitig »Harald Kaul« sagte, was auf »Hairless Kaul« herauslief.

Kaul fühlte vorsichtig über seine sich lichtenden Haare.

Carmen kicherte.

»Sie geben also zu, daß Sie in Oxford waren?« setzte der DCI nach.

Manus nickte zögernd.

»Wollen Sie uns nicht sagen, was passiert ist?« fragte Krüger.

»Will ich nicht«, sagte Manus kalt. »Reden Sie mal weiter. Ich höre zu.«

»Okay. Wir hier in Deutschland leben ja auch nicht hinter dem Mond, und Kameras mit Bewegungsmelder gibt es auch in der Lurheck in Rheinbach. Farnschläger, erzähl du mal.« Krüger setzte sich wieder.

»Im Zuge einer Tür-zu-Tür-Befragung konnten mein Kollege und ich zielgerichtet ermitteln …«, begann der pedantische Beamte.

»Redet der immer so?« fragte Rosie, der Carmen übersetzte.

»… daß von den vier komma fünf Kameras in der Straße—«

»Was ist mit der halben?« fragte Krüger.

»War kaputt«, sagte Kaul, der auch den Bericht gelesen hatte.

»Tut er«, flüsterte Carmen. »Sprachlich hat er die Dienstvorschriften komplett verinnerlicht.«

»Zwei komma fünf Kameras zur Tatzeit eine Person aufgenommen haben, auf die Manus' Beschreibung«, fuhr Farnschläger fort und sah zu Manus hinüber, »beziehungsweise Aussehen paßt.«

»Was ist mit der halben?« fragte Krüger.

»Da ist die fragliche Person nur von hinten zu sehen«, sagte Kaul, der auch die Aufnahmen gesichtet hatte.

»Wir haben darüber hinaus noch eine Zeugin«, sagte Krüger und erwähnte die Spaziergängerin mit Hund.

Manus sah hilfesuchend zu Carmen hinüber, die ihn aber nur ausdruckslos musterte, während die Kommissare warteten. Schließlich nickte er wieder. »Ist alles korrekt.« Er begann wieder, seine Hände zu kneten.

»Geben Sie mir mal Ihr Handy«, sagte Krüger.

Zögernd griff Manus in die Innentasche seines Jacketts und reichte es dem Kommissar. Der suchte die Aufstellung aller Anrufe heraus und hielt das Telefon in die Luft. »Seht ihr? Siebzehn Anrufe von derselben Nummer.«

»Darf ich?« fragte Blackmore. Er studierte die kleine Liste auf dem Display und verglich sie mit einer Zahl in seinen Notizen.

»Das dachte ich mir – alle von Stars Telefon. Er ist sicher gerne bereit, Sie zu identifizieren.«

»Das erledigen wir aber erst morgen«, sagte Krüger und schielte auf sein Hauptgericht, von dem noch einiges auf dem Teller lag.

Blackmore betrachtete wieder sein Notizblatt und sagte, nachdem er den Zeigefinger auf eine Zeile mit seiner sauberen Handschrift gelegt hatte, zu Manus: »Saint-Joseph-Gymnasium?«

»Ach, das war einfach«, sagte der Lehrer. »Englisch und Musik – das sind beides Mangelfächer, für die das Schulministerium inzwischen auch Absolventen des Zweiten Bildungsweges und Quereinsteiger aus anderen Berufen einstellt. Ich habe mich gezielt in Rheinbach beworben und bin sofort genommen worden.«

»Mit gefälschten Zeugnissen?« fragte Rosie.

Jetzt sah Manus beleidigt aus. »Ich habe immerhin studiert, auf Lehramt, mit Abschluß. Zwar erst, nachdem ich die Verbindung zu meinen Eltern abgebrochen hatte, aber …«

»Auf den Zeugnissen muß doch Ihr richtiger Name stehen«, sagte Krüger. »Wieso heißen Sie denn nicht mehr Florian Bachem?«

»Weil ich nicht wollte, daß meine Eltern erfuhren, daß ich noch lebte.« Mit finsterer Miene fügte er hinzu: »Dieses verdammte Pack.«

»Was war jetzt mit Ihrem neuen Namen?« fragte Carmen etwas ungenau.

»Ein Scanner und Photoshop«, sagte Manus und grinste frech, »dann stimmten die Zeugnisse wieder. Überprüft hat das keiner; die waren froh, daß sie mich nehmen durften.«

»Wieso sitzt Herr Hülsmeyer auch hier?« fragte Rosie.

»Das liegt doch auf der Hand«, sagte Krüger. »Alleine eingeladen, hätte Manus bestimmt Verdacht geschöpft, aber als Lehrerratsmitglied …«

»Wie wäre es jetzt mal mit einem Motiv?« fragte Paulsen.

»Großartig«, sagte Krüger, der noch am Eßtisch im Hause Bachem saß. »Merkst du, daß sich ein Motiv herauskristallisiert?«

Blackmore sah ihn zweifelnd an. »Ich verstehe nicht ganz?«

»Ist doch ganz einfach. Hedwig Brockmann, verheiratete Bachem, hat zwei uneheliche Söhne, die keine Familie haben und nicht verheiratet waren. Stirbt einer der beiden oder tun es gar beide – wer erbt dann ihr Vermögen?«

»Wahrscheinlich ist das bei euch ähnlich kompliziert wie bei uns«, sagte der Detective. »Immer noch vorausgesetzt, es gibt kein Testament.«

»Stimmt. Ist ähnlich kompliziert. Ohne Testament geht der Besitz der Zwillinge an die Mutter, sprich an Hedwig Bachem.«

»Super. Dann erbt der dritte Sohn alles, da seine Eltern beide tot sind?«

»So ist es«, sagte Krüger.

»Ganz toll. Dann mußte Florian Bachem ja nur noch die aktuellen Adressen der Zwillinge ermitteln und konnte anschließend seine Halbbrüder ins Jenseits befördern.«

»Die zweite Todsünde«, sagte Carmen. »Gier. Bah.« Sie sah Manus böse an. »Sie hätten doch schon genug Geld geerbt, wenn Sie sich anständig betragen hätten, oder?«

»Aber nicht alles«, fauchte der schmächtige Lehrer, Ex-Drogen-Konsument und Brudermörder. »Und ich hatte die Nase restlos voll, als ich im Haus, als die Eltern mal verreist waren, das hier fand.« Er holte seine Brieftasche hervor und entnahm ihr ein zusammengefaltetes Blatt, das er auf den Tisch knallte.

Krüger nahm das Papier hoch, faltete es auseinander und las laut vor: *»Adoptionsurkunde.«* Er überflog die Seite und sagte dann: »Hier steht eindeutig, daß das Ehepaar Georg und Hedwig Bachem, geborene Brockmann, einen Alexander Weißenborn, am 23. Juni 1985 in Köln zur Welt gekommen, an Sohnes Statt annimmt.«

»Und dann haben sie nichts Besseres zu tun, als mir diesen bescheuerten Vornamen zu geben – Florian.« Noch Jahrzehnte nach seiner Adoption war Manus alias Bachem alias Weißenborn aufgebracht.

»Sie hätten sowieso kein Geld erhalten«, sagte Blackmore. »Erzähl mal, Krüger.«

Manus sah die beiden Ermittler zweifelnd an. »Das haben Sie sich jetzt gerade ausgedacht, oder?«

Krüger verneinte. »Das steht alles im Bürgerlichen Gesetzbuch: Laut Paragraph 2333 steht Ihnen nicht einmal der Pflichtteil zu, wenn Sie dem Erblasser – also Ihren Eltern – nach dem Leben trachten.«

Manus starrte ihn wütend an.

»Ihre Mutter schreibt dazu: *Unseren adoptierten Sohn Florian enterbe ich ausdrücklich aufgrund seines letzten Briefes vom 14. August 1999, in dem er meinen verstorbenen Mann und mich mit dem Tode bedroht hat.* Die Kopie Ihres Briefes lag bei. Datiert ist dieses *Bonner Testament* übrigens auf den 1. November 2010 – Montag vor einer Woche.«

»Dann war alles umsonst?« Manus war hochrot im Gesicht und so wütend, daß das Wasserglas, das er in der Hand umklammerte, unter dem Druck zerbrach. Blut tropfte auf den Fußboden, was der Mörder nicht zu merken schien. »Und wie sind Sie an das verdammte Testament gekommen? Nachdem ich vom Tode meiner falschen Mutter gehört hatte, habe ich die ganze Wohnung abgesucht, um zu sehen, ob die Eltern das alte Testament, von dem sie mir in den Achtzigern erzählt hatten und in dem ich der Alleinerbe war, geändert hatten.«

»Es war innen an den Klavierdeckel geklebt«, sagte Blackmore.

»Die Mutter und die Zwillinge und ihre verdammte Musik«, schrie Manus.

»Wie hätte er das Geld überhaupt erben wollen, nachdem er für tot gehalten worden war?« fragte Carmen ihre neue englische Freundin leise.

»Keine Ahnung«, flüsterte Rosie zurück. »Aber machen sich nicht die meisten Verbrecher nur bis zur Ausführung der Tat Gedanken und wundern sich dann, wenn sie keinen Erfolg haben?«

»Für heute habe ich genug«, sagte Krüger. »Abführen.«

»Vor dem Dessert?« fragte Manus.

»'raus«, sagte Blackmore nachdrücklich. Er erhob sich. »Oder muß ich nachhelfen?«

Die beiden uniformierten Polizisten nahmen Manus in die Mitte und verließen das Restaurant.

Betretenes Schweigen erfüllte den Raum. Wie immer, wenn ein Fall gelöst und ein Täter gefunden war, machte sich zwar eine gewisse Erleichterung breit, aber eine rechte Freudenstimmung wollte nicht wirklich aufkommen, zu groß war die Abscheu vor dem Abgrund an menschlicher Schlechtigkeit, in den die Kripobeamten wieder gesehen hatten.

Die Kellnerin kam und fegte die Scherben zusammen; Krüger bückte sich und tupfte mit einem Papiertaschentuch einige Blutflecken auf.

Rosie räusperte sich schließlich. »Punkt zehn«, sagte sie nach einem Blick auf ihre Armbanduhr. »Dann ist doch der Dienst vorbei, oder?« Sie legte ihren Kopf schief.

Blackmore begriff schneller als Krüger: Rosie wollte ablenken. Da konnte er mithelfen. »Champagner!« sagte er. »Für alle. Auf meine Rechnung. Dann muß dein Chef das morgen nicht auch noch unterschreiben.«

»Nach dem Nachtisch«, sagte Carmen und wies mit einer Kopfbewegung auf die zweite Kellnerin, die gerade mit dem letzten Gang kam.

Krüger betrachtete zweifelnd das Himbeersorbet mit Chiliflokken und Schaum aus weißer Mousse. Entschlossen nahm er seinen Löffel und probierte. »Ga' nicht scha'f«, sagte er überrascht mit breitestem Hamburger Akzent.

»Ist ja auch keine Wolle drin«, sagte Carmen.

Farnschläger verzog angewidert sein Gesicht. »Könnt ihr nicht mal anständige Witze machen wie die anderen Erwachsenen auch?«

Carmen ignorierte ihn. »Wie wäre es nachher mit noch einem weiteren kleinen Dessert?« flüsterte sie in Krügers Ohr. »Eines für uns beide? Zuhause?«

Danksagung

Eine Bemerkung vorweg: Als Autor hofft man, daß der Leser die geschilderten Figuren als lebensecht wahrnimmt. Haben als Vorbilder für sie also wirkliche Menschen gedient? Nein! *Alle* Figuren des Romans sind komplett erfunden; es gibt also beispielsweise keinerlei Ähnlichkeiten zu den Lehrerinnen und Lehrern des St. Joseph-Gymnasiums in Rheinbach, dem der Verfasser dieser Zeilen im übrigen – nicht nur im Zusammenhang mit diesem Buch – viel zu verdanken hat.

Lucy Billen, Media Officer beim Thames Valley Police HQ in Kidlington bei Oxford, beantwortete meine Fragen zu den scharfen Sicherheitsvorkehrungen bei britischen Polizeiwachen.

Derek Devine, Station Duty Officer in der St Aldate's Police Station, Oxford, erlaubte mir einen Blick in den Eingangsbereich von DCI John Blackmore's Arbeitsstelle.

Terry Givens (Chorley/Lancashire) klärte mich über die Feinheiten der englischen Telefonsysteme auf.

Wolfgang Bihrer, Filialdirektor a.D. der Commerzbank in Rheinbach, informierte mich über Aufbewahrungsfristen und Auslandsüberweisungen im deutschen Bankenwesen vor IBAN-Zeiten.

Carla Jackson-Schaay in Rheinbach erläuterte mir die überaus differenzierten Flüche und Lobsprüche der englischen Sprache.

Rechtsanwalt Jörg D. Ziegler, Rheinbach, machte mich dieses Mal mit dem deutschen Adoptionsrecht vertraut und zeigte mir die Fallstricke beim Erbrecht.

Hinter den Kulissen des Verlages waren Andrea Sommerfeld und Clemens Wojaczek eine unschätzbare Hilfe bei der Fertigstellung dieses Romans.

Ihnen allen gebührt wie immer mein großer Dank.

Rheinbach, am Valentinstag 2017